Alle Rechte, einschließlich das des vollständigen oder
auszugsweisen Nachdrucks in jeglicher Form, sind vorbehalten.

Der Preis dieses Bandes versteht sich einschließlich
der gesetzlichen Mehrwertsteuer.

Umwelthinweis:
Dieses Buch wurde auf chlor- und säurefreiem Papier gedruckt.

Kerrelyn Sparks

Vampire mögen's heiß
Roman

Aus dem Amerikanischen von
Gisela Schmitt

MIRA® TASCHENBUCH
Band 15036
1. Auflage: Juli 2009

MIRA® TASCHENBÜCHER
erscheinen in der Cora Verlag GmbH & Co. KG,
Valentinskamp 24, 20350 Hamburg
Deutsche Erstveröffentlichung

Titel der nordamerikanischen Originalausgabe:
Be Still My Vampire Heart
Copyright © 2006 by Kerrelyn Sparks
Published by arrangement with Avon,
an imprint of HarperCollins Publishers, LLC

Konzeption/Reihengestaltung: fredebold&partner gmbh, Köln
Umschlaggestaltung: pecher und soiron, Köln
Redaktion: Ivonne Senn
Titelabbildung: Getty Images, München; pecher und soiron, Köln
Autorenfoto: © by Harlequin Enterprise S.A., Schweiz
Satz: Buch-Werkstatt GmbH, Bad Aibling
Druck und Bindearbeiten: CPI – Ebner & Spiegel, Ulm
Printed in Germany
ISBN 978-3-89941-635-0

www.mira-taschenbuch.de

*Den starken Frauen gewidmet,
die mir beibrachten, stark zu sein –
Faye Oldham, Twila Sparks,
Sally Rundle und Margaret Smith.*

DANKSAGUNG

Während der Entstehung dieses Buches wurde viel gelacht und viel geweint. Ich möchte mich bei all denen bedanken, die mich in dieser Zeit begleitet haben, denn ohne ihre Unterstützung wäre das Buch bis heute nicht fertig. Da wären meine Kritikerinnen und besten Freundinnen MJ Selle, Sandy Weider, Vicky Dreiling und Vicky Yelton; meine Reisegenossinnen Linda Curtis und Colleen Thompson; mein Ehemann, meine Eltern und meine Kinder; Dr. Chapman, Dr. Vela, Gay McDow und Guylene Lendrum, die alle dafür gesorgt haben, dass es meiner Tochter wieder gut geht; meine Agentin Michelle Grajkowski, die immer für mich da ist, und meine Lektorin Erika Tsang, immer freundlich und verständnisvoll. Außerdem möchte ich mich bei meinen Kolleginnen aus den Gruppierungen West Houston, Northwest Houston, Lake Country und PASIC des Schriftstellerverbands RWA für ihre wertvolle Unterstützung bedanken. Immer wenn es mir schlecht ging, wurde ich liebevoll von ihnen aufgefangen. Ich habe das große Glück, über die stärkste und schönste Motivation in uns schreiben zu dürfen – die Liebe.

1. KAPITEL

Nach vierhundertdreiundneunzig Jahren Erfahrung mit Teleportation hatte Angus MacKay immer noch das Bedürfnis, jedes Mal unter seinem Kilt nachzusehen, ob auch alle wichtigen Teile die Reise unbeschadet überstanden hatten. Es gab schließlich gewisse Körperteile, auf die jeder Mann, ob Vampir oder nicht, nur ungern verzichtete. Diesmal jedoch musste Angus sich zusammenreißen, denn er war nicht allein. Er hatte sich gerade in Roman Draganestis Büro bei Romatech Industries materialisiert, und der ehemalige Mönch saß hinter seinem Schreibtisch und beobachtete ihn ruhig.

Angus schnallte das Claymore, sein schottisches Breitschwert, von seinem Rücken. „Also dann, alter Freund. Wen darf ich heute Abend für dich umbringen?"

Roman kicherte. „Wie immer, allzeit bereit. Du wirst dich nie verändern."

Angus bekam es mit der Angst zu tun. Er hatte eigentlich nur einen Witz machen wollen. „Du … willst wirklich, dass ich jemanden umbringe?"

„Ich hoffe nicht, dass das nötig ist. Du sollst nur jemandem einen gehörigen Schrecken einjagen."

„Aha." Aus dem Augenwinkel nahm Angus wahr, dass die Tür aufging. „Das könnte nicht zufällig Connor erledigen? Bei seinem Anblick erschrickt jeder."

„Das habe ich gehört." Connor betrat das Büro, einen Aktenordner unter dem Arm.

Grinsend nahm Angus Platz und legte die Scheide mit seinem Lieblingsschwert auf seinen Schoß. „Was ist das Problem?"

„Der Vampirjäger ist wieder unterwegs. Letzte Nacht wurde im Central Park ein Vampir ermordet", erklärte Roman. „Einer aus dem russischen Malcontent-Zirkel."

„Oh, gut." Angus grinste. Ein Malcontent weniger. Diese

altmodischen Blutsauger weigerten sich beharrlich, auf das synthetische Blut umzusteigen, das von Romatech hergestellt wurde.

„Nein, schlecht", erwiderte Roman. „Katya Miniskaya hat gerade angerufen und uns des Mordes beschuldigt."

Bei der Erwähnung ihres Namens umklammerte Angus instinktiv sein Schwert, doch seine Miene blieb ausdruckslos. „Sie ist immer noch die Anführerin des Zirkels? Das erstaunt mich wirklich."

Connor ließ sich auf den Stuhl neben Angus sinken. „Brutal genug dafür ist sie. Ich habe gehört, einige der russischen Männer hätten sich darüber beschwert, dass ihr Anführer eine Frau ist. Sie haben die Nacht nicht überlebt."

„Ja, sie kann sehr grausam sein." Angus spürte Romans mitleidigen Blick und sah weg. Der Mönch wusste zu viel. Glücklicherweise würde er sein Wissen für sich behalten.

„Katya hat uns gedroht", erläuterte Connor. „Wenn auch nur ein weiteres Mitglied ihres Zirkels getötet wird, will sie uns den Krieg erklären."

„Verdammt", murmelte Angus. „Wer ist dieser Vampirjäger? Auch wenn er jetzt gerade Ärger für uns bedeutet – eigentlich hätte er einen Orden verdient!" Sein Blick richtete sich auf seinen Angestellten.

Connor schnaubte verächtlich. „Ich war es nicht und auch keiner von meinen Männern! Du bezahlst uns dafür, dass wir Roman, seine Frau, sein Haus und sein Geschäft schützen, und wir sind ohnehin nur zu dritt. Wir haben ganz sicher keine Zeit, uns im Central Park herumzutreiben!"

Angus nickte. Er war der Besitzer von MacKay Security and Investigation, und sein Unternehmen war zuständig für den Personenschutz mehrerer wichtiger Anführer von Vampirzirkeln. Erst vor Kurzem hatte er fünf von Connors Männern abziehen müssen. „Es tut mir leid, dass ihr nicht mehr seid, aber ich brauche zurzeit jeden verfügbaren Mann im Feld. Denn eine Sache hat absoluten Vorrang: Wir müssen Casimir finden, bevor er ..."

Angus wagte kaum, es auszusprechen. Er wollte es nicht einmal denken. Dreihundert Jahre lang hatten sie geglaubt, der böseste aller Vampire sei tot. Doch dann mussten sie feststellen, dass er immer noch existierte und nach wie vor auf Mord und Zerstörung aus war.

„Habt ihr schon was?", wollte Roman wissen.

„Nein. Bisher alles falsche Fährten." Angus trommelte mit den Fingern auf der Lederscheide in seinem Schoß. „Gibt es denn irgendeinen Hinweis darauf, wer der Vampirjäger sein könnte? Ist es vielleicht derselbe Täter, der letzten Sommer gleich mehrere Malcontents umbrachte?"

„Davon gehen wir aus", meinte Roman und stützte sich auf die Ellbogen. „Connor glaubt, er arbeitet für die CIA."

Angus blinzelte überrascht. „Ein Sterblicher, der Vampire tötet? Das klingt aber sehr unwahrscheinlich."

„Wir vermuten, es ist jemand aus ihrem Stake-out-Team." Connor deutete auf den Aktenordner, den er dabeihatte. Darauf stand in Großbuchstaben: Stake-out-Team.

Eine unangenehme Pause entstand, denn alle Anwesenden wussten, dass der Anführer des Stake-out-Teams Romans sterblicher Schwiegervater war.

Angus räusperte sich. „Du glaubst, es ist Shannas Vater? Das trifft sich gut. Nichts gegen Shanna, aber Sean Whelan würde ich wirklich gerne einmal so richtig Angst einjagen."

„Er ist einfach ... lästig."

Angus war da ganz Romans Meinung, aber er hätte es durchaus etwas bildlicher ausgedrückt. „Wie viele hat der Vampirjäger letztes Jahr getötet?"

„Drei", antwortete Connor.

„Warum hat er eine Zeit lang nicht gemordet und fängt

jetzt wieder an?" Was war der Grund für dieses Verhalten, überlegte Angus verwundert.

„Seit Anfang März wurden im Central Park zwei Sterbliche umgebracht. Man hat ihnen die Kehle aufgeschlitzt", erklärte Roman.

„Um die Bisswunden unkenntlich zu machen", folgerte Angus. Der alte Vampirtrick. „Die Malcontents haben also angefangen, und jetzt übt der Vampirjäger Rache."

„So ist es", pflichtete Roman ihm bei. „Nach den Morden an Sterblichen drohte ich Katya damit, sie und ihren Zirkel des Landes zu verweisen. Kein Wunder also, dass sie glaubt, wir seien es, die Vergeltung üben."

„Natürlich. Es würde ja auch nie jemand auf den Gedanken kommen, dass ein Mensch einen Vampir töten könnte." Angus runzelte die Stirn. Das passte ihm alles gar nicht. Er hatte einfach keine Zeit, nach einem sterblichen Vampirjäger zu suchen, während Casimir gleichzeitig gezielt Kriminelle und Mörder in Vampire verwandelte, um so kontinuierlich seine Armee auszubauen. Die bösen Vampire mussten aufgehalten werden, bevor sie den guten Vampiren zahlenmäßig überlegen waren und wieder ein Krieg ausbrechen würde. Kein Zweifel, warum die Malcontents also gerade jetzt zuschlugen – sie wollten Angus und seine Angestellten von ihrer eigentlichen Mission abhalten.

„Hallo, Jungs!" Die Tür ging auf und Gregori kam herein. „Alles klar?" Doch sein Grinsen verging ihm rasch, als er die missmutigen Gesichter der anderen sah. „Meine Güte, wart ihr auf einer Beerdigung? Was ist denn los, MacKay? Hast du eine Laufmasche in deinen Lieblingskniestrümpfen?"

„Das sind *Hose-Tops.* Kiltsocken", korrigierte Angus ihn nüchtern.

Gregori prustete. „Oh, klingt gleich viel männlicher. Moment, ich weiß, was passiert ist! Du hast deinen Kilt falsch rum angezogen, dich hingesetzt und dann hat dich die böse kleine Kiltnadel in den Hintern gestochen."

Angus warf Gregori einen mitleidigen Blick zu und wandte sich dann an Connor. „Warum hast du ihn denn bloß am Leben gelassen?"

Gregori blinzelte. „Wie bitte?"

Roman kicherte, während er in seiner Schreibtischschublade wühlte. „Spielt schön, solange ich weg bin."

„Du gehst?", fragte Angus.

„Ich begleite Shanna zu ihrem Arzttermin." Er stellte ein Fläschchen mit einer bernsteinfarbenen Flüssigkeit auf den Schreibtisch. Auf einem glänzenden Goldschildchen war das Wort *Blissky* zu lesen. „Für dich, Angus. Das verkaufen wir ab nächster Woche."

„Oh, gut." Angus stand auf und nahm die Flasche. Er hatte schon auf Romans neueste Kreation, ein Fusion-Cuisine-Drink, gewartet. „Ich habe den guten Scotch vermisst."

„Lass ihn dir schmecken." Roman eilte zur Tür. „Ich bin in einer Stunde zurück. Gregori wird mir mitteilen, zu welcher Entscheidung ihr gekommen seid."

Angus wandte den Blick von seiner Blissky-Flasche. Warum musste Romans sterbliche Ehefrau unbedingt nachts zum Arzt? „Ist irgendwas mit dem Kleinen?"

„Nein, alles in Ordnung." Roman vermied es, Angus anzusehen.

Von wegen. Natürlich war da was. Der Mönch war schon immer ein lausiger Lügner gewesen.

„Du solltest Shanna mal sehen. Sie ist total dick geworden, ich sag's dir." Gregori beschrieb mit den Armen den Leibesumfang eines Nilpferds.

Roman räusperte sich.

Schnell fügte Gregori hinzu: „Aber hübsch wie eh und je."

Ein schwaches Lächeln huschte über Romans Gesicht. „Wir

sprechen uns später, Gregori. Und dir, Angus, vielen Dank, dass du uns hilfst, den Vampirjäger zu finden."

Angus erwiderte das Lächeln. „Du kennst mich doch – eine gute Jagd lasse ich mir ungern entgehen." Als Roman gegangen war, wandte Angus sich an Connor und Gregori. „Also, ihr beiden. Was ist los mit ihrem Kind?"

„Gar nichts." Connor warf Gregori einen warnenden Blick zu.

„So ist es", beeilte sich Gregori zu sagen. Er rollte mit den Augen, ging um den Schreibtisch herum und setzte sich auf Romans Stuhl.

Angus schickte sich an, die Flasche Blissky zu öffnen. Er würde später noch aus Gregori herausbringen, was los war.

„Zurück zum Geschäftlichen." Connor legte den Aktenordner auf den Schreibtisch. „Das sind die Profile und Fotos aller Leute vom Stake-out-Team minus Austin Erickson, der jetzt für uns arbeitet."

In diesem Moment entkorkte Angus die Flasche und wurde mit dem herrlichen Aroma feinsten schottischen Whiskys belohnt. „Vielleicht weiß Austin ja, wer der Vampirjäger ist."

Connor zuckte zusammen. „In der Tat weiß er es. Er hat mir gesagt, letztes Jahr hätte er den Vampirjäger dazu bewegen können aufzuhören."

„Verdammt! Und er hat dir nicht gesagt, wer es ist?"

„Nein." Connor seufzte. „Ich hätte ihn wahrscheinlich mehr unter Druck setzen sollen. Ich habe eben schon versucht ihn anzurufen, aber er ist gerade zusammen mit Darcy undercover in Ungarn unterwegs. Sie suchen dort nach Casimir."

„Mist", murmelte Angus wieder und nahm einen tiefen Schluck des köstlichen Getränks. Die Mischung aus synthetischem Blut und feinstem Whisky brannte herrlich in seiner Kehle, zog eine warme Spur in seinen Magen und hinterließ einen angenehm rauchigen Geschmack auf seiner Zunge. Er stellte die Flasche wieder ab. „Mmh, das war gut."

„Riecht lecker." Gregori streckte die Hand nach der Flasche aus.

Schnell stellte Angus sie woanders hin.

Connor grinste, als er den Ordner aufklappte. „Eine dieser vier Personen muss der Vampirjäger sein."

Gregori griff sich das erste Profil. „Sean Whelan. Buh! Ich wette, er ist es."

„Es stimmt, Whelan hasst uns – vor allem, seit seine Tochter Roman geheiratet hat." Connor nahm Gregori das Profil aus der Hand. „Aber Austin scheint den Vampirjäger schützen zu wollen, und das würde er garantiert nicht bei seinem Ex-Chef tun, der ihn auf die schwarze Liste gesetzt hat."

Angus nahm einen weiteren Schluck Blissky. „Whelan ist es nicht. Der Mann hat doch keine Eier in der Hose."

Connor reichte ihm das zweite Profil. „Das ist Garrett Manning."

„Hey!" Gregori sprang auf und zeigte auf Garretts Foto. „Der Typ war letztes Jahr in der Reality Show!" Er sah Connor überrascht an. „Du hast zwar gesagt, Austin gibt sich als Teilnehmer aus, aber von diesem Typen hast du nichts gesagt!"

Connor zuckte die Schultern. „Es gab keinen Grund, dich darüber zu informieren."

„Ja." Angus nickte. „Du bist nicht so wichtig, dass du alles wissen musst."

Gregori schnitt eine Grimasse. „Leck mich doch."

„Ich bezweifle ernsthaft, dass Garrett der Vampirjäger ist. Er hat nur eingeschränkt übersinnliche Kräfte, und als sich letztes Jahr die ersten Morde ereigneten, war er mit der Reality Show beschäftigt", überlegte Connor weiter.

„Wen haben wir sonst noch?" Gregori legte Garretts Foto beiseite. „Oh, eine Frau."

„Ja." Connor nickte. „Zwei Frauen, um genau zu sein."

„Eine weibliche Sterbliche, die Vampire tötet?" Angus stellte die Flasche wieder auf den Schreibtisch. „Das ist unmöglich."

„So viel zu deiner Theorie, dass man Eier in der Hose haben muss." Und damit schnappte Gregori sich schnell die Flasche Blissky.

Sein Freund Angus stand auf und nahm ihm die Flasche wieder weg.

Connor reichte ihm das nächste Profil. „Ein weiblicher Vampirjäger würde aber vielleicht erklären, warum Austin nichts sagt."

„Meine Herren, sieht die scharf aus!" Gregori grabschte nach dem Foto.

Angus überflog das Profil von Alyssa Barnett. Übersinnliche Kräfte: fünf. Sie war ganz neu bei der CIA. Keine Erfahrung im Feld, bevor sie ins Stake-out-Team aufrückte. „Sie ist sicher nicht der Vampirjäger."

„Schade." Gregori ließ das Foto fallen und schnappte sich das letzte Profil. „Wie wär's dann mit dieser Dame, Emma Wallace?"

Angus erstarrte. „Wie der Wallace?"

„Der aus Braveheart?" Gregori riss die Augen auf. „Kanntet ihr den?"

„Der arme Mann wurde hingerichtet, lange bevor wir geboren wurden." Connor wandte sich an Angus. „Heutzutage heißen viele Leute Wallace."

„Es ist der Name eines Kriegers." Angus nahm Gregori das Profil ab. Übersinnliche Kräfte: sieben. Schwarzer Gürtel in mehreren Kampfsportarten. Anti-Terrorismus-Training beim MI6. Sein Herz schlug schneller. Vielleicht war der Vampirjäger ja tatsächlich eine Frau.

„Süß." Gregori war kurz davor, auf das Foto zu sabbern.

Die Flasche beiseite stellend, nahm Angus ihm das Foto ab.

Sein Herz hämmerte bis zum Hals. Kein Wunder, dass Gregori sie angestarrt hatte. Ihre Haut war cremeweiß, das volle Haar dunkelbraun. Ihre Augen hatten die goldbraune Farbe von Bernstein, der Blick verriet Intelligenz und Willensstärke, und sie strahlte die Leidenschaftlichkeit eines echten Kriegers aus.

„Sie ist es", flüsterte Angus.

Connor schüttelte den Kopf. „Wir können erst sicher sein, wenn wir den Vampirjäger auf frischer Tat ertappen."

Angus legte ihr Bild hin. Ihre Augen schienen jeder seiner Bewegungen zu folgen. „Wir werden sie fangen. Noch heute Nacht. Connor, du übernimmst die nördliche Hälfte des Parks, ich die südliche."

„Ich komme mit." Gregori nahm schnell einen Schluck aus Angus' Flasche. „Ich kann gut aussehende Weiber aus einem Kilometer Entfernung riechen."

„Hey!" Angus riss ihm die Flasche aus der Hand. Er war so fasziniert von Miss Wallaces Foto gewesen, dass ihm entgangen war, wie Gregori sich der Blissky-Flasche bemächtigt hatte. „Und was machst du, wenn die Schwarzgürtel-Vampirjägerin dich auf den Boden schleudert und ihren Holzpflock rausholt?"

„Jetzt komm schon, Mann." Gregori richtete seine Krawatte. „Keine Frau bringt einen gut gekleideten Mann um."

„Angus hat recht." Connor sammelte die Profile ein und legte sie zurück in den Ordner. „Du bist nicht darauf trainiert, gegen Vampirjäger zu kämpfen. Bleib hier und sag Roman, wozu wir uns entschieden haben."

„Verdammt." Gregori zog an seinen Hemdsmanschetten. „Das ist nicht fair."

Angus zog einen Flachmann aus seiner Kilttasche, dem *Sporran*, und füllte ihn mit Blissky. „Es wird eine lange Nacht. Das wird mich warm halten."

„Ich hole schnell noch mein Claymore, dann können wir gehen." Connor war schon auf dem Weg zur Tür.

„Warte!" Gregoris Mund zuckte. „Ihr zwei geht mitten in der Nacht im Rock in den Central Park?" Er lachte. „Dann wird euch aber keiner glauben, dass ihr auf der Suche nach einer Frau seid."

Angus sah an seinem Kilt herunter. „Ich habe gar keine Hose dabei."

Gregori lachte höhnisch. „Besitzt du überhaupt eine?"

„Keine Sorge." Connor hatte schon die Hand auf der Klinke. „Heute ist St. Patrick's Day, da ist die Stadt voll von Männern in Röcken. Wir werden überhaupt nicht auffallen."

„Und was werdet ihr mit ihr machen, wenn ihr sie gefunden habt?", fragte Gregori.

„Wir quatschen", antwortete Connor und verließ das Büro.

Emma Wallaces bernsteinfarbene Augen und ihr verführerischer Mund beherrschten seine Gedanken. Angus würde gerne mehr mit ihr machen als bloß reden. Als er den Deckel seines Flachmanns zudrehte, musste er lächeln. Die Jagd war eröffnet. Er schnallte sich sein Schwert um und ging zur Tür.

„Okay, wenn ihr darauf besteht, dann bleibe ich eben hier." Gregori nahm die Flasche, die auf dem Schreibtisch zurückgeblieben war. „Ich passe darauf auf, solange du weg bist."

Emma Wallace lief lautlos über das Gras. Die kühle Luft war angenehm, solange sie in Bewegung war. Aber sobald sie stehen blieb, um sich zum Beispiel längere Zeit hinter einem Baum zu verstecken, begann sie schnell zu frieren.

Dieser Teil des Central Park war verlassen, richtig tot – sogar zu tot für die Untoten. Hier musste sie nicht länger suchen. Sie hängte sich ihre Stofftragetasche über die Schulter und genoss den tröstlichen Klang der gegeneinanderschlagenden Holzpflöcke darin. Dann verließ sie ihr Versteck und schlitterte den steilen Abhang hinunter bis auf den gepflasterten Weg. Ihre Bewegung und die Geräusche, die sie verursachte, schreckten einige Vögel auf einem Baum in der Nähe auf. Sie erhoben sich mit lautem Gezeter und flatterten durch die Nacht davon.

Emma wartete eine Weile. In ihrer schwarzen Kleidung war sie im Schatten der Bäume so gut wie nicht zu sehen. Jetzt war alles wieder still. Beinahe unvorstellbar, dass nicht weit von hier schon wieder die lärmenden Straßen zu hören waren, auf denen immer noch die Nachzügler der St.-Patrick's-Day-Parade feierten.

Vielleicht war es deshalb heute so ruhig im Park. Vielleicht waren die Vampire in den Straßen unterwegs und jagten dort ihre Beute. Nach einem langen Tag mit viel grünem Bier und Whisky würde sich keiner der Feiernden daran erinnern, wer oder was sie gebissen hatte.

Plötzlich war der Weg besser erkennbar. Es war heller, und sie konnte sogar die Umrisse einzelner Büsche und Bäume sehen. Lautlos ging sie weiter und betrachtete den fast vollen Mond. Die Wolken hatten sich verzogen und die silberne Kugel leuchtete hell und klar.

In diesem Moment bemerkte sie eine leichte Bewegung. Südlich von ihr stand jemand auf einem großen Granitvorsprung, mit dem Rücken zu ihr. Wolkenfetzen umgaben den Mann und ließen seinen Kilt flattern. Sein kastanienbraunes Haar glänzte im hellen Mondlicht.

Um ihn herum waberten Nebelschwaden, was ihm eine ätherische Aura verlieh. Er kam Emma vor wie der Geist eines Highlanders. Sie seufzte. Von diesen tapferen Kriegern, die sich gegen das Böse stellten, könnte die Welt mehr gebrauchen.

Manchmal hatte sie das Gefühl, dass die Guten den Geschöpfen der Nacht zahlenmäßig hoffnungslos unterlegen waren. Sie war weit und breit die einzige Vampirjägerin, davon ging sie zumindest aus. Das lag zum Teil natürlich auch daran, dass die meisten Menschen ohnehin nicht an die Existenz von Vampiren glaubten. Doch es lag auch an ihrem ineffizienten und schwachen Boss, Sean Whelan. Er gab sich keine Mühe, ihr kleines Team aus nur vier Agenten zum Kampf gegen Vampire aufzustocken. Sie konnten also nicht viel mehr tun als beobachten und Recherchen anstellen.

Doch das reichte Emma nicht – zumindest nicht seit der schrecklichen Nacht vor sechs Jahren. Aber anstatt sich mit den schlimmen Ereignissen abzufinden und einfach zu trauern, hatte sie sich Rache geschworen. Am besten konnte man einen Vampir erledigen, wenn er gerade bei der Nahrungsaufnahme war. Ein kurzer, kräftiger Stoß mit dem Holzpflock in sein Herz, und schon war sie dem Ziel, ihren Seelenfrieden zu finden, ein großes Stück näher.

Sie tätschelte ihre Tasche mit den Pflöcken. Mit einem wasserfesten Markierstift hatte sie auf die eine Hälfte der Pflöcke Dad geschrieben, auf die andere Hälfte Mum. Die Pflöcke waren bestes Handwerkszeug, und bisher hatte sie schon vier Vampire erwischt. Aber es konnten nie genug sein.

Ihr Blick glitt wieder hinüber zu dem Mann im Kilt, der immer noch auf dem Granitvorsprung stand. Wo waren all die mutigen Männer hin, die sich allein der Gefahr zu stellen wagten?

Der Nebel löste sich auf und nun waren die Umrisse des Mannes im hellen Mondlicht klar zu erkennen. Ihr stockte der Atem – der Mann war wunderschön. Er hatte breite, stattliche Schultern und unter dem flatternden Kilt muskelbepackte Waden. Er war sicher ein großer Krieger, stark und erbarmungslos.

Plötzlich beugte er sich nach vorn, packte den Saum seines Kilts und sah darunter. Er ließ den Saum wieder los und begann, an irgendetwas unterhalb seiner Hüfte zu fummeln.

Emma erschrak. Spielte er etwa an sich selbst herum? Jetzt führte er etwas an die Lippen und trank. Etwas glitzerte metallisch. Ein Flachmann. Na super. Ein perverser Trunkenbold. Mit einem Seufzen wandte Emma sich ab und setzte ihren Weg in nördlicher Richtung fort.

Wie bescheuert, sich diesen Typen als einen mutigen Highland-Krieger vorzustellen! Natürlich war er nichts anderes als einer dieser Rock tragenden, Whisky saufenden Proleten, die nach dem Festumzug durch die ganze Stadt torkelten. Und außerdem konnte sie sich Sentimentalitäten in ihrem Business ohnehin nicht gestatten. Der Feind war schließlich auch gnadenlos.

Knirsch. Emma blieb stehen und lauschte. Der Weg beschrieb eine Kurve nach links und war für sie nicht einsehbar. Aber sie hörte Schritte, die durch das Laub auf sie zukamen. Schnell huschte sie ins Gebüsch und versteckte sich hinter einem Baum. Die Schritte kamen näher.

Ein Mann tauchte in ihrem Blickfeld auf. Emma hielt den Atem an. Er trug einen langen schwarzen Trenchcoat – genau wie der Vampir, den sie letzte Nacht getötet hatte. Vielleicht kauften sie ja alle im selben Laden, *Vampires 'R' Us* oder so was. Sie setzte ihre Tasche ab und kramte einen Holzpflock heraus.

Der Mann kam näher. Es wäre leichter, ihn umzubringen, wenn er bei der Nahrungsaufnahme wäre, aber es war weit und breit kein Opfer in Sicht. Emma steckte den Pflock hinten in ihren Gürtel. Dann würde sie sich eben selbst als Beute ausgeben.

Schnell sprang sie zurück auf den Weg und schlenderte dem Fremden entgegen. Unschuldig sah sie ihn an: „Ich glaube, ich habe mich verirrt. Wissen Sie, wie ich wieder aus dem Park herauskomme?"

Der Mann blieb stehen und lächelte sie an. „Auf jemanden

wie dich habe ich gewartet."

Natürlich. Jemand, den er leer trinken konnte. Elender Blutsauger! Emma stellte sich breitbeinig hin, damit sie im Falle eines Angriffs nicht das Gleichgewicht verlor. Eine Hand tastete nach dem Pflock in ihrem Gürtel. „Ich bin bereit."

„Okay!" Der Mann öffnete den Gürtel seines Mantels.

In diesem Moment entdeckte Emma die haarigen Beine, die unter dem Mantel herausragten. Er trug keine Hose!

„Ta-da!" In diesem Moment entblößte er sich vor ihr.

Oh Scheiße! Der Kerl hatte unter dem Mantel überhaupt nichts an! Emma verzog das Gesicht angesichts ihres Pechs. Sie wollte einen Vampir plattmachen und traf stattdessen einen Exhibitionisten!

„Und? Wie findest du das?" Der Typ streichelte sich. „Beeindruckend, was?"

„Einen Moment." Emma ließ den Holzpflock los und nahm ihr Handy aus dem Gürtel. Sie würde die Polizei anrufen, damit sie diesen Typen aus dem Verkehr zogen.

„Oh, ist das ein Foto-Handy?", rief der Mann begeistert. „Super Idee! Dann kannst du ja mein Bild ins Netz stellen. Komm, ich zeig ihn dir im Profil." Er drehte sich zur Seite, damit seine Erektion besser zu sehen war.

„Ausgezeichnet. So bleiben!" Emma klappte ihr Telefon auf. In diesem Moment bemerkte sie einen dunklen Schatten.

Automatisch griff sie nach hinten. Falscher Alarm. Sie ließ den Pflock wieder los. Es war kein Vampir. Trotzdem schlug ihr Herz schneller – denn vor ihr stand plötzlich der Mann im Kilt.

2. KAPITEL

Aus der Nähe sah er noch viel beeindruckender aus. Emma hätte sich ohrfeigen können, als ihr bewusst wurde, wie begeistert sie ihn anstarrte. Hallo! Dieser Typ hatte gerade eben erst unter seinem Kilt nach dem Rechten gesehen. Warum waren Männer bloß so besessen von ihrem Geschlechtsorgan? In diesem Zusammenhang fiel ihr der Exhibitionist wieder ein.

Er war immer noch da – und immer noch nackt. Aber die Ankunft eines Konkurrenten hatte ihn, nun ja, etwas zusammenschrumpfen lassen.

„Brauchen Sie Hilfe, Miss?" Das leichte Schnarren seiner Stimme ließ sie erzittern wie Heidekraut im Highland-Wind. Es erinnerte sie an die glückliche Zeit mit ihrer Familie, als sie in Schottland gelebt hatten.

Sie runzelte nachdenklich die Stirn, denn sie wollte sich nicht an glückliche Zeiten erinnern. Erst wieder, wenn die schrecklichen Zeiten gerächt waren.

„Belästigt dieser Mann Sie?" Der Schotte hatte funkelnde grüne Augen. Sie verrieten Intelligenz und etwas anderes, das Emma nicht ganz deuten konnte. Neugierde? Vielleicht. Eher schien er auf der Suche nach etwas zu sein.

Emma reckte trotzig das Kinn nach oben. „Ich mach das schon alleine, vielen Dank."

Der Exhibitionist kicherte. „Du machst es mir? Das ist aber nett."

Da hatte sie sich wohl falsch ausgedrückt – Emma tippte seufzend in ihr Handy die Nummer der Polizei ein. Erste Ziffer.

Der Mann im Kilt stellte sich neben den Exhibitionisten. „Ich schlage vor, Sie lassen die Frau jetzt in Ruhe."

„Sie hat mich zuerst angesprochen." Der Typ wurde richtig frech. „Also schwirr ab, Mann."

Emma konnte es nicht fassen. Das hatte ihr gerade noch gefehlt. Ein besoffener Schotte und ein bekloppter Exhibitionist, die sich ihretwegen stritten. Sie tippte die zweite Ziffer ein.

„Oh, bitte entschuldigen Sie die Störung. Sie scheinen ja ein aufrechtes Beispiel an Tugend und guten Manieren zu sein." Der Schotte sah den anderen Mann skeptisch an. „Immerhin spazieren Sie hier mit Ihrem entblößten schlaffen Ding durch den Park."

„Es ist nicht schlaff! Es ist steinhart!" Der Exhibitionist sah an sich herunter. „War es jedenfalls, bis du aufgetaucht bist." Er fing an, sich zu reiben. „Keine Sorge, Süße. Ich bin in null Komma nichts wieder in Form."

„Von mir aus brauchen Sie sich nicht zu beeilen." Emma klappte ihr Handy zu und beschloss, doch nicht die Polizei zu rufen. Wenn sie hier bleiben und eine Aussage machen müsste, würde sie heute Nacht überhaupt nicht mehr dazu kommen, Vampire zu jagen. Also steckte sie ihr Handy wieder ein und sagte: „Ich muss los. Hab vergessen, die Katze zu füttern." Sie hatte gar keine Katze.

„Warte!", rief der Exhibitionist. „Du hast noch kein Foto von mir gemacht!"

„Glauben Sie mir, dieses Bild werde ich auch so nicht vergessen."

Der Schotte kicherte. „Verschwinden Sie jetzt, Mann. Ihr mickriges Ding interessiert niemanden."

„Mickrig? Diesen mächtigen Hammer nennst du mickrig? Ich wette, mein Ding ist größer als deins!"

Der Schotte verschränkte die Arme vor der Brust und stellte sich breitbeinig hin. „Die Wette verlieren Sie."

„Ach ja? Das will ich sehen!"

„Meine Herren!" Emma hob flehend die Hände. „Ich muss wirklich nicht noch einen …" Sie biss sich auf die Lippen und nahm die Hände herunter. Warum sollte der schöne Schotte eigentlich nicht seinen Kilt lupfen? Er hatte es ja heute Abend schon einmal getan, warum sollte sie ihn jetzt daran hindern? Das war schließlich ein freies Land. Ihr Blick fiel auf seinen Schritt.

„Was wollten Sie sagen?"

Sie sah ihm ins Gesicht. Seine Mundwinkel zuckten, seine grünen Augen funkelten belustigt. Er glaubte wohl, sie wäre auf eine private Peepshow aus. Sie wurde rot.

„Worauf wartest du, Scottie?", fragte der Exhibitionist grinsend. Er war inzwischen zu überragender Größe herangewachsen und sah sich schon als Sieger dieses zwielichtigen Zweikampfes.

Steht ihm gut, dachte Emma.

„Und die hübsche Lady macht die Jury", verkündete der Exhibitionist.

Sie wich zurück und schüttelte den Kopf. „Ich befürchte, ich habe nicht das nötige Augenmaß."

„Keine Sorge, Süße. Ich bin auf alles vorbereitet." Er zog ein silbern glänzendes, rundes Ding aus seiner Manteltasche. „Du musst nur messen, welcher länger ist."

Der Schotte runzelte die Stirn. „Sie haben ein Maßband dabei?"

„Selbstverständlich", erwiderte der Typ verärgert. „Ich führe Tagebuch, und ich bemühe mich, dabei so akkurat wie möglich zu sein." Er stemmte die Hände in die Hüften und ergänzte: „Ich nehme das sehr ernst, wisst ihr."

„Großartig", murmelte Emma. „Tja, Jungs. Es war ... ein Erlebnis, aber jetzt muss ich wirklich los. Viel Spaß beim gegenseitigen Messen." Sie ging auf den Baum zu, unter dem sie ihre Tasche liegen gelassen hatte.

„Nein!", rief der Exhibitionist.

Es war Teil ihrer Ausbildung gewesen, einen Angriff

vorherahnen zu können. Auch diesmal interpretierte sie das Schwirren in ihrem Rücken richtig, machte einen Satz nach vorn und war außerhalb der Reichweite des Exhibitionisten. Sofort nahm sie ihre Angriffsstellung ein. Sie hatte blitzschnell reagiert, doch der Schotte war noch schneller. Im Bruchteil einer Sekunde hatte er hinter sich gegriffen und ein Schwert gezogen, mit dessen Spitze er jetzt auf die Kehle des Exhibitionisten zielte.

Emma erstarrte. Er hatte ein Schwert? Und zwar nicht irgendeins, sondern ein riesiges Ding.

Der Exhibitionist blieb stehen, die Augen vor Angst weit aufgerissen. Er schluckte – und schrumpelte in sich zusammen.

„Ich hab doch gesagt, mein Ding ist größer", sagte der Schotte drohend. „Versuchen Sie noch einmal, die Lady anzufassen, und Ihnen fehlen ein paar Zentimeter."

„Tu mir nichts!" Der Exhibitionist wich zurück und begann, seinen Mantel zuzuknöpfen.

Immer noch bewegte sich das Schwert nur ein paar Millimeter vor dem zuckenden Adamsapfel des Mannes. „Ich schlage vor, Sie tragen ab heute Unterwäsche."

„Alles, was du sagst, Mann."

„Und jetzt verschwinden Sie!"

Der Exhibitionist rannte davon und verschwand hinter der Kurve. Der Schotte steckte sein Schwert zurück in die ledernde Scheide, die er auf dem Rücken trug. Dabei war ein leises Schaben zu hören.

Emma war hingerissen von dem Anblick seines mächtigen Bizeps, doch sie besann sich schnell wieder. „Wieso haben Sie ein Schwert?"

„Das ist ein Claymore." Der Schotte sah sie an. „Keine Sorge. Sie sind jetzt in Sicherheit."

„Ich soll mich sicher fühlen, wenn ein Fremder mit so einem monströsen Ding neben mir steht?"

Er lächelte schwach. „Ich habe doch gesagt, meins ist größer."

Typisch Mann, diese Arroganz! „Ich hatte eigentlich Ihr Schwert gemeint. Nicht Ihr schlaffes Ding."

Das hatte gesessen. „Wenn Sie mich beleidigen wollen, kann ich Sie gern vom Gegenteil überzeugen."

„Denken Sie nicht mal dran!"

„Hier geht es um die Ehre!" Seine Mundwinkel zuckten. „Und ich bin ein sehr ehrenwerter Mann."

„Eher ein sehr betrunkener Mann. Ihre Whiskyfahne riecht man bis hierher."

Sein Blick schien erstaunt. „Ich hatte vielleicht ein oder zwei Schlückchen, aber ich bin doch nicht betrunken!" Dann ging er einen Schritt auf sie zu und flüsterte: „Geben Sie's ruhig zu. Sie hatten sich schon auf eine kleine Show gefreut."

„Ha! Was fällt Ihnen ein! Ich gehe jetzt. Gute Nacht." Emma ging zu dem Baum und holte ihre Tasche. Sie war wütend auf sich selbst. Wie peinlich! Sie war ein Profi und ließ sich dennoch von einem beeindruckenden Bizeps und einer breiten Brust derart aus dem Konzept bringen. Oder von unbeschreiblichen grünen Augen.

„Ich muss mich bei Ihnen entschuldigen."

Sie warf sich die Tasche über die Schulter und ignorierte ihn.

„Normalerweise spreche ich erst über meine Geschlechtsteile, wenn ich mich vorgestellt habe."

Ein Grinsen konnte sie sich nicht verkneifen. Ach, dieser Mann hatte einfach etwas. Vielleicht lösten sein Akzent und sein Kilt Heimweh in ihr aus – sie war ja erst seit neun Monaten in New York. Sie sah ihn an, und sein sanftes Lächeln drang ihr mitten ins Herz. Verdammt. Sie sollte sich jetzt wirklich auf den Weg machen.

Rasch nahm sie den Holzpflock, den sie immer noch in ihrem Gürtel stecken hatte, und warf ihn zu den anderen in die Tasche. Sie war sich bewusst, dass er jede noch so kleine Bewegung wahrnahm. Ihr Instinkt befahl ihr, sich nicht länger aufzuhalten, doch am Ende siegte die Neugierde. Wer war dieser Mann? Und warum trug er ein Schwert? „Ich vermute, Sie sind wegen der Parade in die Stadt gekommen?"

Er zögerte. „Ich bin heute erst angekommen."

Keine klare Antwort. „Um zu feiern oder aus geschäftlichen Gründen?"

Seine Mundwinkel schossen nach oben. „Da ist aber jemand neugierig …"

Sie zuckte die Schultern. „Das liegt an meinem Beruf. Ich bin bei der Bundespolizei. Deshalb würde ich auch gerne wissen, warum Sie eine tödliche Waffe dabeihaben."

Sein Grinsen wurde noch breiter. „Entwaffnen Sie mich doch."

Sie reckte das Kinn. „Machen Sie keinen Fehler. Das könnte ich tun, wenn ich wollte."

„Und wie würden Sie das machen?" Er deutete auf ihre Tasche. „Wollen Sie mit ihren Stöckchen gegen mich und mein Schwert antreten?"

Sie hatte nicht vor, ihm zu erläutern, für welchen Zweck die Holzpflöcke dienten. Darum verschränkte sie einfach die Arme vor der Brust und wechselte das Thema. „Wie konnten Sie das Schwert im Flugzeug mitbringen? Oder durch den Zoll?"

Er imitierte ihre Bewegung und verschränkte ebenfalls die Arme vor der Brust. „Warum wandern Sie mitten in der Nacht allein durch den Park?"

Sie zuckte mit den Schultern. „Ich jogge gern. Jetzt beantworten Sie bitte meine Frage."

„Hat Ihnen noch nie jemand gesagt, dass es gefährlich ist, mit einem angespitzten Pfahl durch die Gegend zu laufen?"

„Das dient meinem Schutz. Aber Sie haben mir immer noch keine Antwort gegeben. Wieso haben Sie ein Schwert?"

„Das dient meinem Schutz. Diesen Schlappschwanz hat es zum Beispiel verjagt."

„Den hätte auch ein lautes ‚Buh!' verjagt."

Er grinste. „Damit könnten Sie recht haben."

Sie musste sich auf die Lippen beißen, um sein Grinsen nicht zu erwidern. Dieser verfluchte Typ war ärgerlich und attraktiv zugleich. Und außerdem hatte er immer noch nicht ihre Frage beantwortet. „Sie wollten mir gerade erzählen, warum Sie mit einem Schwert bewaffnet durch den Central Park laufen?"

„Es ist ein Claymore. Und ich habe es einfach gerne dabei."

Vor ihrem geistigen Auge sah sie den Schotten, wie er nackt mit seinem Riesending in ihrem Bett lag. Und mit dem Schwert. „Mir ist nur nicht klar, wozu Sie das Claymore brauchen. Sie sehen eigentlich kräftig genug aus, um sich auch so ganz gut verteidigen zu können."

„Schön, dass Ihnen das auffällt."

Wie bitte? Wenn er wüsste ... Im Geiste war sie schon dabei, ihn auszuziehen, und wenn sie seinen Blick nicht missdeutete, ahnte er, dass sie den Anblick genoss. Sie ließ ihren Blick nach unten wandern, vorbei an seinem blau-grün karierten Schottenrock, und entdeckte den Griff eines Messers, der aus einer seiner Socken ragte. Ihr Herz begann zu rasen. Dieser Mann hatte also noch mehr Waffen dabei – vielleicht sollte sie ihn erst mal filzen. Und davor den Notarzt alarmieren. „Haben Sie auch einen Namen?"

„Ja."

Sie zog die Brauen hoch und wartete auf eine Antwort, aber er lächelte nur. Der Typ war wirklich ärgerlich. „Lassen Sie mich raten. Conan der Barbar?"

Er lachte. „Ich heiße Angus."

Angus? Wie das Steak? Sie hätte es ahnen müssen. „Und einen Nachnamen?"

„Ja." Nun öffnete dieser geheimnisvolle Mann die Ledertasche, die an seinem Gürtel befestigt war.

Unwillkürlich trat Emma einen Schritt zurück und fragte sich, ob er darin noch eine Waffe versteckt hatte. „Was ist da drin?" Der Sporran sah gut gebraucht aus, als benutzte er ihn jeden Tag.

„Entspannen Sie sich. Ich suche nur nach einer Visitenkarte." Er nahm den Flachmann, der ihr vorher bereits aufgefallen war, aus der Tasche, damit er besser darin herumkramen konnte.

Mit verschränkten Armen wartete sie belustigt. „Das, was man sucht, ist immer ganz unten. Kenne ich von meiner Handtasche."

Ein irritierter Blick strafte ihre Worte. „Das ist keine Handtasche, sondern eine altehrwürdige Tradition unter schottischen Männern."

Aha. Das war also sein Schwachpunkt. Sie sah ihn mit großen Bambi-Augen an. „Ich finde aber, es sieht aus wie eine Handtasche."

Er bleckte die Zähne. „Man nennt es Sporran."

Sie biss sich auf die Lippen, um nicht laut herauszuplatzen. Kein Wunder, dass der Mann ihr gefiel – er brachte sie zum Lachen. Das hatte sie lange nicht mehr erlebt. Seit sie sich ihrer Mission verschrieben hatte, die sie sehr ernst nahm, war ihr nicht sehr oft zum Lachen zumute gewesen, denn ihr Feind war tödlich. „Und was haben Sie da drin? Außer dem Whisky, meine ich. Shortbread und ein bisschen Haggis [*1]?"

„Sehr lustig." Seine Antwort war mürrisch, obwohl er dabei lächeln musste. „Wenn Sie es unbedingt wissen wollen: mein Handy, eine Rolle Klebeband …"

„Klebeband?"

Er zog die Brauen hoch. „Kein Grund, sich lustig zu machen. Klebeband erweist sich als sehr praktisch, wenn man jemanden an Handgelenken oder Knöcheln fesseln muss."

„Wann muss man das denn?" Sie sah ihn mitleidig an. „Armer Schatz. Ist es so schwer, eine Frau für ein Date zu finden?"

„Es eignet sich übrigens auch hervorragend dazu, einen vorwitzigen Mund zum Verstummen zu bringen." Angus ließ seinen Blick zu ihrem Mund wandern – und dort verweilen. Sein Lächeln verschwand.

Ihr Herz fing an zu pochen. Jetzt sah er ihr mit einer Intensität in die Augen, die ihren Atem stocken ließ. Sie erbebte und hatte das Gefühl, selbst ihre Zehen hätten eine Gänsehaut.

In seinen grünen Augen las sie mehr als Begierde. Messerscharfe Intelligenz. Ihr fiel auf, dass er überhaupt nicht betrunken war. Und er schien in ihr zu lesen wie in einem Buch – das hatte noch kein Mann geschafft. Plötzlich kam sie sich so nackt vor wie der Exhibitionist.

Er trat näher. „Und Ihr Name?"

Name? Was ist das? Meine Güte, die Art, wie er sie ansah, hatte ihren Verstand komplett ausgeschaltet. Scotty, Energie! „Ich ... ich heiße Emma." Es war sicherer, ihm nur ihren Vornamen zu nennen. Er hatte es ja nicht anders gemacht.

„Ich freue mich, Sie kennenzulernen." Mit einer leichten Verbeugung reichte er ihr eine verknitterte Visitenkarte.

Mittlerweile waren die Wolken wieder über den Mond gezogen, und im fahlen Licht konnte sie die kleine Schrift auf der Karte nicht entziffern. „Sie haben nicht zufällig auch eine Taschenlampe in Ihrem Sporran?"

„Nein, denn ich sehe sehr gut im Dunkeln." Er deutete mit dem Kopf auf die Karte. „Ich führe ein kleines Security-Unternehmen."

„Oh." Sie steckte die Karte in ihre Hosentasche. Später

würde sie sich genauer damit befassen. „Sie sind also ein professioneller Bodyguard?"

„Brauchen Sie vielleicht einen? Für eine Frau, die nachts alleine durch Parks wandert, könnte ein Beschützer durchaus nützlich sein."

„Ich kann auf mich selbst aufpassen." Sie tätschelte ihre Tasche mit den Holzpflöcken.

Schon wieder legte sich seine Stirn in Falten. „Eine ziemlich ungewöhnliche Methode."

„Wie Ihre auch. Wie beschützen Sie Ihre Kunden, wenn plötzlich jemand eine Schusswaffe zieht? Ich möchte Sie nicht beleidigen, aber so ein Claymore ist doch wirklich ein bisschen altmodisch."

Er sah sie mit hochgezogenen Brauen an. „Ich habe auch noch andere Fähigkeiten."

Darauf würde sie wetten. Ihr Hals fühlte sich trocken an.

Der Mann ging noch einen Schritt auf sie zu. „Ich könnte Ihnen dieselbe Frage stellen. Wie schützen Sie sich mit so einem blöden Stöckchen gegen einen Angreifer, der eine Schusswaffe hat ... oder ein Schwert?"

Sie schluckte. „Ist das eine Herausforderung zum Kampf?"

„Eher nicht. Es wäre nicht fair."

Schon wieder diese männliche Aufgeblasenheit! „Ich glaube, Sie unterschätzen mich."

Er neigte den Kopf zur Seite und betrachtete sie. „Könnte sein. Darf ich eins Ihrer Stöckchen sehen?"

Einen kurzen Moment zögerte sie. „Warum nicht?", sagte sie und langte in ihre Stofftasche und reichte ihm einen der Holzpflöcke. Falls er auf falsche Gedanken kommen sollte, würde sie ihm den Pflock sofort aus der Hand treten.

Seine Hand umschloss das Holz, während er es sorgfältig betrachtete. „Das ist ja wohl nur der traurige Abklatsch eines Holzpflocks."

„Ist es nicht. Ich habe damit schon sehr erfolgreich …" Sie verstummte. Der Typ war dabei, sie auszuhorchen. „Ich finde sie jedenfalls sehr nützlich."

„Wie geht das?" Er fuhr mit dem Finger über den Rand bis zur Spitze des Pflocks.

„Sie sind scharf genug, um sich damit zu verteidigen."

Er runzelte nachdenklich die Stirn, als er den Pflock hin und her drehte. „Da steht ja was drauf."

„Nichts von Bedeutung." Sie wollte ihm den Pflock abnehmen, aber er wich ihr aus.

Überrascht sagte er: „Da steht Mum."

Emma zuckte zusammen. Er konnte wirklich gut sehen im Dunkeln. Und jetzt war sein Blick auf sie gerichtet. Sie griff nach dem Holzpflock, doch sein Griff verstärkte sich. Sie zog an ihm, aber er ließ nicht los.

„Warum haben Sie Mum auf den Holzpflock geschrieben?", fragte er flüsternd.

„Das geht Sie nichts an." Sie riss ihm das Stück Holz aus der Hand und ließ es in ihrer Tasche verschwinden.

„Meine Liebe." Seine Stimme klang mitleidig und machte sie unglaublich wütend.

Was fiel ihm ein, ihre alte Wunde wieder aufzureißen? Wie konnte er es wagen, ihren Schutzschild durchbrechen zu wollen? „Sie haben nicht das Recht …"

„Sie haben nicht das Recht, sich in Gefahr zu bringen", unterbrach er sie mit finsterer Miene. „Sie laufen nachts durch diesen Park und haben nur diese Stöcke zu ihrer Verteidigung dabei? Das ist reichlich naiv! Die Menschen, die Sie lieben, sind sicher nicht sonderlich begeistert, dass Sie sich derart in Gefahr begeben."

„Hören Sie auf!" Sie zeigte mit dem Finger auf ihn. „Hören Sie auf, mich zu belehren. Sie kennen mich doch überhaupt nicht!"

„Würde ich aber gerne."

„Lassen Sie mich in Ruhe!" Sie drehte sich auf dem Absatz herum und ging den Weg in Richtung Süden davon. Dieser Mistkerl! Ja, es hat Menschen gegeben, die mich geliebt haben. Aber jetzt sind sie alle tot.

„Emma!", rief er ihr hinterher. „Wenn Sie morgen auch hier sind, werde ich Sie finden!"

„Ich würde nicht darauf bauen", rief sie, ohne sich noch einmal umzudrehen. Mit jedem Schritt wuchs ihre Wut. Dieser elende Mistkerl! Es war sehr wohl ihr Recht, ihre Eltern zu rächen.

Warum hatte sie ihm nicht einfach gezeigt, wie hart sie drauf war. Sie hätte ihn entwaffnen und ihm die Handgelenke mit seinem eigenen blöden Klebeband fesseln sollen! Sie verlangsamte ihren Schritt, plötzlich versucht, umzukehren und ihm eine Lektion zu erteilen.

Als sie sich umsah, war der Weg leer. Wo war er hin? Wie ein Verlierer davonzuschleichen war ganz sicher nicht seine Art. Sie drehte sich einmal langsam um ihre eigene Achse. Der Kerl war nirgends zu sehen. Nicht die leiseste Bewegung war auszumachen. Eine kühle Brise wehte ihr eine Haarsträhne ins Gesicht. Sie schob sie zurück und lauschte. Nicht mit den Ohren, sondern mit ihren übersinnlichen Fühlern – sie suchte nach den Gedanken eines anderen Gehirns in der Nähe.

Ein plötzliches Kältegefühl ließ sie erschaudern. Emma zog den Reißverschluss ihrer kurzen Jacke zu und schlug den Kragen hoch. In ihrem Magen machte sich ein seltsames Gefühl breit. Sie hatte keine Gedanken wahrgenommen, aber sie spürte ganz deutlich die Anwesenheit eines anderen. Jemand beobachtete sie.

Sie griff nach einem Pflock in ihrer Tasche. War dieser Jemand, den sie spürte, vielleicht Angus? Wer war er wirklich?

Sie würde Nachforschungen über ihn anstellen, sobald sie wieder zu Hause war.

Der Ausgang des Parks war nicht weit weg. Sie überquerte eine kleine Steinbrücke und ging an einem Teich entlang. Der Schotte hatte sie total verwirrt. Ohne Frage ein sehr attraktiver, verführerischer Mann. Es hatte Spaß gemacht, sich mit ihm zu unterhalten – bis er angefangen hatte, sie zu maßregeln wie ein dummes Kleinkind. Was war da bloß in ihn gefahren? Kaum hatte er ihren Pflock in der Hand gehabt, war er unverschämt und anmaßend geworden. Warum regte sich jemand mit einem so riesigen Schwert derart über jemanden mit einem Holzpflock auf?

Mit einem Satz blieb sie stehen. *Bitte nicht!*

Ihr Herz klopfte bis zum Hals. Nein, nicht er. Er war doch kein Vampir! Oder doch? Sie drehte sich einmal um sich selbst, suchte mit den Augen die Umgebung ab. Sie sah sogar in den Teich, als ob er sich aus dem Wasser erheben und auf sie zufliegen würde.

Nimm dich zusammen! Der Mann war kein Vampir. Das hätte sie gespürt. Und außerdem hätte er sie dann angegriffen. Stattdessen war er ihr mit Sicherheitsvorschriften gekommen. Und er hatte nach Whisky gerochen. Vampire tranken doch nichts anderes als Blut! Angus hatte aus einem silbernen Flachmann getrunken, und Silber verbrannte Vampiren die Haut.

Oh, verdammt. Als sie vor ein paar Monaten in der Stadt angekommen war, hatte sie einen Bericht über die Ereignisse des letzten Sommers gelesen. Das Stake-out-Team im Central Park hatte eine Gruppe Vampire beobachtet, bei denen auch Shanna Whelan, die Tochter ihres Chefs, gewesen war. Viele Vampire aus dieser Gruppe hatten einen Schottenrock getragen. Es waren schottische Vampire – und sie waren alle mit einem Schwert bewaffnet gewesen. Und nur weil Angus' Flachmann silbern aussah, hieß das nicht, dass er auch aus echtem Silber war. Er könnte genauso gut aus rostfreiem Stahl oder Zinn sein.

Oh Gott. Er könnte tatsächlich ein Vampir sein.

Scheiße! Sie hätte ihn erlegen sollen! Emma lief in großen Schritten zum Ausgang des Parks, dann rannte sie die Treppen zur Fifth Avenue hoch. Verdammt! Angus hatte ihre Holzpflöcke gesehen! Sicher hatte er sie als den Vampirjäger identifiziert und würde jetzt alle anderen Vampire darüber unterrichten.

Sie erstarrte mitten in ihrer Bewegung. Eigentlich hatte sie ein Taxi anhalten wollen. Autos rasten an ihr vorüber, in der Ferne ertönte Hupen. Das Geklapper von Pferdehufen dröhnte in ihren Ohren, als sich eine Kutsche näherte. Die Geräusche der Großstadt surrten in ihrem Kopf, als sie sich des vollen Ausmaßes der Geschichte bewusst wurde.

Angus wusste, wer sie war. Ihre Nächte des heimlichen Vampirtötens waren gezählt. Jetzt würden die Vampire sich an ihr rächen und sie töten wollen. Ihr Rachefeldzug war auf einem neuen Level angekommen.

Jetzt befand sie sich im Krieg.

3. KAPITEL

Zum Teufel. Er hatte alles versaut. Aber so richtig.

Angus beobachtete, wie Emma entschlossenen Schrittes die Steinbrücke überquerte. Eigentlich hatte er sie davon überzeugen wollen aufzuhören, doch stattdessen waren seine Worte Ermunterung gewesen, ihre elenden Holzpflöcke erst recht einzusetzen.

Roman und Jean-Luc hatten recht. Er war einfach zu aufbrausend. Aber es ging ihm nun mal gewaltig auf den Geist, dass sich eine so hübsche junge Frau in Gefahr brachte. Ihr Rachefeldzug galt wahrscheinlich nicht nur den unschuldigen Sterblichen, die vor Kurzem im Central Park ihr Leben gelassen hatten, sondern dem Tod ihrer Mutter. Das würde zumindest ihre Entschlossenheit und Kompromisslosigkeit erklären. Trotzdem war das, was sie tat, reiner Selbstmord. Es war idiotisch und rücksichtslos sich selbst gegenüber. Ein so dummes oder sorgloses Verhalten schien gar nicht zu Emma Wallace passen zu wollen.

Sie war intelligent und geistesgegenwärtig, außerdem besaß sie ausreichend ausgebildete übersinnliche Kräfte. Eben hatte sie seine Anwesenheit wahrgenommen, obwohl es ihm gelungen war, seinen genauen Standort und seine Gedanken vor ihr abzuschirmen. Das hatte er einem Sterblichen gegenüber noch nie tun müssen und es bewies ihre besonderen Fähigkeiten. Auch deshalb hatte er gehofft, sie würde Vernunft annehmen. Aber offenbar war sie von ihrem Entschluss, weiter zu kämpfen, nicht abzubringen. Wahrscheinlich musste man sie fesseln, damit sie einem überhaupt zuhörte.

Bei dem Gedanken daran schwoll zwischen seinen Beinen etwas an. Verdammt. Er sah hinunter zu seinem Sporran, der nun schief hing. Mit dieser Erektion konnte er sich nicht in Romans Stadthaus blicken lassen. Das würde ihm den Spott seiner Gefährten bis weit ins nächste Jahrhundert einbringen.

Also sah er Emma zu, wie sie die Treppe zur Fifth Avenue hinauflief, dann folgte er ihr auf die Straße, allerdings in einigem Abstand, sodass er sie gerade noch mit seiner dem menschlichen Auge überlegenen Sehkraft erkennen konnte. Mit besorgter Miene hielt sie ein Taxi an. Gut. Vielleicht war ihr endlich klar geworden, dass sie mit dem Feuer spielte.

Er musste sich etwas einfallen lassen. Wenn die Malcontent-Vampire sie auf frischer Tat ertappten, würden sie Emma ohne jede Umschweife sofort töten. Für sie waren Sterbliche nichts weiter als eine Nahrungsquelle, so etwas wie Nutzvieh. Von Natur aus waren Vampire schneller und stärker als Menschen, daher war das Schicksal von Emma Wallace so gut wie besiegelt. Außer Angus gelang es, sie zum Aufhören zu bewegen.

Er beobachtete, wie sie mit einer geschmeidigen Bewegung auf die Rückbank des Taxis glitt. Eine reizende Gestalt. Und so erstaunlich. Drei Morde letzten Sommer und einer in diesem Frühjahr – diese Frau war wirklich eine leidenschaftliche Kriegerin. Könnte er nur ihre Leidenschaft in eine andere Richtung lenken …

Sein geschwollenes Geschlecht pulsierte. Verdammt. Jetzt war er schon über fünfhundert Jahre alt und reagierte immer noch wie ein pubertierender Teenager. Im Grunde wusste er nicht, ob er verärgert oder doch eher erleichtert sein sollte, schließlich war es schon eine ganze Weile her, seit er zum letzten Mal eine Erektion gehabt hatte. Angus war sich schon mehr tot als lebendig vorgekommen – was natürlich in gewisser Weise auch zutraf.

Seufzend machte er sich auf den Weg zu Romans Stadtdomizil auf der Upper East Side. Mit Teleportation käme er schneller ans Ziel als zu Fuß, aber er brauchte etwas Zeit zum

Nachdenken. Und auch damit sich die Beule unter seinem Kilt zurückbildete.

Warum reagierte er bloß nie in dieser Weise auf eine Frau seiner Gattung? Es gab so viele verfügbare Vampirfrauen, inklusive derer in seinem Harem. Sie waren alle hübsch, aber auf eine erbärmliche, hilflose Art eben auch fordernd und eitel. Emma war ganz anders. Sie war clever, unabhängig und mutig. Sie besaß alle die Eigenschaften, die er an einem Mann schätzte. Sie war sogar eine Kriegerin.

Angus erkannte plötzlich ihre Ähnlichkeit zu ihm. Natürlich war sie viel jünger. Und lebendiger. Und sie besaß einen äußerst anziehenden weiblichen Körper.

Aber die Anziehungskraft ging nicht nur von ihrem Körper aus. Wie er selbst, wich sie keinem Kampf aus, nicht einmal mitten in der Nacht, und sie teilte auch seinen Wunsch, Unschuldige beschützen zu müssen. Im Grunde waren sie beide aus demselben Holz geschnitzt. Wenn er ihr das klarmachen könnte, würden sie vielleicht bald gemeinsam statt gegeneinander kämpfen.

Er bog auf die Straße ab, in der Roman wohnte und ging auf das Haus zu. Seit Romans Harem verschwunden war und er mit seiner sterblichen Frau in White Plains wohnte, war normalerweise alles dunkel. Hier in seinem Stadthaus waren nur noch Connor und zwei Vampirwachleute. Ian war für die Sicherheit des Stadthauses zuständig, Dougal übernahm dieselbe Aufgabe bei Romatech Industries.

Angus wohnte immer, wenn er in New York war, in Romans Stadthaus. Die Schlafzimmer waren mit Aluminiumrollläden ausgestattet, um die Bewohner tagsüber vor den tödlichen Sonnenstrahlen zu schützen, und auch die Wachleute, die die Tagschicht übernahmen, waren absolut vertrauenswürdig. Sie arbeiteten schließlich für MacKay Security and Investigation.

Ohne Zweifel würde Emma Wallace sein Unternehmen genauer unter die Lupe nehmen, wenn sie seine Visitenkarte gelesen hatte. Wahrscheinlich würde sie zu dem Schluss kommen, dass er ein Untoter war, aber das war in Ordnung. Je weniger Geheimnisse es zwischen ihnen beiden gab, desto besser. Er wollte ihr Vertrauen gewinnen.

Natürlich würde auch er Nachforschungen über sie anstellen. Es würde sich schon ein Anhaltspunkt finden, durch den er sie für seine Sache gewinnen könnte. Das nannte man psychologische Kriegsführung. Normalerweise griff er auf simplere Methoden zurück, aber in diesem Fall handelte es sich schließlich um eine ganz besondere Zielperson. Er konnte ihr schlecht einfach eins mit seinem Claymore überziehen, er musste geschickter vorgehen. Verführerischer.

Angus lächelte. Die Schlacht konnte beginnen.

Als er die Treppe zum Eingang des Hauses betrat, sah er sich um. Die Straße war leer und alles ruhig. Die perfekte Gelegenheit, die von ihm selbst erst vor wenigen Monaten installierte Alarmanlage zu testen. Seit sich Roman direkt in den Schlupfwinkel des russischen Vampirzirkels teleportiert hatte, befürchtete Angus, die Russen könnten sich mit einer ähnlichen Aktion revanchieren.

Noch einmal vergewisserte er sich, dass die Straße menschenleer war, dann teleportierte er sich in das dunkle Foyer des Hauses. Sobald sein Körper sich zu materialisieren begann, ging der Alarm los – in einer nur für Hunde und Vampire hörbaren Tonfrequenz.

Sofort ging die Küchentür auf und eine Gestalt raste in Vampirgeschwindigkeit auf ihn zu. Es war Ian, der mit flatterndem Kilt Angus seinen Dolch an die Kehle hielt.

„Ach, du bist es." Ian ließ den Dolch zurück in die Scheide in seinem Strumpf gleiten. „Ich hätte dich fast massakriert."

Angus klopfte dem jungenhaft aussehenden Vampir auf

den Rücken. „Schnell wie immer. Schön, dich zu sehen." Dann ging er zu dem Kontrollkasten neben der Tür und stellte den Alarm ab. „Hättest du den Monitor im Auge gehabt, dann hättest du gesehen, wie ich die Treppe hochgegangen bin, und wärest nicht überrascht worden."

Ian ließ den Kopf hängen. Es war ihm ganz offensichtlich peinlich, dass er nicht auf seinem Posten gewesen war. „Ich war in der Küche. Wir haben nämlich Besuch."

„Wen?" Angus ging an der Treppe vorbei Richtung Küche, aus der ein silbriger Lichtschein unter der Tür auf den Flur schien. Er gab der Schwingtür einen Schubs und entdeckte Gregori, der am Küchentisch saß und genüsslich aus seiner Flasche Blissky trank.

„Was machst du denn hier? Wieso hältst du Ian von seinen Pflichten ab? Du solltest eigentlich noch bei Romatech sein."

Gregori schnitt eine Grimasse. „Du bist doch eigentlich der Nette, oder? Roman erwartet von mir einen Bericht über den Vampirjäger, aber weder du noch Connor seid ins Büro zurückgekommen. Außerdem wollte ich dir deine Flasche zurückgeben."

Angus schnappte sich die Flasche und hielt sie vors Licht. „Das Ding ist ja halb leer!"

„Du meinst sicher halb voll." Doch Gregoris blödes Grinsen erstarb augenblicklich, als ihn ein böser Blick traf. „Okay, ich habe einen kleinen Schluck genommen. Aber wirklich nur ein Tröpfchen."

Im selben Moment, in dem Angus die Flasche abstellte, erschien Ian im Zimmer.

Gregori zeigte auf ihn. „Er hat auch was davon getrunken."

„Nur ein winziges Schlückchen", behauptete Ian. „Schließlich bin ich ja im Dienst."

„Da hast du verdammt recht." Angus musste ein Grinsen

verkneifen. Romans neuer Fusion-Drink würde garantiert wie eine Bombe einschlagen. „Würdest du Connor anrufen und ihm sagen, dass ich hier bin?" Um seine Worte zu unterstreichen, nickte er Ian auffordernd zu.

„Klar." Ian nahm ein schnurloses Telefon von der Küchentheke und verschwand in den Flur.

„Also, Großer. Was kannst du mir berichten?" Gregori lehnte sich in seinem Stuhl zurück. „Hast du den Vampirjäger gefunden? War es eine der beiden heißen Miezen?" Er wackelte mit den Augenbrauen.

Angus sah den jüngeren Vampir an. „Ich werde dir verzeihen, dass du meinen Blissky getrunken hast, wenn du mir sagst, was mit dem Balg los ist."

„Mit dem was? Das Ganze jetzt noch mal, und bitte auf Deutsch."

„Das Balg, das Kind. Ich will wissen, was mit ihm los ist."

„Oh." Gregoris Miene wurde ernst, und er stützte sich auf die Ellbogen. „Tja, das ist sozusagen persönlich."

„Deine Eier sind auch persönlich, wenn du verstehst, was ich meine. Also, sagst du mir jetzt, was los ist, oder nicht?"

„Meine Güte!" Gregori sah ihn ungläubig an. „Ich empfehle, mal die Steroide wegzulassen."

„Ich brauche kein Doping. Ich bin von Natur aus so."

„Schon klar." Gregori sah ihn mit zusammengekniffenen Augen an. „Du hast der scharfen Lady doch nichts getan?"

Angus lächelte. Langsam dämmerte ihm, warum Roman den jungen Vampir so schätzte. „Ich sag dir jetzt mal was. Du verrätst mir, was mit dem Balg los ist und ich erzähl dir von der scharfen Lady."

Gregori nickte bedächtig. „Abgemacht." Er deutete auf den Stuhl gegenüber.

Angus legte sein Claymore mitten auf den Tisch und setzte sich. „Ist das Balg in Gefahr?"

„Das wissen wir nicht. Die Vampirärzte sagen, er ist gesund."

„Es ist ein Junge?"

Gregori lächelte. „Du hättest Roman mal sehen sollen, als er es mir erzählte. Er hat sich fast nicht mehr eingekriegt, so stolz war er."

„Wo ist dann das Problem? Und versuch gar nicht erst, mir etwas vorzumachen. Das merke ich sofort. Und du willst doch nicht, dass ich böse werde?"

Sagenhaft, wie Gregori die Augen verdrehte. „Oh. Jetzt kriege ich aber Angst."

Angus unterdrückte ein Grinsen. Er verschränkte die Arme vor der Brust und kniff die Augen zusammen.

„Na gut. Shanna erwähnte vor ein paar Monaten, das Baby würde den ganzen Tag schlafen und wäre dafür nachts total aufgedreht. Und da hat Roman Angst bekommen."

Angus stützte sich mit den Ellbogen auf dem Tisch ab. „Roman hat Angst, dass sein Balg ein Kind der Nacht ist? Deswegen gehen sie zum Vampirarzt? Hat Roman denn keinen menschlichen Samen verwendet?"

„Doch. Aber er hat die Spender-DNA gelöscht und durch seine eigene ersetzt."

„Damit er der Vater ist. Trotzdem verstehe ich nicht, wo das Problem liegt." Die Küchentür ging auf und Connor trat herein, gefolgt von Ian.

„Ich hoffe, du hattest mehr Glück als ich." Connor holte sich eine Flasche synthetisches Blut aus dem Kühlschrank und stellte sie in die Mikrowelle. „Ich habe mich die ganze Nacht im nördlichen Central Park rumgetrieben und nichts entdeckt außer ein paar Pärchen beim Vögeln."

„Verdammt!" Gregori schlug mit der Faust auf den Tisch. „Ich hätte doch mitgehen sollen!"

Schlagartig wurde es still im Zimmer. Nur das Surren der

Mikrowelle war noch zu hören. Die drei Schotten richteten ihren Blick auf Gregori, der rot anlief.

Er rutschte nervös auf seinem Stuhl herum. „Ich brauche wohl langsam mal wieder eine Freundin."

„Tun wir das nicht alle", murmelte Ian.

Der Klingelton der Mikrowelle unterbrach die Stille, und Connor entnahm die Flasche mit dem Blut. „Bevor wir jetzt alle anfangen, unseren Verflossenen nachzutrauern, würde ich gerne etwas über den Vampirjäger erfahren. Hast du sie gefunden, Angus?"

„Sie?", wiederholte Ian.

„Ja, ich habe sie gefunden." Angus deutete auf Gregori. „Aber zuerst wollte mir Gregori noch von Romans Balg erzählen."

„Er wollte nichts über die Vampirjägerin sagen, wenn ich nicht mit der Wahrheit herausrücke", gab Gregori entschuldigend zu.

Connor verzog das Gesicht und nahm dann einen tiefen Schluck aus der Flasche. „Roman hatte darum gebeten, niemandem etwas davon zu sagen."

Angus bleckte die Zähne. „Du glaubst also nicht, dass ich ein Geheimnis bewahren kann? Ich kenne mehr Geheimnisse, als du dir träumen lässt, Connor. Ich muss dich doch nicht daran erinnern, dass du für mich arbeitest?"

„Ja, das stimmt. Aber mein Job ist es, für Romans Sicherheit zu sorgen – und genau das tue ich auch."

„Wo liegt denn nun das Problem?" So schnell würde Angus nicht aufgeben.

Seufzend lehnte sich Connor gegen die Küchentheke. „Nachdem Shanna schwanger geworden war, führte Roman einige Tests durch, um herauszufinden, ob er sich in einen Sterblichen zurückverwandeln könnte."

Angus nickte. „Die Prozedur, der sich Darcy Newhart unterzogen hat. Was wurde eigentlich daraus?"

„Roman hat festgestellt, dass es nur dann gelingt, wenn er die sterbliche Original-DNA des Vampirs benutzt", erklärte Connor. „Und bei den Untersuchungen unseres Erbguts stellte Roman etwas Seltsames fest. Allerdings war Shanna zu diesem Zeitpunkt ja bereits schwanger – und zwar von den Spermien aus Romans DNA."

„Und was heißt das?", wollte Angus wissen.

Connor nahm einen weiteren tiefen Schluck. „Unsere DNA, die Vampir-DNA, ist verändert. Es ist nur eine sehr leichte Mutation, aber sie ist nicht dieselbe, die wir als Sterbliche hatten."

Angus schluckte. „Dann ist Romans Baby ..."

„... vielleicht einer von uns", führte Connor den Satz zu Ende. „Und wir sind keine richtigen Menschen mehr."

Eine Gänsehaut überlief Angus. Keine richtigen Menschen mehr? Kein Wunder, dass Roman nervös war. Was war sein Kind? Kein richtiger Mensch? Verdammt.

„Alles klar bei dir?", fragte Connor.

„Ja." Nur, dass Gregori mit seinen Fingern auf den Tisch trommelte und dieses Geräusch Angus in den Wahnsinn trieb. Kein richtiger Mensch. Wie konnte er Emma jemals davon überzeugen, auf ihrer Seite zu sein, wenn er nicht einmal ein Mensch war? Plötzlich ballte er die Fäuste, als wollte er jemanden schlagen. Gregori käme ihm gerade recht. „Weiß Shanna es?"

„Ja", antwortete Connor. „Aber sie sagt, es ist ihr egal, weil sie Roman liebt und weil sie das Balg lieben wird – egal, was passiert."

„Wirklich eine tolle Frau." Angus warf Gregori einen finsteren Blick zu, damit dieser endlich das nervige Trommeln unterließ.

Es funktionierte. Gregori beugte sich vor. „Ist das zu

glauben? Wir sind eine Bande von Mutanten! Wie die Ninja Turtles!"

Angus sah ihn verständnislos an. „Wir sind wie wer? Wie Schildkröten?"

Gregori brach in schallendes Gelächter aus.

„Nicht doch", prustete Connor. „Wir haben Vampir-DNA, keine Schildkröten-DNA."

„Oh Mann! Da hab ich dir aber einen ganz schönen Schrecken eingejagt, was?"

Angus sah Gregori mit zusammengekniffenen Augen an. „Connor, wenn du diesen Grünschnabel hier nicht umbringst, mach ich es. Er schreit förmlich danach!"

Ian legte sich eine Hand auf den Mund, um sein Grinsen zu verbergen. Connor verschränkte gelangweilt die Arme vor der Brust.

„Du darfst mich nicht töten. Ich bin der Vice President Marketing bei Romatech." Gregori rieb sich die Tränen aus den Augen.

Erstaunt zog Angus eine Braue hoch. „Du willst behaupten, du hast eine Funktion?"

„In der Tat. Ich bin für den Vertrieb von Romans Fusion Cuisine zuständig. Kennst du die Werbespots auf Digital Vampire Network?" Gregori lächelte stolz. „Die sind von mir."

Angus zog sein *Sgian dubh*, das traditionelle schottische Messer, aus dem Strumpf und betrachtete die tödlich scharfe Klinge. „Ich habe keine Zeit zum Fernsehen. Ich bin meistens unterwegs, um jemanden zu töten."

Gregoris Lächeln verschwand. „Ruhig, Brauner. Schaff dir mal ein Hobby an. Kauf dir ein neues Hemd. Find etwas, das dir Spaß macht."

Ein grimmiges Lächeln huschte über Angus' Gesicht. „Meine Arbeit macht mir Spaß. Je mehr Blut spritzt, umso besser." Er sah Connor an. „Darf ich dir das Vergnügen überlassen, oder soll ich?"

Connors Mundwinkel zuckten.

Gregori sprang auf. „Du darfst mir nichts tun! Roman braucht mich für den Vertrieb seiner Produkte!"

„Und wenn du keine Werbespots mehr machen würdest, würden alle Vampire schlagartig aufhören, Romans Produkte zu kaufen, und nur noch bei der Konkurrenz kaufen. Hab ich recht?", fragte Angus.

Gregori lockerte seine Krawatte. „Es gibt keine Konkurrenz. Roman ist der einzige Hersteller von synthetischem Blut."

„Aha." Angus ließ seinen Finger über die Schneide des *Sgian dubh* gleiten. „Weißt du, ich habe immerhin genug Fernsehen gesehen, um zu wissen, als was man Typen wie dich bezeichnet. Der Fachbegriff lautet: entbehrlich."

Erschrocken sah Gregori ihn an. „Du wirst mir nichts tun. Roman mag mich."

Angus neigte den Kopf. „Bist du dir da sicher, Kleiner?"

„Jetzt hör schon auf mit dem Quatsch, Angus. Erzähl endlich was über die Vampirjägerin." Connor kicherte.

„Na gut." Angus steckte das Messer zurück in die Scheide und lächelte Connor und Ian zu, die beide grinsten. „Den Grünschnabel können wir später noch kaltmachen."

„Scheiße!" Gregori sah die Schotten böse an. „Ihr Typen habt echt einen kranken Humor." Er schob Angus' Claymore zur Seite und hockte sich auf den Rand des Tischs. „Ich würde gerne mal sehen, wie dumm du mit deinem museumsreifen Schwert aussiehst, wenn die Alte dir mit einer Bazooka gegenübersteht!"

Angus nickte. „Dein Wunsch könnte schon bald in Erfüllung gehen."

„Du hattest also recht?", fragte Connor. „Der Vampirjäger ist Emma Wallace?"

„Ja. Ich habe sie gesehen, wie sie mit einer Tasche voller Holzpflöcke durch den Park spazierte."

„Hast du ihre Holzpflöcke zerstört?", erkundigte sich Ian.

„Nein." Angus stand auf und schwang sich sein Schwert auf den Rücken. „Ich habe nur dafür gesorgt, dass sie den Park verließ. Zumindest heute Nacht wird sie niemanden umbringen."

„Und morgen Nacht?" Connor trat auf ihn zu. „Hast du mit ihr geredet? Konntest du sie überzeugen, damit aufzuhören?"

„Das werde ich morgen tun." Angus stieß die Küchentür auf. „Sagt Roman, er soll sich keine Gedanken machen. Ich kümmere mich um Emma Wallace." Und damit ging er.

„Warte!" Connor schlüpfte durch die schwingenden Türhälften hinaus zu ihm in den Flur. „Wie ist sie so? Wird sie leicht zu überzeugen sein?"

„Nein, sie nimmt ihre Mission sehr ernst. Sie scheint sehr eigensinnig zu sein und stolz."

„Kommt mir bekannt vor."

Angus sah ihn fragend an. „Willst du damit sagen, dass wir etwas gemeinsam haben? Das ist mir auch schon aufgefallen."

Connor senkte die Stimme. „Brauchst du Hilfe?"

„Nein." Angus stellte erst fest, wie heftig er geantwortet hatte, als Connor ihn erschrocken ansah. Er räusperte sich. „Ich erledige das selbst."

„Ich dachte nur, vielleicht glaubt sie unsere Sichtweise der Geschichte eher, wenn sie sie von mehr als einer Person hört."

„Nein." Angus griff nach dem Treppenpfosten. Wieso war er plötzlich so besitzergreifend, wenn es um Emma Wallace ging? Weil es ihn in seinem Stolz traf, dass Connor angedeutet hatte, er würde allein vielleicht nicht fertig mit ihr? Oder steckte etwas anderes dahinter? „Ich kümmere mich um die Angelegenheit. Allein."

„Wie du meinst."

Angus stellte sich auf die Wendeltreppe und blickte nach oben. Es würde wesentlich schneller gehen, sich ins fünfte Stockwerk zu teleportieren, als zu Fuß zu gehen.

„Sie ist eine hübsche Frau", flüsterte Connor kaum hörbar.

Angus wirbelte herum und starrte seinen Freund wütend an, aber Connor warf ihm nur einen wissenden Blick zu. Verdammt. Angus konzentrierte sich wieder auf den Treppenabsatz im fünften Stock. „Meinst du, Roman hat etwas dagegen, wenn ich sein Büro benutze?"

„Nein. Hast du vor, eine kleine Recherche über Miss Wallace durchzuführen?"

„Ja. Wenn ich herausfinden kann, was sie dazu antreibt zu morden, kann ich ihr diese Motivation vielleicht ausreden, und dann ..."

„Und dann würde sie aufhören zu morden", ergänzte Connor. „Kein schlechter Plan."

„Ich würde sie gerne zu unserer Verbündeten machen."

Connor ging auf ihn zu und sah ihn zweifelnd an. „Das ist ein großer Schritt – vom Vampirjäger zum Verbündeten."

„Wir haben auch Austin Erickson auf unsere Seite gebracht."

„Aber er war nie ein Vampirjäger. Miss Wallace hat vier von uns getötet, soweit wir wissen. Sie ist ein härterer Gegner, als Austin es jemals war."

„Ja, sie ist eine gewisse Herausforderung. Aber eins sage ich dir." Angus reckte trotzig das Kinn nach oben. „Mich wird sie nicht besiegen."

Connor nickte und trat wieder einen Schritt nach hinten. „Na dann, gute Nacht."

„Gute Nacht." Angus teleportierte sich in den fünften Stock und betrat Romans Arbeitszimmer. Bis der Computer hochgefahren war, holte Angus sich eine Flasche synthetisches

Blut aus dem Minikühlschrank. Blutgruppe 0 – wie die von Emma. Vielen Vampiren war der Geschmack von Blutgruppe 0 zu schal und nichtssagend, aber Angus mochte einfache Gerichte. Er machte sich ein Glas in der Mikrowelle warm, nahm es heraus und roch das frische, gesunde Aroma. Es roch nach Emma. Sie war aus hartem Holz geschnitzt – und stark genug, einen Mann ein Leben lang zu begleiten.

Mit dem Glas in der Hand ging er zum Schreibtisch. Bis zu ihrem Treffen morgen Abend würde er sicher alle nötigen Informationen über sie herausgefunden haben.

Er konnte es kaum erwarten, bis die Schlacht begann.

Emma stellte die Tasche mit den Holzpflöcken auf die Küchentheke und schaute in ihrem Kühlschrank nach etwas Essbarem zum Frühstück. Oder zum Abendessen. Oder wie auch immer man das nannte, was man zu sich nahm, wenn man die ganze Nacht gearbeitet hatte. Jedenfalls knurrte ihr der Magen.

„Großartig", murmelte sie, als sie den kleinen Becher fettarmen Joghurt und die Tüte verwelkten Kopfsalat entdeckte. Natürlich hatte sie mal wieder vergessen, einkaufen zu gehen. Und an allem war dieser Schotte schuld, dieser Angus. Den ganzen Weg nach Hause hatte sie an ihn gedacht. War er nun ein Vampir oder nicht?

Seufzend griff sie nach dem Becher Erdbeerjoghurt. Vielleicht bildete sie sich auch alles nur ein und Angus war ein ganz normaler Mann? Genau. Sie riss den Deckel des Joghurts ab und steckte einen Löffel in den Becher. Aber an Angus war nichts normal. Er war clever, sah gut aus, ein Traumtyp eben – aber war er wirklich lebendig? Ihr Blick wanderte zur Eingangstür. Die drei Riegelschlösser waren vorgeschoben und das Blinklicht bedeutete, dass die Alarmanlage aktiviert war. Andererseits würde das einen Vampir ohnehin nicht aufhalten – dank Teleportation kamen Vampire überall hin.

In ihrem kleinen Apartment in SoHo brauchte Emma nur fünf Schritte, um von der Küche ins Wohnzimmer zu gelangen. Sie stellte den Joghurt auf den Tisch und ging hinüber zum Fenster, um durch die Jalousie nach draußen zu schauen. Bald wurde es hell, und tagsüber würde sie in Sicherheit sein.

Die Straße war leer bis auf eine Reihe geparkter Wagen und die wenigen Frühaufsteher, die mit ihren Hunden unterwegs waren. Die Vierbeiner drehten ihre Runden unter den Bäumen, während ihre schläfrigen Besitzer, einen Becher Kaffee in der einen und einen Hundekotbeutel in der anderen Hand, darauf warteten, dass sie ihr Geschäft erledigt hatten.

Emma schloss die Jalousie wieder und ging hinüber zu ihrem knallroten Zweiersofa. Vielleicht sollte sie sich auch einen Hund anschaffen, dann würde sie sich nicht so einsam fühlen. Es war einfach schwierig, eine Beziehung zu haben, wenn man nicht über seinen Job und sonstige geheime Aktivitäten reden durfte. Leider waren einige besagter Aktivitäten jetzt allerdings nicht mehr geheim. Wenn Angus ein Vampir war, wusste er natürlich ganz genau, wozu ihre Holzpflöcke dienten. Die Frage war: Würde er ihr Geheimnis den anderen Vampiren verraten?

Sie nahm seine Visitenkarte aus der Hosentasche. Sie war weiß und zeigte in der linken oberen Ecke ein Clan-Abzeichen mit demselben blau-grünen Karomuster, das auch Angus' Kilt hatte. Sein Name stand unter dem Firmenschriftzug MacKay Security and Investigation, mit Adressen in London und Edinburgh.

MacKay Security and Investigation? Das kam ihr irgendwie bekannt vor. Sie klappte ihren Laptop auf, der auf dem Couchtisch vor ihr stand, und schaltete ihn ein. Das Logo des Stake-out-Teams erschien, und sie öffnete den entsprechenden Dateiordner. Dann ließ sie die einzelnen Dateien nach Informationen über Angus' Unternehmen durchsuchen, und in der Zwischenzeit schob sie sich einen Löffel Joghurt in den Mund.

Wenn die Firmensitze London und Edinburgh waren, was hatte Angus dann in New York zu suchen? Die Suche war beendet. Angus MacKays Unternehmen war der Sicherheitsdienst von Romatech Industries.

Emma musste schlucken. Sie hatte zwar keinen endgültigen Beweis dafür, dass Angus ein Vampir war, aber immerhin spielte er in einer Liga mit dem Feind. Romatech gehörte dem mächtigsten und reichsten Vampir der Ostküste, Roman Draganesti. Emmas Chef, Sean Whelan, hatte tonnenweise Informationen über Roman zusammengetragen. Er war der Anführer des ostamerikanischen Vampirzirkels sowie der Erfinder und der Produzent von synthetischem Blut, das über Romatech vertrieben wurde – und außerdem Seans Schwiegersohn.

Sean setzte alle Zeit und Ressourcen des Stake-out-Teams dazu ein, um seine Tochter zu finden und zu retten. Emma war mit seiner Mission nicht einverstanden, wollte sich aber nicht mit ihrem Chef anlegen. Sie machte einfach ihre Arbeit und ging danach Vampire jagen. In Wirklichkeit sollte die Vampirjagd an oberster Stelle stehen – nur deshalb hatte sie sich ja dem Stake-out-Team angeschlossen.

Ihr Chef sammelte wirklich Informationen wie ein Besessener. Emmas Meinung nach musste man eigentlich nur eins wissen – ob die verdächtige Person ein Vampir war oder nicht. Wenn ja, musste sie sterben.

Jetzt gab sie die Web-Adresse von Angus' Unternehmen ein, und kurz darauf erschien die Homepage von MacKay Security and Investigation. Unter dem Namen der Firma stand in kleinerer Schrift „1927 gegründet". Unten auf der Seite waren die Adressen in London und Edinburgh angegeben und der Hinweis „Beratung nur nach vorheriger Terminvereinbarung". Dazu gab es einen E-Mail-Link.

Emma klickte darauf. Der Mail-Empfänger war „Home Office". Sie schrieb nur eine kurze Notiz:

Das ist eine Nachricht für Angus MacKay.
Ich wüsste gerne, ob Sie leben oder tot sind.

Dann konnte sie sich nicht entscheiden, die Nachricht wirklich abzuschicken. Was, wenn er ihr antwortete? Bei dem Gedanken daran begann ihr Herz wie wild zu klopfen. Sie klickte auf „Senden" – und erschrak. Eigentlich durfte sie keine Verbindung zum Feind aufnehmen. Andererseits wusste sie ja nicht einmal, ob er überhaupt der Feind war. Seine Website war wenig hilfreich, sie bestand aus einer lächerlichen Seite. Und über ihn selbst gab es überhaupt keine Informationen.

Emma klappte ihr Handy auf. Wenn sie Glück hatte, war ihr ehemaliger Supervisor beim MI6, ein echter Workaholic, immer noch im Büro. Er pflegte zu sagen: „Terroristen nehmen sich das Wochenende auch nicht frei, warum sollte ich es also tun?" Sie wählte seine Nummer und wartete. Es klingelte zweimal. Dreimal. Sie steckte sich noch einen Löffel Joghurt in den Mund.

„Robertson."

„Hallo Brian, Emma hier."

„Emma, meine Liebe. Wie geht's? Sind die Yankees nett zu dir?"

„Ja, vielen Dank. Ich ... Ich wüsste gerne, was du über eine bestimmte Firma mit Sitz in London und Edinburgh weißt. Sie heißt MacKay Security and Investigation."

„Einen Moment, ich schau mal nach."

Emma löffelte weiter Joghurt in sich hinein, während sie wartete. An welchem Fall arbeitete Angus wohl gerade? Offensichtlich an keinem, in dem er undercover unterwegs war. Ein Mann im Kilt und mit Claymore war doch eine eher auffällige Erscheinung. Sie fragte sich, warum ihm eigentlich nicht Scharen von Frauen hinterherliefen, die sabbernd darauf hofften, ein kleiner Windstoß möge sein Röckchen lüften.

Ihre Mum hatte immer darauf bestanden, dass ihr Vater schwarze Unterwäsche unter seinem Kilt trug. Dad ärgerte sie dann immer und behauptete, er hätte es vergessen, also zerrte Mum ihn ins Schlafzimmer und überprüfte seine Kleidung. Meistens dauerten diese Inspektionen eine Stunde oder länger. Emma grinste in sich hinein. Erst mit dreizehn Jahren war ihr allmählich klar geworden, warum die beiden so lange brauchten.

„Emma?" Brians Stimme unterbrach ihre Erinnerungen.

„Ja, ich bin noch da."

„MacKay Security and Investigations wurde 1927 von Angus MacKay dem Dritten gegründet. 1960 war der Geschäftsführer dann ein gewisser Alexander MacKay. Und 1995 übernahm Angus MacKay der Vierte das Unternehmen."

„Ich verstehe." Angus war also der Sohn von Alexander und der Enkel des Firmengründers, Angus dem Dritten. Oder war er vielleicht alle drei? „Gibt es Fotos von ihnen?"

„Nein. Sie treten kaum in Erscheinung", wusste Brian zu berichten. „Keine Werbung, nicht mal im Telefonbuch sind sie zu finden."

„Seltsam."

„Ich schätze, sie sind so lange im Geschäft, dass sie es nicht mehr nötig haben, um Kunden zu werben. Aber hier hab ich noch was Interessantes."

„Was denn?"

„Im Zweiten Weltkrieg führte die Firma mehrere geheime Missionen durch. Angus der Dritte wurde sogar zum Ritter geschlagen."

Emma blinzelte. „Wirklich? Ich wüsste gerne, was er getan hat, wozu die Streitkräfte nicht in der Lage waren."

„Keine Ahnung. Und es scheint, als hätte auch Angus der Vierte der Queen ein paar Gefallen getan."

„Wie bitte? Und welche?" Eine kleine Pause entstand. Emma hörte, wie ihr ehemaliger Supervisor irgendetwas murmelte.

„Mist. Diese Information wurde gelöscht."

Emma stand auf und marschierte durch ihr kleines Wohnzimmer. Je mehr sie über Angus herausfand, desto rätselhafter wurde alles. Es klang nicht nach Feind. „Also hat sein Unternehmen geheime Missionen für unser Land und für die Queen durchgeführt."

„Ja, und – verdammt noch mal! Angus MacKay hat ein *Clearance Rating* von neun! Genau wie ich."

Und viel höher, als das von Emma jemals gewesen war. „Das gibt es doch nicht. Der Mann ist ein Zivilist!"

„Schätzungsweise hat es etwas mit den geheimen Missionen zu tun. Jedenfalls scheint er höchst vertrauenswürdig zu sein. Was weißt du über ihn?"

Außer der Tatsache, dass sie ihn gerne ausziehen würde? „Nicht viel." Sogar die Queen vertraute ihm! Ihr fiel ein Stein vom Herzen. Andererseits übernahm seine Firma die Security für den mächtigsten Vampir der Ostküste. Und wer könnte Roman Draganesti besser beschützen als ein anderer Vampir? Es lag also nahe, dass Angus einer von ihnen war.

Sie setzte sich auf ihr Sofa. „Gibt es eine Liste seiner Kunden?"

„Mal sehen. Er sorgt für den Personenschutz mehrerer Parlamentarier, ein paar großer Nummern bei der BBC und eines Modedesigners in Paris."

Das klang wiederum nicht nach Vampiren. War er vielleicht doch ein Mensch? Mist, sie wusste es immer noch nicht. „Vielen Dank, Brian. Du hast mir sehr geholfen." Sie beendete die Verbindung und ließ das Telefon aufs Sofa fallen.

Wieder ging sie durchs Wohnzimmer. Wieso traute die Queen einem Vampir? Und welche Dienste hatte er dem Land erwiesen, zu dem MI5 und MI6 nicht fähig gewesen waren? Sie erschrak. Ein Vampir konnte Dinge tun, zu denen ein menschlicher Geheimagent niemals fähig war.

Ihr Laptop gab ein Klingeln von sich. Eine E-Mail war eingetroffen. Sie sprang zum Sofa und überprüfte den Absender. Angus MacKay.

Ihr Herz tat einen Sprung, während sie die E-Mail öffnete.

Liebe Miss Wallace, mein Büro in London hat mir Ihre Nachricht weitergeleitet. Bitte treffen Sie mich morgen Abend um zwanzig Uhr im Central Park, an derselben Stelle wie heute. Dann werde ich alle Ihre Fragen beantworten.

Und das war's. Sehr geschäftsmäßig. Sie war ... beinahe ein bisschen enttäuscht. Aber was hatte sie denn erwartet? Noch mehr Flirten? Es hatte Spaß gemacht, mit ihm zu reden – bis er so rechthaberisch geworden war.

Sie saß da und starrte auf seine Nachricht. Dann schrieb sie:

Ich werde da sein. Ich bin die mit der Hose. Und vergessen Sie Ihre Handtasche nicht.

Sie klickte auf „Senden".

Wieder sprang sie auf und lief durchs Zimmer. Was machte sie da eigentlich? Mit einem Vampir schäkern? Hatten Vampire überhaupt Humor? Na ja. Immerhin hatte Angus im Park ein paar Scherze gemacht.

Ihr Computer klingelte wieder. Eine Antwort von ihm? Sie rannte zum Sofa und öffnete die Mail.

Ich lasse meinen Sporran zu Hause, wenn Sie ohne Hose kommen.

Wie ungezogen von diesem Mann! Unwillkürlich musste sie lachen, aber nur für einen Sekundenbruchteil. Vielleicht war er gar kein Mann. Vielleicht war er der Feind.

Sie ließ sich in die Kissen fallen. Wie dumm von ihr, mit dem Feind zu flirten! Warum musste dieser Typ aber auch so unfassbar attraktiv sein? Sie sollte langsam wieder einen klaren Kopf bekommen und ihre Strategie für die morgige Nacht ausarbeiten. Normalerweise tötete sie Vampire, indem sie den Überraschungseffekt nutzte. Diesen Vorteil würde sie bei Angus nicht haben. Sie brauchte … eine Falle. Und eine Methode, wie sie ihn außer Gefecht setzen konnte.

Plötzlich klingelte ihr Telefon, und sie erschrak beinahe zu Tode. Hatte Angus ihre Nummer etwa herausgefunden? „Hallo?"

„Emma, hier ist noch mal Brian. Ich habe gerade einen merkwürdigen Bericht von der Datensicherheit bekommen und ich glaube, ich sollte dich darüber informieren."

Sie setzte sich aufrecht hin. „Ja?"

„Jemand hat vor etwa zehn Minuten auf die Personalakten zugegriffen. Es gab eine Freigabe, allerdings ohne Identifizierung, also kam eine Sicherheitswarnung. Bevor unsere Security die Verbindung unterbrechen konnte, hat sich die Person schon eine Akte heruntergeladen." Brian räusperte sich. „Ich dachte, ich warne dich besser."

Emma bekam mit einem Mal eine Gänsehaut. „Welche Akte war es denn?"

„Deine."

„Ich verstehe." Ihre Stimme klang wie aus der Ferne zu ihr. „Danke." Sie beendete das Gespräch und atmete tief durch, um sich zu beruhigen. Angus überprüfte sie also. Bald wusste er alles über sie. Ihr Blick wanderte zu seiner letzten E-Mail. Wenn er wirklich ein Vampir war, war morgen seine letzte Nacht.

Und selbst eine Begnadigung aus dem Mund der Königin würde ihm nicht seinen süßen Arsch retten.

4. KAPITEL

Es war zwanzig vor acht, als Emma mit altem Laub das Seil tarnte, das sie auf dem Boden ausgelegt hatte. Sie befand sich in einem kleinen abseits gelegenen Wäldchen im Central Park, nicht weit von der Stelle, an der sie am Abend zuvor Angus MacKay begegnet war. So musste sie nicht befürchten, dass irgendwelche unschuldigen Menschen in ihre Falle stolperten. Heute trug Emma zu ihrer schwarzen Jeans einen roten Pullover, damit sie leichter zu sehen war. Sie stopfte ihren Beutel mit den Holzpflöcken unter einen Rhododendronbusch, nachdem sie sich vier Pflöcke in den Gürtel gesteckt hatte.

Viertel vor acht. Ob er wohl pünktlich käme? Die Minuten schienen in unendlicher Langsamkeit zu verrinnen. Wie es wohl war, sich mittels Teleportation im Handumdrehen von einem Ort zum anderen zu bewegen? Emma, die selbst außergewöhnliche Fähigkeiten besaß, konnte durchaus nachvollziehen, warum Vampire sich als überlegene Wesen empfanden. Aber ihrer Erfahrung nach hielten sich alle Serienmörder für überlegen.

Serienmörder – mehr waren Vampire in ihren Augen nämlich nicht. Nur ihre Überlegenheit machte es schwieriger, sie zu töten. Das einzig Gute an Vampiren war, dass sie schon tot waren. Man musste sie nicht erst verhaften und dann auf die langsam mahlenden Mühlen des Gesetzes warten, bis es Gerechtigkeit gab. Nein, man konnte sofort Genugtuung bekommen. Wenn sie einen Vampir entdeckte, tötete sie ihn ohne Bedenken.

Immer noch zehn Minuten. Emma ging einmal um die Eiche herum, an deren Stamm sie das Seil befestigt hatte. Sie musste ihre Muskulatur warm halten und ihre Sinne wach, denn gleich würde es um Sekunden gehen. Sie durfte auch nicht daran denken, wie gut Angus in seinem Kilt ausgesehen hatte und wie viel Spaß es gemacht hatte, sich mit ihm zu unterhalten. Er war lustig und intelligent. Und deshalb befand sie sich auf einer doppelten Mission: Sie wollte herausfinden, was er wirklich war – ein Mensch oder ein Monster. Das Monster würde sterben müssen.

Sie erschauderte bei dem Gedanken, das herrliche Funkeln seiner grünen Augen erlöschen zu sehen. Noch nie hatte sie mit einem Vampir gesprochen und ihn dann getötet. Ihre vier Opfer waren jeweils über eine Frau hergefallen, hatten sie vergewaltigt und gleichzeitig von ihr getrunken. Dieser Anblick war ihr so widerwärtig gewesen, dass sie keine Sekunde gezögert hatte und Gerechtigkeit walten ließ.

Sie konnte sich nicht vorstellen, dass Angus einer Frau so etwas antun könnte. Er schien über den Exhibitionisten wirklich erbost gewesen zu sein. Und außerdem hatte er mit ihr geschimpft, weil sie sich in Gefahr gebracht hatte – welcher Vampir würde so etwas schon tun? Lieber Gott, betete sie im Stillen, lass ihn kein Vampir sein! Lass ihn einfach der Held der Königin sein und der Enkel eines zum Ritter geschlagenen Kriegshelden. Lass ihn der Mann meiner Träume sein – ein mutiger, ehrenwerter Krieger, der mit mir gemeinsam gegen das Böse kämpft.

„Guten Abend, Miss Wallace."

Sie wirbelte herum, als sie seine tiefe Stimme hörte, aber sie konnte seine dunkle Silhouette auf die Entfernung kaum ausmachen. Ihr Herz begann zu rasen. Er sah wunderschön aus – aber auch gefährlich.

Angus trat auf sie zu. „Danke, dass Sie gekommen sind. Wir müssen uns dringend unterhalten."

„Oh ja, das müssen wir." Sie schaltete ihre psychische Abwehr ein. Falls er ein Vampir war, würde er versuchen, ihre Gedanken zu manipulieren. Sie bewegte sich langsam in die

Mitte der kleinen Lichtung. Jetzt musste er nur hinter ihr herkommen und er würde in die Falle treten. „Ich dachte schon, Sie kommen gar nicht mehr."

„Ich halte mein Wort."

Und sind Sie auch lebendig? Das war doch eigentlich die Frage. Wenn er ein Untoter war, kannte er die Bedeutung von Ehrlichkeit doch gar nicht. Oder von Ehre.

Während er langsam auf sie zuschlenderte, konnte sie ihn besser erkennen. Er trug denselben blau-grün karierten Schottenrock wie am Tag zuvor, aber einen blauen Pullover dazu. Ihr fiel auf, dass er sein Schwert nicht dabei hatte – die Lederriemen des Köchers waren jedenfalls nicht zu sehen. Ihr Blick wanderte zu seinen Strümpfen. Immerhin. Sein *Sgian dubh* steckte an seinem Platz.

Er blieb stehen und neigte den Kopf etwas, um sie zu betrachten. Emma hielt den Atem an. Ahnte er etwas? Noch zwei Schritte, und dann würde er in ihre Falle treten und kopfüber am Baum hängen. Natürlich würde ein Vampir nicht lange ihr Gefangener bleiben, sondern sich einfach irgendwohin teleportieren.

„Sie haben Holzpflöcke in Ihrem Gürtel stecken."

Sie zuckte die Schultern. „Vorsicht ist besser als Nachsicht."

Er runzelte die Stirn. „Bei mir sind Sie sicher, Lady. Ich würde Ihnen nie etwas tun."

„Sie haben ein Messer."

Er sah an sich herunter. „Das habe ich nur aus Gewohnheit dabei. Mein Schwert nehme ich normalerweise auch immer mit, aber heute habe ich es zu Hause gelassen. Ich wollte Sie nicht beunruhigen."

„Geben Sie zu, mein Feind zu sein?"

„Nein. Im Gegenteil. Ich könnte Ihr ... Freund werden."

Ehrliche Aufrichtigkeit sprach aus seinen Augen. Vielleicht stand er wirklich in den Diensten der Queen? Vielleicht riskierte er sein Leben für sein Land, wollte aber kein öffentliches Lob und keine Anerkennung? Er hatte das Zeug zum Helden. Er hatte das Zeug dazu, alles zu sein, was eine Frau sich von einem Mann erträumte.

„Miss Wallace?" Er trat näher auf sie zu.

Plötzlich übermannte sie Panik. Sie wollte die Wahrheit gar nicht wissen. Sie wollte glauben, dass starke, gut aussehende Männer in Kilts Helden waren, keine Kreaturen der Nacht, und hob warnend die Hand. „Bleiben Sie stehen!"

Zu spät. Er stand bereits mit einem Fuß in der Schlaufe. Sofort zog sie sich um seinen Knöchel, und Angus warf Emma noch einen letzten überraschten Blick zu, bevor er nach oben gerissen wurde.

Überraschung, Wut, Verrat – all das hatte sie in seinem Blick gelesen. Verdammter Mist! Aber jetzt war es zu spät. Jetzt musste sie herausfinden, ob er Freund oder Feind war. Sie griff nach einem Holzpflock in ihrem Gürtel. Wenn er ein Vampir war, musste sie schnell handeln.

Sie sah nach oben – und riss den Mund auf. Der Holzpflock fiel ihr aus der Hand. *Liebe Güte!*

Angus MacKay baumelte kopfüber in der Schlinge, und der Saum seines Schottenrocks bedeckte seinen kompletten Oberkörper samt Kopf.

Emma blinzelte. Was für ein göttlicher Körper! Schmale Hüften, ein muskulöser Hintern, glatte Haut, die da im silbrigen Mondlicht verführerisch schimmerte. Der Ast, an dem er hing, wippte von der Last und sorgte dafür, dass Angus hoch und runter schaukelte. Sie folgte jeder Bewegung mit den Augen, die sie fest auf seinen knackigen Po gerichtet hatte.

„Miss Wallace? Können Sie mich hören?"

Nur mühsam löste Emma ihren faszinierten, hypnotischen Blick von seinem Hintern. Wie lange sprach er schon mit ihr? „Wie bitte?"

„Oder darf ich Emma zu Ihnen sagen, jetzt, wo Sie mich intimer kennen?"

Sie lief rot an. Wie lange stand sie schon da und starrte sein Hinterteil an? Und warum hielt sie sich immer noch an derselben Stelle auf, statt um ihn herumzugehen und ihn auch von der anderen Seite zu betrachten?

Er versuchte, sich umzudrehen und sie anzusehen. „Warum haben Sie mich aufgehängt wie einen Räucherschinken? Wir hätten uns doch auch einfach so unterhalten können. Von Angesicht zu Angesicht."

Sein Angesicht? Das interessierte sie überhaupt nicht. „Na, dann unterhalten Sie sich doch mit mir." Sie ging langsam um ihn herum. Er hatte noch gar keinen Versuch unternommen zu fliehen – war er vielleicht doch ein Mensch? Halleluja!

Da war wohl eine dicke Entschuldigung fällig. Emma grinste in sich hinein. Sie könnte ihm ja behilflich sein.

Er zappelte wie ein Fisch am Haken. Ihr stockte der Atem. Oh ja. Sie würde sich sehr unterwürfig entschuldigen.

Plötzlich erregte ein leises, schabendes Geräusch ihre Aufmerksamkeit. Durch sein Zappeln hatte sich sein Dolch gelockert und rutschte nun langsam aus der Scheide. Angus klappte sich zusammen, fasste nach seinem Strumpfsaum und bekam den Schaft des Messers zu fassen.

„Nein!" Sie rannte los und trat ihm mit einem Kick, der Bruce Lee alle Ehre gemacht hätte, das Messer aus der Hand. Es flog in hohem Bogen davon, während Emma sich blitzschnell außer Reichweite von Angus brachte. Sie hörte ihn fluchen, während sie nach dem Messer suchte.

„Nein!", rief nun er.

Sie entdeckte das Messer, sprang los, rollte sich ab und landete wieder auf den Füßen. Sie hatte es und wirbelte herum. Jetzt richtete sie die scharfe, zwanzig Zentimeter lange Klinge auf Angus.

Er war weg.

Ihr Herz erstarrte. Das Seil baumelte leer an dem Ast, wie unberührt. Enttäuschung machte sich in ihr breit. Er war kein Held. Er war nicht der Mann ihrer Träume. Er hatte den Test nicht bestanden, sondern war per Teleportation verschwunden. Also war er der Feind.

Sie musste ihn töten.

Sentimentalitäten durfte sie sich nicht mehr erlauben. Die Schlacht hatte begonnen. Leider konnte er im Dunkeln viel besser sehen als sie. Und er war viel stärker, aber immerhin hatte sie seine Waffe.

Sie näherte sich langsam der Mitte der Lichtung und drehte sich dabei um sich selbst, in der Hoffnung, ihn irgendwo zu entdecken. Doch der Wald war still bis auf ihren eigenen keuchenden Atem. Da! War er das? Ja, sie konnte seine Silhouette erkennen. Der Mistkerl stand mit verschränkten Armen und Beinen ganz lässig an einen Baum gelehnt, als wäre nichts geschehen!

Sie richtete das Messer auf ihn. „Jetzt weiß ich Bescheid!"

Angus richtete die Falten in seinem Kilt. „Und ich auch. Es gibt eben Frauen, die alles dafür tun, um einem Mann unter den Rock zu schauen. Hat Ihnen denn wenigstens gefallen, was Sie gesehen haben?"

Sie grunzte verächtlich. „Darum geht es nicht. Ich weiß, dass Sie ein Vampir sind."

„Und ich weiß, dass Sie der Vampirjäger sind." Er löste sich von dem Baum. „Sie müssen damit aufhören."

Er will mich umbringen, schoss es Emma durch den Kopf. Sie stellte sich breitbeinig hin, bereit, seine Attacke abzuwehren. „Heute Nacht sterben Sie durch Ihre eigene Waffe."

Angus zuckte die Schultern. „Ich bin schon tot. Einmal mehr oder weniger stört mich nicht." Er kam auf sie zu.

Emma richtete das Messer auf seine Kehle.

„Nehmen Sie das Messer runter, damit wir uns unterhalten können. Sie sind kein gleichwertiger Gegner für mich."

„Kommen Sie näher und Sie werden sehen!"

Er betrachtete sie stumm, nickte dann, als sei er einverstanden. „Wie Sie wollen. Dann werde ich Ihnen eine kleine Demonstration geben."

Als sein Körper an ihr vorbei nach rechts schoss, wirbelte sie herum, um ihn im Auge zu behalten.

Doch er war schon auf der anderen Seite der Lichtung. „Nicht getroffen."

Diese Vampire waren wirklich elend arrogant. Zum Kotzen. Aber sie würde ihm seine Aufgeblasenheit schon noch austreiben. „Ich hätte nicht gedacht, dass Sie wie ein Feigling wegrennen würden."

Ein erstaunter Blick lag in seinen Augen. „Sie meinen also, ich soll brav stehen bleiben, während Sie mir meinen Dolch ins Herz rammen?"

„Ich dachte, Sie stellen sich mir wie ein Mann."

„Und um meine Männlichkeit zu beweisen, soll ich mich benehmen wie ein Lamm auf der Schlachtbank?" Er lachte. „Dann würden Sie mich abmurksen!"

Ihre Mundwinkel zuckten. Verdammt. Warum musste es ausgerechnet ein Untoter sein, der sie so charmant zum Lachen brachte? Und der so attraktiv war? Na ja. Das war ja nichts Neues. Alle guten Männer waren entweder besetzt ... oder tot.

Er raste wieder an ihr vorbei, doch diesmal war sie schneller und gab ihm einen Klatsch auf den Po. Er lachte und raste im Zickzack über die Lichtung wie die Kugel in einem Flipper.

„Alles klar, ich hab's kapiert. Sie sind sehr schnell." Eigentlich gab es keinen Grund zur Beschwerde. Er hatte noch nicht versucht, sie anzugreifen. Noch nicht. Nur wurde ihr langsam schwindelig bei dem Versuch, seinen Bewegungen mit den Augen zu folgen. Vielleicht war genau das sein Plan – er wollte sie verwirren, bevor er zuschlug.

Sie blieb stehen. Er raste so schnell an ihr vorbei, dass er kaum zu erkennen war. „Feigling! Bleiben Sie stehen!"

Plötzlich packte er sie von hinten und zog sie an sich. Seine Hände umklammerten ihre Finger mitsamt dem Messer. Emma keuchte. Sie spürte seinen Atem an der Schläfe. Seine Brust berührte sie mit jedem Atemzug.

„Reicht Ihnen das immer noch nicht?", flüsterte er in ihr Ohr.

Sie erschauderte. „Lassen Sie mich los!"

„Ich bin nicht nur schneller als Sie, ich bin auch stärker." Er drehte ihr die Arme um, und obwohl sie sich wehrte, bis ihre Arme vor Anstrengung zitterten, führte er ihr das Messer mit ihrer eigenen Hand an die Kehle.

Sie schluckte. Normalerweise würde sie in einer solchen Situation ihrem Angreifer auf den Fuß treten und ihm mit voller Wucht den Ellbogen in die Rippen rammen. Aber in seinem Griff war sie wehrlos. Seine Hände umklammerten ihre Arme wie Schraubstöcke.

„Sehen Sie jetzt, wie leicht das für mich ist?"

„Sie werden mich nicht töten."

„Meine Liebe, ich möchte doch nur mit Ihnen sprechen." Sein Atem strich über ihren Nacken und erzeugte eine Gänsehaut.

„Wehe, Sie beißen mich!"

„Emma." Er ließ sie los. „Sie tun mir weh."

Sie sprang davon und wirbelte herum, um ihn mit dem Messer anzugreifen. Er konterte ihren Angriff, nahm ihr das Messer ab und schleuderte es weg. Es flog flirrend davon und blieb mit einem metallenen Klirren in einem Baumstamm stecken.

Emma riss einen Pflock aus ihrem Gürtel und zielte.

Er packte ihr Handgelenk und nahm ihr den Pflock ab. „Meine Liebe, es ist etwas anstrengend, mit Ihnen zu reden, wenn Sie dauernd versuchen, mich zu töten."

„Es gibt nichts zu reden." Sie machte sich keuchend von ihm los und rieb ihr schmerzendes Handgelenk.

„Oh, habe ich Ihnen wehgetan? Das war nicht meine Absicht."

Sie schnaubte verächtlich. „Alles klar. Sie ernähren sich zwar seit Jahrhunderten von Menschen, aber was soll's? Wie viele Menschen haben Sie auf dem Gewissen?"

Er warf ihren Holzpflock weit weg in den Wald und sah sie dann beleidigt an. „Ich habe mehr getötet, als mir lieb ist, aber ich töte nur Gegner in der Schlacht."

Wie heute Nacht. Emma gefror das Blut in den Adern. „Wenn Sie so ein Ehrenmann sind, dann gewähren Sie mir einen fairen Kampf."

„Lady, Sie haben doch schon längst beschlossen, dass ich böse bin. Warum sollte ein böser Mann ein Ehrenmann sein?"

Da hatte er recht. Sie musste schlucken. Und er hatte es einfach so zugegeben – er war böse. Sie begab sich in Verteidigungsposition und wartete ab. Jetzt zog sie den zweiten Pflock aus dem Gürtel.

„Verdammt". Er verschränkte die Arme vor der Brust und sah sie fragend an. „Sie haben den schwarzen Gürtel in Taekwondo?"

„Das wissen Sie doch. Sie haben meine Akte gelesen."

„Richtig. Stecken Sie Ihren Pflock weg, wenn Sie einen fairen Kampf möchten." Angus sah sich um, dann deutete er nach links. „Lassen Sie uns da drüben kämpfen. Da ist es weniger schmerzhaft für Sie, wenn Sie hinfallen."

Sie lachte höhnisch. „Nicht ich werde gleich hinfallen, sondern Sie."

„Wir werden sehen." Der Vampir wandte ihr den Rücken zu und ging voran.

Wie dreist! Sie steckte den Pflock zurück in den Gürtel, dann rannte sie los. Nach ein paar Schritten sprang sie in die Luft und traf ihn mit einem *Flying Kick* im Rücken. „Au!" Sie hatte das Gefühl, gegen eine Backsteinmauer getreten zu sein.

Auf einem Fuß kam Emma wieder zum Stehen und ging sofort in Verteidigungsstellung. Angus ging einfach weiter. Verdammter Mistkerl!

Mit einem Lächeln drehte er sich um: „Eine ehrgeizige Lady. Das gefällt mir."

Sie schnaubte. „Typisch, diese vampirische Selbstverliebtheit! Das ist überhaupt Ihre größte Schwäche, aber um das zu merken, sind Sie viel zu arrogant!"

Er tat so, als würden ihre Worte ihn treffen. „Meine Liebe, jetzt werden Sie unfair. Ich war schon ein arrogantes Arschloch, lange bevor ich ein Vampir wurde."

Einen Moment lang war sie versucht, nach seinem Alter zu fragen, aber seine persönliche Geschichte spielte keine Rolle. Er war wie die anderen. Ein niederträchtiger Mörder. Emma ging in ihre favorisierte Angriffsstellung. „Ein fairer Kampf. Ohne zu schummeln."

Er lächelte. „Bei meiner Ehre."

Eine Reihe schneller Kicks und Schläge parierte er spielerisch.

Sie zog sich zurück und bereitete den nächsten Angriff vor. Verdammt, er war gut. „Wo haben Sie das gelernt?"

„In Japan. Ich mache den Sport seit zweihundert Jahren."

Meine Güte. „Wie alt sind Sie denn?"

„Fünfhundertsechsundzwanzig, meine Zeit als Sterblicher mitgerechnet."

Emma staunte. Er war ein wandelndes Museum! Hatte die Renaissance miterlebt, die Zeit der Restauration, die Aufklärung. Hatte die in den jeweiligen Epochen zeitgemäße Kleidung getragen, war durch schlammige Straßen gelaufen und hatte Weltgeschichte hautnah erlebt.

„Ich könnte Ihnen so einiges aus der Geschichte erzählen", flüsterte er.

Natürlich – er hatte ihre Akte gelesen und wusste, dass sie an der St. Andrews Universität in Edinburgh ihren Abschluss in Geschichte gemacht hatte. Die Geheimnisse der Vergangenheit waren ihr Lebenselixier, bis der Mord an ihren Eltern sie in die Realität katapultiert hatte. Da hatte sie ihre Bücher weggepackt und ihre Träume dazu und begonnen, sich mit Recht, Kampfsportarten und Waffen zu beschäftigen.

„Sie Mistkerl!" Emma setzte zum Sprung an und trat im Flug nach ihm, drehte sich, um erneut anzugreifen.

Wieder parierte er jeden Angriff von ihr. Sie tänzelte zurück in ihre Position und bereitete sich erneut vor. Er wartete einfach ab. Da klickte es bei ihr. Er verteidigte sich bloß – er griff sie gar nicht an. Nicht, dass sie sich darüber beschwerte. Ein Angriff von ihm, und sie würde wahrscheinlich bewusstlos zusammenbrechen. Trotzdem, seine Arroganz machte sie so wütend; sie musste einfach auf ihn losgehen! „Warum greifen Sie mich nicht auch mal an? Noch keinen Hunger bekommen?"

Er stemmte die Hände in die Hüften und sah sie ärgerlich an. „Ich habe seit achtzehn Jahren keinen Menschen mehr angerührt. Ich ernähre mich von synthetischem Blut."

„Wie nobel! Und was war die restlichen fünfhundert Jahre?"

„Nun ja. Ich habe getrunken, wenn es nötig war. Aber ich habe nie jemanden für sein Blut umgebracht." Angus ließ seinen Blick über Emmas Körper wandern, dann sah er ihr ins Gesicht. „Stattdessen habe ich die Damen immer ... äußerst glücklich hinterlassen."

Die feinen Härchen auf ihrer Haut fingen an zu flirren. Fast hätte sie ihm geglaubt. „Das haben Sie Ihren Opfern nur eingeredet. Gedankenmanipulation nennt man das."

„Um ihnen Vergnügen zu bereiten, ja." Angus ging einen Schritt auf sie zu. „Sehr viel Vergnügen."

„Bleiben Sie sofort stehen." Sie nahm den dritten Pflock. „Haben Sie auch die Gedanken der Queen unter Kontrolle? Hält man Sie deshalb bei der britischen Regierung für einen Helden?"

„Oh, Sie haben Nachforschungen über mich angestellt. Ich fühle mich geschmeichelt."

„Nicht nötig." Sie hob den Holzpflock.

Er seufzte resignierend. „Meine Liebe, warum können wir uns nicht einfach unterhalten, ohne dass Sie mich dauernd mit Ihrem mickrigen Hölzchen bedrohen?"

„Hören Sie auf, mich meine Liebe zu nennen und beantworten Sie meine Frage! Kontrollieren Sie die Gedanken der Queen?"

„Nein. Ich war immer ein loyaler Untertan." Er zuckte leicht die Schultern. „Außer in der Zeit, als ich bei den Jakobiten[*2] war. Aber ich habe immer dem König treu gedient, den ich für den rechtmäßigen Herrscher hielt."

Dann kannte er am Ende Bonnie Prince Charlie[*3]? Das würde sie ja wirklich mal interessieren. Aber genau das war wahrscheinlich sein Plan. Er wollte sie einlullen und in Sicherheit wiegen – und dann wäre sie leichte Beute.

„Ich habe gelesen, dass Ihre Eltern ermordet wurden", flüsterte er.

Emma umklammerte den Pflock fester. „Das geht Sie nichts an." Nein, das hatte mit Einlullen nichts mehr zu tun. Das war gezielte psychologische Kriegsführung. Dieser Mistkerl!

„Und Sie haben Ihren Bruder und Ihre Tante verloren." Er

sah sie voller Mitleid an. „Ich weiß, wie es ist, geliebte Angehörige zu verlieren."

Sie wurde langsam sauer. Mitleid von einem Vampir? Ausgerechnet? Er war eines dieser Monster, die ihre Eltern auf dem Gewissen hatten.

„Halten Sie den Mund!" Emma wagte einen neuen Angriff. Irgendwann würde sie es schaffen, ihm den Pflock ins Herz zu treiben. Jetzt trat sie ihm aber erst mal in die Weichteile.

Er wich aus und ging in die Hocke, dann wirbelte er herum und zog ihr von unten die Beine weg. Sie fiel.

„Verdammt." Im selben Moment war er über ihr. Sie landete auf dem Hintern, während er sich neben ihr abrollte und eine Hand unter ihren Kopf hielt.

„Was soll das?" Sie starrte ihn überrascht an. Aus irgendeinem Grund lag er neben ihr und hielt ihren Kopf fest.

Er beugte sich über sie, so nah, dass sie den rötlichen Schimmer der Härchen an seinem Kinn sehen konnte. Was hatte er vor? Betrachtete er ihren Hals?

„Aufhören!" Sie schwang den Pflock über seinem Rücken.

„Es reicht jetzt!" Mit einem Ruck nahm er ihr das Mordinstrument ab und warf es weg.

Jetzt hatte sie nur noch einen einzigen Pflock. Sie musste vorsichtig sein. Ihn überraschen. Fürs Erste würde sie einen auf unterwürfig machen.

Wieder beugte er sich über sie und fummelte mit irgendwas hinter ihrem Kopf. Sein Atem strich über ihr Gesicht. Er roch überraschend frisch. Überhaupt roch er gut. Sauber und männlich. Wie konnte das sein?

„Was machen Sie?", fragte sie flüsternd.

Er legte ihren Kopf sanft ab, ließ seine Hand jedoch in ihrem Nacken, während er sich auf den Ellbogen stützte. „Ich wollte nicht, dass Sie darauf landen." Mit der anderen Hand zeigte er ihr einen spitzen Stein. „Der lag genau da, wo ihr

Kopf aufgeschlagen wäre." Er warf auch den Stein in den Wald.

„Sie ... Sie haben mich gerettet?"

„Es tut mir leid, dass ich Sie von den Beinen geholt habe, aber ich war ein kleines bisschen sauer, weil Sie mir in den Schritt treten wollten." Er sah sie stirnrunzelnd an. „Ist das Ihre Art, fair zu kämpfen?"

„Sie sind stärker und schneller als ich. Ich musste etwas tun, was meine Chancen erhöht."

„Sie sind eine entschlossene Kämpferin." Sein Blick wanderte zu ihrem Mund und verweilte dort. „Wir sind viel gleichwertiger, als Sie denken."

Hatte er wirklich versucht, sie zu retten? Sie erschauderte. Es gab aber keine netten Vampire. Das musste Teil seiner psychologischen Kriegsführung sein. „Was wollen Sie von mir?"

Sein Blick wanderte zu ihrem Hals.

„Wenn Sie mich beißen, bringe ich Sie um!"

„In Ihnen hat sich so viel Wut angestaut." Sein Blick wanderte weiter nach unten. Sanft legte er eine Hand auf ihren Oberschenkel, die bis zu ihrer Taille wanderte. „Es gibt andere Methoden, um sich abzureagieren."

Ihr Herz schien für kurze Zeit auszusetzen. Schon wieder hatte sie sich geirrt. Das war nicht mehr nur psychologische Kriegsführung. Er wollte ihren Geist und ihren Körper verführen. Und da kam es ihr gar nicht recht, dass seine Berührung ein Feuerwerk der Sinne in ihr auslöste. Sie holte zitternd Luft. Okay. Sie würde das Spiel mitspielen. Und wenn sie ihn erst mal abgelenkt hatte, würde sie ihren letzten Pflock zum Einsatz bringen.

Sie legte die Hände auf seine Oberarme und streichelte über seinen beeindruckenden Bizeps. Kein Wunder, dass er das schwere Schwert so mühelos herumwirbeln konnte. „Und Sie sind der Mann, der mir dabei helfen kann." Sie ließ ihre

Hände zu seinen Schultern gleiten und sah ihn mit einem – hoffentlich – verführerischen Blick an.

Was war das? Seine Augen leuchteten rot. Ihre Finger gruben sich in sein Fleisch. Sicher war er hungrig! Jetzt musste sie schnell sein und trotzdem ruhig bleiben. Sie zwang sich, sich zu entspannen und ließ ihre Hände über seine Brust nach unten wandern.

„Sie sind wunderschön", flüsterte er und strich ihr das schulterlange Haar nach hinten, entblößte ihren Hals.

Oh Gott, gleich würde er sie beißen. Aber Emma war bereit. Ihre Hände waren bei seiner Lende angekommen. Sie boxte Angus in den Bauch, riss den letzten Pflock aus ihrem Gürtel und zielte damit auf sein Herz.

„Zum Teufel mit Ihnen!" Angus riss ihr den Pflock aus der Hand und rammte ihn genau neben ihrem Kopf in den Boden.

Keuchend drehte sie sich um. Nur ein Zentimeter des hölzernen Stabs ragte noch aus dem Boden, mehr nicht. Er hätte sie töten können, wenn er gewollt hätte.

Sein Daumen lag auf dem Ende des Pflocks und plötzlich rammte er ihn mit einem Schrei so tief in die Erde, dass ein kleiner Krater entstand. Dann beugte er sich wieder über sie. Seine Augen waren immer noch rot, funkelten aber nicht mehr so sehr. „Es war dumm von mir zu denken, Sie würden mich mögen."

Aus irgendeinem blöden Grund fühlte sie sich mies, weil sie ihn enttäuscht hatte. „Das war reine Notwehr. Sie wollten mich beißen."

„Nein, ich wollte Sie küssen."

„Na klar. Ein Kuss mit Zähnen. Sie haben meinen Hals angestarrt und Ihre Augen haben rot geleuchtet. Ganz klar, Sie hatten Hunger."

„Ach, du liebe Güte." Er schloss kurz die Augen. Als er

sie wieder öffnete, hatten sie dieselbe grüne Farbe wie immer. „Aber Hunger von einer anderen Sorte."

Was brauchte ein Vampir außer Blut? Ihre Frage beantwortete sich von selbst, als er seinen Sporran zur Seite schob und sich neben sie legte. Etwas drückte sich an sie. Etwas, das sehr groß war. Und sehr geschwollen. Und sehr hart. Wie konnte ein kaltes, lebloses Geschöpf so erregt sein?

Und warum hatte sie das Bedürfnis, seine Berührungen zu erwidern? Ganz sicher spielte er mit ihren Gedanken. „Sie ... Sie kontrollieren meine Gedanken."

Seine Mundwinkel zuckten amüsiert. „Wieso? Haben Sie schmutzige Gedanken?"

„Nein! Ich ..." Was sollte sie sagen? Oder denken? Sie war eine Vampirjägerin, und jetzt lag sie neben einem Vampir mit Erektion. Sie sah hinüber zu dem Rhododendron, unter dem ihre restlichen Pflöcke verborgen waren. Im Falle eines Angriffs von ihm wäre sie nie im Leben schnell genug dort. „Wenn Sie versuchen, mich zu vergewaltigen, jage ich Sie ..."

„Emma." Er setzte sich mit einem Ruck auf. „Ich würde Ihnen niemals etwas antun."

„Ich weiß, das ist auch nicht nötig. Sie bemächtigen sich einfach meiner Gedanken und bedienen sich meiner. So machen Sie eine Frau zu Ihrem Opfer."

„Ich habe nicht den Wunsch, Sie zu meinem Opfer zu machen. Ich bewundere Ihre Stärke und Ihren entschlossenen Geist."

Wirklich? Nein. Emma wehrte das angenehme Gefühl ab, das sich in ihr auszubreiten versuchte. Nichts war angenehm, wenn es um Untote ging. „Sie wollen mich verwirren. Aber ich werde nicht zulassen, dass Sie mit meinem Kopf spielen."

Wieder deutete er ein Lachen an. „Darf ich dann mit Ihrem Körper spielen?"

„Nein! Sie sollen mich in Ruhe lassen!"

Er nickte, mit einem Mal niedergeschlagen. „Es käme ohnehin nichts Gutes dabei heraus." Und damit stand er auf.

Plötzlich fror sie, ohne seine wärmende Nähe. Sie setzte sich auf und umarmte sich selbst.

Er ging zu dem Baum hinüber, in dem sein Messer steckte. „Ich lasse Sie in Ruhe, wenn Sie mir eins versprechen." Er zog das Messer heraus. „Sie hören mit dem Morden auf."

„Niemals." Emma stand auf. „Ihre Vampirfreunde ermorden Menschen. Man muss die Unschuldigen schützen."

„Ich weiß, was die bösen Vampire tun. Ich kämpfe schon seit Jahrhunderten gegen sie."

„Alles klar." Sie konnte es nicht fassen. „Und wieso gibt es dann so viele von ihnen? Sie scheinen Ihre Arbeit wohl nicht besonders gut zu machen." Außerdem glaubte sie ihm sowieso nicht.

„Sie sind uns zahlenmäßig überlegen, das stimmt." Er ließ sein Messer wieder in die Scheide in seinem Strumpf gleiten.

„Ich werde Ihnen helfen, ihre Übermacht zu lindern. Ich weiß, was ich tue."

„Nein, das wissen Sie nicht." Er baute sich vor ihr auf und sah sie mürrisch an. „Einen echten Kampf würden Sie nie überleben. Ich weiß schon gar nicht mehr, wie oft ich Sie heute Nacht hätte töten können."

Emma reckte trotzig das Kinn. „Sie können mich nicht aufhalten."

„Dann muss ich wohl etwas deutlicher werden." Der Blick, mit dem er sie ansah, ließ ihr Herz lauter klopfen. „Wir sehen uns morgen." Er hob den Pflock auf, den sie neben der Schlinge hatte fallen lassen, ging hinüber zu dem Rhododendronstrauch und zog ihre Tasche hervor. „Sehen Sie den Tatsachen ins Auge, Miss Wallace. Sie haben hier nichts mehr zu tun."

„Sie werden mich nicht stoppen. Zu Hause habe ich noch mehr Pflöcke."

Sein Mund verzog sich zu einem spöttischen Grinsen. „Dann sollte ich Ihnen vielleicht mal einen kleinen Besuch abstatten. SoHo, hab ich recht?"

Sie schluckte. Sie und ihr Großmaul.

„Und ziehen Sie sich sexy an", flüsterte er noch, dann war er verschwunden.

Sie sah sich um, ob er hinter ihr wieder aufgetaucht war. Oder irgendwo im Wald. Aber er war weg. Er wusste, dass sie ohne ihre Pflöcke machtlos war. *Ziehen Sie sich sexy an.* Vielleicht sollte sie gar nicht erst nach Hause gehen. Am Ende wartete er dort schon auf sie.

Dann sollte sie sich beeilen.

Verdammt. Er spielte nur mit ihr. Die Sache war eigentlich ganz einfach: Vampire waren böse und verdienten es zu sterben.

Andererseits hatte er nicht gewollt, dass sie sich verletzte. Warum hatte er das getan? Wollte er sie erst ins Bett kriegen? Und dann? Würde er sie aussaugen wie die Mistkerle, die ihre Eltern getötet hatten?

Langsam rollte sie das Seil auf, mit dem sie Angus MacKay gefangen hatte. So viel war klar: Er würde sich immer wieder einmischen. Er wollte sie verführen. Da half nur eins – sofort zuschlagen. Sie musste ihn töten. Ganz klar, aus Notwehr.

Letzte Nacht wäre sie mit dieser Entscheidung noch vollauf zufrieden gewesen. Doch jetzt überkamen sie Zweifel. Es machte sie traurig. Dieser Mistkerl. Seine psychologische Kriegsführung begann offensichtlich schon Wirkung zu zeigen.

5. KAPITEL

Im fünften Stock von Romans Stadthaus legte Angus die Tasche mit den Holzpflöcken klappernd auf den Schreibtisch. Er hatte sich in den vergangenen Jahren so oft hierher auf die Upper East Side teleportiert, dass er keine Sinnessignale mehr benötigte. Die Reise war per übersinnliche Erinnerung in ihm gespeichert. Er musste nicht mehr tun, als die Augen schließen, sich konzentrieren, und schon war er da. Trotzdem musste er sich – wie immer – auch nach dieser kurzen Reise mit einem raschen Blick unter den Kilt davon überzeugen, dass er heil angekommen war.

Verdammt. Er war immer noch hart. Was war denn bloß los mit ihm? Es war eine Sache, eine Sterbliche zu begehren. Aber warum gerade eine, die ihn vernichten wollte? Roman hätte seinen Spaß damit, das zu analysieren. Seit Jahrhunderten stand der ehemalige Mönch Angus als Ratgeber und Berater zur Seite. Vermutlich würde Roman ihm eine Art Midlife-Crisis bescheinigen, in der er sich seine Jugend und Manneskraft damit zu beweisen versuchte, eine schöne Sterbliche zu verführen, die seine Ur-Ur-Ur-Ur-Urenkelin sein könnte. Wenn das überhaupt reichte.

Angus machte sich zum Narren. Genügte es nicht, mit ihr zu sprechen und ihr das Töten auszureden? Sie musste ihn nicht auch noch mögen. Das war ohnehin unmöglich. Warum also quälte er sich?

„Ach, du bist es bloß." Hinter ihm ertönte Ians Stimme.

Angus ließ schnell seinen Kilt los und drehte sich um. „Bin gerade zurückgekommen."

Ian nickte. Sein Blick fiel auf den schief hängenden Sporran und die Holzpflöcke. „Das war also das Geräusch, das ich gehört habe."

Angus nahm seinen Flachmann aus dem Lederbeutel und

nutzte die Gelegenheit, ihn wieder gerade zu hängen. „Ich wollte gerade meine Flasche auffüllen. Auch ein Schlückchen gefällig?"

„Ja, gerne. Obwohl die meisten Vampire mir nichts anbieten würden."

„Und wieso?" Angus ging hinüber zur Minibar.

„Romans Ex-Haremsdamen haben einen heißen Vampir-Club eröffnet, aber der ätzende Türsteher hat allen Ernstes behauptet, ich wäre zu jung und dürfte nicht rein."

„Das ist doch lächerlich." Die Flasche Blissky stand in der Bar und Angus schraubte den Deckel ab. „Du hast doch fast mein Alter."

„Das glaubt mir aber keiner."

Angus sah seinen alten Freund an. Er hatte Ian 1542 auf dem Schlachtfeld von Solway Moss tödlich verwundet gefunden und ihn im Schutz der Dunkelheit noch an Ort und Stelle verwandelt, während um sie herum die sterbenden Soldaten schrien und stöhnten. Was hätte er sonst tun können? Zusehen, wie der Fünfzehnjährige stirbt? Nein, das wäre eine furchtbare Verschwendung eines jungen Lebens gewesen. Angus wollte dem jungen Mann einen Gefallen tun. Doch leider war Ian nach der Umwandlung für alle Zeiten mit seinem jungenhaften Gesicht gestraft.

Als Angus sich und Ian ein Glas einschenkte, wurde ihm am Beispiel von Ian mal wieder bewusst, dass es ein Fehler war, sich mit Sterblichen einzulassen. Man würde es für immer bereuen. Daher sollte er sich davor hüten, Emma Wallace irgendwelche Gefühle entgegenzubringen.

„Du hast also die Vampirjägerin gefunden?" Ian beäugte neugierig die Stofftasche auf dem Schreibtisch. „Und das sind ihre Pflöcke?"

„Ja." Angus füllte seinen Flachmann auf. Verdammt. Seine Blissky-Flasche war schon fast leer. „Sie hat versucht, mich mit den Dingern zu töten."

„Wirklich?" Ian riss die Augen auf. „Aber du bist in Ordnung?"

„Ja, alles bestens." Angus kam mit den beiden Gläsern zurück zum Schreibtisch und hielt Ian eins hin. „Aber irgendwie kann ich sie nicht davon überzeugen, dass ich zu den Guten gehöre."

Ian lachte. „Warum wundert mich das nicht? Du siehst einfach zu gefährlich aus. Vielleicht sollte besser ich mit ihr reden." Sein Grinsen erstarb. „Vor mir hat niemand Angst."

Tröstend klopfte Angus ihm auf den Rücken. „Man fürchtet dich in der Schlacht." Er leerte sein Glas in einem Zug und erschauderte. Das Zeug war wirklich ziemlich stark. Aber es würde seine Lust auf Blut zügeln. Und seine Lust auf Emma Wallace.

Er stülpte die Tasche um und ließ ein paar von Emmas Holzpflöcken auf den Schreibtisch purzeln. Einen von ihnen nahm er und las die Aufschrift darauf – *Mum*.

Ian zog eine Grimasse. „Fiese Dinger sind das. Sehen ganz schön spitz aus."

„Ja, damit kann man uns töten." Angus nahm einen anderen Pflock. *Dad*. Kein Wunder, dass sie Vampire so hasste.

Auf den Computer deutend informierte Ian seinen Freund: „Du hast mehrere Mails bekommen. Von Mikhail aus Moskau."

„Oh, gut." Angus ging um den Schreibtisch herum und setzte sich vor den Rechner. Emmas Personalakte hatte er schon gestern Abend heruntergeladen. Darin standen einige sehr interessante Informationen, unter anderem, dass ihre Eltern vor sechs Jahren in Moskau ermordet worden waren. Deswegen hatte er sich an seinen russischen Kollegen gewandt.

Wahrscheinlich schlief Mikhail im Moment, denn in Russland war es aufgrund der Zeitverschiebung jetzt Tag. Vor dem Schlafengehen hatte er ihm aber noch die Ergebnisse seiner Recherchen gemailt. Mikhail hatte sich nachts in die zuständige Polizeidienststelle teleportiert und die Akte zu dem Fall kopiert. Die Kopie hatte er seiner Mail angehängt. Eine der beiden Anlagen war der Polizeibericht in russischer Sprache, die andere Mikhails Übersetzung des Berichts.

Und er hatte ganze Arbeit geleistet, wie Angus feststellte. Eine Stunde später folgte nämlich eine zweite E-Mail, der er den Bericht des Rechtsmediziners in Übersetzung sowie ein Foto vom Tatort angehängt hatte. Laut rechtsmedizinischem Gutachten war beiden Opfern die Kehle durchgeschnitten und alles Blut entnommen worden.

Angus betrachtete das Foto. Unter den Leichen waren keine Blutlachen zu sehen. Die Polizei ging daher davon aus, dass die beiden Opfer an einem anderen Ort getötet und dann an den Fundort gebracht worden waren.

Ein typisches Täuschungsmanöver von Vampiren. Ein Schnitt durch die Kehle, damit die Bissmale nicht mehr zu erkennen waren. Die russische Polizei war von einem Verbrechen der Mafia ausgegangen, und das hatten sie auch Emma gesagt.

Trotzdem war sie der Wahrheit auf die Spur gekommen. Die starke Liebe, die sie für ihre Eltern empfunden hatte, hatte sich in einen ebenso starken Hass auf Vampire verwandelt. Auch er war ein Vampir. Angus seufzte.

„Merkwürdig." Ian nahm einen Schluck von seinem Drink, während er die Pflöcke begutachtete. „Auf denen steht entweder Mum oder Dad."

„Ihre Eltern wurden von Vampiren getötet."

„Aha. Das erklärt ihre Vampirjagd."

„Ja, aber ich weiß nicht, wie sie es herausgefunden hat. Die russischen Behörden haben ihr offensichtlich damals gesagt, sie gingen von einem Mafiaverbrechen aus. Wie kam sie also auf Vampire? Woher weiß sie überhaupt, dass es Vampire gibt?"

Ian zuckte die Achseln. „Vielleicht hat sie den Angriff miterlebt."

Angus schüttelte den Kopf. „Die Vampire hätten sie nie am Leben gelassen." Mit einem Doppelklick öffnete er Emmas Personalakte und überflog sie. „Und sie war in Edinburgh, als sich der Überfall ereignete."

Gegen den Schreibtisch überlegte Ian: „Aber sie hat doch übersinnliche Fähigkeiten, oder?"

Angus sah auf. „Ja. Das könnte es sein." Vielleicht war sie in ihren Gedanken Zeugin der Ermordung ihrer Eltern geworden? Das würde zumindest ihre Wut und ihre Rachegelüste erklären.

„Konntest du sie davon überzeugen aufzuhören?", wollte Ian wissen.

„Noch nicht. Sie ist sehr stur."

„Tja, sie ist eben eine Schottin."

„Ja. Und sie ist eine zähe Kämpferin", sinnierte Angus lächelnd.

„Und sexy, meinte Gregori."

Das Lächeln erstarb auf Angus' Lippen. „Gregori kann froh sein, wenn er die nächste Woche noch erlebt."

Um Ians Mundwinkel spielte ein amüsiertes Grinsen. „Er hat sich bei Roman über dich beschwert."

Das hatte Angus schon befürchtet, zuckte aber nur mit den Schultern und begann, eine Antwortmail an Mikhail zu schreiben.

Dein nächster Auftrag: Mach die Vampire ausfindig, die für den Mord an Emma Wallaces Eltern verantwortlich sind.

Vielleicht war es ein Auftrag, der nicht zu lösen war, aber Mikhail würde immerhin alles versuchen. Angus ging auf „Senden". Ihm fiel auf, dass Ian immer noch neben dem Schreibtisch stand. „Ist sonst noch was?"

„Ja. Roman möchte dich sehen. Und Shanna auch. Sie sagt, es ist schon ein halbes Jahr her, seit du sie das letzte Mal besucht hast."

Angus schüttelte lächelnd den Kopf. Gab es irgendetwas, das Roman für seine Frau nicht tun würde? Er war so vernarrt in sie, dass er bei Romatech sogar eine Zahnarztpraxis für Shanna eingerichtet hatte, damit sie weiterhin und in Sicherheit praktizieren konnte. Die meisten Vampire waren allerdings zunächst nicht sehr angetan davon, dass ihnen eine Sterbliche im Mund herumfummelte – also hatte Angus den Anfang gemacht, um seine Unterstützung zu demonstrieren. Und anschließend hatte er angeregt, doch einfach alle Angestellten zur Zahnuntersuchung zu schicken. Er wollte Roman gern helfen, denn der Mönch hatte ihm einst das Leben gerettet und ihm einen Grund gegeben, weiterleben zu wollen. Angus wünschte seinem Freund alles Glück der Welt. Doch wie das in einer Ehe mit einer Sterblichen funktionieren sollte, wusste er nicht.

Sterbliche wurden einfach nicht alt genug. Sie waren so verletzlich. Ihre Wunden waren immer frisch und neu, während Vampire viele Hundert Jahre Zeit hatten, ihre seelischen Verletzungen heilen zu lassen.

Emma Wallace war das beste Beispiel dafür. Ihr ganzes Leben war ihrem leidenschaftlichen Drang nach Rache gewidmet. Dabei war ihr Leben so kurz! Sie sollte es besser genießen, anstatt es an Kreaturen zu verschwenden, die noch viele Hundert Jahre nach ihr existieren würden. Das musste man ihr begreiflich machen. Und ihr die restlichen Holzpflöcke abnehmen. Er suchte in dem Ordner des Stake-out-Teams nach ihrem Profil und fand dort ihre Adresse und Telefonnummer verzeichnet.

„Hallo?" Ian winkte, um Angus' Aufmerksamkeit zu bekommen. „Roman wartet auf dich. Er ist mit Shanna bei Romatech."

„Nicht heute Abend." Am einfachsten war es, zu Emmas Wohnung zu gelangen, indem er sie anrief und ihre Stimme zur Teleportation nutzte. Aber war sie überhaupt nach Hause gegangen, nachdem er sich den kleinen Scherz mit dem sexy Outfit erlaubt hatte?

„In Ordnung", sagte Ian. „Dann sage ich ihm, dass du morgen Abend mit uns zum Gottesdienst gehst."

„Wohin bitte?" Es nervte Angus, dass er dauernd dabei gestört wurde, sich um sein aktuelles Problem zu kümmern. „Zum Gottesdienst?"

„Ja. Father Andrew hält jeden Sonntagabend um elf Uhr einen Gottesdienst für uns. Roman hat einen Raum bei Romatech als Kapelle einrichten lassen. Und nach dem Gottesdienst gibt es für alle Fusion Cuisine – das war Shannas Idee. Im Moment kommen immer so um die dreißig Vampire."

„Ich brauche keinen Priester, der für mich betet", sagte Angus verächtlich. „Im Gegensatz zu Roman bin ich sehr glücklich, ein Vampir zu sein."

„Du bereust also nichts?"

Angus zuckte mit den Schultern. Jeder bereute etwas in seinem Leben, und er lebte immerhin schon sehr lange. „Ich habe immer das getan, was mir zu der Zeit richtig vorkam." Und er hatte gebetet, dass andere nicht darunter leiden mussten. Er betrachtete Ians jungenhaftes Gesicht und stöhnte innerlich. „Ein paar Fehler habe ich schon gemacht."

„Dann sehen wir uns also morgen."

Angus seufzte. „Sag Roman, dass ich morgen irgendwann bei ihm vorbeikomme. Ich kann noch nicht sagen, wann. Ich muss Emma Wallace wohl jede Nacht aufsuchen, bis ich sie davon überzeugen kann, mit dem Morden aufzuhören."

„Connor ist der Meinung, wir sollten dir helfen. Du kannst das nicht alleine durchziehen."

„Da liegt er schief", stieß Angus hinter zusammengepressten Zähnen und mit einem drohenden Blick hervor.

„Ich verstehe." Ian sah ihn mit seinen unschuldigen blauen Kinderaugen überrascht an. „Du bist der Boss." Er wandte sich zum Gehen. „Roman wird wissen wollen, warum du heute Abend nicht kommen kannst."

Angus starrte finster auf Emmas Adresse in dem Ordner. „Weil sie noch mehr Holzpflöcke zu Hause hat."

„Du willst in ihre Wohnung gehen? Allein? Das wird sie sich sicher nicht bieten lassen. Ich komme besser mit."

„Nein. Ich komme allein mit ihr zurecht."

„Sie hat mindestens vier Vampire ermordet."

Angus erhob sich. „Ich sagte, ich komme allein mit ihr zurecht."

Einen Moment zögerte der jugendlich wirkende Vampir, die Hand schon auf der Türklinke. „Auch du kannst getötet werden, Angus. Jeder von uns kann das."

„Ich weiß. Mach dir keine Gedanken, mein Freund. Wir sehen uns, wenn ich zurück bin." Angus bemühte sich, nicht mehr ganz so finster dreinzublicken.

„Alles klar." Ian ging hinaus, rief Angus aber noch über die Schulter zu: „Wenigstens hast du das Überraschungsmoment auf deiner Seite!"

Angus erschrak. Nein, hatte er nicht. Wie dumm von ihm. Und wie clever und abgeklärt von ihr! Wahrscheinlich hatte sie sich schon die nächste Falle ausgedacht. In diesem Moment spürte Angus, wie zwischen seinen Beinen wieder etwas anschwoll. Das durfte nicht wahr sein. Er war wirklich völlig von Sinnen.

Katya Miniskaya lächelte höflich, als eines der russischen Zirkelmitglieder ihr Büro betrat. Es war Boris, einer der ewigen Nörgler. Alek hatte ihr schon vor zwei Monaten berichtet, dass sich Boris die ganze Zeit hinter ihrem Rücken über sie beschwerte. Zwei seiner ebenfalls jammernden Kollegen hatten unglücklicherweise in ihrem Büro tödliche Unfälle erlitten, was ihn zu stören schien.

Sie deutete auf den Stuhl vor ihrem Schreibtisch. „Wie kann ich Ihnen helfen?"

Sein Blick haftete einen Augenblick zu lange auf ihrem kurzen seidenen Jäckchen, bevor er Platz nahm. „Alek sagt, Sie hätten eine Belohnung für denjenigen, der die Sterblichen im Central Park umgebracht hat."

„Ja, das stimmt." Sie hatte schon auf Boris getippt. Und sie ging ebenfalls davon aus, dass er dumm genug war, auf diesen Köder hereinzufallen. „Wollen Sie damit sagen, dass Sie das waren?"

„Vielleicht." Boris reckte herausfordernd sein Kinn. „Vielleicht habe ich alle drei getötet. Wie sieht denn die Belohnung aus?"

Katya stand langsam auf. Sie trug immer noch ihre Jagdbekleidung – ein schwarzes Seidenjäckchen und einen eng anliegenden Rock, der rechts bis zur Hüfte geschlitzt war. Darunter trug sie nichts. Wenn sie so angezogen war, konnte sie sich innerhalb von fünf Minuten etwas zu essen besorgen. Sterbliche Männer standen dann sozusagen Schlange, um Blut zu spenden. Sie bediente sich meist an mehreren, spielte mit dem einen oder anderen, wenn er hübsch genug war, und dann schickte sie sie mit ausgelöschter Erinnerung fort und mit einer Erektion, deren Ursache sie sich nicht erklären konnten.

Jetzt hockte Katya sich auf den Rand ihres Schreibtischs und schlug die Beine übereinander, sodass ihr rechtes Bein bis zur Hüfte entblößt war. „Welche Art von Belohnung hätten Sie denn gerne?"

Boris leckte sich die Lippen. „Ich hatte an Geld gedacht oder an einen größeren Sarg. Oder vielleicht ..." Er ließ seinen Blick über ihren Körper wandern, dann blickte er ihr in die Augen. „Sie."

Katya wurde übel, aber nach außen behielt sie ihr Lächeln. „Dann geben Sie die Morde also zu?"

„Oh ja. Ich habe drei Frauen umgebracht. Erst habe ich sie durchgevögelt, dann habe ich sie leer gesaugt und ihnen zum Abschluss die Kehle durchgeschnitten."

„Wie anständig von Ihnen." Katya ließ sich vom Schreibtisch gleiten und kehrte zu ihrem Stuhl zurück.

Boris zuckte die Achseln. „Es gibt jede Menge von ihnen. Wir werden also wohl kaum an Unterversorgung sterben." Er grinste. „Sind Sie bereit?"

Sie setzte sich. „Ich bin Ihre Herrin, nicht Ihre Sklavin."

Wut blitzte in seinen Augen, als Boris aufsprang. „Galina tut es auch. Sie ist gerade oben mit Miroslav und Burien zugange."

„Dann stellen Sie sich hinten an. Galina macht es Spaß, die Moral mit ihrer Drehtürpolitik zu heben. Aber ich bin diejenige, die diesen Zirkel anführt. Und ich habe Wichtigeres zu tun."

Boris schnaubte wütend. „Sie sind nur die Anführerin, weil Sie Ivan getötet haben."

„Wofür Sie zu feige waren." Katya öffnete die oberste Schublade ihres Schreibtischs und steckte einen Pfeil in ein Blasrohr. „Nein, Sie überfallen lieber wehrlose Frauen und halten das für männlich."

Er verkrampfte sich. „Es ist kein Verbrechen, Sterbliche zu töten. Es ist unser Recht als Vampire." Er sah sie mit zusammengekniffenen Augen an. „Es gibt gar keine Belohnung, habe ich recht? Ich hätte es mir denken können, dass Sie so eine hinterhältige Schlampe sind!"

„Oh doch, es gibt eine Belohnung." Katya führte das Blasrohr an ihre Lippen und mit einem kräftigen Luftstoß schoss sie den Pfeil geradewegs in Boris' Hals.

„Ich ..." Boris stolperte nach hinten, er sah überrascht aus. Mit einem Ruck riss er sich den Pfeil aus dem Hals. „Nachtschatten?" Er brach zusammen.

„Wirkt schnell, nicht wahr?" Katya schlenderte hinüber zu Boris' gelähmtem Körper und stellte ihren Fuß auf seinen Brustkorb. Natürlich trug sie messerspitze High Heels. „Wie gefällt Ihnen die Belohnung?"

In Boris' Augen spiegelten sich Angst und Schmerzen.

„Wissen Sie, normalerweise habe ich nichts dagegen, wenn Menschen sterben. Ich habe selbst ein paar umgebracht. Was mir missfällt, sind Ihre Beweggründe. Sie versuchen, einen Krieg zwischen meinem und Draganestis Zirkel heraufzubeschwören, weil Sie glauben, wenn es zu einem Krieg kommt, müsste ich meinen Platz räumen. Und Sie haben noch dazu geglaubt, ich wäre zu dumm, das herauszufinden." Sie beugte sich über ihn. „Aber ich gehe nirgendwo hin. Sie dagegen ..."

In diesem Moment klingelte das Telefon.

„Verdammt." Sie betrachtete den schrillenden Apparat, dann sah sie Boris an. „Schön hier bleiben." Kichernd ging sie hinüber zum Schreibtisch und nahm das Gespräch entgegen. „Hallo?"

„Ist da Katya Miniskaya, Mitanführerin des russisch-amerikanischen Vampirzirkels?" Die männliche Stimme am anderen Ende der Leitung klang spöttisch.

Katya schluckte ihre Wut hinunter. Ein männlicher Vampir würde sich niemals solche Respektlosigkeiten anhören müssen. Überhaupt gab es nur einen einzigen Mann, der jemals ihr Talent und ihr Potenzial erkannt und sie für das gelobt hatte, was keiner außer ihm bemerkt hatte. Eigentlich war sie auf

Verführung aus gewesen und war dann in die Falle getappt – sie hatte sich in ihn verliebt. Und dann war der Mistkerl verschwunden.

Sie hätte ihn töten sollen.

Verärgert schob sie die Erinnerung beiseite. Jetzt war sie die Anführerin des Zirkels. Sie brauchte keinen Mann, und sie würde sich auch keine Frechheiten von diesem arroganten Anrufer bieten lassen. „Wer sind Sie? Was wollen Sie?"

„Ich bin ein Geschäftspartner von Casimir." Nichts weiter.

Katya wartete, doch am anderen Ende der Leitung blieb es still. Glaubte er etwa, die Erwähnung von Casimirs Namen hätte sie mundtot gemacht? „Ja und?", schnaubte sie verächtlich.

„Er ist unglücklich über Sie."

„Was soll's. Ich bin auch nicht gerade glücklich über ihn." Casimir hatte versucht, alle in dem Glauben zu lassen, er sei im Großen Vampirkrieg von 1710 gestorben. Die Führerlosigkeit hatte dazu geführt, dass sie alle besiegt wurden.

In diesem Augenblick begann sich eine Gestalt neben ihrem Schreibtischstuhl zu manifestieren und schließlich zu materialisieren. Es war ein stämmiger, untersetzter Mann mit einem Hals, der dicker als sein Kopf war, mit strähnigem braunen Haar und kalten blauen Augen, die sie mit gelangweilter Herablassung anblickten. Sein grauer Anzug und die lederne Aktentasche verliehen ihm den Eindruck eines ganz normalen Geschäftsmannes. Doch Katya spürte augenblicklich, dass dieser Mann gefährlich war.

Sie ging um ihren Schreibtisch herum, legte umständlich das Telefon auf und setzte sich. Jetzt war sie immerhin wieder in Reichweite ihres Blasrohrs und der Nachtschattenpfeile.

Der Mann grinste verächtlich. „Danke, dass Sie Zeit für mich haben." Er klappte sein Handy zu und steckte es in seine Jackentasche.

Mist. Er hatte sie als Signalstimme zum Teleportieren benutzt. „Wer sind Sie und was wollen Sie hier?"

„Ich bin Jedrek Janow, ein guter Freund von Casimir."

Katya war aufs Äußerste bemüht, keine Regung zu zeigen. Seit Jahren hörte man immer wieder hinter vorgehaltener Hand diesen Namen. Er war Casimirs Lieblingskiller. „Nehmen Sie Platz." Sie deutete auf einen Stuhl.

Doch der Mann setzte sich nicht. Er zog es vor, stehen zu bleiben und sie anzustarren. Nur seine Aktentasche legte er vorsichtig ab.

Sie hob das Kinn. „Wieso sind Sie wach? Ist nicht schon Tag, da, wo Sie und Casimir sich verstecken?"

Er sah sie misstrauisch an. „Wo Casimir sich aufhält, tut nichts zur Sache. Und was mich betrifft, habe ich mich gerade aus Paris hierher teleportiert. Ich kann ohnehin nicht lange bleiben."

„Wie schade."

„Ihre Überheblichkeit ist nicht angemessen." Er ging einen Schritt auf ihren Schreibtisch zu. „Machen Sie keinen Fehler. Casimir hat Ihnen gestattet, an der Macht zu bleiben. Er kann sich jeden Moment anders entscheiden."

Katya versuchte krampfhaft, keinerlei Reaktion zu zeigen, aber sie spürte, wie ihr alle Farbe aus dem Gesicht wich. Wenn Casimir dafür sorgte, dass jemand verschwand, dann war es für immer. War Jedrek deshalb hier? Hatte er vor, sie noch heute Abend zu töten? „Es gibt keinen Grund, mit mir unzufrieden zu sein. Dieser Zirkel war ein lahmer Haufen, bis ich ihn übernommen habe. Jetzt sind wir mächtig und reich."

„Es gab noch nie zuvor einen weiblichen Anführer."

Sie stand auf. „Sie wollen damit unterstellen, dass ich der Aufgabe nicht gewachsen bin?" Sie zeigte auf den Fußboden hinter Jedrek. „Sagen Sie Boris guten Tag."

Jedrek betrachtete Boris, ohne ein Wort zu sagen und sah

dann wieder Katya an. „Sie kleiden sich wie eine Hure."

„Das ist meine Arbeitskleidung. Das sorgt dafür, dass ich binnen weniger Minuten mein Quantum an Blut bekomme. Ich nenne es deshalb auch gerne Fast Food."

„Sie sind an die Macht gekommen, indem Sie Ivan Petrovsky getötet haben."

Sie zuckte mit den Schultern. „Eine alte und erfolgserprobte Methode der Karrierebeschleunigung."

„Petrovsky war es, der gegen Ende des Großen Krieges Casimir das Leben gerettet hat."

Das war ihr Todesurteil. „Das wusste ich nicht. Alle glaubten, Casimir wäre tot."

„Laut meiner Informationen hat Ivan, bevor Sie ihn töteten, Ihnen gegenüber erwähnt, dass Casimir noch lebt."

Katya schluckte. Offensichtlich wollte ein Zirkelmitglied sie erledigen. „Galina und ich machen unsere Aufgabe als Anführerinnen sehr gut. Möchten Sie sie vielleicht kennenlernen?"

„Sie ist eine Nutte."

„Aber eine gute. Die Männer sind sehr glücklich."

Jedrek schlug mit seiner fleischigen Faust auf den Schreibtisch. „Sie Närrin! Casimir will keine glücklichen Anhänger. Warum glauben Sie, sind wir bei unseren Feinden als Malcontents bekannt?"

Katya legte die Hände auf den Schreibtisch und beugte sich zu Jedrek hinüber. „Mein Zirkel folgt den Traditionen der Wahren Vampire. Wir ernähren uns von Menschenblut. Wir manipulieren Menschen und geben ihnen Geld dafür. Wir verachten die schwachen Vampire, die wie Babys aus der Flasche trinken. Und wenn Casimir bereit ist, sie zu töten, dann sind wir dabei."

Ihr Gegenüber lachte. „Wie wollen Sie für Casimir kämpfen, wenn Sie nicht einmal in der Lage sind, Ihren eigenen Zirkel zu verteidigen? Wie viele von Ihren Leuten wurden letztes Jahr ermordet?"

Der kleine Mistkerl kannte sich aus. „Letztes Jahr gab es drei Morde. Und einen letzte Woche. Aber ich kümmere mich bereits darum."

„Und wie? Haben Sie den Vampirjäger etwa schon gefasst?" Jedrek schaute zu Boris runter. „War er es?"

Einen Moment lang dachte sie daran zu lügen. „Er ... hat mit der Sache zu tun. Wie gesagt, ich habe die Situation unter Kontrolle."

„Casimir möchte einen Beweis Ihres Engagements sehen."

„Einen Beweis? Das ist kein Problem. Sagen Sie Boris auf Wiedersehen." Katya nahm einen hölzernen Brieföffner von ihrem Schreibtisch, ging hinüber zu Boris und stieß ihn in sein Herz. Augenblicklich verwandelte der Vampir sich in ein Häufchen Staub auf dem Teppich. „Soll ich Ihnen etwas einpacken lassen für Casimir?"

Jedreks Miene verriet ihr, dass er wenig beeindruckt war. „Casimir will den Vampirjäger. Er hat Pläne für ihn." Der Killer entnahm seiner Aktentasche ein kleines elektronisches Gerät. Während er auf die kleine Bildschirmanzeige starrte, ging er mit dem Gerät durch den Raum.

Katya legte den Brieföffner wieder auf den Schreibtisch. „Was machen Sie da?"

„Casimir ist der Überzeugung, dass Sie Ihr Hauptquartier nicht ausreichend schützen. Ihm ist zu Ohren gekommen, dass Draganesti sich im letzten Frühjahr hierher teleportiert und jemanden gerettet hat, den Sie gefangen hielten."

„Dafür war Ivan zuständig. Seitdem gab es keine weiteren Invasionen, und ich habe die Zahl der Tagwachen aufstocken lassen."

Jedrek ging weiter im Zimmer herum, den Bildschirm immer im Auge. „Wissen Sie, dass Angus MacKay in New York ist?"

Katya musste schlucken.

„Das deute ich dann wohl als Nein." Jedrek sah sie höhnisch an.

„Ich bin mir sicher, dass er öfter hier ist. Draganesti ist einer seiner Kunden." Bei ihr schaute Angus nie vorbei.

„Finden Sie es nicht interessant, dass er gerade jetzt hier ist?"

Hatte Casimir den Verdacht, dass Angus hinter den Morden steckte? Immerhin hatte er im Großen Krieg mehr Wahre Vampire getötet als jeder andere. Und sein Unternehmen hatte sehr unangenehme Methoden, Nachforschungen anzustellen und Gerechtigkeit walten zu lassen. Das letzte Mal hatte sie Angus MacKay im Frühjahr beim Galaeröffnungsball gesehen. Er hatte so getan, als würde er sie nicht kennen, und sie nur einmal mit einem sarkastischen Blick gefragt: *Und was ist Ihre Vorstellung von Spaß? Heute Nacht jemanden zu töten?*

Dieser Mistkerl. Sie hätte ihn schon vor langer Zeit töten sollen.

„Aha!" Jedrek fuhr mit den Fingern über die Gardinenstange und hatte plötzlich ein kleines metallisches Objekt in der Hand. „Sind Sie immer noch der Überzeugung, dass Sie die richtige Person sind, um den Zirkel anzuführen?" Er ließ das Ding auf den Schreibtisch fallen und zermalmte es mit dem Briefbeschwerer.

Katya erschrak. Wie lange wurde ihr Büro schon abgehört? Und von wem? Draganesti? Oder Angus MacKay?

Jedrek schraubte den Telefonhörer auseinander und entdeckte eine zweite Abhörvorrichtung. Er sah Katya verächtlich an. „Peinlich." Auch diese Wanze wurde ein Opfer des Briefbeschwerers.

Sie biss die Zähne zusammen. Sicher würde Jedrek voller Genugtuung Casimir davon berichten. „Ich kann meinen Zirkel beschützen. Und ich werde den Vampirjäger fassen."

„Gut." Jedrek steckte den Wanzendetektor wieder in seine

Aktentasche und klappte sie zu. „In einer Woche erwarte ich Ihre Lieferung."

Katya zwinkerte überrascht. „Schon nächsten Sonntag?"

„Samstag." Jedrek zuckte die Achseln. „Wie gesagt, Casimir ist nicht zufrieden mit Ihnen. Er sucht nach einer Möglichkeit, Sie loszuwerden."

Sie zu töten. Katya ballte die Fäuste. „Ich vermute, er hat schon einen Nachfolger für mich im Sinn?"

„Ja." Jedrek richtete seine Krawatte und sah sie lächelnd an. „Mich."

„Das ist doch lächerlich. Sie sind nicht einmal Russe! Meine Mitglieder würden nie Befehle von einem Polen entgegennehmen!"

„Ich bin halb Pole, halb Russe." Jedrek zuckte die Achseln. „Casimir interessiert meine Herkunft nicht im Geringsten. Was er einfordert, ist Loyalität."

„Ich bin loyal."

„Dann beweisen Sie es." Jedrek sah auf die Uhr. „Ich muss weiter."

„Ich werde es beweisen." Katya ging auf Jedrek zu. „Ich werde nicht nur den Vampirjäger fassen, sondern Ihnen auch Angus MacKay übergeben."

Jedrek sah sie überrascht an.

Immerhin war es Katya gelungen, eine Reaktion von ihm zu provozieren.

„Glauben Sie wirklich, Sie könnten den General der Vampirarmee fangen?", fragte er mit verächtlichem Unterton.

„Hätte Casimir ihn nicht gerne?" Und hätte sie es nicht gerne, MacKay leiden zu sehen? „Ich werde ihn und den Vampirjäger nächsten Samstag übergeben. Und damit wäre mein Job dann für Sie gestorben."

Jedrek lächelte spöttisch. „Das werden wir ja sehen. Denn das schaffen Sie nie." Und damit verschwand er.

Katya atmete tief durch. Sie musste Angus MacKay schnappen – was sehr schwierig werden würde. Hatte er mit den Morden zu tun? Seltsam, dass er gerade jetzt in New York war, aber eigentlich spielte das nun alles überhaupt keine Rolle mehr. Sie hatte Casimir Angus und den Vampirjäger versprochen, und wenn sie ihr Versprechen am nächsten Samstag nicht halten konnte, würde ihr Vampirleben sehr rasch beendet sein.

Sie brauchte einen effektiven Plan. Katya begann, in ihrem Büro auf und ab zu gehen. Eine halbe Armee würde zur Ergreifung von Angus nötig sein. Und falls es ihr tatsächlich gelingen sollte, ihn und den Vampirjäger zu schnappen, durften sie auf keinen Fall aus ihrem Gefängnis entkommen.

Zunächst benötigte sie also Silber. Tonnenweise. Glücklicherweise war ihr Zirkel mittlerweile äußerst wohlhabend, nachdem sie und Alek sich vor ein paar Monaten in ein paar Läden im Diamantenviertel an Edelsteinen bedient hatten. Mit den Steinen teleportierten sie sich zu einem Geschäftspartner nach Kalifornien, der ihnen 1,2 Millionen Dollar dafür zahlte. Bevor die Polizei überhaupt von dem Diebstahl Wind bekam, waren sie und Alek schon längst zurück in Brooklyn.

Sie würde ein Zimmer ganz aus Silber einrichten lassen, dann war jegliche Teleportation in die Freiheit unmöglich. Außerdem musste sie dringend ihre Nachtschattenvorräte auffüllen.

Sie blieb stehen, als ihr plötzlich eine weitere Schwierigkeit einfiel. Wie würde sie Jedrek überhaupt am nächsten Samstag Angus und den Vampirjäger übergeben können? Jedrek war auf ihre Position und ihren Zirkel aus. Er wartete also nur auf einen Fehler von ihr. Sie konnte ihm selbstverständlich nicht trauen. Also würde sie die Gefangenen Casimir persönlich ausliefern müssen. Was wiederum schwierig war, weil sie seinen Aufenthaltsort nicht kannte. Wahrscheinlich war er irgendwo in Osteuropa oder Russland.

Galina würde ihr helfen. Schließlich steckte ihr Hals auch schon in der Schlinge. Besaß sie nicht irgendwo in der Ukraine ein Anwesen?

Sofort rief Katya Galina und Alek an und bat sie, in ihr Büro zu kommen. Dann schnappte sie sich einen Stift und begann zu schreiben. Wo hielt sich der Vampirjäger vermutlich auf? Da nur ein Vampir einen anderen Vampir töten konnte, stammte der Vampirjäger vermutlich aus den Reihen von Draganestis Zirkel. Oder es war vielleicht ein Angestellter von Angus MacKay? Oder MacKay selbst?

Endlich würde der elende Mistkerl bekommen, was er verdiente!

Als Alek ihr Büro betrat, blickte sie auf. „Wir haben eine Woche Zeit, den Vampirjäger und Angus MacKay zu finden und an Casimir auszuliefern."

Alek riss die Augen auf. „Eine Woche? Wie kommt das denn auf einmal?"

„Ich hatte gerade Besuch. Von einem Polen namens Jedrek Janow."

„Ich habe seinen Namen schon gehört. Er ist einer von Casimirs Killern."

Katya seufzte. „Er wird ... mich und Galina beseitigen, wenn wir nicht liefern."

„Meine Güte", flüsterte Alek.

„Du musst den Vampirjäger finden. Teil unsere Teams in Dreiergruppen auf. Einer kann jeweils den Köder spielen und die anderen halten sich im Hintergrund und greifen dann zu."

„Ich mache mich sofort an die Arbeit." Alek war schon auf dem Weg zur Tür, als er noch einmal stehen blieb. „Ich ... Ich habe es dir nie gesagt. Aber ..."

„Was ist denn noch?" Katya starrte ihn wütend an. „Uns läuft die Zeit davon!"

Alek zuckte zusammen. „Ich habe mit ansehen müssen,

wie Vladimir ermordet wurde."

„Was?" Katya ging zu ihm hinüber. „Du hast den Vampirjäger gesehen und nichts gesagt?"

„Ich wurde mit Silberkugeln beschossen. Ich hatte solche Schmerzen, dass ich nicht mehr wusste, wie mir geschah. Und dann kam von hinten diese Frau angerannt. Wir hatten sie vorher noch nie gesehen."

„Eine Frau? Sie? Willst du damit sagen, dass sie zu zweit sind?"

„Ja, ein Mann und eine Frau. Sie arbeiten zusammen. Er hat mich mit Kugeln vollgepumpt, während Vladimir am Essen war. Sie schlich sich von hinten an Vlad heran und rammte ihm einen Holzpflock in den Rücken."

Katya packte Alek an seinem Hemd und schob ihn vor sich her. „Du Idiot! Warum hast du mir das nicht gleich erzählt?"

„Ich ... Ich musste mir die Kugeln entfernen lassen. Das Silber hat mich beinahe umgebracht. Ich musste in die Unfallklinik und die Gedanken der Ärzte und Krankenschwestern unter meine Kontrolle bringen. Das hat die ganze Nacht gedauert."

Katya bleckte die Zähne und schubste ihn weg. „Du hättest es mir am nächsten Abend sagen können!"

Er ließ den Kopf hängen. „Ich habe mich geschämt, weil ich meinem Freund nicht helfen konnte."

„Du bist dir also sicher, dass es zwei Vampirjäger sind? Ein Mann und eine Frau?", fragte Katya seufzend.

Alek nickte, wich ihrem Blick aber aus.

Sie strich sein Hemd wieder glatt. „Auch wenn du Vladimir nicht retten konntest – jetzt hast du die Chance, Galina und mich zu retten."

„Das werde ich auch." Er sah Katya flehentlich an. „Ich würde alles für dich tun, Katya. Das schwöre ich dir."

Schon länger hatte sie geahnt, dass hinter seiner unvoreingenommenen Hilfe mehr steckte als Loyalität. Katya tätschelte seine Wange. „Hilf mir, die Vampirjäger zu fangen, Alek, und ich werde alles für dich tun."

Seine Augen nahmen einen gewissen Glanz an, als er sie von oben bis unten musterte. „Sie sind schon so gut wie tot." Dann hastete er zur Tür und rannte dabei beinahe Galina um, die in diesem Moment hereinkam.

„Warum hat er es denn so eilig?", wollte Galina wissen.

„Weil uns die Zeit davonläuft. Hast du eigentlich noch diese kleine Festung in der Ukraine?"

„Es ist eher ein altes Herrenhaus. Warum fragst du?"

„Du musst noch heute Nacht abreisen. Wir brauchen eine Gefängniszelle komplett aus Silber. Das Geld dafür werde ich dir geben."

Galina hob ihre perfekt gezupften Brauen. „Das heißt, wir nehmen einen Vampir gefangen?"

„Nicht nur einen. Den Vampirjäger, oder vielleicht die zwei Vampirjäger. Und Angus MacKay."

Galina riss den Mund auf. „Den General der Vampirarmee?"

„Ja." Und gleichzeitig den Scheißkerl, der Katya vor vielen Jahren sitzen gelassen hatte. „Es würde mich nicht wundern, wenn er einer der Vampirjäger wäre." Und dann arbeitete er auch noch mit einer Frau zusammen! Diese Vorstellung machte Katya rasend. Sie war ihm nicht gut genug gewesen, aber diese Schlampe offensichtlich schon. „Casimir will sie beide. Entweder sie sterben oder wir."

Galina zuckte zusammen. „Ist klar."

Katya nickte. Es war wirklich eine Nacht voller Überraschungen. Ihr war noch nie aufgefallen, dass Galina denken konnte.

6. KAPITEL

Emma checkte auf ihrem Handy die Uhrzeit. Mist. Sie hatte vor einer Stunde und zwanzig Minuten den Central Park verlassen. Nach Angus MacKays Bemerkung, er würde sie zu Hause besuchen, war ihr eingefallen, dass sie dringend Munition brauchte. Also hatte sie ein Taxi zum Büro der CIA in Midtown genommen und sich im sechsten Stock des Gebäudes, wo das Stake-out-Team saß, aus der Waffenkammer bedient: ein Paar Handschellen sowie mehrere Ketten aus massivem Silber, Silberkugeln für ihre Glock-Pistole und eine Kiste voller Pflöcke. Zu Hause hatte sie nämlich nur noch eine Handvoll.

Leider hatte das Sicherheitspersonal im Erdgeschoss sie mit so viel Material und ohne Bedarfsanforderungsantrag nicht einfach ziehen lassen. Eine Viertelstunde lang hatte sie durch lästigen Papierkram verloren und danach hatte es ewig gedauert, bis sie ein Taxi fand. Samstagabend war diese Bürogegend nun mal kein lohnendes Ziel für Taxifahrer.

Aber jetzt war sie gleich zu Hause. Nach einem Blick auf das Taxameter kramte sie den passenden Geldbetrag heraus. Hoffentlich wartete Angus MacKay nicht schon in ihrem Apartment auf sie.

In diesem Moment hielt der Taxifahrer vor ihrem Wohnhaus in SoHo. Bis auf die Lichtpunkte unter den Straßenlaternen war alles dunkel. Nur einige Leute waren unterwegs, die ihre Hunde ausführten oder ein Schwätzchen mit den Nachbarn hielten. Emma reichte dem Fahrer das Geld und stieg aus. Die Silbersachen hatte sie in einer großen Plastiktasche verstaut, die sie jetzt auf dem Dach des Taxis abstellte, während sie aus dem Fond noch die Kiste mit den Pflöcken holte.

Als sie sich wieder aufrichtete, spürte sie ein Kribbeln im Nacken. Sie zog instinktiv die Schultern hoch. Jemand beobachtete sie, das war auch ohne ihre übersinnlichen Kräfte zu spüren.

Sie sah nach oben, zum dritten Stockwerk. Alle Jalousien an den Fenstern waren geschlossen. Zu ihrer Wohnung gehörte das dritte Fenster von links. War da ein schmaler Spalt zwischen der Jalousie? Sie kniff die Augen zusammen.

Als die Jalousie aufging, erschrak sie.

Angus war da!

„Hey, Lady!", rief der Taxifahrer. „Wollen Sie den ganzen Abend da stehen bleiben? Machen Sie endlich die Tür zu!"

Emma warf die Kiste zurück in den Wagen, schnappte die Tasche und stieg wieder ein. „Fahren Sie los."

„Wie bitte?" Der Fahrer sah sie verärgert an. „Und wohin?"

„Egal. Fahren Sie!"

Der Mann trat aufs Gas.

Emma drehte sich um und sah aus dem Rückfenster. Ganz eindeutig hatte jemand in ihrer Wohnung die Jalousie hochgezogen, und im Fenster war die dunkle Silhouette einer männlichen Gestalt zu erkennen. Sie spürte seinen Blick, seine Anwesenheit. Er war ganz dicht bei ihr.

Sie sah nach vorn. So ein Mist! Sie hasste es davonzurennen. Aber ohne Vorbereitung hatte sie gegen einen Vampir keine Chance. Und sie konnte ihn ja schlecht bitten, für zehn Minuten ihre Wohnung zu verlassen, um ihre Falle anzubringen.

Sie dachte an ihre erste Begegnung und an seinen süßen Arsch. Wie er kopfüber an dem Ast baumelte.

Das Taxi hatte das Ende der Straße erreicht. „Wohin jetzt?"

„Äh ... Biegen Sie rechts ab." Emma schlug sich frustriert aufs Knie. Rückzug war die einzige Möglichkeit, aber sie hasste es. *Denk nach. Denk nach.* Sie musste sich an einen Ort zurückziehen, an dem sie ungestört alle nötigen Vorbereitungen treffen konnte. Und dorthin würde sie Angus dann einladen.

Natürlich! Austins Apartment! Es war ganz in der Nähe, in Greenwich Village. Und es war größer als ihre Wohnung – und viel besser geeignet für den Kampf gegen einen Vampir.

Sie nannte dem Taxifahrer die Adresse. Mit Austin Erickson war sie befreundet, seit sie ins Stake-out-Team eingetreten war. Nachdem Sean ihn auf die schwarze Liste gesetzt hatte, hatte Austin einen Job in Malaysia angenommen. Offensichtlich verdiente er dort so gut, dass er es sich leisten konnte, seine Wohnung in Manhattan zu behalten.

Emma hatte sich freiwillig bereit erklärt, sich in seiner Abwesenheit um die Wohnung zu kümmern. Zum Glück. Es war der ideale Ort, um Angus die perfekte Falle zu stellen. Vielleicht würde sie ihn ins Schlafzimmer locken. Das Bett hatte ein gusseisernes Gestänge – perfekt, um jemanden mit Handschellen anzuketten.

Angus würde ihr sicher ins Schlafzimmer folgen. Sie erinnerte sich daran, wie sie seine Erektion an ihrem Oberschenkel gespürt hatte und wie er ihre Hüfte gestreichelt hatte. Und sein angeberisches Geschwätz darüber, wie äußerst zufrieden die Frauen mit ihm waren.

Eigentlich hatte sie Lust herauszufinden, ob das wirklich stimmte. Immerhin war er ja ein Ehrenmann.

Nein! Er war kein Mann. Emma ließ sich stöhnend in den Sitz zurückfallen. Ein Teil des Kampfes fand in ihr selbst statt.

Zum Teufel! Diese Frau stieg wieder in das Taxi! Angus konnte seine Enttäuschung kaum verhehlen, als Emma nicht ans Telefon gegangen war. Er hatte ihre Ansage auf dem Anrufbeantworter benutzen müssen, um sich in ihre Wohnung zu teleportieren.

Seit seiner Ankunft vor wenigen Minuten hatte er ihre winzige Wohnung unter die Lupe genommen. Es gab nichts Interessantes, bis auf ein paar Holzpflöcke, die auf dem Küchentisch lagen. Daneben ein wischfester Markierstift. Er stellte sich vor, wie sie vor dem Fernseher saß und dabei ihre Holzpflöcke mit Mum und Dad beschriftete.

Ob sie einfach irgendwohin fahren und dort warten wollte, bis die Sonne aufging? Er würde vorher gehen müssen. Aber er wollte unbedingt noch heute Abend mit ihr sprechen und sie davon überzeugen, ein für allemal mit dem Morden aufzuhören.

Wieder sah er aus dem Fenster. Ihr Taxi war jetzt am Ende des Blocks angekommen. Er konnte sich binnen weniger Sekunden an die Straßenecke teleportieren, aber genau dort stand gerade eine ältere Frau mit ihrem Hund und wartete darauf, die Straße zu überqueren. Wenn Angus so urplötzlich neben ihr auftauchte, würde sie vermutlich vor Schreck einen Herzanfall bekommen und tot umfallen. Oder sich die Hüfte brechen. Diese Sterblichen, vor allem ältere, waren so verwundbar! Da fiel Angus eine dunkle Stelle neben der Treppe zum Gebäude an der Ecke auf. Er konzentrierte sich darauf und teleportierte sich dorthin. Ein schneller Griff unter seinen Sporran, dann trat er aus dem Schatten.

In diesem Augenblick bog das Taxi nach rechts ab. Die alte Lady humpelte über die Straße, ohne Angus zu bemerken. Ihr Hund jedoch fing an zu kläffen und an der Leine zu zerren. Er sah den kleinen Terrier böse an. Sofort war Ruhe. Der Hund drängte sich winselnd an sein Frauchen.

In seinem Innersten spürte Angus einen Anflug von Traurigkeit. Als Mensch hatte er Tiere geliebt, und jetzt fürchteten sie sich vor ihm. *Nicht völlig menschlich.* Romans Entdeckung quälte ihn immer noch. Die Reaktion der Tiere auf ihn war also gar nicht verwunderlich. Sie spürten sofort, was ihm bis vor Kurzem noch gar nicht klar gewesen war.

Er beobachtete, wie Emmas Taxi in der Ferne verschwand.

Jetzt bog es nach links ab. Er folgte dem Wagen mit Vampirgeschwindigkeit. Immer wenn das Taxi anhielt, blieb er jedoch etwas zurück. Falls Emma ihn entdeckte, würde sie ganz sicher eine Schnitzeljagd quer durch Manhattan mit ihm veranstalten.

Zum Glück dauerte es nicht lange, bis das Taxi sein Ziel erreicht hatte. Es hielt vor einem Apartmenthaus in Greenwich Village. Angus wartete hinter einem Lieferwagen, bis Emma eine Tasche und eine Kiste aus dem Fond des Taxis geladen und auf den Bürgersteig gestellt hatte. Mehr Holzpflöcke? In ihrer Wohnung hatte er eine leere Kiste wie diese gesehen.

Sie bezahlte und angelte einen Schlüsselbund aus ihrer Hosentasche. Sie hat einen Freund, schoss es Angus durch den Kopf. War er etwa eifersüchtig? Missmutig sah er sie aufschließen und ihre Sachen im Hausflur abstellen. Ein Freund, so ein Mist! Ein sterblicher Liebhaber. Der Typ war auf keinen Fall gut genug für sie! Wusste er überhaupt, was sie nachts trieb? Er würde sie jedenfalls nicht beschützen können. Das war ein Job für Angus.

Ärgerlich, diese Eifersucht. Er überquerte die Straße und ging nachdenklich auf die gläserne Haustür zu, durch die Emma gerade verschwunden war. Sie war sicher abgeschlossen, aber das konnte ihn nicht aufhalten. Er würde sich einfach ins Haus teleportieren.

Plötzlich quietschten Reifen und eine Hupe plärrte. Angus wirbelte herum und sah, wie nur wenige Zentimeter vor ihm ein Taxi zum Stehen kam. Beinahe wäre er überfahren worden! Nicht dass ihn ein paar Knochenbrüche töten könnten, aber schmerzhaft wären sie auch für ihn gewesen. Der Taxifahrer schrie ihm ein paar Beleidigungen entgegen, die er, sich entschuldigend, über sich ergehen ließ. Er war auch wirklich bescheuert. Die bloße Vorstellung, dass Emma einen Freund haben könnte, hatte ihn kopflos vor ein Auto laufen lassen!

Er musste erst mal wieder zu Verstand kommen. Vielleicht wohnte hier ja auch eine Freundin von Emma? Warum kam er ausgerechnet darauf, dass sie einen Freund hatte? Vielleicht weil sie schön, intelligent, mutig, anständig und alles andere war, was man sich als Mann von einer Frau wünschte?

Er trat vor die Glastür und spähte nach innen. Sie hatte den Aufzug genommen, denn er konnte an der Lichtanzeige des Fahrstuhls sehen, in welchem Stockwerk er sich gerade befand. Vierter Stock. Das Licht blieb stehen. Offensichtlich stieg sie dort aus. Angus sah sich um, ob es sicher war zu teleportieren.

Verdammt. Dieses blöde Taxi, das ihn beinahe überfahren hatte, hatte genau vor dem Gebäude angehalten. Zwei junge blonde Frauen stiegen kichernd aus. Die größere von beiden drückte dem Fahrer Geld in die Hand und verabschiedete sich mit einem laut schmatzenden Kuss auf seine Wange. Daraufhin musste ihre Freundin noch mehr lachen. Sie wartete auf dem Bürgersteig und trug silbern glänzende Stilettos, die perfekt zu ihrem glänzenden Oberteil in Silber und der Handtasche passten. Ihre Shorts waren knallpink und auf dem Hintern prangte, ebenfalls in silbernen Lettern, die Aufschrift: Saftig.

Angus erschauderte. Mit Zeugen konnte er sich nicht ins Gebäude teleportieren. Er verzog sich in den Schatten in der Hoffnung, die beiden Frauen würden ihn nicht sehen.

„Jetzt komm, Lindsey", sagte die eine. „Die Party geht weiter. Lass uns ins *Hiccup and Hook Up* gehen."

Die größere Blondine, offensichtlich Lindsey, trat auf den Bürgersteig und trippelte in hohen Sandaletten, die farblich perfekt auf ihr türkises T-Shirt und die farblich passende Handtasche abgestimmt waren, auf ihre Freundin zu. Ein brauner Schriftzug quer über der Brust verriet: Süß ist okay, aber reich ist besser. Lindsey stemmte die Fäuste in das Stückchen nackte Haut über dem Bund ihres Minirocks: „In diesen Club gehe ich nie mehr. Die Typen da sind doch alle Loser. Alle scharfen Jungs haben offensichtlich die Stadt verlassen."

„Meinst du?" Die andere warf ihr Haar nach hinten. „Ich würde sagen, sie haben das Land verlassen!"

„Ja, wahrscheinlich sind sie alle in ... Pittsburgh", folgerte Lindsey.

Angus seufzte. Wie lange wollten diese beiden Hohlbirnen hier noch ihren Schwachsinn austauschen? Er stellte fest, dass die eine neonpinkfarbene Strähnchen hatte. Ob das zu schweren Hirnschädigungen führte? Vielleicht sollte er sich einfach ins Gebäude teleportieren. Die beiden waren ohnehin so hohl und betrunken, dass sie nichts mehr merkten.

„Oooh. Sieh mal da, Tina." Lindsey schielte an ihrer Freundin vorbei. „Da steht ein total süßer Typ genau hinter dir."

Die bisher namenlose Tina drehte sich mit Schwung um, verlor prompt das Gleichgewicht und prallte gegen Lindsey. Die beiden kicherten.

„Der ist aber süß." Lindsey gab ihrer Freundin einen Schubs, worauf Tina in eine Topfpflanze neben der Haustür stürzte.

„Aua." Tina rieb sich die Hüfte, auf die sie nicht gefallen war, und starrte Angus hilflos an.

„Bist du nicht der Typ, den wir beinahe überfahren hätten?", fragte Lindsey und sah ihn mit zusammengekniffenen Augen an. „Wegen dir mussten wir eine Vollbremsung machen, und ich hätte beinahe gekotzt!"

„Das wär' auch besser gewesen", stellte Tina fest. „Heute Abend hast du bestimmt zehntausend Kalorien in dich reingesoffen."

Lindsey beugte sich zu Angus, wobei ihre Fahne ihm die Tränen in die Augen trieb. „Ich mag deinen Rock. Ist der etwa von Versace?"

„Der Rock ist ein Kilt. Und mein Schneider sitzt in Edinburgh."

„Oooh, dann bist du also aus Irland." Tina taumelte auf ihn zu. „Ich liebe diesen Akzent!"

„Nein, ich bin aus Schottland." Angus versuchte auszuweichen, stand aber zu dicht an der Mauer des Gebäudes.

Lindsey strich mit einem rosa lackierten, langen Fingernagel über seinen Arm. „Willst du noch mit rauf kommen auf einen Kaffee?"

„Einen Irish Coffee." Tina kicherte.

„Dir scheint ein bisschen warm zu sein in deinem Pulli." Lindsey ließ ihren Fingernagel über ein Strickmuster auf seinem Pullover gleiten. „Bei uns kannst du es dir bequem machen."

„Das wird lustig." Tina kramte in ihrem silbernen Handtäschchen nach dem Schlüssel und schloss die Haustür auf.

Angus räusperte sich. „Ich will jemanden in diesem Haus besuchen. Wenn ihr mich reinlassen könntet, wäre das nett."

„Oh, Darling. Natürlich." Lindsey schnappte sich seinen Arm und zerrte ihn in den Flur.

Tina drückte bereits auf den Aufzugknopf. „Ich darf ihn zuerst haben."

„Nein." Lindsey ließ Angus los und baute sich vor Tina auf. „Ich habe ihn zuerst entdeckt."

Während die beiden Blondinen sich anzickten, ging Angus hinüber zu den Briefkästen und studierte die Namen. Ein Name kam ihm tatsächlich bekannt vor.

„Ich hab eine Idee!", rief Tina. „Wir nehmen ihn uns zusammen vor!"

Sie brachen in Gelächter aus. Die Fahrstuhltür öffnete sich.

„Komm!", rief Lindsey. „Hey, Mann aus Irland! Komm!"

Er sah sie streng an. „Ihr würdet wirklich einen wildfremden Mann mit in eure Wohnung nehmen? Ich könnte ja immerhin ein ... Monster sein."

Die Mädchen starrten sich an, dann ihn, und dann wieder sich. Dann prusteten sie los vor Lachen.

„Ja klar!" Tina hielt immer noch die Aufzugtür auf. „Ich mache mir gleich vor Angst in die Hose!"

„Ich hab schon ein feuchtes Höschen." Lindsey warf Angus einen lüsternen und vermeintlich verführerischen Blick zu. Leider verklebte ihre verschmierte Mascara ein Auge, sodass sie anfing, wie wild zu blinzeln.

„Kennt ihr diese Person zufällig?" Angus deutete auf den Namen von Briefkasten 421. „Der Name ist Erickson."

Lindsey zog die Nase kraus. „Ja, den kenne ich." Sie wandte sich an Tina. „Erinnerst du dich noch an den Typen aus der 421? Das war der, der so unverschämt war!"

„Ja, ich weiß", sagte Tina und lehnte sich gegen die Fahrstuhltür. „Ich hatte ihn gebeten, mir eine Flasche Vollmilch zu öffnen, und er sagte, ich wäre schon voll."

„Ich hab ihn seit Monaten nicht mehr gesehen", stellte Lindsey fest. „Er war eigentlich echt süß. Aber wie gesagt. Alle guten Männer haben die Stadt verlassen."

„Heißt er vielleicht Austin?", fragte Angus.

„Du suchst Austin?" Lindsey riss den Mund auf. „Oh Gott. Du bist schwul."

Angus verkrampfe sich. „Nein. Ich ..."

„Ach du Scheiße! Das hätten wir uns gleich denken können." Tina deutete auf Angus. „Ich meine, er hat ja sogar eine Handtasche dabei."

„Das ist keine Handtasche", versuchte Angus zu erklären. „Das ist ein Sporran, und es ist eine alte Tradition ..."

„Wie auch immer." Lindsey winkte gelangweilt ab. „Und warum hast du versucht uns anzumachen, wenn du eh schwul bist?"

„Ja." Tina musterte ihn verächtlich. „Du billiger Poser."

„Ja, ein Poser ist er. Wahrscheinlich ist er noch nicht mal aus Irland."

Angus stieß einen Seufzer der Erleichterung aus, als sich die Fahrstuhltür schloss. Zum Glück trank er Blut nur noch aus Flaschen und musste sich nicht mehr mit Sterblichen auseinandersetzen, um sich zu ernähren. Mädels wie Lindsey und Tina könnten es schaffen, einen Vampir so abzulenken, dass er bis nach Sonnenaufgang blieb. Zum Glück war Emma anders. Sie war etwas Besonderes. Intelligent. Reizend. Und sie war wahrscheinlich in Austin Ericksons Apartment.

Der Aufzug stoppte im vierten Stock. Verdammt. Lindsey und Tina würden garantiert mindestens fünf Minuten auf dem Flur herumeiern, bis sie in ihrer Wohnung verschwanden. Sollte er warten oder einfach nach Hause gehen? Falls Emma herausfand, dass er ihren Aufenthaltsort kannte, würde sie sicher sofort wieder fliehen. Vielleicht sollte er sie besser in Sicherheit wiegen und sich in Romans Stadthaus teleportieren, ihr von dort eine E-Mail schicken und sie um ein Treffen am nächsten Abend bitten. Er schloss die Augen, dachte an ihr glänzendes dunkles Haar, ihre bernsteinfarbenen Augen und ihre anmutige Gestalt. *Gute Nacht, Emma. Schlaf gut.*

Emma stellte die Kiste auf Austins Sofa und schleppte die Einkaufstasche mit den Silberwaren ins Schlafzimmer. Dort sah sie sich um. Ja, dieses Zimmer war ideal. Sie würde das Bett frisch beziehen und nach Sonnenaufgang zurück in ihre Wohnung fahren, um ihren Laptop und Klamotten zu holen. Sexy Klamotten.

Durch das Wohnzimmer gelangte man in die Küche, wo sich Emma ein Messer holen wollte, mit dem sie die Kiste öffnen konnte.

Gute Nacht, Emma. Schlaf gut.

Erschrocken ließ Emma das Messer auf die Küchentheke

fallen. *Angus!* Rasch nahm sie es wieder in die Hand und fuhr herum. Die Küche war leer. Natürlich. Die Stimme hatte nicht nah geklungen. Sie war in ihrem Kopf gewesen.

Instinktiv errichtete Emma einen psychischen Schutzwall. Was bildete er sich ein, einfach so in ihre Gedanken zu spazieren? Natürlich war er es gewesen. Sie erinnerte sich gut an den männlichen Klang seiner Stimme, an seinen rollenden Akzent.

Wir hatte er es geschafft, die Verbindung quer durch die ganze Stadt herzustellen? Am Ende wusste er ...

Sie rannte zum Wohnzimmerfenster und blickte hinunter auf die Straße. Ein paar Passanten waren zu sehen, aber kein Mann im Schottenrock. Sie schloss die Jalousie. Hatte er herausgefunden, wo sie war? Sie rannte zur Haustür, entriegelte die Schlösser und spähte hinaus auf den Flur.

Zwei blonde Mädchen wankten über den Gang, sie lallten und kicherten. Die größere von beiden trug Braun und Türkis, die andere Pink und Silber. Ein paar Türen weiter blieben sie stehen. Die größere kämpfte damit, den Schlüssel ins Schlüsselloch zu stecken.

Emma trat auf den Flur. Dabei verbarg sie das Messer hinter ihrem Rücken, schließlich wollte sie die beiden nicht erschrecken. Doch bis auf die beiden Frauen und sie selbst war der Flur leer.

Dem Mädchen fiel der Schlüssel aus der Hand. „Scheiße." Sie bückte sich, um ihn aufzuheben, verlor das Gleichgewicht und fiel aufs Gesicht.

Die andere kicherte wirr. „Lindsey, du bist echt so was von voll."

Lindsey stand schwankend wieder auf und zog an ihrem kurzen braunen Rock. „Ich bin nicht voll. Ich bin total dicht."

Kopfschüttelnd machte sich Emma auf den Weg zurück in Austins Wohnung.

„Lass mich mal." Die kleinere Blondine schubste die andere weg.

Lindsey lehnte sich an die Wand im Flur und entdeckte im selben Augenblick Emma. „Was machen Sie da? Das ist Austins Wohnung!"

„Stimmt. Er ist nicht da und ich passe auf seine Wohnung auf. Ich bin mit ihm befreundet." Emma wollte die Tür schließen.

„Moment mal!" Lindsey kam ihr hinterher. „Sie sind nicht seine Freundin. Wir kennen Austin."

Emma ließ die Tür einen Spalt offen.

„Genau, wir kennen sein Geheimnis", lallte die andere Blondine.

Sie wussten, dass er bei der CIA gewesen war? „Und was soll das bitte sein?"

„Eigentlich könnte er sich auch outen", kicherte Lindsey. „Hab ich recht, Tina?"

„Ja, genau." Tina sah Emma zweifelnd an. „Sehr gut können Sie ja nicht mit ihm befreundet sein, wenn Sie nicht wissen, dass er schwul ist."

Emma staunte. Warum hatte Austin den beiden erzählt, er wäre schwul? Ihr schwante etwas. „Hat ihn vielleicht eine von euch angemacht?"

Lindsey erwiderte, völlig entgeistert über die blöde Frage: „Na klar. Der Typ ist ja wohl so was von geil."

„Ich hab zigmal versucht, ihn in unsere Wohnung zu locken. Aber er hatte immer irgendeine lahme Ausrede, so was wie: Mein Bügeleisen ist noch eingeschaltet." Tina warf eine ihrer pinkfarbenen Haarsträhnen nach hinten.

„Das ist total unhöflich", pflichtete Lindsey ihrer Freundin bei.

Emma wusste hundertprozentig, das Austin nicht schwul war. Er hatte von einer Frau, auf die er scharf war, über hundert Fotos gemacht. „Ich würde sagen, ihr irrt euch."

„Sorry, aber das stimmt nicht!", rief Lindsey plötzlich ganz laut. „Wir können es beweisen. Wir haben nämlich eben seinen Freund kennengelernt."

„Ja, so ein ätzender Poser", platzte Tina heraus. „Dabei ist er noch nicht mal aus Irland."

„Ja", fügte Lindsey hinzu. „Er dachte, mit seinem falschen Akzent und seinem lächerlichen Rock könnte er uns reinlegen."

Emma wurde hellhörig. „Hier war ein Mann, der mit Akzent sprach und einen Rock trug? War er groß, breite Schultern, hübsches Gesicht, grüne Augen und lange kastanienbraune Haare?"

„Jetzt bleib mal locker." Tina rollte mit den Augen. „Der Typ interessiert sich nicht für Frauen. Er hatte sogar eine Handtasche."

„Genau." Lindsey nickte. „Das ist ein eindeutiger Beweis."

Emma umklammerte das Messer in ihrer Hand fester. „Und der Typ war unten im Flur? Gerade eben?"

„Ja, wir haben ihn eben getroffen." Tina kratzte sich am Kopf. „Und er hat die ganze Zeit von Austin geredet."

„Und er wollte nicht mit uns nach oben kommen", murmelte Lindsey. „Das heißt ja wohl ganz klar, dass er schwul ist."

„Ganz genau." Tina nickte ernsthaft. „Denn wir sind so scharf, uns kann keiner widerstehen."

Emma stöhnte. Angus war also im Haus gewesen. Er wusste, wo sie war. „Gute Nacht, Mädels." Sie schloss die Tür und schob die Riegel vor. Aber das nutzte auch nichts. Er konnte sich an jeden beliebigen Ort teleportieren, wenn er wollte.

Aber warum hatte er es nicht getan? Warum ließ er sie in Ruhe? Sie ging hinüber zum Sofa und öffnete die Kiste mit den Holzpflöcken. Dieser elende Angus MacKay! Er konnte einfach so in ihre Gedanken oder in diese Wohnung spazieren, wann immer ihm danach war!

Und als ob das nicht schon schlimm genug wäre, musste sich Emma dabei ertappen, dass sie sich geschmeichelt fühlte, von Angus beschattet worden zu sein. Er war an ihr interessiert, nicht an den beiden dummen blonden Hühnern, die ihn unten im Hausflur angemacht hatten. Also schien er sich wirklich nicht an sterblichen Frauen gütlich zu tun und ihre Hilflosigkeit auszunutzen. Trank er tatsächlich nur synthetisches Blut, wie er behauptet hatte? Meine Güte. Vielleicht sollte sie ihm glauben.

Aber es war wirklich eine Katastrophe, dass sie sich über seine Aufmerksamkeit freute. So erschlich er sich ihr Vertrauen. Er versuchte, sich in ihrem Herzen einzunisten. Aber dort hatte niemand etwas zu suchen.

Es gab nur eine Möglichkeit, ihn loszuwerden: Sie musste ihn töten. Und die Tatsache, dass sich ein Teil von ihr dagegen sträubte, machte sie noch entschlossener. Er musste verschwinden. Er musste sterben, bevor er es geschafft hatte, ihr Herz für sich zu gewinnen.

Rasch verteilte sie die Holzpflöcke überall in der Wohnung, damit sie immer griffbereit waren. Dann machte sie das Bett, legte die Handschellen und Ketten unter ihr Kopfkissen, zog sie sich bis auf Slip und BH aus und legte sich hinein. Ob er schon heute Nacht oder erst morgen käme, war egal.

Sie war bereit. Und er würde sterben.

7. KAPITEL

Emma erwachte schlagartig und sah auf den Wecker auf dem Nachttisch. Schon fast Mittag. Irgendwann, als schon der Morgen dämmerte, war sie eingeschlafen. Angus hatte sich nicht blicken lassen.

Sie zog sich schleunigst etwas über und joggte zu ihrer eigenen Wohnung in SoHo. Dort frühstückte sie, sprang unter die Dusche und packte eine paar Klamotten ein, die sie mit in Austins Apartment nehmen wollte. Leider verfügte sie nicht wirklich über irgendwelche Kleidungsstücke, die man als sexy bezeichnen könnte. Ihre Sachen waren größtenteils funktionell und praktisch. Sachen, in denen man kämpfen konnte. Als die heiße Verführerin hatte sie sich noch nie gesehen. Wo sollte man auch seinen Holzpflock verstecken, wenn man nur einen Hauch von Nichts aus Seide oder Spitzen trug?

Schließlich warf sie ihre gesamte Unterwäsche in den Koffer. Ob sie ein sexy Outfit besaß und welches sie tragen würde, konnte sie auch später noch entscheiden. Sie rollte den Koffer hinüber in ihr winziges Wohnzimmer.

Ein halbes Dutzend Pflöcke lagen noch auf dem Küchentisch. Angus hatte sie liegen lassen. Emma setzte sich auf das Zweiersofa vor ihren Laptop. Da es Sonntag war, rechnete sie nicht mit vielen E-Mails. Eigentlich bekam sie nie viele Nachrichten. Es war nicht so leicht, Freundschaften zu pflegen, wenn man einen Job beim Geheimdienst hatte. Sie klickte auf den Posteingang und entdeckte, dass sie um 4.43 Uhr eine Mail erhalten hatte. Von Angus MacKay.

Schon wieder schlug ihr Herz Kapriolen, aber sie musste sich jetzt zusammenreißen. Ihre Aufregung hatte ausschließlich damit zu tun, dass sie diesen Mann heute Nacht umbringen würde. Sie atmete tief durch. *Ich korrigiere.* Dass sie diesen Mann erst verführen und dann umbringen würde.

Etwas so Krasses hatte sie noch nie getan, aber Angus würde sicher seinen Teil dazu beitragen. Er hatte sie schließlich schon im Park mit seiner Erektion bedrängt. Wahrscheinlich hatte er jede Menge Erfahrung – eben viele Hundert Jahre Übung, die die Damen so ausgesprochen zufrieden stimmte. Aber sie würde in keinem Fall die Kontrolle verlieren.

Sie öffnete seine Mail.

Liebe Emma, schade, dass wir uns verpasst haben. Ich war kurz in Versuchung, Ihren Laptop mitzunehmen, weil er sicher voller wertvoller Informationen steckt, und Informationen zu beschaffen ist nun mal mein Job. Aber ich habe es dann doch gelassen, um Ihnen zu beweisen, dass man mir vertrauen kann.

Na klar. Ein vertrauenswürdiger Vampir.

Ich weiß, wo Sie sind. Wir treffen uns am Sonntagabend um zwanzig Uhr in Austin Ericksons Wohnung. Ich werde Ihnen nichts tun, ich möchte nur mit Ihnen reden.

Was um Himmels Willen meinte er? Offensichtlich wollte er ihr das Morden ausreden. Natürlich unter dem Vorwand ihrer eigenen Sicherheit, aber wahrscheinlich ging es ihm doch eher um die Sicherheit seiner Vampirkumpels. Wie weit würde er gehen, um sie aufzuhalten? Wenn sie sich weigerte, würde er dann versuchen, sie zu töten? Sie wünschte sich beinahe, es würde so kommen. Das wäre die ideale Rechtfertigung für sie selbst, ihn umzubringen.

Und dennoch behauptete er, er wolle ihr nichts tun. In der Tat hatte er ihr im Park nicht einmal ein Haar gekrümmt. Und er hatte sie auch letzte Nacht in Austins Apartment nicht überfallen. Angeblich trank er kein Menschenblut, und sie hatte mit eigenen Augen gesehen, wie er sich aus einem Flachmann bediente.

Emma rieb sich die Augen. Das war doch alles nur Wunschdenken! Sie fühlte sich von ihm angezogen und es machte ihr Spaß, ihn anzusehen und sich mit ihm zu unterhalten. Sie schwelgte gerne in ihrer Fantasie von dem mutigen, heldenhaften Krieger. Und wenn er einen Kilt trug, umso besser.

Aber das war eben eine Fantasie, mehr auch nicht. Realität war, dass er über viele Hundert Jahre wehrlose Menschen überfallen hatte. Es war an der Zeit, das Blatt zu wenden. Jetzt musste ein wehrloser Sterblicher ihn überfallen.

Sie beantwortete seine Mail.

Ich werde bereit sein. Ziehen Sie sich sexy an.

Sie atmete aus und klickte auf Senden.

Das wäre geschafft. Drei Uhr nachmittags. In weniger als fünf Stunden würde Angus MacKay tot sein.

Er sah in der Tat sexy aus.

Emma war gerade im Badezimmer und trug einen etwas dunkleren Lippenstift als gewöhnlich auf, als seine Stimme aus dem Wohnzimmer ertönte. Sie kämmte sich schnell noch einmal die Haare, wünschte sich im Spiegel viel Glück und huschte ins Schlafzimmer. Ein kurzer Blick auf den Wecker verriet ihr, dass es Schlag acht Uhr war. Er war wirklich sehr pünktlich.

Die Tür zum Schlafzimmer stand einen Spalt weit auf, sodass Emma einen Blick ins Wohnzimmer werfen konnte. Angus sah perfekt aus, sie war beeindruckt. Kein Kilt, kein Sporran. Stattdessen trug er eine schwarze Jeans, ein eng anliegendes schwarzes T-Shirt und einen schwarzen Wachsmantel – sehr sexy. Sein langes kastanienbraunes Haar war mit einem schwarzen Lederband nach hinten gebunden. Ihr Herz begann heftig zu klopfen. Warum konnte er kein Mensch sein? Über fünfhundert Jahre war er jetzt alt. Männer wie ihn gab es eigentlich gar nicht mehr.

Sie machte die Tür ganz auf, und er drehte sich zu ihr um. Sein Blick wanderte über ihren kurzen seidenen Morgenrock. Als sich ihre Blicke endlich trafen, spürte sie sein Begehren. So weit, so gut.

„Ich bin noch nicht so weit. Ich muss mich noch rasch anziehen." Sie räkelte sich lässig im Türrahmen, doch seine Miene blieb ausdruckslos. Sie sah an sich herunter. Verdammt. Genau dieses Manöver hatte sie mindestens ein Dutzend Mal vor dem Spiegel geübt. Wenn sie die Arme hob, sollte sich ihr nur lose zugeknoteter Morgenrock wie zufällig öffnen. Aber natürlich hielt er jetzt.

„Von mir aus muss das nicht sein", sagte Angus und ging hinüber zu dem Ledersofa. „Setzen Sie sich zu mir und wir unterhalten uns."

Sie zwang sich zu einem Lächeln. So ein Pech. Ihre Falle wartete im Schlafzimmer. „Ich … Ich will mir doch lieber schnell etwas überziehen. Ich bin ja so gut wie nackt."

Er grinste. „Das stört mich nicht." Wieder deutete er auf die Couch. „Ich verspreche es, ich benehme mich wie ein Gentleman."

Was sollte sie jetzt machen? Ihn anschreien? *Sie sind mein Lustsklave, kommen Sie sofort zu mir ins Schafzimmer?* „Ich bin total durstig. Würden Sie mir eben eine Flasche Wasser aus dem Kühlschrank bringen?"

Sie wartete seine Reaktion gar nicht erst ab, sondern verschwand im Schlafzimmer. Vor dem Bett blieb sie stehen und hielt sich am eisernen Gestänge am Fußende des Bettes fest. Sie war wirklich eine miserable Verführerin. Irgendwie fühlte sie sich auch unwohl dabei. Unehrlich. Dabei hatte sie in der Anti-Terror-Einheit gelernt, dass man sich auch manchmal die Hände schmutzig machen musste, um sein Ziel zu erreichen und das Böse zu vernichten. Das Problem war nur, dass Angus anscheinend nicht böse war. Es störte eigentlich nur eines – er war ein Vampir.

Sie hatte andere Vampire dabei ertappt, wie sie Frauen vergewaltigten und deren Blut tranken. Angus dagegen hatte nichts weiter getan, als sie um ein Gespräch zu bitten. Durfte sie ihn töten, nur weil er ein Vampir war? Noch vor ein paar Tagen hätte sie sofort zugestimmt, doch jetzt war sie sich auf einmal nicht mehr so sicher.

„Sie wollten ein Wasser?", fragte er leise.

Emma drehte sich um und sah ihn an. In diesem Moment riss er die Augen auf.

Erstaunt blickte sie an sich herunter. Wunderbar! Es hatte doch noch geklappt – ihr Morgenmantel war aufgegangen. Der schwarze Spitzen-BH und ihr knappes Höschen taten ein Übriges. „Danke." Sie streckte die Hand aus.

Er reichte ihr die Wasserflasche und blickte sich dann im Zimmer um.

Natürlich war er misstrauisch. Sie schraubte den Deckel der Flasche auf und nahm einen Schluck. „Ich würde Ihnen ja auch gern etwas anbieten ..." Sie zuckte zusammen. „Ach nein, doch lieber nicht."

Seine Mundwinkel zuckten. „Schon okay. Ich habe genug getrunken, bevor ich herkam."

„Dann stimmt es also, was Sie sagen? Sie trinken Blut aus der Flasche?"

„Jawohl." Sein Blick wanderte nach unten und verharrte dort. „Ich muss keine Frauen mehr verführen, um an Blut zu kommen. Ich schlafe nur noch mit einer Frau, wenn ich wirklich Lust auf sie habe." Er sah ihr tief in die Augen und sie spürte, was er damit meinte.

Sie versuchte, das angenehme Prickeln auf ihrer Haut zu ignorieren. „Und Gedankenkontrolle benutzen Sie auch nicht mehr, um das zu bekommen, was Sie haben wollen?"

„Das versuche ich zumindest."

Ein weiterer Schluck Wasser verschaffte Emma etwas Zeit zum Nachdenken. „Ich glaube Ihnen nicht. Letzte Nacht sind Sie in meine Gedanken eingedrungen."

„Ja?" Er sah sie zweifelnd an. „Nicht, dass ich wüsste."

„Oh doch. Ich kann es nicht zulassen, dass weiterhin eine solche Gefahr von Ihnen ausgeht."

„Wieso Gefahr? Was habe ich denn gesagt?"

„Sie ... Sie haben mir eine gute Nacht gewünscht."

Er verzog den Mund zu einem Grinsen. „Das ist ja wirklich unerhört."

„Darum geht es nicht. Sie haben ohne meine Erlaubnis meine Gedankenwelt betreten."

„Das wollte ich nicht. Glauben Sie mir, Sie hätten gemerkt, wenn das meine Absicht gewesen wäre. Dann hätten Sie so etwas wie einen kalten Windhauch zwischen Ihren Augen gespürt. War das so?"

„Nein. Trotzdem – warum sollte ich Ihnen glauben?"

Er runzelte die Stirn. „Wie Sie wollen. Dann beweise ich es Ihnen."

In diesem Moment rauschte ein eisiger Windstoß durch sie hindurch. Er war so stark, dass sie gegen das Fußende des Bettes gedrückt wurde. Unwillkürlich verstärkte Emma ihren mentalen Verteidigungsschild, aber sie konnte dennoch seine Anwesenheit in ihrem Innern fühlen, wie er versuchte, Kontrolle über sie zu bekommen – wenn auch anscheinend zurückhaltender. Ein schrecklicher Verdacht kam ihr in den Sinn. Wenn er seine volle Macht benutzte, hätte sie keine Chance, ihm etwas entgegenzusetzen. „Danke, es reicht!"

Das Wirbeln in ihrem Inneren ließ augenblicklich nach. Die Kälte verschwand.

Er neigte den Kopf und sah sie an. „Haben Sie das gestern Abend empfunden, als ich Ihnen eine gute Nacht wünschte?"

Emma holte tief Luft und atmete vernehmlich aus. „Nein." Es gab kein Vertun. Ein übersinnlicher Angriff von ihm war etwas ganz Anderes.

„Es gibt nur eine Erklärung. Ich habe meine Gedanken nicht gesendet, aber Sie haben sie trotzdem empfangen. Weil Sie sehr sensibel auf solche Botschaften reagieren."

Das wusste sie schon. Sie hatte die letzten Gedanken ihres Vaters empfangen, als dieser in Moskau überfallen wurde. Die Erinnerung daran traf sie wie ein Schlag in die Magengrube. Sie hatte durch die Augen ihres Vaters mit ansehen müssen, wie ihre Mutter ermordet wurde. Und sie hatte die letzten Worte ihres Vaters gehört, der zu ihr gesagt hatte: Räche uns.

Angus trat näher. „Alles in Ordnung?"

„Ich ... Nein." Emma drehte sich um, damit Angus nicht den Schmerz in ihren Augen sah. Sie ging um das Bett herum und stellte die Wasserflasche auf den Nachttisch. Die Worte ihres Vaters hallten immer noch in ihrem Kopf wider. Sie musste es tun. Sie musste Angus MacKay jetzt töten.

„Ich gehe lieber."

Wahrscheinlich ahnte Angus, dass irgendetwas sie belastete. „Nein, ich würde gerne mit Ihnen reden." Emma setzte sich aufs Bett, ihm zugewandt. Ihr Morgenmantel ging wieder auf, als sie ein Bein anzog, um sich gemütlicher hinzusetzen.

Das zeigte Wirkung. In seinen Augen funkelte Begierde, als er langsam auf sie zukam. „Versuchen Sie, mich in Ihr Bett zu locken, Miss Wallace?"

Ihr Pulsschlag beschleunigte sich. „Ich dachte einfach, wir unterhalten uns ein bisschen, lernen uns besser kennen."

Er blieb neben dem Bett stehen und sah sie fragend an. „Sie hassen Vampire leidenschaftlich, weil Ihre Eltern von Vampiren ermordet wurden. Und Sie haben Rache geschworen."

„Ich nenne es Gerechtigkeit." Emma schloss die Augen und rieb sich die Stirn. Mist. Natürlich war er bestens informiert.

„Falls es Ihnen hilft: Ich habe meinen Partner in Moskau darauf angesetzt, die Sache zu untersuchen."

Sie ließ den Kopf sinken. „Was? Warum tun Sie das?"

„Weil ich wissen möchte, wer für die Morde verantwortlich ist."

Emma stand auf. „Vielen Dank. Ich habe auch schon versucht, es herauszufinden, über meine Quellen beim MI6, aber da man dort nichts über Vampire weiß, habe ich natürlich nichts erfahren."

„Ich werde tun, was ich kann, um die Schuldigen zu finden. Wenn sie ihre gerechte Strafe bekommen haben, hören Sie hoffentlich auf, Vampire wahllos zu ermorden."

Sie blinzelte. *Aufhören?*

„Können Sie damit aufhören, Emma?"

Wie konnte sie aufhören, wenn die Vampire Nacht für Nacht aufs Neue zuschlugen? Verdienten die anderen unschuldigen Opfer nicht auch, wie ihre Eltern, Gerechtigkeit?

Angus setzte sich neben sie. „Sie müssen aufhören. Es ist reiner Selbstmord, sich mit einem Gegner anzulegen, der viel stärker und schneller ist als man selbst."

„Bis jetzt habe ich meine Sache sehr gut gemacht."

„Als Sie den Überraschungsmoment noch auf Ihrer Seite hatten. Das ist jetzt vorbei. Man wird in Gruppen Jagd auf Sie machen. Sie haben keine Chance, wenn mehrere Vampire auf einmal angreifen."

Die Decke in ihrer Hand wurde zusehends zerknüllter. „Und wenn Sie diejenigen nicht finden, die für den Tod meiner Eltern verantwortlich sind? Sie glauben doch nicht, dass ich dann aufhöre?"

Er sah sie ernst an. „Doch. Sie müssen aufhören."

Langsam wurde Emma wütend. „Und tatenlos dabei zusehen, wie diese Bestien unschuldige Menschen töten? Frauen vergewaltigen? Ihr Blut trinken?"

„Überlassen Sie die Suche nach Gerechtigkeit Vampiren wie mir. Ich bin dieser Aufgabe besser gewachsen als Sie."

„Sie halten sich für so viel stärker?" Emma schlug ihre Hände gegen seine Schultern und warf ihn aufs Bett. Dann hockte sie sich auf ihn.

„Emma, was soll das?" Er versuchte aufzustehen, aber sie drückte ihn nach unten und presste seine Schultern aufs Bett.

Er grinste. „Sie liegen gerne oben? Das hätten Sie mir auch einfach so sagen können."

Ohne ihn zu beachten, zog Emma stattdessen die silbernen Handschellen unter dem Kopfkissen hervor. Leider lagen sie so auf dem Bett, dass sie Angus nicht an die Gitterstäbe am Kopfende fesseln konnte, wie sie gehofft hatte. Egal.

„Ist das Silber?", murmelte er.

Sie ließ eine Handschelle um sein Handgelenk schnappen und packte den anderen Arm, um seine Hände aneinanderzuketten. Als die zweite Handschelle zuschnappte, hörte sie ihn keuchen. Plötzlich roch es verbrannt und Emma bemerkte, dass das Silber an seiner Haut scheuerte und unansehnliche rote Brandblasen entstehen ließ.

„Oh, das tut mir leid." Schnell stopfte sie einen Zipfel der Bettdecke zwischen Handschelle und Handgelenk, um weitere Verbrennungen zu vermeiden. Das andere Handgelenk war durch seinen Hemdsärmel geschützt.

„Vielen Dank."

Waren das Wut und Schmerz in seinen grünen Augen? Seltsamerweise blieb er äußerst ruhig und gelassen für jemanden, der gerade gefesselt worden war. Vielleicht raubte ihm das Silber seine Energie?

„Ich habe nicht viel Erfahrung mit solchen Spielchen, aber müssten Sie nicht eigentlich eine schwarze Lederkorsage tragen und hochhackige Stiefel? Und wo haben Sie Ihre Peitsche gelassen?"

„Hier geht es nicht um abgefahrenen Sex, das ist Ihnen ja wohl klar."

Sein Grinsen erstarb. „Im Prinzip schon. Würden Sie einem todgeweihten Mann einen letzten Wunsch erfüllen?"

Sie stieß nur ein verächtliches Geräusch aus und angelte nach den Silberketten unter dem Kopfkissen.

Er lächelte. „Ihre Art von Vorspiel bringt mich um."

Unglaublich. Sie war kurz davor, ihn zu töten, und er konnte immer noch lachen? Schnell wickelte sie die Silberketten um seine vom Bett baumelnden Beine und Füße. „Halten Sie sich immer noch für stärker?", fragte sie triumphierend, seine Beine zwischen ihre Knie geklemmt.

Im Bruchteil einer Sekunde setzte er sich auf und schlang seine Hände samt Handschellen von hinten um ihren Nacken. Dann ließ er sich wieder nach hinten fallen und zog sie mit sich.

Ihre Nase krachte auf seine Brust. „Autsch!" Er roch nach Baumwolle und Seife. Er roch gut. Und er fühlte sich gut an.

„Schon besser." Mit seinen Händen hielt er ihren Kopf fest. „Es wäre schön, wenn Sie ein paar Zentimeter nach unten rutschen könnten."

Es war unmöglich, den Kopf nach oben zu reißen, sie wurde von seinen Händen gestoppt. Sie konnte ihn nur böse anstarren. „Lassen Sie mich los!"

„Wenn Sie mir die Handschellen abnehmen."

„Nein."

Angus grinste. „Wenn Sie meinen Reißverschluss öffnen?"

„Nein!"

„Emma." Er wurde ernst. „Wenn Sie mich wirklich umbringen wollen, müssen Sie auf mein Herz zielen. Legen Sie Ihr Ohr auf meine Brust, damit Sie wissen, wo es schlägt."

Sie schrie ihn an: „Sie haben keinen Herzschlag! Sie sind tot!"

„Hören Sie doch einfach mal."

„Nein." Sie packte seine Arme und schob sie weg. Er wehrte sich nicht. Im gleichen Augenblick riss sie einen Holzpflock unter dem Kissen hervor.

„Emma."

„Seien Sie ruhig." Nur das T-Shirt bedeckte noch sein Herz. Ob es wirklich schlug? Und wenn schon. Er war ein Vampir. Jahrhundertelang hatte er Frauen benutzt, sich von ihnen ernährt, sie missachtet.

Sie hob den Holzpflock, bereit, ihn ihm ins Herz zu stoßen.

Doch sie zögerte, weil er sich gar nicht wehrte. Er versuchte nicht einmal, sie anzuschreien, geschweige denn, ihr den Pflock zu entwinden oder sein Herz zu schützen. Oder in ihre Gedanken einzudringen. Nichts. Er lag einfach nur da und sah sie traurig an.

Den Holzpflock entschlossen in der Hand, verteidigte Emma ihr Vorhaben: „Ich muss es tun. Sie sind böse."

Er sah sie an. „Ich lebe schon sehr lange, Lady, und in dieser Zeit habe ich eins gelernt. Wir alle sind fähig, böse zu sein."

Emma umklammerte den Holzpflock. Was sie vorhatte, war nicht böse. Das war Gerechtigkeit. Sie konzentrierte sich auf die Stelle, wo sein Herz war. Ihre Augen brannten. „Wollen Sie einfach so da liegen bleiben?"

„Wollen Sie mich wirklich umbringen?"

In seinen Augen war keine Spur von Hass. Nur Trauer und Mitleid. „Sie hassen mich nicht?"

„Wie könnte ich? Ich weiß nur zu gut, was es heißt, um jemanden zu trauern. Ich habe alle Sterblichen überlebt, die ich je geliebt habe."

Endlich ließ sie den Arm sinken und warf den Holzpflock aufs Bett. „Ich kann es nicht. Sie sind einfach ... zu menschlich."

Ein Zucken ging durch seinen Körper. „Das ist fraglich."

Sie legte ihr Ohr an seine Brust. Seltsam, wie beruhigend sie die Berührung mit seiner sich hebenden und senkenden Brust empfand. Ihr eigener Herzschlag wurde wieder langsamer und sie entspannte sich.

„Ach, Emma." Er streichelte sanft über ihr Haar. „Können Sie es hören?"

Das regelmäßige Pochen seines Herzens war klar und deutlich. „Wie kann das sein? Ich dachte, Sie wären tot. Beziehungsweise untot."

„Nachts schlägt mein Herz und durch meinen Körper fließt Blut. Das lässt mich denken und auch sonst ... funktionieren."

Sie hob den Kopf und stellte erschrocken fest, dass seine Augen rot leuchteten. Sie kroch von ihm herunter. „Kommen Sie bloß nicht auf dumme Ideen, nur weil ich Sie am Leben gelassen habe."

„Ich hätte Sie jederzeit davon abhalten können, mich zu töten."

„Haben Sie aber nicht."

„Hätte ich aber. Ich wollte nur wissen, ob Sie es durchziehen."

Emma knotete den Gürtel ihres Morgenmantels wieder zu. „Und jetzt freuen Sie sich diebisch, dass ich versagt habe."

„Aber nein." Er sah sie gefühlvoll an. „Ich freue mich sehr, dass Sie den Test bestanden haben."

Sie verkrampfte sich. „Welchen Test?"

„Ich wollte mich nicht zu einer Mörderin hingezogen fühlen."

„Ich bin keine Mörderin. Sie sind hier der Killer."

Er sah sie mit zusammengekniffenen Augen an. „Ich habe immer nur aus Gründen der Selbstverteidigung getötet, aber niemals aus Rache. Anders als Sie."

Fühlte sich dieser Mann ihr etwa moralisch überlegen? Das entbehrte ja wohl jeglicher Grundlage. Ohne sich kontrollieren zu können, knallte ihre Hand auf seine Wange.

„Zum Teufel mit Ihnen! Jetzt strapazieren Sie meine Geduld aber ein bisschen zu sehr!"

„Und Sie meine. Was fällt Ihnen ein, ein Urteil über mich zu fällen? Ihr Kreaturen seid es doch, die seit Jahrhunderten die Menschheit ausbeuten! Schade, dass ich Sie nicht umgebracht habe, als ich die Chance dazu hatte!"

„Sie hatten nie die Chance." Er streckte die Arme aus, und mit einem leisen Knacken zerriss die Kette seiner Handschellen.

Erschrocken wich Emma zurück. Jetzt musste er sie auch noch demütigen! Ihre Wut stieg ins Unermessliche. Dieser Mistkerl! Er hatte ihr die ganze Zeit etwas vorgespielt!

Mit seinen Füßen kickte er seine Schuhe weg, und die Kette, die sie um seine Beine geschlungen hatte, rasselte zu Boden. Angus stand auf, hielt die Handgelenke hoch und fragte: „Der Schlüssel?"

Sie deutete mit dem Kopf auf den Schlüssel, der auf dem Nachttisch lag, und ging aus dem Zimmer. So ein Mist. Dieser aufgeblasene Blutsauger. Im Wohnzimmer stellte sie sich ans Fenster und schaute hinaus.

„Emma." Leise hörte sie seine Stimme hinter sich.

„Bitte gehen Sie."

„Ich möchte nicht, dass Sie sich wie eine Versagerin vorkommen. Glauben Sie mir, ich bin sehr glücklich darüber, dass Sie mich nicht getötet haben."

Sie betrachtete seine Handgelenke. Die Handschellen waren verschwunden. Seine Schuhe hatte er auch wieder an. „Sie hätten jederzeit abhauen können."

„Dann hätten Sie nie mit diesem sexy Höschen auf meinem Schoß gesessen. Nein, ich hätte nicht fliehen können, selbst wenn es um mein Leben gegangen wäre."

Fand er sie wirklich attraktiv oder machte er sich nur über sie lustig? Wahrscheinlich Letzteres. Sie sah wieder aus dem Fenster. „Ich finde, wir sollten uns nicht mehr sehen."

Seufzend lehnte er sich an die Wand. „Und ich dachte, Sie würden mich ein kleines bisschen mögen."

Sie verschränkte die Arme vor der Brust. „Immerhin habe ich bei Ihnen eine Ausnahme gemacht und Sie nicht getötet. Aber ich darf nicht zulassen, dass Sie mich von meiner Mission abhalten."

„Lady, wie oft muss ich es Ihnen noch sagen? Sie dürfen keine Vampire mehr ermorden!"

„Sie haben mir gar nichts zu sagen. Akzeptieren Sie meine Entscheidung und lassen Sie mich mein Leben leben."

Jetzt wurde er wütend. „Sie werden keine Woche mehr leben!"

„Und das geht Sie verdammt noch mal überhaupt nichts an!"

„Sie sind wirklich die sturste Frau, die mir jemals begegnet ist!"

„Das nehme ich bei Ihren vielen Tausend Frauenbekanntschaften dann mal als Kompliment."

Seine Augen funkelten. „Sie haben keine Ahnung, auf wen Sie sich da einlassen." Mit einem Blick aus dem Fenster wandte er sich an Emma. „Sehen Sie das Gebäude da drüben?"

Er zeigte auf das höchste Gebäude auf der anderen Straßenseite. Emma erschrak, als er plötzlich einen Arm um sie legte. „Was haben Sie vor?"

Ihr wurde auf einmal schwarz vor Augen und plötzlich drehte sich alles. Ihre Füße stolperten über kalten Beton, und sie musste sich an seinem Mantel festklammern, um nicht zu stürzen.

„Was war das?" Sie sah sich um. Das war nicht Austins Apartment.

„Sehen Sie nach unten." Angus trat zur Seite.

Emma schaute über eine hüfthohe Backsteinmauer. Mindestens fünfzehn Stockwerke unter ihr war die Straße. Sie befanden sich auf dem Dach des Gebäudes, auf das Angus eben gezeigt hatte. „Sie haben uns teleportiert?", flüsterte sie.

Angus schlang von hinten seine Arme um ihren Körper. Langsam erhob sie sich mit ihm in die Luft, bis ihre Füße nicht mehr den Boden berührten.

„Das nennt man Schweben", seine Worte drangen flüsternd an ihr Ohr. „Und jetzt könnte ich Sie einfach fallen lassen."

„Lassen Sie das!"

„Lassen Sie das Morden!"

Sie schloss die Augen. „Sie wollen nur Ihre Artgenossen retten."

„Diese mordenden Mistkerle sind nicht meine Artgenossen." Er landete wieder auf dem Betondach. „Ich versuche, Ihr Leben zu retten."

Sie machte sich von ihm los. „Indem Sie mich von einem Gebäude stürzen wollen?"

Dieser Frau war wirklich nicht zu helfen. „Indem ich Ihnen zeige, wie leicht es für einen Vampir ist, Sie zu töten!" Und damit ließ er sie stehen und begann, fluchend auf und ab zu gehen.

Emma starrte ihm hinterher. Ihre Theorie bröckelte. Vielleicht ging es ihm wirklich nicht um die anderen Vampire, sondern um sie? Sie zuckte zurück, als er mit der Faust gegen die Metalltür schlug, die zum Treppenhaus führte. Selbst in der Dunkelheit war die Delle zu erkennen, die sein Schlag hinterlassen hatte.

„Tut mir leid, wenn ich Sie erschreckt habe." Angus marschierte auf dem Dach auf und ab. „Ich weiß nur nicht, wie ich es Ihnen sonst begreiflich machen kann."

„Warum interessiert es Sie, was mit mir passiert? Haben Sie nicht Hunderte von Sterblichen kommen und gehen sehen?"

Er blieb stehen und sah sie an. „Eine Frau wie Sie ist mir noch nie begegnet. Sie sind einfach anders. Sie sind so ... wie ich." Er schien sich zu schämen und zuckte mit den Schultern. „Das heißt, Sie sehen natürlich viel besser aus als ich."

Emma schnitt eine Grimasse. „Ich bin wie ein Vampir?"

„Nein. Sie sind ein echter Kämpfer. Mutig. Erbarmungslos. Jede Nacht kämpfen Sie gegen das Böse."

„So ... wie Sie?" Na klar. Der Mann aus ihren Träumen. Der allerdings aus Fleisch und Blut sein sollte. Und lebendig. Ein kühler Wind ließ ihren Morgenmantel flattern. Sie merkte, dass sie fror.

„Oh, Ihnen ist kalt." Er kam auf sie zu. „Soll ich Sie zurückbringen?"

„Wie geht das? Müssen Sie einfach den Ort, an den Sie wollen, anpeilen und dann sind Sie automatisch da?" Sie sah hinüber zu Austins Haus.

„Ja. Oder ich benutze die Stimme einer Person. Wenn ich an dem Ort schon einmal war, brauche ich dieses Signal aber nicht mehr."

„Sie könnten also binnen Sekunden in London oder Paris sein?"

„Ja. Soll ich es Ihnen zeigen?"

„Lieber nicht im Bademantel." Emma zögerte.

„Dann weiß ich genau, wohin ich Sie bringe." Er schlang

seine Arme um sie. „Wollen Sie mit mir ausgehen, Miss Wallace?"

„Was? Ich …" Sie klammerte sich an ihm fest. „Ich sehe das nicht als Verabredung an!"

„Ich schon."

Und dann wurde wieder alles schwarz.

8. KAPITEL

Angus materialisierte sich an einem ihm wohlbekannten Ort – dem Pariser Büro von Jean-Luc Echarpe. Wieder stolperte Emma bei der Ankunft, wieder fing er sie auf. Die Alarmanlage, die Angus selbst installiert hatte, ging los – für Emmas Ohren unhörbar. Jean-Luc hörte das Alarmsignal dagegen sehr wohl und sprang, mit einem Dolch in der Hand, auf sie zu.

„Merde." Er ließ den Dolch wieder sinken. „Kannst du nicht vorher Bescheid sagen, wenn du kommst?"

Die Tür wurde aufgerissen und Robby MacKay stürmte mit gezogenem Claymore herein. „Ach, du bist es." Er drückte auf einen Schalter neben der Tür, und der Alarm verstummte.

„Bonsoir, Mademoiselle." Jean-Luc musterte Emma neugierig.

Angus ließ den Arm um sie gelegt und warf seinem Freund einen warnenden Blick zu.

Ein sanftes Lächeln huschte über das Gesicht des Mannes. „Bravo, mon ami."

„Jean-Luc, Robby, das ist Emma Wallace", stellte Angus sie vor, während er sie immer noch umschlungen hielt. „Emma, das ist Jean-Luc Echarpe."

„Der berühmte Modeschöpfer?" Emma blickte sich verwirrt um. „Wir sind tatsächlich in Paris?"

„Ja." Angus deutete auf den Schotten im Kilt. „Das ist Robby. Er arbeitet für mich und macht den Personenschutz für Jean-Luc. Er ist so was wie mein Urenkel."

„Die weiteren *Urs* davor lassen wir mal weg." Robby verbeugte sich. „Es ist mir ein Vergnügen, Sie kennenzulernen, Miss." Er sah Angus fragend an.

Keine Frage. Die Verwunderung stand den beiden Männern ins Gesicht geschrieben. Warum hatte Angus sich mit einer Sterblichen hierher teleportiert? Normalerweise war er ein formvollendeter Geschäftsmann. „Ich ... Ich dachte, ich nehme Miss Wallace mal zu einem kleinen Ausflug mit. Könntest du uns einen Picknickkorb zurechtmachen lassen, Robby?"

„Wie bitte? Einen Picknickkorb?"

Jean-Luc kicherte. „Frag Alberto. Ihm wird schon was einfallen."

„Wie du meinst." Robby verließ leicht irritiert das Zimmer.

Das war jetzt wirklich ärgerlich. Die beiden taten so, als hätte Angus noch nie eine weibliche Begleitung gehabt. Na gut, es war ein oder zwei Jahrhunderte her. Außerdem hatte er Emma ja auch nicht aus romantischen Gründen dabei. Er wollte einfach ihr Vertrauen und ihre Freundschaft gewinnen, damit sie gemeinsam gegen den Feind kämpfen konnten.

Und warum hatte er dann immer noch besitzergreifend den Arm um sie gelegt? Er ließ sie sofort los. „Miss Wallace bräuchte auch ... etwas zum Anziehen."

„Ach ja?" Jean-Lucs Augen sprühten vor Heiterkeit. „Das wäre mir aufgefallen."

Emma warf Angus einen wütenden Blick zu und flüsterte: „Ich wusste, das wird peinlich!"

„Kommen Sie." Jean-Luc öffnete die Tür. „Das Lager ist unten. Ich glaube, wir werden dort sicher die passende Garderobe für ... ein Picknick finden." Grinsend drehte er sich zu Angus um.

Die nächsten hundert Jahre würden sie ihn damit aufziehen, das war Angus klar. Dass er in den frühen Morgenstunden mit einer halb nackten Sterblichen in Paris aufgetaucht war.

Jean-Luc zeigte ihnen den offiziellen Showroom, in dem seine neuesten Kreationen zu sehen waren. Dann führte er sie in das riesige Lager mit den unendlichen Regalreihen voller Kleidung.

„Mein Gott!", flüsterte Emma ehrfürchtig, als sie ein Preisschild las. „Das kann ich mir nicht leisten."

„Ich aber."

Sie sah Angus überrascht an. „Das geht nicht. Ich kann mir von Ihnen nichts schenken lassen. Das wäre gegen die Bestimmungen."

Jean-Luc räusperte sich. „Jetzt stellt euch doch nicht so an! Was ist denn das für ein Beginn eines romantischen Abends!"

„Das hier ist keine Verabredung", stellte Emma klar.

Der Franzose lächelte. „Ich habe folgenden Vorschlag: Ich leihe Ihnen die Garderobe, die Sie heute Nacht tragen wollen, und Angus kann mir die Sachen dann später zurückbringen." Frotzelnd fügte er hinzu. „Wenn sie noch ganz sind."

Angus seufzte. „Ich hatte nicht vor, ihr die Kleider vom Leib zu reißen."

„Wie schade", murmelte Jean-Luc, dann deutete er auf die Regale. „Bitte bedienen Sie sich, Mademoiselle."

„Sehr freundlich." Emma stiefelte los.

Jean-Luc rückte näher an Angus heran und sagte leise: „Du alter Fuchs. Ich wusste gar nicht, dass du einen so guten Geschmack hast."

Angus verschränkte die Arme vor der Brust. „Das ist eine reine Geschäftsbeziehung."

„Ach, komm. Ich bin auch nicht von gestern."

„Doch, im Ernst. Ich will nur ihr Vertrauen gewinnen, damit sie aufhört, Vampire umzubringen."

„Sie bringt Vampire um?"

Mit einem Nicken bejahte Angus seine Frage. „Lass dich nicht von ihrem hübschen Gesicht und ihrer tollen Figur täuschen. Sie ist eine unbarmherzige und gerissene Kämpferin."

Schweigend begutachtete Jean-Luc seinen Freund.

„Was ist denn?"

„Gar nichts." Dann drehte Jean-Luc sich um und murmelte: „Erst Roman, und jetzt du."

„Da ist nichts zwischen uns!"

„Klar." Jean-Luc klopfte ihm freundschaftlich auf den Rücken. „Ich wünsche euch beiden alles Gute."

Angus schnaubte verächtlich und drehte sich wütend weg. Jean-Luc bauschte die Sache viel zu sehr auf. Drei Regalreihen weiter unten entdeckte er Emma. Sie beäugte gerade ein Paar schwarze Hosen.

Hosen? Wieso wollte sie ihre schönen Beine verstecken? Angus entdeckte ein bernsteinfarbenes Kleid und zog es aus dem Regal. „Das hier gefällt mir. Hat dieselbe Farbe wie Ihre Augen."

Sie sah das Teil zweifelnd an. „Das ist ein Kleid. Ein schönes Kleid, aber ich trage keine Kleider."

„Meine Liebe, wir wollen nicht zu einem Karateturnier, sondern zu einem Picknick."

„Ein Picknick in Paris in Designerklamotten." Emma schüttelte den Kopf. „Irgendwie ist das alles schwer zu glauben." Sie beugte sich zu Angus und fragte leise: „Und? Sind die anderen Typen auch alle Vampire?"

„Es sind meine Freunde, Emma. Haben Sie vielleicht vor, sie umzubringen?"

„Nein, ich werde mich benehmen." Sie tätschelte ihm beruhigend den Arm. „Außerdem, wo soll ich in meiner Unterwäsche die Pflöcke versteckt haben?"

Er lächelte. „Ich könnte Sie abtasten, um sicher zu gehen."

„Das klingt gefährlich."

Glücklicherweise ließ Emma sich überreden. „Würden Sie es wenigstens mal anprobieren?"

Zehn Minuten später war sie fertig, zu dem goldenen Kleid trug sie passende goldglänzende Sandalen. Sie sah toll aus.

Auch der Picknickkorb stand bereit. Robby grinste, hielt aber den Mund.

Jean-Luc dagegen riskierte eine kleine Stichelei, als die beiden das Haus verließen: „Viel Spaß bei eurer Verabredung!"

Ein Rache verheißender Blick traf ihn, der allerdings mit einem Lachen beantwortet wurde.

Jean-Lucs Studio lag direkt an der Champs-Élysées. Die Straße war selbst jetzt, um vier Uhr morgens, hell erleuchtet und laut. In der Ferne erstrahlte der Triumphbogen.

Emma strahlte. „Ich fasse es nicht! Das ist tausend Mal besser, als acht Stunden im Flieger zu sitzen."

„Genau." Angus deutete auf die Lichter in der Ferne. „Das da sieht nach einem netten Ort für unser Picknick aus."

„Der Eiffelturm?"

„Jawohl." Er legte den Arm um sie. „Festhalten."

Es wurde schwarz, dann entschwanden sie. Sekunden später fand sich Emma auf der obersten Plattform des Eiffelturms wieder, unter sich die Stadt der Lichter.

Ein Blick über die Brüstung. „Cool." Bibbernd fügte sie hinzu. „Wenn auch ein bisschen frisch."

„Hier." Angus bot ihr seinen Mantel an, den Emma tatsächlich dankend annahm, und in der Zwischenzeit breitete der Vampir die karierte Picknickdecke auf dem Boden aus, die Robby auf den Korb gelegt hatte.

Emma setzte sich und inspizierte den Inhalt. „Wow, echtes Essen!" Sie nahm Brot, Käse, Trauben und eine Flasche Wein aus dem Korb. „Ich hoffe, für Sie ist auch etwas dabei."

Er entdeckte eine zweite Flasche. „Die hier ist für mich." Er ließ den Korken knallen. Schaum perlte heraus. Er hielt die Flache schräg, um ihn abtropfen zu lassen.

„Champagner?" Emma hielt ihm ein Glas hin.

„Das ist *Prickelblut*, eine Mischung aus Champagner und synthetischem Blut." Er füllte das Glas. „Möchten Sie mal kosten?"

„Auf keinen Fall." Neugierig beobachtete sie, wie er einen Schluck trank. „Ich habe die Werbung für Fusion Cuisine auf DVN gesehen, aber ich hielt es für einen Witz. Ich kenne nur

Vampire, die von Menschen trinken."

„Das sind Malcontents. Sie weigern sich seit vielen Jahren, sich auf eine andere Ernährungsweise umzustellen und bevorzugen es, Menschen zu quälen." Angus öffnete die Weinflasche. „Sie sind unsere eingeschworenen Feinde. Seit Jahrhunderten kämpfen wir gegeneinander."

„Dann hat Shanna Whelan recht? Es gib zwei Fraktionen von Vampiren?"

„So ist es." Er schenkte ihr ein Glas Wein ein. „Sie müssen wissen, Emma, dass wir einen gemeinsamen Feind haben – die Malcontents. Und wir haben auch dasselbe Ziel: die Unschuldigen beschützen." Er reichte ihr das Glas. „Daher sollten wir im Grunde ... Freunde sein."

Sie nahm das Glas. „Ich werde darüber nachdenken."

„Ich verstehe." Angus lehnte sich gegen das eiserne Geländer. „Vor einer Stunde wollten Sie mich noch umbringen."

Gedankenverloren knabberte Emma an einem Käsewürfel. „Ich komme mit der Vorstellung von guten Vampiren einfach nicht klar. Jean-Luc und Robby gehören wohl auch dazu?"

„Ja. Robby ist einer meiner Nachfahren. Ich fand ihn sterbend auf dem Schlachtfeld von Culloden." Angus schloss einen Moment die Augen. „An diesem Tag sind so viele aus meiner Familie gestorben."

„Es war sicher schrecklich, das mit anzusehen." Emma erschauderte.

„Sie haben die Ermordung Ihrer Eltern miterlebt?"

Emma zuckte. „Darüber möchte ich nicht reden. Erzählen Sie mir lieber etwas von sich." Sie trank einen Schluck Wein. „Wann wurden Sie geboren?"

„1480."

„Und Sie haben Nachfahren. Also waren Sie mal verheiratet?"

„Ja. Ich habe drei Kinder." Schnell wechselte Angus das

Thema. „Ich wurde 1513 in der Schlacht bei Flodden Field tödlich verwundet. In jener Nacht fand mich Roman. Ich war kaum noch am Leben, als er mich fragte, ob ich nicht weiter gegen das Böse kämpfen wolle. Ich dachte, es wäre ein Traum und er ein Engel. Also sagte ich ja." Er lächelte. „Und nicht nur, weil ich in den Himmel kommen wollte. Es kotzte mich einfach an, so jung sterben zu müssen. Ich hatte noch so viel vor."

„Waren Sie nicht sauer, als Sie herausfanden, dass Sie zum Vampir geworden waren?"

Angus zuckte die Achseln. „Sagen wir mal so, ich war überrascht. Ich wusste ja gar nicht, dass solche Kreaturen existieren. Aber sauer war ich auf Roman nie. Ich merkte sehr schnell, dass der Tod mich charakterlich nicht verändert hatte. Ich war immer noch derselbe, nur viel besser in allem."

Sie bewarf ihn mit einer Traube. „Typisch vampirische Arroganz."

„Aber das ist nun mal die Wahrheit. Wir können Dinge tun, die ein Mensch niemals tun könnte."

„Aber nicht in die Sonne gehen."

„Aber dafür viele Hundert Jahre leben."

Emma brach sich ein Stück Brot ab. „Erzählen Sie mal was aus den alten Zeiten. Von den Orten, an denen Sie waren, von den Menschen, die Sie kennengelernt haben."

Seine Lieblingsgeschichten nahmen Emma in ihren Bann. Er erzählte, wie er der schottischen Königin Mary begegnet war und wie er Bonnie Prince Charlie versteckt hatte. Emma stellte ihm endlos Fragen, und es gefiel ihm, dass sie sich mittlerweile in seiner Anwesenheit sehr wohl zu fühlen schien. Sie lachten viel und flirteten.

Nach einer Stunde verkorkte Angus die halb leere Flasche Prickelblut wieder und stellte sie zurück in den Korb. „Es tut mir leid, aber es wird bald Tag. Wir müssen gehen."

„In Ordnung." Auch Emma packte die Reste ihres Mahls

zusammen und legte es in den Korb. „Ich ... Ich gebe es ja ungern zu, aber der Abend mit Ihnen hat mir viel Spaß gemacht."

„Sie meinen, unsere Verabredung?"

Sie sah ihn irritiert an. „Das ist keine Verabredung."

Er kicherte. „Ich bin zufrieden, wenn ich Sie davon überzeugen konnte, dass ich nicht Ihr Feind bin. Sie können mir vertrauen." Auch für ihn war diese Nacht eine Bereicherung gewesen. Mehr als viele andere, an die er sich erinnerte.

Emma wischte sich die Brotkrümel vom Mantel, während Angus die Picknickdecke zusammenfaltete.

„Ich habe einen Fehler gemacht", erkannte sie plötzlich. „Ich habe mich von Ihren Geschichten einlullen lassen."

Angus legte die Decke in den Korb. „Was soll daran schlimm sein?"

„Ich hätte mich besser über die Malcontents informieren sollen. Und herausfinden, wo Sie Shenna Whelan gefangen halten."

„Gefangen halten? Sie ist eine glücklich verheiratete Frau!"

„Mein Boss ist der Meinung, sie wurde einer Gehirnwäsche unterzogen. Seine oberste Mission ist, seine Tochter zu retten."

Ein höhnisches Lachen konnte Angus sich nicht verkneifen. „Sie ist absolut glücklich dort, wo sie ist. Ist es so schwer nachzuvollziehen, dass sich eine sterbliche Frau in einen Vampir verlieben kann?"

Emma sah ihn ungläubig an.

Eine Erkenntnis ließ Angus erschauern. Er spürte, dass er sich genau danach sehnte. Er sehnte sich nach dem, was Roman besaß – die Liebe einer sterblichen Frau.

Entschlossen und ohne weiter darauf einzugehen, ergriff Emma den Picknickkorb: „Wie kommen wir hier wieder runter?"

„Kommen Sie." Er trat zu ihr. „Halten Sie sich an mir fest."

Sie lächelte nervös. „Wir könnten auch die Treppe nehmen."

Angus legte die Arme um sie. „Es dauert nur einen Moment."

Mit traurigem Blick ließ sie alles geschehen.

Wieder wurde es schwarz und kurz darauf standen sie unten auf dem Platz vor dem Eiffelturm.

Emma ließ ihn los. „Vielen, Dank, Angus."

„War mir ein Vergnügen."

Schweigend schlenderten sie über den Kiesweg durch den kleinen Park. Angus war unzufrieden. Die freundschaftliche Atmosphäre, die während ihres kleinen Picknicks aufgekommen war, schien wie weggeblasen. Jetzt war die Stimmung zwischen ihnen angespannt und traurig, als fehlte irgendetwas. Vielleicht, weil Freundschaft nicht genug war. Er sah sie an und fragte sich, ob sie dasselbe dachte.

In diesem Moment vernahm er ein Geräusch, das aus den Büschen kam und blieb stehen. Ihr verwunderter Blick sagte ihm, dass sie wahrscheinlich nichts gehört hatte. Einen Finger auf die Lippen legend, deutete Angus nach vorn. Emma hielt sich dicht an seiner Seite.

Die Geräusche aus dem Busch wurden lauter. Man hörte das Schnaufen eines Mannes und das Keuchen einer Frau. Vielleicht ein französischer Malcontent, der eine Frau überfiel. Angus bückte sich und zog sein Messer aus dem Strumpf. Emma bedeutete er, hinter ihm zu bleiben.

Verärgert und trotzig schüttelte sie den Kopf.

Dieses eigensinnige Weib! Trotzdem bewunderte er ihren Mut. Aus dem Picknickkorb holte Emma die Weinflasche heraus, nahm sie verkehrt herum in die Hand und bewegte sich von der linken Seite aus auf das Gebüsch zu. Angus übernahm die rechte Seite.

„Sofort die Frau loslassen!"

Emma sprang in Position.

Bei dem Bild, das sich den beiden bot, erstarrte der Vampir. Sie hatten ein Pärchen beim Sex überrascht. Emma stand zu Füßen des Mannes, um den die Frau ihre Beine geschlungen hatte. Angus stand zu ihren Köpfen und zielte mit dem Messer auf den armen Kerl.

Keuchend ließ der Mann von der Frau ab. Er griff nach seiner Hose und hielt sie sich vor seine Schamteile. Auf Französisch rief er irgendetwas, das nach *voleur*, also Dieb, klang, dann riss er sein Portemonnaie aus der Hosentasche und warf es Angus vor die Füße.

Das Portemonnaie interessierte ihn natürlich überhaupt nicht, er hatte gerade etwas Schreckliches entdeckt. Die Strumpfhose der Frau war um ihren Hals gewickelt. „Was fällt Ihnen ein? Wollen Sie die Frau erwürgen?"

Hektisch versuchte die Frau, sich mit dem Hemd ihres Freundes zu bedecken. Beide sprachen so schnell, dass Angus Schwierigkeiten hatte, sie zu verstehen.

Aber es war ohnehin klar, was hier abgelaufen war. „Sie haben versucht, sie zu erdrosseln!" Angus machte einen Schritt auf den Mann zu und zielte mit dem Messer auf sein Gesicht.

„Meine Güte", flüsterte Emma.

„Bitte tun Sie uns nichts", stammelte die Frau nun etwas verständlicher und befreite sich von der Strumpfhose um ihren Hals.

Angus sah sie verwundert an. „Ich versuche gerade, Ihnen das Leben zu retten. Dieser Mistkerl wollte sie ersticken!"

„Das wollte ich doch so haben!" Die Frau warf erst Angus, dann Emma einen bösen Blick zu.

„Wir sollten gehen." Emma hatte genug gesehen.

„Nein! Ich lasse keine wehrlose Frau mit einem irren Würger allein!"

Die beiden Franzosen fingen wild an zu fluchen.

„Angus!" Emma nahm seinen Arm und zog an ihm. „Jetzt kommen Sie."

„Aber ..." Angus warf noch einen Blick auf das französische Liebespaar, das ihnen immer noch Flüche hinterherschickte. „Ist die Lady denn sicher?"

„Ja." Emma nahm schnell den Korb und eilte den Kiesweg hinunter, Angus mit sich zerrend. „Er will sie nicht umbringen."

„Aber er war dabei, sie zu würgen!"

„Wenn sie ihn doch darum gebeten hat." Emma ließ Angus' Arm los und fing an, an dem Korb herumzufummeln. „Es ist eine ... erotische Spielart. Wenn man keine Luft bekommt, sorgt das angeblich für intensivere Gefühle, einen stärkeren Orgasmus. Keine Ahnung, ob das stimmt, aber das habe ich zumindest irgendwo gelesen."

Angus blieb stehen. „Sie hat ihn gebeten, ihr wehzutun?"

„Ja."

Angus verstand die Welt nicht mehr. Er starrte Emma ungläubig an und ging dann langsam weiter.

Emma folgte ihm. „Ist alles in Ordnung?"

Er schüttelte den Kopf und beschleunigte seinen Schritt.

„Der Frau wird nichts passieren. Alles geschieht mit ihrer Zustimmung."

Mit einem wütenden Schrei schleuderte Angus sein Messer in einen Baumstamm. „Ich verstehe das nicht. Vielleicht bin ich schon zu lange auf der Welt. Ich verstehe es einfach nicht!"

„Es ist ja auch ein bisschen abartig, aber so sind die Menschen nun mal. Manche ..."

„Nein!" Angus zog das Messer aus dem Baumstamm. „Ein Mann darf einer Frau niemals wehtun, nicht einmal, wenn sie ihn darum bittet. Die Ehre verbietet es, einer Frau Schmerz zuzufügen."

„Na ja, es ..."

„Ich fasse es nicht!" Angus steckte sein Messer wieder weg. „Wenn ein Mann eine Frau liebt, wie kann er ihr dann wehtun? Wie ist das möglich?" Er zog sein Hosenbein über die Messerscheide.

Emma zuckte mit den Schultern. „Weil sie ihn darum gebeten hat."

„Aber warum? Welchem Mann bereitet es Vergnügen, seiner Frau Schmerz zuzufügen?" Angus ging verwirrt auf und ab. „Es ist die Pflicht eines Mannes, nein, sein Privileg, seiner Frau das höchstmögliche Vergnügen zu bereiten. Sie soll sich winden und den Verstand verlieren vor Lust."

Emma betrachtete ihn schweigend. Glaubte sie ihm nicht?

„Ein echter Mann befriedigt seine Frau die ganze Nacht. Bis sie ihn anfleht, aufzuhören, weil sie nicht mehr kann."

Ungläubiges Staunen lag in Emmas Blick.

„Es ist doch das größte Vergnügen für einen Mann, seine Frau vor Lust und Verlangen rasen zu sehen!"

Emma atmete tief durch und verlagerte ihr Gewicht von einem Bein aufs andere.

Noch immer lief Angus hin und her. „Erst wenn sie ihn darum bittet, sollte der Mann sich auf sein eigenes Bedürfnis konzentrieren. Und auf keinen Fall darf er ihr in irgendeiner Art und Weise wehtun." Er blieb vor Emma stehen. „Oder liege ich damit völlig falsch?"

„Nein, nein", presste sie hervor.

Er sah sie misstrauisch an. „Lady, Sie sollten mich nicht so ansehen."

„Ich sehe Sie gar nicht an." Emma wandte sich ab, denn sie spürte, dass sie rot wurde. Ihr Herz schlug so laut, er musste es hören.

„Emma."

„Ich finde, wir sollten nach Hause gehen." Sie sah ihn an

und bemerkte seinen sehnsuchtsvollen Blick.

Er kam noch näher. „Ihr Herz schlägt so laut."

„Ihre Augen werden ganz rot."

„Sehen Sie den Tatsachen ins Auge, Emma: Das hier ist eine Verabredung." Er streichelte ihre Wange.

Der Picknickkorb fiel zu Boden, und dann nahm er sie einfach in seine Arme und küsste sie.

Angus genoss jede Sekunde dieses Kusses. Er kostete ihre Lippen und liebkoste sie und saugte an ihnen, bis er jeden Millimeter für alle Zeiten in seinem Gedächtnis gespeichert hatte. Ihre Brüste pressten sich an ihn, so fest hielt er Emma im Arm. Jetzt ließ er seine Hand über ihren Rücken gleiten, die Wirbelsäule herunter, folgte ihr bis zu den Hüften.

Er küsste ihren Hals. Durch die weiche Haut konnte er ihr rasendes Blut deutlich spüren. Er roch das Aroma nach Blut und Begierde. Ihr weicher, weiblicher Atem streifte seine Wange und ihr Körper schien eins mit seinem zu sein. Die Gerüche, die Geräusche, die Gefühle machten ihn ganz benommen, bis er nichts mehr denken konnte. Er fühlte nur noch Freude, Leidenschaft und eine nie enden wollende Lust.

Stöhnend ließ er seine Lippen wieder zu ihrem Mund wandern. Ohne zu zögern, öffnete sie ihre Lippen für ihn. In diesem Moment wurde es heiß in seinem Schritt – wie an dem Abend, als er ihr zum ersten Mal begegnet war. Jetzt, wo sie bereit war, sich ihm hinzugeben, war seine Lust noch stärker.

Er legte die Hände auf ihre festen runden Pobacken und presste ihren Unterleib an sich. Keuchend ließ sie von ihm ab. Ihr alarmierter Blick hätte ihn aufhorchen lassen sollen, doch er war wie von Sinnen vor Lust.

„Ich will mit dir schlafen, Emma."

9. KAPITEL

„Nein." Sie stieß ihn weg. Sex? Mit einem Untoten? Obwohl seine Erektion, das musste sie zugeben, alles andere als untot war. Im Grunde war sonst ja nichts gegen Angus einzuwenden. Wäre er ein Mensch, hätte sie ihn schon längst ausgezogen. Aber er war nun mal keiner. Er war ein Vampir.

„Ich ... Ich kann nicht."

„Ich bin nicht dein Feind." Das rote Glühen seiner Augen war noch nicht verloschen. „Vertraust du mir immer noch nicht?"

„Doch, ich glaube schon. Aber wir kennen uns kaum, sind vielleicht gerade mal Freunde geworden." Sie rieb sich die Stirn. „So schnell kann man nicht ... miteinander ins Bett gehen."

„Freunde küssen sich nicht so, wie wir uns gerade geküsst haben."

„Wir haben uns mitreißen lassen. Das ... Das war nicht mehr als ein Kuss."

Er sah sie verwundert an. „Das war ein sensationeller Kuss. Brauchst du vielleicht eine Erinnerung?"

„Nein!" Rasch drehte sie sich um und ergriff den Korb. „Wie du eben schon gesagt hast, es wird bald Tag. Wir müssen das Essen und mein Kleid zurückbringen und dann wieder nach New York." Sie sprach schnell, um nicht darüber nachdenken zu müssen, was sie gerade getan hatte.

„Emma."

Sie holte tief Luft und wandte sich ihm zu. Seine Augen glühten jetzt nur noch matt pink. Ein Glück. „Bist du so weit?"

„Ich will wissen, was du empfindest."

Sie zwang sich zu einem Lachen. „Oh, ein Mann, der über Gefühle sprechen will?"

„Ich weiß, dass du ein sehr gefühlvoller Mensch bist. Deine

Eltern zum Beispiel hast du sehr geliebt, und deine Arbeit tust du mit Leidenschaft."

„Bitte." Abwehrend hob sie die Hand. „Ich weiß nicht, was ich im Moment fühlen soll. Oder denken. Ich kann nicht einmal glauben, was ich da gerade getan habe. Ich hätte es besser nicht getan."

Traurigkeit lag in seinen Augen. „Es war doch von Anfang an klar, dass wir füreinander gemacht sind."

„Nein, wir sind viel zu verschieden. Wir können auf keinen Fall …"

„Ich habe immer das getan, von dem ich in meinem Innersten überzeugt war, dass es richtig ist. Aber es gibt auch Dinge, die ich bereue." Er lächelte schwach. „Das mit dir würde ich nicht dazu zählen."

Ihr Herz begann zu schmerzen. Er war wirklich genau so, wie sie sich einen Mann wünschte. Aber er war untot. Oder unsterblich. Wie sollte sie damit umgehen?

„Konnte ich dich wenigstens davon überzeugen, mit dem Morden aufzuhören? Glaubst du mir jetzt, dass es mir um deine Sicherheit geht?"

„Ich … Ich werde darüber nachdenken." Als er protestieren wollte, hob sie wieder die Hand. „Ich weiß, dass du dir Gedanken um meine Sicherheit machst. Ich werde demnächst vorsichtiger sein. Und ich werde kritischer sein, jetzt, wo ich weiß, dass es verschiedene Arten von euch gibt."

Er nickte. „Das ist doch schon mal ein Fortschritt. Und du sollst wissen, dass ich versuchen will, dich zu beschützen. Ich werde immer für dich da sein."

Plötzlich hatte sie gegen ihren Willen Tränen in den Augen. Solche Worte hatte seit Jahren niemand mehr zu ihr gesagt. Nicht mehr, seit ihre ganze Familie tot war. „Ich will ehrlich zu dir sein. Wenn ich die Scheißkerle finde, die meine Eltern ermordet haben, hole ich sie mir."

„Und ich werde an deiner Seite sein." Er streckte ihr eine Hand entgegen. „Abgemacht?"

Emma schlug ein. „Abgemacht."

Er nahm sie in den Arm und küsste sie auf die Stirn. „Gehen wir."

Gerade noch rechtzeitig konnte sie sich an ihm festhalten, als alles um sie herum schwarz wurde.

Verdammt. Er war auf dem Weg, sich total in diese Frau zu verlieben. In seinen vierhundertdreiundneunzig Jahren als Vampir hatte er selten zu seinem Vergnügen geküsst. Meistens war es um etwas Essbares gegangen oder darum, sich selbst etwas zu beweisen. Aber sein Verlangen, Emma zu küssen, hatte nichts mit Blutdurst oder Image zu tun. Es hatte einzig und allein mit Emma zu tun.

Was für ein Kuss! Sicher, bei einem Mann wie ihm könnte man vermuten, er hätte Hunderte vergleichbarer Augenblicke erlebt. Aber dem war nicht so. Solche Momente hatte es nur sehr selten gegeben.

Nachdem er Emma in Austins Apartment abgesetzt hatte, bat sie ihn, allein bleiben zu dürfen. Wahrscheinlich bereute sie den Kuss noch immer. Er selbst zweifelte ja auch. Zwar nicht, was seine Gefühle betraf, denn dass er Emma sehr mochte, war klar. Aber war es fair von ihm, sich so an sie heranzumachen? Konnte eine Beziehung zwischen einem Untoten und einer ganz normalen Frau überhaupt funktionieren?

Sie hatte ihm versprechen müssen, nicht mehr allein auf Vampirjagd zu gehen; erst dann teleportierte er sich in Romans Stadthaus. Kaum materialisiert, ging der Alarm los.

Connor kam mit gezogenem Claymore aus dem Wohnzimmer gerannt und Ian stürzte aus der Küche.

„Du schon wieder." Ian drehte sich um und verschwand

murrend in der Küche. „Kannst du dich nicht ein Mal vorher anmelden?"

Angus beobachtete, wie Connor sein Schwert zurück in die Scheide steckte. „Was machst du denn hier? Ich dachte, du bewachst Roman und Shanna?"

Connor sah ihn überrascht an. „Sie sind hier. Nachdem du nicht beim Gottesdienst warst, sind wir alle hierhergekommen."

„Gottesdienst?" Oje. „Oh. Das habe ich total vergessen. Ich hatte zu tun."

„Das haben wir schon gehört." Connors Mundwinkel zuckten. „Jean-Luc hat vor etwa einer Stunde hier angerufen und uns eine interessante Geschichte erzählt."

„Verdammt." Angus war sauer. Gleich gingen sicher die Sticheleien los. „Ich muss nach oben, noch etwas erledigen."

„Angus, ich habe dich gehört", rief Roman in diesem Moment aus dem Wohnzimmer. „Komm ruhig rein."

Connor kicherte, als Angus wie ein begossener Pudel ins Wohnzimmer schlich. Drei braune Sofas standen um einen quadratischen Couchtisch herum. Auf der freien Seite stand ein riesiger Flachbildfernseher, der allerdings ausgeschaltet war.

„Angus ist hier", verkündete Connor, als er das Wohnzimmer betrat. Er ging hinüber zu dem Sofa, auf dem es sich schon Gregori bequem gemacht hatte.

„Hoppla!" Gregori sah Angus mit dummem Gesicht an. „Was ist denn mit seinem Rock passiert?"

Connor gab Gregori eine Kopfnuss, bevor er sich neben ihn setzte.

„Au! Jetzt sehen Sie mal, was ich mir immer gefallen lassen muss, Father", beschwerte sich Gregori bei dem älteren Mann, der auf der mittleren Couch saß.

„Ich werde für dich beten", antwortete der Priester und lächelte. Dann stand er auf und begrüßte Angus.

„Father Andrew." Angus nickte dem Geistlichen zu, den er von Romans Hochzeit kannte. „Wie geht es Ihnen?"

„Seit Romans Beichte vor vielen Nächten ist mein Leben deutlich spannender."

Angus nickte und bemerkte, wie Shanna sich mit großer Mühe aus dem Sofa erhob. Sie war hochschwanger, und als er sah, wie Roman ihr zu Hilfe eilte, musste er an alte Zeiten denken. An die Freude und den Stolz, den er bei der Geburt seiner eigenen drei Kinder empfunden hatte. An die Sorgen und Schuldgefühle, die er gehabt hatte, als seine Frau in den Wehen lag. Und an den Schmerz und die Enttäuschung, als er nach der Schlacht von Flodden Field zu ihr und den Kindern hatte zurückkehren wollen. Er war sich so sicher gewesen, seine Frau würde verständnisvoll auf seinen neuen Zustand als Untoter reagieren.

Aber sie hatte es nicht verstanden. Stattdessen verbot sie ihm sogar, seine Kinder jemals wiederzusehen. Doch er hatte sich nicht daran gehalten und zugeschaut, wie sie älter wurden. Und schließlich starben.

Wenn er sich jetzt in Emma verliebte, würde er sich wieder auf Qual und Verzweiflung einlassen, denn auch sie würde er eines Tages sterben sehen. Und wenn sie sterbliche Kinder bekämen, was dank Romans neuer wissenschaftlicher Errungenschaft möglich war, würde er auch deren Tod miterleben müssen.

„Alles klar?", fragte Roman leise, als er ihn zur Begrüßung kurz umarmte.

Angus bemerkte, seinen durchdringenden Blick. Er konnte seinem Freund einfach nichts vormachen. „Können wir uns später mal unterhalten?"

„Natürlich." Roman machte Platz für seine Frau.

„Angus, wie schön, dich zu sehen!" Shanna küsste ihn zur

Begrüßung auf die Wange.

„Du siehst großartig aus."

Sie lachte. „Wohl eher riesig!"

„Bald macht sie peng", murmelte Gregori und zuckte gleich darauf schmerzhaft zusammen, weil Connor ihm seinen Ellbogen in die Rippen rammte.

„Ich hab das Gefühl, ich platze." Shanna fuhr sich über ihren riesigen Bauch. „Das Baby muss jetzt raus."

„Wir haben beschlossen, Freitagnacht die Wehen einzuleiten", erklärte Roman, als er seine Frau zurück zur Couch begleitete. „So können wir sicher sein, dass die Vampirärzte wach und verfügbar sind."

„Ihr habt mehr als einen Arzt?", fragte Angus, während er neben dem Priester Platz nahm.

„Zwei. Einfach, um auf der sicheren Seite zu sein. Ich will nichts riskieren." Roman half Shanna, sich bequem hinzusetzen.

„Du machst dir unnötig Sorgen", sagte sie, als sie sich in die Couch sinken ließ. „Dem Baby geht es gut."

Die sorgenvoller Miene ihres Mannes sprach Bände. „Ich habe bei Romatech ein Geburtszimmer einrichten lassen. Nur für den Fall der Fälle."

Für den Fall, dass das Kind kein Mensch war? Angus verstand schon, dass Romans Kind nicht in einem Menschenkrankenhaus entbunden werden konnte.

Shanna schüttelte den Kopf. „Ich sage dir, dieses Kind ist vollkommen normal. Es tritt mich tagsüber genauso heftig wie nachts."

„Ich habe für das Kind gebetet", schaltete sich Father Andrew ein. „Und ich habe ein gutes Gefühl."

„Danke. Gregoris Mutter hat dasselbe gesagt." Shanna nahm Romans Hand und lächelte ihn an. „Und du weißt doch, Radinka irrt sich nie."

Father Andrew wandte sich an Angus. „Roman hat mir einige faszinierende Dinge von Ihnen erzählt."

„Das war bestimmt alles gelogen."

Der Priester lächelte. „Dann wurden Sie also nicht für Ihre Tapferkeit im Zweiten Weltkrieg in den Ritterstand erhoben?"

„Das ist doch schon über sechzig Jahre her."

„Ja, und seitdem ist er auch ein totaler Feigling", bemerkte Connor augenzwinkernd.

Angus warf seinem alten Freund einen finsteren Blick zu, während alle anderen lachten.

In diesem Moment betrat Ian das Wohnzimmer. Er balancierte ein Tablett mit Getränken, das er auf dem Couchtisch abstellte. Shanna reichte er ein Glas kaltes Wasser, dem Priester ein Glas Wein. Die Vampire nahmen sich alle ein leeres Glas.

Connor öffnete die Flasche Blissky und goss sich ein. „Das Zeug ist wirklich gut, Roman." Er reichte die Flasche weiter an Gregori.

Gregori füllte sich sein Glas bis zum Rand und gab dann Angus die Flasche.

„Schön, dass es euch schmeckt", sagte Roman, der nun an der Reihe war. Er reichte den Blissky weiter an Ian.

Connor stand auf und erhob das Glas. „Auf Shanna, Roman und ihr Kind. Auf dass ihr alle gesund und glücklich sein werdet!"

Die anderen prosteten ihm zu und leerten ihre Gläser.

„Und was ist bei dir so los, Angus?", fragte Shanna. „Wir haben gehört, du hast einen kleinen Ausflug gemacht."

Die männlichen Vampire kicherten blöd und fingen sich einen wütenden Blick von Angus ein.

„Das war rein geschäftlich. Ich habe versucht, die Vampirjägerin zur Vernunft zu bringen."

Connor stieß ein verächtliches Lachen aus. „Eine Frau und

Vernunft? Das kann ja nur zum Scheitern verurteilt sein!"

„Wie war das?", ließ Shanna sich vernehmen.

„Entschuldige bitte." Connor hob beschwichtigend die Hand. „Unglücklicherweise arbeitet diese Frau für deinen Vater, und ihm ist es gelungen, sie gegen uns aufzustacheln."

„Davon ist auszugehen", sagte Shanna nickend und wandte sich dann wieder an Angus. „Soll ich mal mit ihr reden? Vielleicht hört sie eher auf eine andere Sterbliche."

„Es ist alles im grünen Bereich", murmelte Angus. „Ich schaffe das schon allein."

„Es gibt aber keinen Grund, warum du es alleine schaffen musst", wandte Connor ein.

Angus sah ihn irritiert an. „Es läuft gut. Heute Nacht haben wir große Fortschritte gemacht."

„Ja, das haben wir gehört", platze Gregori lachend heraus. „Sie war barfuß und halbn... Aua!" Wieder hatte Connor ihm einen Stoß mit dem Ellbogen versetzt.

„Konntest du sie wenigstens davon überzeugen, mit dem Morden aufzuhören?", wollte Connor wissen.

„Eventuell. Zumindest traut sie mir jetzt." Er sah an sich herunter, um sicherzugehen, dass sein langer Mantel die Beule in seiner Hose verdeckte. Seine Erektion war zwar nicht mehr ganz so mächtig wie vorher, aber seine Jeans saß immer noch unangenehm eng. Er hätte besser den Kilt anziehen sollen.

„Irgendwas stimmt doch nicht mit dir." Roman studierte Angus eingehend. „Ich weiß. Du hast dein Claymore nicht dabei. Das ist wirklich ungewöhnlich."

„Wie hätte ich sie von meiner Harmlosigkeit überzeugen sollen, wenn ich eine Waffe dabei gehabt hätte?"

„Ich finde das süß", verkündete Shanna. „Ein Picknick in Paris im Frühling. Sehr romantisch. Angus, ich bin stolz auf dich."

Nur ein großer Schluck Blissky konnte ihn etwas beschwichtigen. Angus war sich bewusst, dass alle Vampire ihn amüsiert ansahen.

„Haben Sie sich verletzt?", fragte Father Andrew und deutete auf Angus' Handgelenk, das immer noch gerötet und voller Brandblasen war.

„Ich hatte eine Begegnung mit einem Paar Handschellen aus echtem Silber", erklärte Angus finster. „Das war leider nicht zu verhindern."

Gregori rutschte auf der Couch nach vorn. Neugierig fragte er: „Sie hat dir Handschellen angelegt? Junge, Junge. Eine heiße Braut."

„Das klingt mir aber nicht nach Fortschritt", gab Connor zu bedenken.

„Ich denke, ich sollte wirklich mal mit ihr reden." Shanna konnte vielleicht tatsächlich etwas bewirken.

„Nein." Roman schüttelte den Kopf. „Wenn du dich mit Miss Wallace triffst, sagt sie womöglich deinem Vater Bescheid, der dann sicher versucht, dich zu entführen."

Shanna seufzte.

„Roman hat recht", pflichtete Angus seinem Freund bei. „Emma hat mir gesagt, dein Vater sieht es als seine oberste Pflicht an, dich aus den Klauen der Vampire zu retten. Ich habe gerade erst ihr Vertrauen gewonnen. Erst heute Nacht hat sie erfahren, dass es uns gibt und die Malcontents, und es will ihr noch nicht so recht in den Kopf, dass wir nicht böse sein sollen."

„Wisst ihr was?" Gregori stellte sein Glas auf den Tisch. „Das ist echt ein Marketing-Problem."

Angus schüttelte den Kopf. „Ich will ja nichts verkaufen."

„Natürlich", korrigierte ihn Gregori. „Du willst dieser Frau die Idee verkaufen, dass es auch nette Vampire gibt. Das Problem ist, uns fehlt ein eigener Markenname, der uns von den bösen Vampiren unterscheidet."

„Wir sind nun mal alle Vampire. Und außerdem behaupte ich gar nicht, nett zu sein."

„Aber Sie haben ein gutes Herz", sagte Father Andrew. „Zwischen Ihnen und einem Malcontent liegen Welten."

„Ich finde, Gregori hat nicht ganz unrecht", gab Shanna zu bedenken und trank einen Schluck von ihrem Wasser. „Die Malcontents haben einen Namen – die ‚Wahren Vampire'. Wieso habt ihr keinen?"

„Hmm." Gregori lehnte sich zurück. „Wir brauchen einen Namen." Er starrte nachdenklich an die Decke. „Wie wär's mit Nicht-Beißer? Flaschentrinker? Die Freundlichen Fangzähne? Aua! Das war mein Fuß!" Wütend funkelte er Connor an.

„Das weiß ich." Connor funkelte genauso wütend zurück. „Das kommt davon, wenn man mich freundlich nennt."

Alle lachten. Roman stand auf und bedeutete Angus mitzukommen und ihm zur Tür zu folgen.

„Ich hab's!", rief Shanna. „Die stolzen Zahnlosen!"

Roman kicherte, als er vom Wohnzimmer in den Flur trat und zusammen mit Angus in die Bibliothek ging. Sie bestand aus deckenhohen Bücherregalen, die drei Seiten des Raumes einnahmen, und einem großen Fenster, das zur Straße hin lag. Die Vorhänge waren zugezogen.

Roman schloss die Tür und nahm in einem der ledernen Clubsessel neben dem Fenster Platz. Angus ging rastlos im Zimmer auf und ab. Er spürte, dass sein Freund auf etwas wartete, aber er wusste nicht, wie er anfangen sollte. Ihm lag nun mal der Kampf mit dem Schwert mehr als Reden schwingen. Also schritt er an den Bücherregalen entlang und betrachtete die Titel, ohne sie wirklich zu sehen.

Schließlich blieb er stehen. „Ich … Ich hatte auch einmal eine sterbliche Frau und Kinder mit ihr."

„Ich erinnere mich", sagte Roman leise.

„Mein Frau … Sie wollte mich nicht mehr und heiratete einen anderen. Denn ihrer Ansicht nach war ich tot."

„Das muss schlimm für dich gewesen sein."

„Das war es." Angus begann, wieder im Zimmer auf und ab zu gehen. „Aber irgendwann stellte ich fest, dass sie recht hatte. Eine Ehe zwischen einem Menschen und einem Vampir kann nicht gut gehen."

Roman widersprach ihm nicht.

„Obwohl meine Frau mich verraten und verlassen hat, tat es weh, sie alt werden und schließlich sterben zu sehen. Und meine Kinder sterben zu sehen, war regelrecht unerträglich."

Roman presste die Lippen aufeinander. „Musst du mir das unbedingt jetzt sagen? So kurz vor der Geburt meines Sohnes?"

„Ich wünsche dir nichts Böses, Roman, das weißt du. Du bist wie ein Bruder für mich. Ich will nur nicht, dass du dieselbe schlimme Erfahrung machen musst wie ich."

„Ich wusste ja, worauf ich mich einlasse, als ich Shanna geheiratet habe. Ich weiß, dass ich sie verlieren werde. Aber, Angus, sie macht mich so glücklich. Soll ich mich gegen dieses Glück entscheiden, nur weil irgendwo in ferner Zukunft etwas passieren könnte?"

„Dann bist du mutiger als ich." Angus ging weiter auf und ab. „Shanna liebt dich und sie hat Verständnis für uns. Aber sie selbst will keine von uns werden."

„Ich bin froh, dass sie sterblich bleiben will. Wenn auch sie untot wäre, könnten wir kein Kind haben. Und so kann sie sich tagsüber um das Kind kümmern. So sehr ich mir wünsche, Shanna für den Rest meines Lebens bei mir zu haben – das Wohl unseres Kindes geht vor."

Angus runzelte die Stirn. „Ich habe das von unserer DNA-Mutation gehört. Wir sind angeblich keine Menschen mehr?"

„Und deswegen machst du dir Sorgen um das Kind? Das

tun wir alle, aber jetzt ist es ohnehin zu spät. Es liegt alles in Gottes Hand."

Ein Baby, das als halber Vampir zur Welt kommt? Angus blieb stehen. „Und Shanna stört das gar nicht?"

Roman lächelte. „Sie ist diejenige, die sich am wenigsten daran stört. Sie ist einfach nur glücklich und aufgeregt."

„Du bist wirklich ein Glückspilz. Eine so verständnisvolle Frau findet man selten." Angus hob die Hand, um ein Buch aus dem Regal zu ziehen. Dabei fiel sein Blick auf sein entzündetes Handgelenk. Die Wunde würde heilen, sobald er schlafen ging, doch der Schmerz in seinem Herzen würde bleiben. „Die meisten Frauen wären gar nicht in der Lage, einen Vampir zu lieben."

Ein unangenehmes Schweigen füllte den Raum. Angus spürte jedoch den durchdringenden Blick seines Freundes. Er hatte sich verplappert.

Ein Räuspern holte Angus aus seinen Gedanken. „Du bist also der festen Überzeugung, eine Beziehung zwischen einem Vampir und einem Menschen kann nicht funktionieren?"

Angus nickte und wagte nicht, Roman anzusehen.

„Warum habe ich das Gefühl, dass du damit nicht Shanna und mich meinst?"

Zum Teufel. Angus drehte Roman den Rücken zu, plötzlich brennend an den Büchern interessiert. Schritte näherten sich.

Roman lehnte sich mit der Schulter gegen das Bücherregal. „Die Vampirjägerin?"

Angus holte vernehmlich Luft und nickte. „Unser Verhältnis ist ein wenig ... explosiv."

„Etwas anderes hätte ich von dir auch nicht erwartet."

„Das war so nicht geplant. Was ist bloß los mit mir, dass ich mich immer in meine Gegnerin verliebe?"

Der Freund verschränkte die Arme vor der Brust. „Wenn

du dich damit auf Katya beziehst: Sie hat dich absichtlich verführt."

„Nein, ich habe mich an sie herangemacht."

„Das hat sie dir eingeredet, Angus. Du wolltest sie verändern und sie wollte dich auf ihre Seite ziehen. Auf die Seite des Bösen."

„Ich habe sie enttäuscht."

„Nein. Sie hatte nie die Absicht, sich zu verändern. Sie hat dich nur benutzt."

Konnte das stimmen? Angus begann wieder, im Zimmer auf und ab zu gehen. Wenn Roman recht hatte, war es ziemlich blöd von ihm gewesen, sich überhaupt auf Katya einzulassen. War er kurz davor, denselben Fehler wieder zu begehen?

„Offensichtlich mache ich immer denselben Fehler. Ich verliebe mich in die Frau, die mich vernichten will."

„Nicht unbedingt. Katya ist von Grund auf böse. Ich kenne die Vampirjägerin nicht, aber sie scheint nicht böse zu sein."

„Nein. Emma ist gutherzig und mutig. Sie riskiert ihr Leben, um Unschuldige zu retten."

„Und was empfindet sie für dich?"

Angus schluckte. „Sie hat einen leidenschaftlichen Hass auf Vampire, aber sie … Ich glaube, sie könnte mich mögen."

„Das wird sie, wenn sie mehr Zeit mit dir verbringt."

„Ich habe sie geküsst."

Roman starrte ihn an. „Und das hat sie sich gefallen lassen?"

„Gerade das verwirrt mich ja so." Angus ging zum Fenster und setzte sich. „Sie erwiderte meinen Kuss und schien es zu genießen, aber jetzt möchte sie plötzlich in Ruhe gelassen werden und tut so, als wäre nichts gewesen."

„Sie liegt mit ihren Gefühlen im Streit." Roman beschrieb die Situation perfekt.

„Ich auch." Angus legte den Kopf in die Hände. „Ich sollte besser die Finger von ihr lassen. Aber ich habe Angst um sie.

Wenn die Malcontents sie erwischen, bringen sie sie garantiert um. Das würde ich nicht überstehen."

„Dann musst du weiter auf sie aufpassen", riet Roman ihm.

Angus nickte. „Ich werde auf sie aufpassen. Aber aus der Ferne. Keine Küsse mehr. Ich will nicht riskieren, dass mir das Herz gebrochen wird. Oder ihr."

„Wie du meinst." Das klang wahrlich nicht überzeugend.

„Du bist nicht einverstanden?"

Roman zuckte mit den Schultern. „Es ist deine Entscheidung. Ich hoffe nur, du wirfst nicht etwas Wunderbares weg."

„Selbst wenn sie etwas für mich empfände – wie sollte es funktionieren?"

„Manches muss man eben einfach wagen." Roman sah ihn streng an. „Glaub mir, alter Freund. Es gibt Dinge, die das Risiko wert sind."

In ihrem Büro in Brooklyn las Katya die lange Mail von Galina ein zweites Mal. Galina hatte sich am Samstagabend nach Paris teleportiert und von dort am Sonntag in die Ukraine. Sie war mit zwei ihrer Lover unterwegs, den Vampiren Burien und Miroslav. Mittlerweile kontrollierten die drei die Bewohner eines Dorfes in der Nähe von Galinas Landhaus. Die Menschen dienten ihnen nicht nur als Nahrungsquelle, die Männer renovierten außerdem Galinas Villa und richteten die Gefängniszelle für den Vampirjäger und Angus MacKay ein.

Katya ballte die Fäuste. Es würde nicht mehr lange dauern, und Angus MacKay musste leiden.

Ein Klopfen an der Tür schreckte sie auf. Alek kam herein, in der Hand eine braune Papiertüte. „Phineas hat das gerade abgeliefert." Er stellte die Tüte auf Katyas Schreibtisch. „Das Material, das du bestellt hast."

Katya schaute in die Tüte. Ausgezeichnet. Nachtschatten.

Daraus würde sie zwei Dutzend Portionen für ihre Giftpfeile herstellen können. „Vielen Dank, Alek. Wie läuft die Suche nach den Vampirjägern?"

Alek machte eine hilflose Geste. „Heute Nacht waren sie nicht unterwegs. Ich weiß nicht, wie wir sie fangen sollen, wenn sie nicht mehr auf die Jagd gehen."

„Dann müssen wir sie eben dazu bringen, wieder auf die Jagd zu gehen. Wir müssen sie so wütend machen, dass ihnen keine Wahl bleibt."

Alek betrachtete sie ausdruckslos.

„Ganz einfach, mein Lieber", sagte Katya und tätschelte seine Wange. „Du musst nur ein paar Sterbliche töten."

10. KAPITEL

Am Montagabend schleppte Emma sich zur Arbeit. Nach ihrer Verabredung mit Angus hatte sie schlecht geschlafen. Jedes Mal, wenn sie gerade eingeschlafen war, sah sie im Traum ihre Kussszene vor sich. Dann wachte sie wieder auf, unwillig, darüber nachzudenken.

Außerdem gingen ihr die guten Vampire und ihre Gegner, die Malcontents, nicht aus dem Kopf. Laut Shanna Whelan gab es zwei Sorten von Vampiren. Aber bisher hatte Emma das als das Geschwätz einer Frau abgetan, die einer Gehirnwäsche unterzogen worden war. Natürlich musste sie so etwas sagen, sie war ja mit einem Vampir verheiratet.

Emma wusste außerdem, dass sich Austin während der Dreharbeiten zu der Reality Show mit einer Vampirfrau angefreundet hatte. Wahrscheinlich hatte er denselben Lernprozess durchgemacht wie sie selbst gerade. Und Angus hatte man garantiert keine Gehirnwäsche verpasst. Seine übersinnlichen Kräfte waren die stärksten, die jemals bei einem CIA-Agenten gemessen worden waren.

Allerdings wusste sie nicht genau, was mit Austin passiert war. Es musste einen Streit gegeben haben zwischen ihm und Sean, infolgedessen Austin gekündigt und Sean ihn auf die schwarze Liste gesetzt hatte. Er würde nie mehr einen Job bei der Regierung bekommen. Seit dem Vorfall war Sean ihnen allen gegenüber äußerst misstrauisch und benahm sich noch paranoider als vorher.

Als Emma nun für ihr allabendliches Meeting um neunzehn Uhr das Konferenzzimmer betrat, saßen ihre beiden Kollegen schon am Tisch.

Alyssa sah sie besorgt an. „Ist alles klar bei dir?"

Seufzend musste Emma feststellen, dass sie ihre Augenringe offensichtlich nicht gerade gut weggeschminkt hatte. Sie ließ sich in den Stuhl neben ihre Kollegin fallen. „Ich habe schlecht geschlafen."

„Zu viel Party, was?" Garrett schlürfte vernehmlich aus seiner Kaffeetasse, auf der die Aufschrift *Too hot to handle* prangte.

Dann fing der Schönling Garrett wieder einmal an, mit seinen neuesten Eroberungen zu prahlen. Emma glaubte ihm nicht die Hälfte seiner Geschichten, und außerdem hatte sie kein Interesse, ausgerechnet jetzt von irgendwelchen romantischen Begegnungen zu hören.

Welcher Mensch, der bei klarem Verstand war, würde einen Vampir küssen? Sie konnte froh sein, dass ihre Zunge noch heil war. Und dann hatte es ihr auch noch Spaß gemacht. Was für ein Kuss! Ihr Gesicht brannte allein bei der Erinnerung daran.

„Emma", flüsterte Alyssa ihr zu, „bist du sicher, dass du nicht krank wirst? Dein Gesicht ist knallrot."

„Danke, mir geht's … super." Emma setzte sich aufrecht hin. In diesem Moment kam ihr Boss herein und knallte die Tür hinter sich zu.

Sean Whelan, der Teamleader, sah noch wütender aus als sonst. Er marschierte geradewegs zum Kopfende des Konferenztisches und stellte seinen Laptop darauf. „Seit zehn Monaten haben diese üblen Kreaturen meine Tochter nun schon in ihrer Gewalt. Zehn Monate! Wahrscheinlich haben sie sie schon längst ausgesaugt und sie zu einer der ihren gemacht!"

Nicht, wenn sie sich von synthetischem Blut ernährten. Angus hatte ihr gestern Nacht erst erzählt, wie glücklich Shanna war – aber das würde Sean sowieso nicht glauben. Ihre beginnende Freundschaft mit Angus bereitete ihr gewisse Schwierigkeiten im Job. Genauso musste es Austin ergangen sein. Sie musste ihm dringend eine Mail schreiben und fragen, welche Erfahrungen er sonst noch so gemacht hatte.

„Garrett, Sie observieren weiter die Russen", ordnete Sean an. Dann wandte er sich an Alyssa. „Was macht Ihre Recherche zu Romatech?"

„Ich komme gut voran", antwortete Alyssa. „Ich habe anhand der Nummernschilder die Namen der Angestellten in Erfahrung bringen können. Natürlich ist es mir aufgrund ihrer Sicherheitsmaßnahmen nicht möglich, in die Firma hineinzugehen, aber letzte Woche gelang es mir, mich in ihren Hauptrechner zu hacken."

„Ausgezeichnet!", rief Sean erfreut. „Und konnten Sie etwas über Shanna erfahren? Ich muss wissen, ob sie noch lebt."

Alyssa schüttelte den Kopf. „In den Akten von Draganesti stehen keine persönlichen Informationen, also auch nichts über Ihre Tochter. Aber ich habe eine Liste der Städte gefunden, in die Fusion Cuisine für Vampire geliefert wird. Überall dort müssen Vampire leben. Das würde ich gerne überprüfen."

Emma runzelte die Stirn. Diese Vampire tranken Blut aus Flaschen. Sie gehörten also zu den Guten, und trotzdem würden sie in Sean Whelans Datenbank der zu eliminierenden Vampire landen.

Sean seufzte. „In Ordnung. Aber trotzdem muss sich jemand um Romatech kümmern. Meine Tochter wurde dort mehrmals gesehen. Vielleicht gelingt es uns, ihr in ihre neue Wohnung zu folgen." Sean sah Emma an. „Können Sie das übernehmen, solange Alyssa nicht in der Stadt ist?"

„Selbstverständlich." Obwohl sich Emma nicht so sicher war, ob sie Shanna überhaupt finden wollte. Was, wenn die Frau wirklich glücklich war? Wie funktionierte eine Ehe zwischen einem Menschen und einem Vampir?

„Diese elenden Blutsauger", murmelte Sean, als er in seinem Laptop eine Datei durchsuchte.

Einmal mehr fragte sich Emma, ob ihr Boss schon mal gebissen worden war. Wahrscheinlich war er irgendwann das Opfer eines Vampirangriffs geworden. Anders ließ sich sein Hass nicht erklären.

Ein paar Mal war sie kurz davor gewesen, ihn in ihre nächtlichen Aktivitäten einzuweihen. Sie konnte sicher auf sein Verständnis zählen. Aber er war regelrecht besessen davon, seine Tochter zu finden. Möglicherweise würde er ihr vorhalten, dass sie die Vampire einfach nur getötet hatte, ohne sie vorher nach Shanna Whelan zu befragen. Nur, dann hätte Emma sie schlecht überraschen – und damit töten – können.

Es spielte ohnehin keine Rolle mehr. Wahrscheinlich würde sie für eine Weile damit aufhören. Wenn Angus recht hatte und die Malcontents in Gruppen nach ihr suchten, war es besser, die Aktivitäten für eine Weile ruhen zu lassen.

„Da hab ich es." Sean drehte seinen Laptop um, um ihnen etwas zu zeigen. „Am Freitagabend habe ich Draganestis Haus beobachtet und jemand Neues entdeckt. Kennt jemand diesen Typen?"

Das Blut wich aus Emmas Gesicht, als sie das Überwachungsvideo betrachtete. Auf dem Bürgersteig näherte sich Angus MacKay. Es war die Nacht, in der sie ihm zum ersten Mal begegnet war, in der sie ihn noch für einen extrem gut aussehenden und geheimnisvollen Menschen gehalten hatte. Schade, dass er keiner war.

„Schon wieder so ein Schotte im Röckchen", stellte Alyssa fest. „Von denen leben doch schon ein paar in Draganestis Haus."

„Leben würde ich dazu nicht sagen, aber: ja, das stimmt." Sean deutete auf das Claymore, das Angus auf den Rücken geschnallt hatte. „Das ist aber ein anderer. Und, wie man sieht, schwer bewaffnet."

„Er sieht aus wie einer von den Schotten, die wir im Central Park gesehen haben", meinte Garrett. „In der Nacht, als die russischen Vampire sich dort aufhielten. Ich habe ein paar Typen mit Schottenrock gesehen, aber für mich sehen die alle gleich aus."

Emma schüttelte den Kopf. Wie konnte man sich bloß an Angus MacKay nicht erinnern? Sie sah in dem Video, wie er die Treppe zu Draganestis Haus hinaufstieg. Oben angekommen, sah er sich um – und dann war er weg.

„Aha", flüsterte Garrett. „Ganz eindeutig ein Vampir."

In der Tat. Und wenn sie schlau wäre, würde sie sich von ihm fernhalten. Die Versuchung war einfach zu groß.

„Wallace, was sagen Sie?"

Emma erschrak, als ihr klar wurde, dass Sean seinen Blick auf sie geheftet hatte. „Wie bitte?"

„Sie schauen doch jeden Abend die Vampirnachrichten", sagte Sean. „Haben Sie diesen Schotten schon einmal gesehen?"

Sie ließ sich nichts anmerken. „In den Nachrichten habe ich ihn noch nie gesehen." Das stimmte sogar.

Sean verschränkte die Arme. „Das heißt, Sie haben ihn schon einmal woanders gesehen?"

„Nein." Verdammt, sie wurde rot. Was war denn das? Log sie jetzt schon, um Angus zu beschützen? Nein, sie beschützte nur sich selbst und ihre heimlichen Vampirjägeraktivitäten. Sie konnte nichts von Angus erzählen, ohne ihre nächtlichen Ausflüge in den Central Park preiszugeben.

Sean klappte den Laptop zu. „Ich verliere langsam die Geduld mit diesem Team. Wir müssen endlich handeln!" Er ging zur Tür. „Machen Sie sich jetzt an die Arbeit. Ich werde Sie über die weiteren Schritte informieren."

Innerhalb von zehn Minuten waren alle an ihrem Arbeitsplatz. Alyssa hackte sich mit ihrem Computer bei Romatech ein, und Emma schaltete in ihrem Büro den Fernseher an, mit dem sie Digital Vampire Network empfing.

Um acht Uhr begannen die Abendnachrichten. Stone

Cauffyn verlas mit monotoner Stimme die Neuigkeiten vom Tage. Emma sah die Nachrichten jeden Abend und verglich sie mit den Polizeiberichten, um zu sehen, welche Fälle auf kriminelle Vampiraktivitäten schließen ließen.

Sie versuchte, sich auf die Polizeiberichte zu konzentrieren, aber die Wörter verschwammen vor ihren müden Augen. Was machte Angus wohl heute Nacht? Sie hatte schon mehrfach ihre Mails gecheckt, aber eine Nachricht von ihm war nicht dabei gewesen. Vielleicht zweifelte auch er? Vielleicht war er, so wie sie, zu der Einsicht gelangt, dass eine Beziehung zwischen ihnen zum Scheitern verurteilt war? Allein der Gedanke daran schmerzte.

Sie stellte den Ton des Fernsehers lauter. Im Moment lief gerade Werbung, für irgendeine Trainings-DVD mit dem berühmten Pariser Model Simone. Emma hielt das für Unsinn, aber dann horchte sie doch auf – als davor gewarnt wurde, dass der Lebensstil der nicht-beißenden Vampire zu Zahnfleischschwäche und schlimmstenfalls sogar zu Zahnverlust führen könne. Daher sei Training unbedingt nötig.

Die nicht-beißenden Vampire? Offensichtlich hatte ihr Angus die Wahrheit gesagt – und es gab Vampire, die sich nicht mehr von Menschenblut ernährten. Warum würde DVN, der Sender für Untote, so etwas behaupten, wenn es nicht stimmte? Emma war höchstwahrscheinlich die einzige Sterbliche, die den Sender sah, und damit rechnete in Vampirkreisen garantiert niemand. Es stimmte also tatsächlich.

Es gab zwei Fraktionen – die guten Vampire und die Malcontents. Warum sollte Angus etwas dagegen haben, dass sie Malcontents umbrachte? War er wirklich um ihre Sicherheit besorgt? Die guten Vampire kümmerten sich bereits darum, hatte er gesagt. Tötete er Malcontents? Und warum durfte sie ihm dann nicht dabei helfen? Sie wären ein gutes Team.

Was für ein Unsinn! Sie war doch schon in einem Team.

Emma schloss die schmerzenden Augen. Das war alles so verwirrend. Sie wusste nicht mehr, auf wessen Seite sie stehen sollte.

Sie versuchte, sich wieder auf die Polizeiberichte zu konzentrieren. Auf der zweiten Seite entdeckte sie eine Nachricht, die sie völlig aus der Fassung brachte: Am Morgen war im Central Park eine Leiche entdeckt worden. Eine Frau mit durchgeschnittener Kehle.

„Verdammt!" Emma sprang auf.

„Was ist denn?", fragte Alyssa.

„Gar nichts. Ich hab nur meinen Kaffee verschüttet." Emma ging schnell in die Küche, um mit ihrer Wut allein zu sein. Schon wieder ein Mord durch die Vampire! Das konnte sie nicht einfach ignorieren. Entweder würde Angus MacKay ihr helfen, oder sie würde die Sache alleine durchziehen. Es durften nicht noch mehr Unschuldige ihr Leben lassen.

Rasch ging sie zurück zu ihrem Schreibtisch, um Angus eine E-Mail zu schicken. Doch dann fesselten die Fernsehbilder ihre Aufmerksamkeit. Mittlerweile lief Corky Courrants Klatschmagazin: *Leben mit den Untoten*. Die eine Hälfte des Bildschirms zeigte ein Foto von Roman Draganesti.

Emma drehte den Ton lauter.

„Wir melden es zuerst!", erklang Corkys schrille Stimme. „Die wunderbarsten Neuigkeiten überhaupt! Roman Draganesti ist der erste Vampir in der Geschichte, der Vater wird!"

Emma konnte es nicht glauben.

„Was ist?" Alyssa kam angerannt.

„Ja!", lachte Corky vom Bildschirm. „Kaum zu glauben, aber wahr. Dieses exklusive Video liegt uns seit gestern Abend vor. Roman und seine menschliche Ehefrau gehen jeden Sonntagabend in die Kirche, und auf dem Weg dorthin hat sie unser Kameramann erwischt!"

Geistesgegenwärtig drückte Emma die Starttaste des im Fernseher integrierten Aufnahmegeräts. Wenn es Neuigkeiten über Shanna gab, musste ihr Boss sie sehen.

Auf dem Bildschirm erschienen nun Videobilder, erst verzerrt, dann kam ein Gebäude ins Bild. Emma erkannte es als das Firmengebäude von Romatech Industries. Offensichtlich war die Kamera ziemlich weit weg, doch sie zoomte den Haupteingang heran, als ein schwarzer Wagen vorfuhr. Ein sehr jung aussehender Schotte im Kilt öffnete die Fahrertür und stieg aus. Dann öffnete er die Tür zum Fond, und Roman Draganesti stieg aus, begleitet von Shanna Whelan. Shanna Whelan war unübersehbar hochschwanger.

Emmas Herz tat einen Sprung. Wie war das möglich? Ein Vampir konnte keine Frau schwängern.

„Mein Gott", flüsterte Alyssa.

Das Video endete, und ins Bild kam wieder Corky. Sie grinste. „Ich weiß, was ihr jetzt denkt! Draganesti kann nicht der Vater sein. Aber wie wir wissen, ist er ein genialer Wissenschaftler, der Erfinder des synthetischen Bluts und der Fusion Cuisine für Vampire. Deshalb bin ich persönlich fest davon überzeugt …" Sie winkte die Kamera heran und flüsterte dann verschwörerisch: „… dass er der Vater ist!"

Das durfte doch nicht wahr sein. Was dachte sich Shanna bloß dabei? Ihr Kind war halb Mensch, halb Vampir!

Mit zitternden Fingern stoppte Emma die Aufnahme.

„Mein Gott." Alyssa wirkte etwas kopflos. „Sean wird durchdrehen."

„Wir müssen es ihm sagen."

Alyssa schüttelte den Kopf. „Du brauchst mich gar nicht so anzusehen. Ich habe seine Erlaubnis, die Stadt zu verlassen. Ich bin raus aus der Sache." Rasch ging sie hinüber zu ihrem Schreibtisch und begann, einige Papiere zusammenzusuchen. „Er wird total ausrasten."

Davon war leider auszugehen. Wie sollte Emma es ihm denn bloß sagen?

Man sollte nichts und niemandem glauben. Das hatte Sean Whelan auf die harte Tour gelernt. Und wenn man Vampire mit ihrer Fähigkeit, die Gedankenwelt anderer zu manipulieren, mit einrechnete, konnte alles und jeder ein Feind sein. Jeder.

Nach dem Verrat seiner Tochter an ihm hatte Sean gehofft, sie in Roman Draganestis Stadthaus auf der Upper East Side aufspüren zu können. In den ersten Wochen nach ihrem Verschwinden hatte er ein Überwachungsfahrzeug vor das Haus gestellt, aber die verdammten Vampire hatten Lunte gerochen. Sie schlitzten ihm die Reifen auf und entnahmen das komplette Equipment aus dem Wagen. Daraufhin wechselte er zwischen verschiedenen Fahrzeugtypen, aber weil es so wenige Parkplätze gab, gelang es ihm nicht immer, nahe genug am Gebäude zu parken.

Also hatte er sich vor etwa acht Monaten dazu entschlossen, ein Zimmer auf der gegenüberliegenden Straßenseite anzumieten. Es kostete ein Vermögen, aber die Heimatschutzbehörde übernahm die Rechnung – er konnte glaubhaft die Überwachung einer terroristischen Zelle nachweisen.

Jetzt betrat er die kleine Einzimmerwohnung und schaffte mit einer einzigen Handbewegung auf dem kleinen Tisch Platz für seinen Laptop. Leere Fast-Food-Packungen fielen zu Boden, und Sean sagte sich zum hundertsten Mal, dass er dringend den Müll wegbringen müsste. Später.

Fürs Erste interessierte ihn nur, was die Videokamera in der letzten Nacht aufgezeichnet hatte. Er hatte sie auf einem Stativ am Fenster installiert, die Linse sorgfältig zwischen zwei Lamellen der Jalousie verborgen. Er spähte aus dem Fenster. So früh am Abend war meistens alles ruhig bei Draganesti. Auch heute Abend schien es so zu sein.

Er nahm die Speicherkarte aus der Kamera und lud sich das Video auf seinen Laptop. Dann steckte er eine neue Karte in die Kamera und schaltete auf Aufnahme. Er setzte sich auf den wackeligen Stuhl und sichtete das Video von Sonntagabend. Langweilig. Er drückte auf schnellen Vorlauf und goss sich aus der Thermoskanne, die er mitgebracht hatte, einen Kaffee ein. Alles langweilig. Das brachte ihn nicht weiter. Shanna war vielleicht schon längst tot.

Da klingelte sein Handy. „Hier Whelan."

„Garrett am Apparat. Wir haben hier in Brooklyn ... ein Problem, Sir."

Seufzend erhob sich Sean und sah aus dem Fenster. Immer noch nichts zu sehen. „Worum geht es?"

„Unsere Wanzen im russischen Zirkel wurden offensichtlich entdeckt und zerstört."

„Verdammt." Sean begann, in dem kleinen Zimmer auf und ab zu gehen. „Was ist mit dem Wagen? Ist unsere Überwachungsausrüstung noch da?"

„Ich sitze im Wagen. Hier ist alles in Ordnung, aber aus dem Haus der Russen bekomme ich nur Rauschen."

„Dann müssen Sie noch mal rein und neue Wanzen anbringen."

„Das ist etwas schwierig, wenn sich den ganzen Tag irgendwelche Mafia-Typen hier herumtreiben."

„Ist das mein Problem?", schnauzte Sean ihn an. „Wann haben sie die Wanzen entdeckt? Haben Sie noch Aufnahmen vom Wochenende?"

„Ja, ich habe sie schon abgehört. Die Wanzen wurden wohl am Samstagabend entdeckt, nachdem Katya Besuch bekommen hat. Irgendein Typ aus Polen."

„Haben Sie seinen Namen?"

„Ja. Er hat sich vorgestellt als ein Freund eines Mannes namens Casimir, der nicht sehr erfreut darüber zu sein scheint, dass Katya Ivan Petrovsky aus dem Weg geschafft hat. Er sagte ihr, sie solle unbedingt den Vampirjäger auftreiben ansonsten wäre es aus mit ihr."

Sean ging zurück zu seinem Stuhl. „Vampirjäger? Welcher Vampirjäger?"

„Keine Ahnung. Es hat den Anschein, als hätte irgendein Vampir einige von den russischen Vampiren getötet."

„Sehr gut."

„Ja." Garrett lachte. „Schön wär's, wenn sie sich alle gegenseitig abschlachten würden. Es sieht jedenfalls ganz danach aus, dass dieser Janow Katya kaltstellen wird, wenn sie besagten Vampirjäger nicht kriegt."

„Wie war das? Was haben Sie gesagt?" Sean bekam vor lauter Aufregung den Namen nicht heraus. „Wer ... Wie soll der Typ heißen?"

„Jedrek Janow. Irgend so ein Pole."

Das Telefon fiel aus seiner Hand und landete auf dem Fußboden. Sean musste sich setzen. Der kalte Schweiß stand ihm auf der Stirn und sein Magen verkrampfte sich. Der Mistkerl war zurück. Er hatte Rache geschworen, nachdem Sean in Russland einen Vampir getötet hatte. Einen Angriff gab es aber noch nicht. Nein, dafür war er zu grausam und gerissen.

Die Schmerzen in seinem Magen wurden allmählich unerträglich. Er hielt sich die Hände vors Gesicht, wie um die Erinnerung zu vertreiben. Arme Darlene. Er konnte es sich einfach nicht verzeihen. So viele Jahre hatte er die Gedanken seiner Frau kontrolliert – natürlich nur, um ihr zu helfen. Um ihr zu helfen, sich an das Leben in Russland zu gewöhnen, glücklich zu sein. Es war nur zu ihrem eigenen Besten gewesen. Aber ihr Gehirn war dadurch sehr leicht manipulierbar und kontrollierbar geworden.

Jedrek Janow hatte diese Schwäche ausgenutzt, sie zu sich gerufen und sie folgte ihm wie ein Roboter. Dann schickte Jedrek sie zu ihm zurück, nackt und so blutleer, dass sie kaum noch am Leben war. Glücklicherweise erholte sie sich und erinnerte sich an nichts, was in dieser schrecklichen Nacht mit ihr geschehen war.

Aber Sean erinnerte sich. Jeden Tag aufs Neue.

Irgendwann hörte er Garretts Stimme durchs Telefon. Mit zitternder Hand hob er sein Handy auf und sagte: „Ja?"

„Sean, ist alles in Ordnung?"

„Ich ... Nein." Sean blickte auf das Video, das immer noch im schnellen Vorlauf lief. Er sah, wie eine viertürige schwarze Limousine vor Draganestis Haus vorfuhr. „Moment." Er schaltete auf normale Geschwindigkeit.

Zwei Männer in Kilts stiegen vorne aus dem Wagen aus. Sie sahen sich um, dann öffneten sie die hinteren Wagentüren. Auf der Straßenseite stieg Roman Draganesti aus.

„Mistkerl", schnaubte Sean.

„Wer? Ich?" Das hatte Garrett nicht verdient. „Hey, das mit den Wanzen tut mir leid, aber ..."

„Ruhe!" Sean beugte sich vor, als er eine zweite Person aus dem Wagen aussteigen sah. Einer der beiden Schotten half ihr dabei. Ein Kopf mit hellen Haaren tauchte auf.

Shanna! Sean hielt den Atem an. „Sie ... Sie war hier! Am Sonntagabend!"

„Wer? Shanna?", fragte Garrett.

Sean beobachtete ungläubig, wie seine Tochter aus dem Wagen stieg. Er blinzelte. Das konnte doch nicht wahr sein! Sie ging die Treppe zum Haus hoch. Schnell spulte er das Band zurück. Es musste sich um einen Irrtum handeln. Vielleicht hatte sie in ihrer Gefangenschaft einfach zugenommen. Er spielte die Szene noch einmal ab und stoppte das Band da, wo seine Tochter ins Bild kam. Seine hochschwangere Tochter.

„Dieser Scheißkerl!" Jetzt reichte es endgültig. Draganesti war zu weit gegangen.

„Sean, was ist denn?"

„Kommen Sie sofort hierher!" Sean sprang auf. „Nein, fahren Sie zuerst ins Büro. Bewaffnen Sie sich. Ich will Waffen, Silberkugeln, Handschellen und einen Rammbock."

„Im Ernst?"

„Ja, und bringen Sie Ihre Kolleginnen mit. In dreißig Minuten sind Sie alle hier." Sean ging hinüber zum Fenster und spähte durch die Jalousien hinüber zu Draganestis Haus. „Dann erfolgt sofortiger Zugriff."

11. KAPITEL

„Ich halte das für keine gute Idee", murmelte Emma. Sie hockte hinter einem alten zerdellten Chevy mit nicht passender Beifahrertür.

„Seien Sie doch kein Weichei!" Sean checkte zum wiederholten Mal seine Pistole, dann steckte er sie sich hinten in den Gürtel. Er spähte über den rostigen Kofferraum des Chevys. „Die Luft ist rein. Es kann losgehen, Garrett!"

Garrett rannte über die Straße, den Rammbock unter den Arm geklemmt, und blieb neben dem viertürigen Lexus stehen, der vor Draganestis Haus geparkt war.

„Jetzt werden die Mistkerle für alles bezahlen, was sie meiner Tochter angetan haben!"

Emma stöhnte innerlich. Das war so ein typischer Fall von: gute Nachricht gleich schlechte Nachricht. Die gute Nachricht war, dass sie Sean nicht über die Schwangerschaft seiner Tochter hatte informieren müssen, weil er es schon selbst herausgefunden hatte. Die schlechte Nachricht war, dass Sean mitten in der Nacht in Draganestis Haus eindringen wollte.

Ob sie ihren Boss wohl dazu bewegen könnte, das Haus erst am Tag zu überfallen, wenn die Vampire außer Gefecht gesetzt waren? Was, wenn Angus dort war und Sean ihn pfählte?

„Haben Sie denn einen Beweis dafür, dass Ihre Tochter sich noch im Haus befindet?" Emma zuckte zusammen, als Garrett die Treppe zu Draganestis Haustür hinaufschlich. Jeder Vampir konnte mit seinem feinen Gehör Garretts Stolpern und Fluchen hören.

„Das ist mir egal", knurrte Sean. „Diese elenden Schotten werden schon wissen, wo sie ist."

Emma seufzte. Was, wenn Angus da war? Wenn er sie begrüßte? Sie beobachtete Garrett. Er stand jetzt vor der Tür. „Sie werden ihn sehen. Sie haben eine Kamera installiert."

„Hören Sie auf zu jammern. Es ist schon schlimm genug, dass Alyssa bereits die Stadt verlassen hat und ich nur auf Sie und Garrett zurückgreifen kann." Sean bedeutete ihr, ihm zu folgen, dann rannte auch er über die Straße. Hinter einem hellbraunen SUV, der vor dem schwarzen Lexus geparkt war, blieb er stehen.

Emma erreichte ihn. „Wahrscheinlich sind sie in der Überzahl."

Sean drehte sich zu ihr um. „Ich stelle einen gewissen Mangel an Begeisterung bei Ihnen fest."

„Nein, alles okay. Ich bin bereit." Sollte sie ihm schnell noch ihre Bekanntschaft mit Angus verraten?

„Haben Sie das Silberzeug?"

„Ja. Handschellen und Ketten sind in meinem Rucksack." Nur zwei Paar Handschellen, da Angus das dritte Paar zerstört hatte. Aber Emma bezweifelte ohnehin, dass die Aktion gelingen würde. So käme das Silber gar nicht zum Einsatz.

Sean griff nach seinem Revolver. „Ich freue mich schon darauf, die Typen zu durchlöchern."

Ein lauter Knall ertönte, als Garrett den Rammbock gegen die Eingangstür sausen ließ.

Emma hielt die Luft an. Plötzlich tauchte hinter Garrett ein Schatten auf. Ein sehr jung aussehender Vampir in einem rot-blau karierten Kilt. Er schlug Garrett mit dem Knauf seines Schwertes nieder. Ihr Teamkamerad brach auf dem Treppenabsatz zusammen. Der Rammbock fiel zu Boden.

„Verdammt!" Sean rannte los. Emma folgte ihm, blieb aber stehen, als sie sah, wie das stumpfe Ende eines Claymores auch auf Seans Kopf niedersauste. Ein zweiter Schotte hatte sich auf der anderen Seite des SUV versteckt und auf sie gewartet. Sean fiel ohnmächtig auf den Bürgersteig, und der Schotte drehte blitzschnell sein Schwert um und zielte mit der scharfen Spitze auf sie.

Emma wich zurück. In diesem Moment wurde sie von hinten am Arm gepackt und stieß gegen einen harten Körper.

„Hey!" Ihr Kopf knallte gegen eine männliche Schulter. Dann flüsterte ihr eine leise Stimme ins Ohr: „Sollen wir dich auch bewusstlos schlagen, Emma?"

„Angus." Seine Stimme kitzelte ihre Nackenhaare, sie bekam eine Gänsehaut. Sie wusste nicht, ob sie sich an ihn pressen oder ihm einen Schlag mit dem Ellbogen versetzen sollte.

„Ach, Emma." Sein Kinn lag an ihrer Schläfe. „Was hast du hier zu suchen?"

„Was werdet ihr mit ihnen machen?" Emma sah zu, wie der jungenhaft aussehende Vampir Garretts Handgelenke und Knöchel mit Klebeband fesselte. „Bitte tut ihnen nichts."

„Verdammt", knurrte Angus. Er packte Emma an der Schulter und drehte sie zu sich um. „Wie oft muss ich dir noch sagen, dass wir euch nichts tun?"

In seinen Augen las sie Enttäuschung. „Immerhin habt ihr sie niedergeschlagen."

„Das nennt man Selbstschutz", murmelte der Schotte, der gerade Sean fesselte. „Warum haben Sie uns angegriffen?"

„Sean hat von der Schwangerschaft seiner Tochter erfahren. Er hat sich ganz fürchterlich aufgeregt."

Der Schotte richtete sich auf und wartete auf Befehle von Angus.

„Ruf Shanna an. Und frag sie, ob sie mit ihrem Vater sprechen möchte."

Der Schotte nickte. Er entfernte sich und holte ein Handy aus seinem Sporran.

„Wer ist das?", fragte Emma flüsternd.

„Connor Buchanan." Angus zeigte in Richtung Garrett. „Der andere heißt Ian MacPhie. Sie wissen, wer du bist."

Angus griff hinter ihren Rücken und nahm ihr die Waffe ab. „Du solltest dich schämen, Emma." Er ließ ihre Waffe in seinen Sporran fallen. „Ich dachte, wir wären Freunde."

Ihre Haut rötete sich und sie schob verärgert die Erinnerung an den Kuss beiseite. „Wenn ich mit dem Stake-out-Team unterwegs bin, sind wir Feinde."

Sofort bereute sie ihre Worte. In seinen Augen konnte sie die Demütigung lesen. Er hielt immer noch ihren Arm fest, kurz oberhalb des Ellbogens. Sie musste schlucken. Was würde er jetzt mit ihr machen?

Connor kam zurück und steckte das Handy wieder in seinen Sporran. „Shanna möchte mit ihrem Vater reden. Sie kann in fünf Minuten bei Romatech sein. Dougal ist schon da."

„Teleportiere Whelan zu ihr, solange er noch bewusstlos ist", wies Angus ihn an. „Aber mach ihn nicht los und behalte ihn im Auge."

Connor nickte. „Auf jeden Fall. Geht klar." Er bückte sich und legte sich Seans leblosen Körper über die Schulter, als wäre er leicht wie eine Feder. Emma staunte. Ob weibliche Vampire auch so stark waren? Connor samt Sean Whelan verschwand.

„Woher weiß er, wohin er muss?"

„Connor teleportiert sich jede Nacht zu Romatech", erklärte Angus, während er sie auf den Bürgersteig schob. „Die Reise ist in seinem übersinnlichen Gedächtnis gespeichert."

Emma ließ zu, dass Angus sie zum Haus führte. Was blieb ihr auch anderes übrig? Wenn sie versuchen würde davonzulaufen, hätte er sie ohnehin in null Komma nichts eingeholt. Aber sie hatte weniger Angst vor ihm als davor, sich ihm hingeben zu wollen. „Und was habt ihr mit Garrett vor?"

Ian inspizierte gerade Garretts Brieftasche und zog seinen Führerschein heraus. „Ich könnte ihn einfach nach Hause bringen."

Angus nickte. „Warum nicht. Wenn ich mich recht entsinne, hat der Typ kaum übersinnliche Kräfte. Lösch einfach seine Erinnerung an uns aus."

„Wird gemacht." Ian packte Garrett und trug ihn zu der schwarzen Limousine.

„Warum wird seine Erinnerung gelöscht?", fragte Emma erschrocken, als Ian Garrett wie einen Sack Kartoffeln auf den Rücksitz des Lexus fallen ließ. „Sean wird ihn neu ausbilden müssen."

„Und das wird ihn eine Weile beschäftigen." Angus ließ sie los und stieg die Treppe zum Haus hinauf. „Wir haben im Moment wichtigere Probleme als die CIA."

„Zum Beispiel?" Sie drehte sich noch einmal nach dem Wagen um, der Garrett nach Hause brachte.

Der Rammbock lag auf den Treppenstufen, und Angus inspizierte ihn ausgiebig. „Ich schätze, den können wir gebrauchen, obwohl es mit Teleportation natürlich wesentlich einfacher ginge." Er drückte eine Zahlenkombination auf der Tastatur neben der Haustür und öffnete die Tür. Mit fragender Miene betrachtete er Emma.

Was sollte sie tun? Sie könnte einfach gehen und hoffen, Angus nie wieder zu begegnen. Das wäre sicher ... und schmerzhaft. Oder sie könnte mit ihm ins Haus gehen.

Traurig, beinahe resigniert, schaute er sie an. „Ich verstehe, wenn du gehen willst. Wahrscheinlich ist es sogar das Beste."

Wann hatte sie schon jemals getan, was am besten für sie war? Seit der Ermordung ihrer Eltern hatte sie immer wieder ihr Leben riskiert. Angus MacKay erschien ihr nicht bedrohlich. Bedroht war nur ihr Herz.

Sie betrat die erste Treppenstufe. Die zweite.

Sein trauriger Gesichtsausdruck wich einem verwunderten. Plötzlich kam es Emma so vor, als wäre sie mit Angus allein auf der Welt und eine geheimnisvolle Macht schweiße sie zusammen.

Ihr Pulsschlag rauschte in ihren Ohren. Was hatte sie vor?

Sie würde ihm nicht widerstehen können. Sie würde wieder in seine Armen sinken. Wollte sie das wirklich? An der Tür machte sie halt und betrachtete ihn misstrauisch.

„Wird das wieder eine Verabredung?" Angus konnte seine Verwunderung und Freude nicht verhehlen.

Trotzig das Kinn gereckt, folgte sie ihm ins Haus. „Ich komme nur mit, weil es hier sicher interessante Informationen für mich gibt." Als die Haustür hinter ihr zuschlug, erschrak sie. Ein Schloss nach dem anderen wurde sorgfältig verriegelt. „Ich behalte mir übrigens vor zu gehen, wann immer ich es wünsche."

„Selbstverständlich." Angus grinste sie an. „Möchtest du etwas essen oder trinken? Ich könnte jedenfalls einen Happen vertragen."

Kaum hatte Sean Whelan das Bewusstsein wiedererlangt, konzentrierte er sich auf absolute Selbstkontrolle. Keine Bewegung durfte verraten, dass er wieder wach war. Also ließ er die Augen geschlossen, den Kopf unten, die Muskulatur entspannt – aber alle Sinne waren wach. Offensichtlich hatte man ihn auf einen Stuhl gefesselt, einen Holzstuhl, wie die harte Lehne, die er im Rücken hatte, vermuten ließ. Das leise Surren einer Klimaanlage verriet ihm, dass er sich innerhalb eines Gebäudes befand. Da waren Schritte neben ihm, auf einem harten Fußboden. Schwere Schritte, wahrscheinlich einer dieser verdammten schottischen Vampire.

Sean wagte es nicht, übersinnlich aktiv zu werden und die Gedanken seines Entführers zu lesen. Der Vampir würde es sofort bemerken und erkennen, dass er wach war. Also lauschte Sean einfach auf die Schritte, bis er ein Gefühl für Rhythmus und Distanz entwickelt hatte. Er wartete, bis die Person am weitesten von ihm entfernt war und ihm vermutlich den Rücken zuwandte, dann versuchte er, seine Handfesseln zu zerreißen. Ohne Erfolg, sie saßen zu fest. Er beugte sich vor, als wolle sein ohnmächtiger Körper zu Boden gleiten, aber die Fesseln um seinen Oberkörper machten das unmöglich. Der schottische Mistkerl hatte ihn tatsächlich an dem Stuhl festgebunden!

Die Schritte kamen wieder näher und blieben links von ihm stehen. Sean spürte, wie ein teuflisches Augenpaar ihn betrachtete. Er versuchte, ruhig zu atmen, obwohl sein Herz raste. Wie wollten die Mistkerle ihn foltern? Hoffentlich hatten sie nicht vor, ihn zu verwandeln. Dann würde er sich vorher umbringen.

„Ich weiß, dass Sie wach sind."

Sean erschrak, als er die tiefe Stimme gleich neben seinem Ohr vernahm. Und seinem Hals.

„Ich höre Ihr Herz schlagen und ich kann riechen, wie das Blut durch Ihre Adern rast."

Sean drehte seinen Kopf in Richtung der Stimme und öffnete die Augen. „Fahren Sie doch zur Hölle!"

Der Schotte richtete sich auf und sah ihn mit zusammengekniffenen blauen Augen an. „Das werde ich aller Wahrscheinlichkeit sogar. Aber Sie werden schon lange vor mir dort sein."

In diesem Moment ging die Tür auf und Sean hielt den Atem an, als seine schwangere Tochter hereinkam. „Shanna!" Er zerrte an seinen Fesseln.

„Dad." Sie rannte zu ihm, wurde jedoch schnell wieder zurückgehalten.

„Nicht zu nah."

Sie sah ihn einen Moment böse an. „Warum nicht? Was kann er mir schon tun? Er ist doch gefesselt."

Der Schotte verschränkte die Arme. „Und er wird es auch bleiben."

Sean schaukelte nach vorn und versuchte aufzustehen.

„Siehst du, wie sie uns behandeln, Shanna?" Er rutschte mit dem Stuhl auf sie zu. „Was haben sie dir angetan? Ich schwöre dir, ich werde sie alle töten!"

Im Bruchteil einer Sekunde war der Schotte bei ihm. Zwei Hände wie Schraubstöcke packten ihn an den Schultern. Er konnte sich nicht mehr rühren.

„Versuch nicht, uns zu drohen, Sterblicher!" Der Schotte beugte sich zu ihm herunter. „Oder möchtest du, dass ich böse werde?"

Sean drehte den Kopf zur Seite und sah, wie der Vampir seine Fänge bleckte.

Erschrocken wich er zurück.

„Connor!", ermahnte Shanna ihn. „Benimm dich."

Er ließ seine Fänge verschwinden und sah Sean noch einmal warnend an, dann ließ er ihn los.

Shanna schüttelte den Kopf. „Also wirklich, Connor. Wie soll ich meinen Vater davon überzeugen, dass ihr nette Vampire seid, wenn du dich so aufführst?"

Einen Schritt zurücktretend, verschränkte Connor wieder die Arme vor seiner breiten Brust. „Ich bitte um Entschuldigung." Dabei warf er Sean einen Blick zu, der alles andere als entschuldigend war.

„Shanna", wandte sich Sean an seine Tochter. „Ich muss mit dir allein sprechen."

„Keine Chance", knurrte Connor.

„Glauben Sie, ich würde meinem eigenen Kind etwas antun?", schrie Sean. Dann sah er Shanna an. „Siehst du denn nicht, was sie mit dir machen? Sie lassen dich keine Minute allein. Du darfst keine einzige Entscheidung selbst treffen. Sie haben die Kontrolle über dich!"

„Es war meine Entscheidung, dich zu sehen." Shanna ging quer durch das Zimmer zu einem kleinen Tisch, der an der Wand stand. Sie zog sich einen Stuhl heran und setzte sich.

Sean betrachtete den riesigen Spiegel, der die gesamte Wand über dem Tisch einnahm. Er und Shanna waren darin zu sehen, der schottische Vampir nicht. „Werden wir beobachtet?"

Shanna sah in den Spiegel hinter sich. „Ja. Mein Mann und eine zweite Wache sind auf der anderen Seite der Scheibe."

Sean schaute nach links, um nachzusehen, ob der Schotte noch da war. Natürlich. Es machte ihn nervös, dass er im Spiegel nicht zu sehen war. „Das ist also ein Verhörzimmer."

Shanna lachte. „Nein. Wir sind hier bei Romatech. Das ist das Zimmer, das für Marktforschung benutzt wird." Sie deutete auf den Spiegel. „Das ist der Beobachtungsraum."

„Du wirst die ganze Zeit beobachtet? Du bist eine Gefangene!" War es nicht doch ein Fehler gewesen, Shanna zu verheimlichen, was die Vampire mit ihrer Mutter gemacht hatten? Wie oft hatte er sich das schon gefragt? Aber niemand sollte erfahren, wie Darlene für seine Fehler hatte büßen müssen. Und hätte Shanna ihrer Mutter nicht die Wahrheit erzählt?

„Dad, du musst mir glauben. Ich habe Roman geheiratet, weil ich es wollte. Ich liebe ihn und er liebt mich."

„Er ist ein Dämon! Sieh doch nur, was er dir angetan hat! Wie konnte er dich überhaupt schwängern? Hat er dich gezwungen, mit anderen Männern zu schlafen?"

„Was?" Mühsam stand Shanna auf.

Hinter Sean knurrte Connor bedrohlich.

Shanna ging auf ihren Vater zu, eine Hand schützend auf ihren Bauch gelegt. „Mein Mann ist der Vater meines Kindes. Wie kannst du es wagen, mich oder ihn zu beschuldigen …"

„Weil es unmöglich ist!", zischte Sean. „Er ist tot. Er kann keine Kinder zeugen. Meine Güte, Shanna! Er verarscht dich! Er hat die Kontrolle über deine Gedanken übernommen und dich zur Nutte gemacht!"

In diesem Moment ging mit einem Knall die Tür auf und

Roman Draganesti stürmte herein. In seinen dunklen Augen flackerte Wut. „Keiner redet so mit meiner Frau, nicht einmal ihr Vater!"

„Sie können nicht der Vater ihres Kindes sein", beharrte Sean.

Roman baute sich vor ihm auf und bleckte die Zähne. „Ihre Ignoranz gibt Ihnen nicht das Recht, Ihre Tochter zu beleidigen!"

Shanna berührte seinen Arm. „Ich komme schon klar."

Roman ließ von ihrem Vater ab. Sein Gesicht nahm sanfte Züge an, als er Shanna ansah. Sean hoffte inständig, dass der Vampir seine Tochter wenigstens nicht misshandelte.

Seine Tochter und der Untote sahen sich eine Weile an, dann senkte Roman den Kopf. „Ich werde weiter von draußen zusehen. Bitte sei vorsichtig. Du sollst dich nicht aufregen."

Shanna lächelte ihn an. „Mir geht's gut."

„Ich verlasse den Raum nur, damit Sie kapieren, dass Shanna hier das Sagen hat. Aber Sie können sich sicher sein: Ich würde alles für sie tun."

„Dann sterben Sie doch einfach", murmelte Sean.

Der Schotte gab ihm eine Kopfnuss.

„Connor." Shanna sah ihn missbilligend an.

„Entschuldigung", knurrte Connor. „Aber dieser Wichser raubt mir den letzten Nerv."

Roman kicherte und küsste Shanna auf die Stirn.

Mit Schrecken erinnerte Sean sich daran, wie seine Frau manipuliert und dann missbraucht worden war. Er starrte Roman wütend hinterher, als dieser den Raum verließ.

„Du solltest dich an ihn gewöhnen", sagte Shanna ganz ruhig. „Er wird sehr lange mein Mann sein."

Sean verkrampfte sich. „Er wird dich verwandeln?"

„Und riskieren, seine eigenes Kind zu töten? Sei doch nicht albern."

„Aber wie ...?"

„Wie kann es sein Kind sein?" Shanna streichelte ihren Bauch. „Roman ist ein genialer Wissenschaftler. Er hat menschliche Spermien mit seinem Erbgut versetzt ..."

„Was?" Sean zerrte an dem Klebeband an seinen Handgelenken. „Der Mistkerl führt Experimente an dir durch! Shanna, du musst von hier verschwinden!"

Er wurde von hinten an den Schultern gepackt, damit er stillhielt.

Shanna ging näher an ihren Vater heran. „Ich will dieses Kind. Ich habe einen wunderbaren, liebevollen, genialen Ehemann und wir bekommen ein Kind. Warum kannst du dich nicht für mich freuen?"

„Weil du ein Monster geheiratet hast! Und was du zur Welt bringen wirst, wird auch ..." Sean sprach nicht weiter. Ihm wurde gerade das Ausmaß dieser Katastrophe bewusst. Was würde es sein? Ein Mischwesen? Ein Monsterkind? „Mein Gott, Shanna. Was hast du getan?"

Sie sah ihn scharf an. „Ich werde ein Kind bekommen, das von seinen Eltern geliebt wird. Das ist mehr als das, was Roman als Kind erfahren hat. Und auch mehr, als ich erfahren habe."

„Ich wusste es. Du tust das nur, um es mir heimzuzahlen. Du warst schon immer rebellisch."

„Du meinst, ich war die, die du verstoßen hast, weil du mich nicht bändigen konntest." Shanna lief vor Wut rot an. „Glaub mir doch einmal im Leben. Wenn du schon nicht meine Gedanken kontrollieren konntest, wieso sollte das dann mein Mann schaffen?"

Sean blickte seine Tochter ungläubig an. Ihn überkam ein schreckliches Gefühl. „Du ... Du willst das alles? Freiwillig? Sie zwingen dich nicht?"

„Nein, tun sie nicht."

„Du begehst Verrat an der gesamten Menschheit!" Ein Zittern ging durch seinen Körper.

Shanna seufzte. Resigniert drehte sie sich um. „Es hat keinen Zweck."

„Er ist ein sturer Trottel." Der Schotte grub seine Finger tiefer in Seans Schultern.

„Nehmen Sie Ihre schmierigen Klauen von mir!"

Connor verstärkte seinen Griff, und Sean bemühte sich um eine versteinerte Miene; er durfte seinen Schmerz nicht zeigen, nicht vor diesen Kreaturen.

„Connor." Shanna gab ihm ein Zeichen, Sean loszulassen, und er gehorchte. „Dad, ich wollte heute Abend mit dir reden. Du solltest wissen, dass es mir gut geht."

Sean schnaubte verächtlich. Es ging ihr gut, obwohl sie demnächst ein Dämonenkind bekommen würde?

„Ich wollte dir auch sagen, worum es wirklich geht. Mein Mann und seine Freunde sind nicht die Monster, für die du sie hältst. Sie trinken synthetisch hergestelltes Blut."

Sean schnaubte noch einmal. „Willst du vielleicht behaupten, dein Mann hat dich noch nie gebissen?"

Sie zögerte.

„Aha!" Sean beugte sich vor. „Wie oft ernährt sich der Mistkerl von dir?"

„Nie", eröffnete Shanna ihm. „Roman hat das synthetische Blut entwickelt, damit er und die anderen Vampire eben keine Menschen mehr benötigen."

„Vampire töten die ganze Zeit irgendwo Menschen."

„Das sind Malcontents. Sie sind die Bösen und haben Spaß daran, Menschen zu jagen. Sie sind unsere Feinde."

„Alle Vampire sind böse."

„Nein!" Shanna stemmte die Hände in die Hüften. „Du musst damit aufhören, die guten Vampire zu jagen! Sie versuchen, uns Menschen zu beschützen."

„So ist es", bestätigte Connor. „Überlassen Sie die Malcontents uns."

Sean schüttelte den Kopf. „Vampire, die andere Vampire töten? Wer soll das denn glauben?"

„Warum nicht?" Shanna blickte ihren Vater durchdringend an. „Es gibt ja auch Menschen, die andere Menschen töten. Denk doch mal nach! Du weißt genau, dass Ivan Petrovsky von anderen Vampiren ermordet wurde. So etwas kommt also vor."

„Lassen Sie uns endlich in Ruhe." Connor ging um den Stuhl herum und baute sich vor Sean auf. „Die Malcontents sind dabei, eine Armee aufzustellen. Wenn wir sie nicht besiegen, wird die Menschheit schwer darunter zu leiden haben."

Sean schluckte. „Sie wollen mich verunsichern, mir Angst machen." Das war doch alles gelogen! Er konnte zwar nicht in die Gedankenwelt von Vampiren eindringen, aber es war ja auch noch ein anderer Sterblicher anwesend. Sean aktivierte seine übersinnlichen Kräfte und drang in die Gedanken seiner Tochter ein.

Sie taumelte.

Connor konnte sie gerade noch festhalten. „Alles in Ordnung?"

Shanna starrte ihren Vater erbost an und schob seine übersinnlichen Kräfte so vehement aus ihren Gedanken heraus, dass er mit seinem Stuhl fast umkippte. Verdammt. Sie war unglaublich stark.

„Bist du jetzt überzeugt?", fragte sie ruhig. „Keiner kann die Kontrolle über mich übernehmen."

„Verräterin", flüsterte ihr Vater.

Sie wandte sich ab. „Bring ihn weg, Connor."

„Ja. Tut mir leid, Shanna." Connor stellte sich wieder hinter Sean.

Als der Schotte ihn samt Stuhl nach oben riss, erschrak

Sean. „Was machen Sie da?"

„Wir machen jetzt eine kleine Reise."

Shanna sah ihren Vater traurig an. „Übrigens, dein Enkel kommt am Freitag zur Welt."

„Er ist nicht mein Enk..." Seans Stimme brach ab, als alles um ihn herum schwarz wurde.

12. KAPITEL

Angus wusste, er musste etwas Beruhigendes zu Emma sagen. Sie war hier in Sicherheit, das sollte sie wissen. Aber er tat es nicht. Irgendwie konnte er nicht. Es wurmte ihn, dass sie bei Sean Whelans Angriffsversuch mitgemacht hatte. Sein Schmerz und seine Wut darüber gaben ihm nur zwei Möglichkeiten: Entweder er marterte sie auf der Stelle oder er musste sie küssen, bis sie den Verstand verlor.

Nein. Es war besser, auf Distanz zu bleiben. Er ging zur Küche. „Sicher, dass du nichts zu trinken willst? Wir haben Softdrinks und Saft da."

„Ach ja? Wieso?" Sie sah ihn weiter mit diesem wachsamen Blick an, als ob er ihr jederzeit an den Hals springen könnte. Zugegeben, sie hatte einen schönen Hals, heller Teint, weiche Haut, aber das war noch lange kein Grund, sie mit seinen Fängen durchbohren zu wollen. Ihn zu küssen dagegen ...

Er schüttelte den Kopf und versuchte, sich wieder auf die Unterhaltung zu konzentrieren. Ach ja, sie hatte sich über die Getränkeauswahl gewundert. „Die Sterblichen, die das Haus tagsüber bewachen, bekommen auch mal Durst."

„Ihr habt Menschen als Wachpersonal?"

„Ja, und sie sind sehr gut. Sehr vertrauenswürdig. Alles meine Angestellten." Angus blieb stehen, eine Hand auf der Schwingtür zur Küche. „Willst du was trinken?"

Sie zögerte. „Ein ... Wasser. Danke."

Sie ging auf Nummer sicher. Bei Wasser konnte sie schmecken, ob etwas beigemischt war. Verdammt. Hatte er so schnell ihr Vertrauen verloren? „Fühl dich wie zu Hause", murmelte er und konnte es sich nicht verkneifen hinzuzufügen: „Falls du versuchst abzuhauen, geht übrigens ein Alarm los."

Er ging in die Küche, um ihrem verängstigten Blick zu entgehen. Zum Teufel. Er war schon sauer genug. Warum machte er alles noch schlimmer, indem er sie provozierte?

Er nahm eine Flasche der Blutgruppe 0 aus dem Kühlschrank und stellte sie in die Mikrowelle. Vielleicht war ihr Misstrauen doch ganz gut. So konnte er die Distanz leichter wahren.

Er füllte ein Glas mit Wasser und nahm dann das Blut aus der Mikrowelle. Der Flur war leer. Aha, sie war in die Bibliothek gegangen. Dort wanderte sie umher und studierte die Buchrücken. Erst letzte Nacht hatte er selbst hier gestanden und Roman alles erzählt. Ihm erklärt, dass er aus der Distanz für Emmas Schutz sorgen würde.

Und jetzt war sie hier – allein mit ihm.

Er ging leise zu ihr hinüber. „Hier, dein Wasser."

Erschreckt fuhr Emma zusammen. „Ich ... Ich habe dich gar nicht reinkommen gehört."

Angus hielt ihr das Glas hin, das sie widerwillig entgegennahm. „Glaubst du etwa, ich will dich vergiften?"

„Was?"

„Du tust so, als ob du mir nicht mehr vertrauen könntest. Ich dachte, das hätten wir geklärt."

„Haben wir auch." Sie trank rasch einen Schluck Wasser.

„Und warum siehst du mich dann die ganze Zeit so argwöhnisch an?"

„Mache ich doch gar nicht. Ich bin mir nur nicht sicher, ob unsere ... Freundschaft eine gute Idee ist. Ich habe deswegen Schwierigkeiten an meinem Arbeitsplatz."

„Ach ja? Aber offensichtlich nicht so sehr, dass du die Teilnahme an Whelans Angriff abgelehnt hast."

Sie seufzte und ging hinaus auf den Flur. „Ich habe versucht, es ihm auszureden, aber der Mann ist beratungsresistent. Er würde mir nichts von dem glauben, was ich von dir erfahren habe. Und das bringt mich in eine missliche Lage. Heute Abend hat er mir ein Foto von dir gezeigt, aber ich habe so getan, als würde ich dich nicht kennen."

„Du hast meinetwegen gelogen?" Angus' Herz tat einen Sprung.

Sie sah ihn böse an. „Freu dich nicht zu früh. Die ganze Angelegenheit ist alles andere als angenehm für mich."

„Das tut mir leid." Angus lächelte. „Ich freue mich nur, dass ich dein Vertrauen nicht verloren habe."

Sie drehte das Glas in der Hand. „Ich habe heute von einem weiteren Mord im Central Park erfahren. Ich weiß, ich sollte nicht mehr auf die Jagd gehen, aber …"

„Genau."

Ihr Gesichtsausdruck wirkte gereizt. „Du hast mir gesagt, die Malcontents sind auch eure Feinde. Warum hilfst du mir dann nicht, sie umzubringen? Das wäre doch etwas zwischen Freunden."

Ach so, das war das Problem. Er sah sie aufmunternd an. „Wir sind Freunde." Dann deutete er Richtung Wohnzimmer. „Lass uns reden."

„In Ordnung." Sie betrat das Zimmer. „Hübsch." Sie ging nach rechts, zu den Sofas. „Ein großer Fernseher. Du schaust wohl viel DVN."

Angus blieb in der Tür stehen und trank einen Schluck aus seiner Flasche. „Nicht wirklich. Meistens arbeite ich nachts ja."

Sie stellte ihr Glas auf dem Couchtisch ab. „Hast du denn nie frei? So alle fünfzehn Jahre eine Woche?"

„Sehr lustig." Er ging zur gegenüberliegenden Couch. „Meine Angestellten haben ein paar Wochen Ferien im Jahr."

„Und du?" Sie nahm ihren Rucksack ab und stellte ihn aufs Sofa.

Er ignorierte ihre Frage, weil er sich wirklich nicht erinnern konnte, wann er zum letzten Mal Urlaub gemacht hatte. „Was ist in dem Rucksack?"

„Das übliche Partysortiment. Holzpflöcke, silberne Handschellen, Peitschen und Ketten." Emma stellte ihren Rucksack neben sich. „Du kannst stolz sein auf mich. Ich habe sogar Klebeband dabei."

„Du lernst schnell." Der Vampir nahm ihr gegenüber Platz. „Deinen Rucksack werde ich aber behalten müssen."

„Was? Willst du, dass ich meinen Job verliere?"

Angus stellte seine Flasche auf den Tisch. „Du kannst deinem Chef ja sagen, ich hätte ihn dir mit Gewalt abgenommen."

Mit einem wütenden Blick sprang sie auf. Angus erhob sich ebenfalls.

„Ich brauche mein Equipment, um auf die Jagd zu gehen. Und ich dachte, da wir Freunde sind, kommst du mit. Schließlich hast du behauptet, du sorgst dich um meine Sicherheit."

„Das tue ich auch, aber du kennst die ganze Geschichte noch nicht." Angus deutete auf die Couch. „Ich werde sie dir erzählen."

„Fein." Sie setzte sich wieder.

Auch Angus nahm wieder Platz. „Die Malcontens glauben, der Vampirjäger wäre jemand aus Romans Vampirzirkel. Sie sind der Auffassung, nur ein Vampir kann einen anderen Vampir töten."

„Die typische Vampirarroganz", murmelte Emma.

„Sie haben gesagt, sie erklären Romans Zirkel den Krieg, wenn noch ein Vampir getötet wird."

Sie runzelte die Stirn. „Ich soll also aufhören, damit Romans Zirkel verschont bleibt?"

„Nein. Damit kein Krieg ausbricht."

Sie sprang auf. „Du hast sie doch nicht mehr alle! Vampire willst du schützen, aber unschuldige Menschen sollen sterben?"

Auch Angus stand wieder auf. „So ist es nicht. Glaub mir, wenn ein Krieg ausbricht, sterben Menschen und Vampire. Es wird ein riesiges Blutvergießen geben. Das kannst du nicht wirklich wollen."

Mit geballten Fäusten schrie sie ihn an. „Also tun wir gar nichts? Du willst den Malcontents dabei zusehen, wie sie nach Belieben Menschen abschlachten, um einen blutigen Vampirkrieg zu verhindern?"

„Nein. Ich habe bereits einen Plan."

Sie verschränkte die Arme und sah ihn herausfordernd an.

„Emma, du musst mir vertrauen."

Schmollend setzte sie sich hin. „Dann ist es hoffentlich ein guter Plan."

Angus setzte sich nun auf die mittlere Couch. „Die Malcontents werden uns nur dann den Krieg erklären, wenn wir jemanden aus ihrem Zirkel töten. Wir können aber noch im Park auf Patrouille gehen und sie daran hindern, Menschen zu überfallen."

„Das heißt, wenn wir sie auf frischer Tat ertappen ... erteilen wir ihnen eine Verwarnung und lassen sie laufen?"

„Ich hatte eigentlich gedacht, wir könnten sie ein bisschen erschrecken."

Sie lächelte. „Nicht schlecht."

„Schön, dass du einverstanden bist." Er nahm einen großen Schluck aus seiner Flasche.

„Wie lange kämpfst du schon gegen die Malcontents?"

Die vielen Jahre konnte er kaum noch zusammenzählen. „Solange ich denken kann. Ihr Anführer, Casimir, ist derjenige, der Roman verwandelt hat. Er wollte Roman dazu zwingen, Böses zu tun, doch Roman floh und begann, Vampire wie mich zu verwandeln. Schließlich hatte er eine Armee aufgebaut und wir zogen gegen die Malcontents in die Schlacht."

Emma stand auf. „Ihr habt Krieg gegen sie geführt?"

Warum konnte sie nicht mal länger als zwei Minuten ruhig sitzen bleiben? „Ja. Das war der Große Vampirkrieg von 1710. Ich war General."

Sie staunte. „Aha. Dann hast du sicher ein paar Malcontents umgebracht?"

„Ja, das habe ich." Er legte seinen Sporran ab. Ihr Revolver, den er dort hineingesteckt hatte, drückte ungemütlich gegen seinen Schritt.

Neugierig starrte sie ihn an. „Warum bist du aufgestanden?"

War das zu fassen? „Weil du aufgestanden bist."

„Du machst mir alles nach?"

„Nein. Das ist nur ... so eine dumme Angewohnheit von mir. Ich habe mehrere Jahrhunderte mitgemacht, in denen es üblich war, dass ein Mann sich erhebt, wenn eine Lady aufsteht."

Sie lachte. „Du meinst, du bist ein richtig altmodischer Gentleman?"

Enttäuschung machte sich in ihm breit. „Hast du das etwa noch nicht bemerkt?"

„Ein Vampir-Gentleman." Emma musste grinsen. „Das ist ein Widerspruch in sich."

„Ich kann auch durchaus unhöflich sein", entgegnete Angus ihr.

„Das glaube ich gerne." Sie ging zur mittleren Couch und setzte sich.

Erleichtert setzte auch er sich wieder hin.

„Du hast also deine Firma 1927 gegründet? Du bist Angus der Dritte und Vierte und auch Alexander?"

„Ja. Angus Alexander MacKay. Zu Ihren Diensten."

„Ganz der Gentleman. Hatten Angus der Dritte oder Alexander jemals frei?"

„Nein, sie tun immer nur so."

„Wer von euch wurde geadelt?"

„Hab ich vergessen."

„Natürlich. Im Alter funktioniert das Gedächtnis nicht mehr so gut."

Er sah sie herausfordernd an. „Ich habe ein ausgezeichnetes Gedächtnis."

„Dann erinnerst du dich sicher, wofür man dir den Adelstitel verliehen hat?"

„Ja."

Emma wartete, warf ihm einen gereizten Blick zu und rutschte an ihn heran. „Warum sagst du es mir dann nicht?"

„Weil es der Geheimhaltung unterliegt."

„Ich kann Geheimnisse für mich behalten. Zum Beispiel habe ich niemandem von dir erzählt."

„Weil du deinen Job behalten willst."

Jetzt musste sie ihm einfach eine Grimasse schneiden. „Jetzt komm schon. Ich verrate es auch niemandem."

„Schwörst du es mit dem offiziellen Angus-Eid?"

„Was soll das denn sein?"

„Keine Ahnung. Hab ich gerade erfunden."

Sie lachte. „Ich schwöre es, wenn Gebissenwerden nichts mit diesem Eid zu tun hat."

„Kein Beißen." Sein Blick wanderte an ihrem Körper hinunter. Sie saß jetzt sehr dicht bei ihm. „Ich würde dir nie etwas tun."

Ihr Lächeln verschwand, und sie wich seinem Blick aus. „Ich will dir auch nicht wehtun."

Er musste kräftig schlucken. War ihre Freundschaft gut oder schlecht? Es machte ihm Spaß, sich mit ihr zu unterhalten, aber noch viel lieber hätte er sie in den Arm genommen. Mit ihr im selben Zimmer zu sein artete langsam in Folter aus.

Sie räusperte sich. „Also warum wurdest du zum Ritter geschlagen?"

„Ein paar Flieger von der Royal Air Force wurden über dem besetzten Frankreich abgeschossen. Die Deutschen behaupteten, sie wären alle tot, aber wir hatten den Verdacht, dass einige von ihnen überlebt hatten und von den Deutschen gefangen gehalten und gefoltert wurden."

Sie berührte seinen Arm. „Wie schrecklich."

„Mein Auftrag war es, mich aus einem Flugzeug ins Feindesterritorium zu teleportieren, um nach den Männern zu suchen. Dann sollte ich sie in Sicherheit bringen. Ich fand sie, tat wie mir befohlen und löschte anschließend ihre Erinnerung an die Ereignisse aus."

Vor lauter Hochachtung stand sie schon wieder auf. „Genial!"

Auch Angus erhob sich.

„Oh. Entschuldigung." Sie lachte und setzte sich schnell wieder hin. „Wie viele Leute in der britischen Regierung wissen über dich Bescheid?"

Er setzte sich neben sie. „Drei. Die Queen, der Chef des MI6 und der Premierminister. Sobald ihre Amtszeit abgelaufen ist, lösche ich ihre Erinnerung an mich."

„Interessant." Emma wollte anscheinend schon wieder aufstehen.

Angus war gerade dabei, es ihr gleichzutun, als er merkte, dass es falscher Alarm war. Sie hatte sich nur auf ihr Bein gesetzt. Er ließ sich wieder aufs Sofa sinken.

Ihre Mundwinkel zuckten. „Und welchen Gefallen hast du der Queen getan?"

„Einer ihrer Hunde ging mal im Hyde Park verloren, und ich habe ihn wiedergefunden."

„Mehr nicht?"

Er sah sie irritiert an. „Du weißt wohl nicht, was die Hunde ihr bedeuten."

Emma lächelte und griff nach ihrem Wasserglas. Nachdem sie einen Schluck getrunken hatte, entdeckte sie, dass das Glas auf dem Tisch einen Kranz hinterlassen hatte. „Entschuldigung." Sie wischte ihn weg.

Sie stand auf und sah sich um. „Habt ihr vielleicht Untersetzer?"

Angus stand auf. „Das ist schon okay."

„Was für ein Gentleman."

„Das ist nicht lustig. Ich kenne niemanden, der alle zwei Minuten aufspringt, nur um sich dann sofort wieder hinzusetzen. Bist du ein Flummi, oder was?"

Grinsend stellte sie ihr Glas ab. Ihre Augen funkelten vor Begeisterung. „Nicht mehr als du." Sie machte Anstalten, sich zu setzen und erhob sich sofort wieder.

Angus wiederholte automatisch ihre Bewegungen, während sie ihn lachend beobachtete. Zum Teufel, sie machte sich über ihn lustig!

Sie setzte sich wieder. „Sieh es als deine heutige Aerobic-Stunde an."

Er setzte sich. „War es das jetzt?"

„Nein!" Sie sprang auf.

„Es reicht." Er packte sie um die Taille und zog sie an sich. Lachend landete sie auf seinem Schoß.

Automatisch glitt seine Hand auf ihren Rücken.

Sofort erstarb ihr Lachen. „Tut mir leid. Ich hätte mich nicht über dich lustig machen sollen." Sie blickte ihn argwöhnisch an und versuchte, von seinem Schoß zu rutschen.

Doch Angus hielt sie fest. „Jetzt tust du es schon wieder."

„Was?"

„Du siehst mich so an, als wäre ich ein schreckliches Monster."

„Stimmt doch gar nicht! Ich mache ... gar nichts." Sie errötete, was ihren Wangen eine hübsche rosige Farbe verlieh.

Zur Hölle. Nichts machte Angus mehr an als eine Frau, die errötete, vor allem, wenn er der Grund dafür war. Er konnte riechen, wie das Blut in ihre Wangen strömte – der Duft machte ihn ganz verrückt. Sofort reagierte sein Unterleib. „Hast du Angst, ich könnte dich noch mal küssen? Und die Kontrolle verlieren?"

Ihre Röte vertiefte sich. „Nein." In ihren Augen spiegelte sich Angst.

Jetzt begriff er. Sie hatte Angst davor, dass sie die Kontrolle verlieren könnte.

Eindringlich musterte er Emma, doch sie wandte schnell den Blick ab. „Das sollten wir nicht tun."

„Nein, auf keinen Fall." Er zog sie an sich. Obwohl er wusste, dass es ein Fehler war. Das alles würde nichts bringen außer Herzschmerz und Verzweiflung. Aber er begehrte sie so. Er musste sie haben.

„Emma", flüsterte er noch, bevor er sie küsste.

13. KAPITEL

Ohne Zögern gab sich Emma ganz seinem Kuss hin. Nicht nur, weil Angus sie körperlich anzog, sondern will er sie emotional völlig überwältigte. Er war der ehrenhafte, sexy Held aus ihren Träumen und sie sehnte sich so sehr nach ihm, dass ihr das Herz wehtat.

Warum nur war er nicht wirklich lebendig? Er begann, sanft an ihrer Unterlippe zu knabbern, und das angenehme Kribbeln auf ihren Lippen setzte sich langsam nach unten fort, erreichte ihren Bauch. Und tiefere Regionen. Sie spürte seine Erektion an ihrer Hüfte. War ihr das nicht lebendig genug?

Warum nur konnte er kein Mensch sein? Jetzt küsste er sich an ihrer Wange zu ihrem Hals herunter und stöhnte leise dabei. Er legte eine Hand auf ihre Brust und massierte sie sanft. Sie keuchte. War ihr das etwa nicht menschlich genug? Okay, tagsüber war mit ihm nichts anzufangen, aber welche lustvollen Nächte standen ihr mit ihm bevor!

Aber es wird nicht halten. Verdammt! Hatte sie vor, die ganze Nacht mit sich selbst zu hadern? Warum ließ sie sich nicht einfach fallen und genoss es? Er würde sie nicht beißen, also wo war das Problem? *Du hast nur Angst, dass du dich verlieben könntest.*

Nein, ihn zu lieben war ausgeschlossen. Aber ihn zu begehren, das war leicht. Kaum berührte er ihre Brustwarze, wurde sie hart und reckte sich ihm entgegen.

„Was soll's", murmelte sie.

„Hmm?" Er unterbrach seine lustvollen Aktivitäten und sah sie an.

Seine Augen glühten. Doch diesmal machte es ihr keine Angst, sondern fachte ihre eigene Lust an.

Sie ließ ihre Finger über seinen Nacken nach oben gleiten und fuhr ihm durch die langen, weichen Haare. „Küss mich!"

Diesmal gab es nichts zu hadern. Sie drückte ihn an sich und küsste ihn begierig. Er ließ seine Zunge in ihren Mund gleiten, und ihre Zunge erwiderte seine Zärtlichkeiten.

Angus zog sie so eng an sich, dass ihre Brust an seiner ruhte. Seine Hände glitten unter ihr Top und über ihren Rücken. Die Berührung war sanft und fordernd zugleich. Sie erkundete mit ihrer Zunge seinen Mund und hatte plötzlich einen metallischen Geschmack auf der Zunge. Blut.

Sie machte sich los, schluckte und schmeckte noch einmal das Blut, das er aus der Flasche zu sich genommen hatte. Aber sie empfand keinen Ekel. Seltsam?

Während er an ihrem BH herumfingerte, fing sie einen leicht verzweifelten Blick auf. „Wo sind denn diese blöden Häkchen? Oder wurdest du in dem Ding geboren?"

Sie musste lachen. Und das war der Moment, als sie ihm endlich ihr Herz und all ihre Sehnsucht schenkte. Nein, dieser Mann war nicht schrecklich, er war wunderbar. Plötzlich hatte sie Tränen in den Augen.

„Er geht vorne auf." Sie legte eine Hand auf ihren Busen. „Hier, über meinem Herzen."

Forschend glitten seine Augen über ihr Gesicht. Das rote Glühen schwächte sich zu einem leichten Flimmern ab.

Diese farbgewaltigen Augen versprachen Wunder über Wunder. Schade nur, dass sie nicht an Wunder glaubte. Und nicht daran, dass sie beide eine gemeinsame Zukunft hätten. „Es wird niemals funktionieren."

Er nahm ihre Hand, die auf ihrem Herzen ruhte und küsste jeden Finger. „Ich habe gehört, in der Liebe ist alles möglich."

Sollte das eine Liebeserklärung sein? Oder wollte er sie einfach nur verführen? Ihr rollte eine Träne die Wange herunter. Im Augenblick hätte er leichtes Spiel mit ihr.

„Shh." Er wischte ihr mit dem Daumen die Träne ab und

küsste ihre feuchte Wange. „Ich werde dir nichts tun. Offizieller Angus-Eid."

Lächelnd streichelte sie sein Kinn. „Was auch immer das ist."

Er begann, ihre Bluse aufzuknöpfen. „Das werden wir noch herausfinden."

„Und wie wird man bestraft, wenn man den Eid bricht?"

Stöhnend schob er sie von seinem Schoß auf die Couch. „Dass du auf meiner Erektion gesessen hast, war Strafe genug."

Sanft bettete er sie auf ein weiches Kissen und legte sich daneben. „Ich kann dein Herz schlagen hören und dein Blut rauschen." Er legte ihre Handfläche auf seine Brust. „Spürst du auch mein Herz?"

„Ja." Sie fühlte, wie es raste, aber mit ihren Gedanken war sie längst bei einem anderen interessanten Körperteil. *Oh Angus, komm zur Sache!*

Endlich knöpfte Angus ihre Bluse auf und öffnete ihren BH. Ein Blick genügte, um ihre Nippel hart werden zu lassen. Seine Augen begannen wieder zu glühen. „Pink", flüsterte er und berührte sanft eine Brustwarze.

Eine Gänsehaut durchfuhr sie.

„Blau", flüsterte er und fuhr die Adern unter ihrer weißen Haut mit dem Finger nach. Er rutschte auf der Couch ein Stück nach unten, und sein Mund konnte sich nun intensiv ihren Brüsten widmen.

Emma wollte seine Erektion spüren, doch sein hartes Glied war außer Reichweite. Als er jedoch begann, ihre Brüste zu lecken, vergaß sie ihr Ansinnen für einen Moment. Stöhnend reckte sie ihm ihren Körper entgegen.

„Köstlich", flüsterte er und nahm eine Brustwarze in den Mund.

„Oh." Sie wuschelte seine Haare.

Während er an der einen Brustwarze saugte, knetete er

mit Daumen und Zeigefinger die andere. Sie öffnete das Lederband, mit dem er seine Haare nach hinten gebunden hatte. Sein langes kastanienbraunes Haar fiel auf ihre Brüste und streichelte sie angenehm.

Als er alles mit seinen Händen erkundete hatte, ließ er eine Hand über ihren Bauch gleiten. Ein wohliger Schauer jagte über ihre Haut. Kurz vor dem Reißverschluss ihrer Hose hielt er einen Moment inne.

Mit roten Augen und verwuscheltem Haar sah er sie an. „Darf ich dich befriedigen?"

Immer noch ganz der Gentleman. Emma lächelte. Dabei klang seine Stimme heiser und er sah aus wie ein wilder Barbar. Sie packte in seine Mähne und zog ihn dicht an sich. „Bring mich zum Schreien."

Das intensive Leuchten seiner Augen war Antwort genug. „Du wirst im Laufe dieser Nacht sehr oft schreien."

Schon da kam sie fast. Sie presste die Schenkel zusammen und genoss den wohligen Schmerz, den sie in ihrem Inneren verspürte. Stöhnend schloss sie die Augen.

„Süße, fang nicht ohne mich an." Schnell zog er ihr die Hose herunter.

Mit einem Kick stupste Emma ihre Schuhe und die Hose weg, während seine magischen Finger nicht aufhörten, an ihren Beinen nach oben zu gleiten.

„Ich kann dich riechen", flüsterte er und malte kleine Kreise auf ihre Schenkel. „Dein Geruch ist für mich wie das schönste Parfum." Er küsste ihre Schenkel.

Emmas Haut prickelte. Ihr Herz raste und sie spürte die Feuchte zwischen ihren Beinen.

Jetzt schob er seine Hand in ihr rotes Spitzenhöschen und streichelte ihre lockigen Haare. „Meine Hand wird dich zum ersten Mal zum Schreien bringen. Und dann wird mein Mund dich zu neuen Höhen führen."

Ihr Atem stockte.

Ein Finger glitt sanft in sie hinein.

Emma stöhnte und erschauderte.

„So frisch und nass wie der Morgentau." Er lächelte. „So bereit für die Liebe."

Als Antwort hob sie sich ihm entgegen.

„Geduld, Süße." Er zog ihr den Slip herunter.

„Geduld? Nicht alle von uns leben für immer." Sie kickte ihr Höschen weg und sah zu, wie es quer durch den Raum flog.

„Ich kann auch nicht rund um die Uhr. Sobald die Sonne ..." Er unterbrach sich und sah sie an.

„Stimmt was nicht?"

Er berührte die nackte Haut neben ihrer Schambehaarung. „So was ... habe ich noch nie gesehen."

„Oh. Ich habe mir die Bikinizone enthaaren lassen." War sie seine erste moderne Frau? Der Gedanke gefiel ihr. Sie wollte ihm zeigen, wie eine moderne Frau mit Sex umging – offensiv. Sie legte ihr Bein auf die Lehne des Sofas. Das andere hob sie über seinen Kopf und legte es ihm auf die Schulter.

Der Anblick, der sich ihm darbot, war überwältigend. Seine Kiefer verspannten sich. Plötzlich blickte er zur Decke.

Hatte sie ihn verstört? „Findest du, ich bin zu ..."

„Zu schön." Er schloss die Augen. „Ich will nicht jetzt schon die Kontrolle verlieren."

„Oh." Diese Herausforderung würde sie gerne annehmen. Sie wollte ihn an den Rand des Wahnsinns bringen. Oder besser nicht? Wer weiß, was ein Vampir tat, wenn er am Rand des Wahnsinns stand?

Er atmete tief durch und öffnete die Augen wieder. Das rote Glühen war einem sanften Glimmern gewichen. Er küsste das Bein, das auf seiner Schulter lag. „Ein Mann könnte sein ganzes Leben damit verbringen, jeden Teil und jede Kurve deines Körpers zu erforschen. Es wäre ein erfülltes Leben."

Wenn er so weitermachte, würde sie kommen, ohne dass er sie auch nur angefasst hatte.

Angus ließ seine Hand über ihre Schenkel und zwischen ihre Beine gleiten. Sie beobachtete, wie seine Hand sich immer näher zu der Stelle bewegte, die ihn am meisten begehrte. Trotzdem erschrak sie bei seiner Berührung.

„Deine Schamlippen sind ganz dick und geschwollen."

Ein Schauder ging durch ihren Körper, als er mit dem Finger darüber fuhr. Er kreiste um ihren Kitzler, dann rieb er ihn mit Daumen und Zeigefinger. Sie schrie auf.

„Sogar diese kleine Stelle ..." – er spielte mit ihrem Kügelchen – „... ist ganz rot und geschwollen. Wunderbar."

Die Spannung wurde unerträglich, und sie wand sich unter seiner Berührung. „Angus."

„Ich muss dich küssen." Er nahm ihr Bein von seiner Schulter und legte sich neben sie auf die Couch.

„Ja." Emma schlang die Arme um seinen Nacken. Er küsste sie sanft, dann ließ er gleichzeitig seine Zunge in ihren Mund und einen Finger zwischen ihre Beine gleiten. Stöhnend reckte sie sich ihm entgegen.

Diese verführerische Zunge liebkoste ihren Mund im selben Rhythmus wie sein Finger ihren Kitzler. Ihre Erregung stieg ins Unermessliche. Er löste sich von ihren Lippen, als ihr Atem immer heftiger wurde, und wandte sich ihren Brüsten zu.

Erneut nahm er sich eine Brustwarze vor, nahm sie abwechselnd in den Mund und saugte daran, während seine Hände und Finger ihre Begierde immer weiter zum Höhepunkt brachten. Sie schrie wieder. Die Spannung wurde stärker und sie rang nach Atem. Er rieb schneller und schneller.

„Oh Gott!" Sie drängte sich an ihn.

„Mist." Plötzlich sah er auf. „Schlechtes Timing."

„Was?" Der Raum um sie herum drehte sich. Sie schrie,

als die Spannung in ihr explodierte.

„Was war denn das?", fragte eine männliche Stimme im Flur.

Emma keuchte, während ihr Körper von den herrlichsten Schockwellen durchflutet wurde. Aber da war noch eine Stimme, die sie jetzt wahrnahm. Nein, das konnte nicht sein. Nicht er.

„War das Emma, die da geschrien hat?", kreischte die Stimme.

Liebe Güte, er war es. Ihr Boss, Sean Whelan. Er war im Flur.

Angus legte ihr einen Finger auf die Lippen. Als ob er sie daran erinnern müsste, leise zu sein!

„Binden Sie mich los, verdammt!", schrie Sean. „Einer von Ihren elenden Vampiren quält Emma!"

Eine leise Stimme antwortete ihm: „Ich kann Sie leider nicht losbinden, wenn Sie sich nicht beruhigen."

„Beruhigen?" Sean tobte. „Ich zeige Ihnen gleich mal, was beruhigen ist, wenn ich Ihnen einen Pflock ins Herz jage!"

Das Schreien und Zetern ging weiter. Emma sah Angus voller Panik an. Schlimm genug, dass seine Vampirfreunde sie gleich halb nackt hier liegen sehen würden, aber ihr Chef? Das war eine Katastrophe! Was sollte sie ihm bloß sagen? Sie hätte sich eine neue Verhörmethode ausgedacht?

Angus nahm sie in seine Arme und flüsterte ihr ins Ohr: „Vertrau mir."

Dann wurde es schwarz.

Im selben Moment spürte sie ihren Körper wieder und Angus' Arm um sie herum. Sie landeten mit einem Plumps auf dem Fußboden.

„Puh." Sie bekam kaum Luft. Wo war sie?

„Die unsanfte Landung tut mir leid." Angus ließ sie los und stand auf. „Das kommt, wenn man sich nicht im Stehen teleportiert."

Emma setzte sich auf und sah sich in dem dunklen Zimmer um. Das Mondlicht fiel durch drei schmale Fenster herein. Nur vage erkannte sie die Umrisse von Möbeln, schwarze Schatten um sie herum. Wo war sie? Sie kam auf die Füße, aber alles drehte sich.

„Vorsichtig." Angus nahm ihren Arm, damit sie nicht hinfiel.

Liebe Güte. Sie stand in einem unbekannten Zimmer und war halb nackt. Hoffentlich wohnte hier niemand. Verdammt, sie konnte nichts sehen. Angus schien unter seinen Kilt zu schauen. „Was machst du da?"

Sofort ließ er den Rocksaum los. „Nichts. Eine dumme Angewohnheit."

Hä? Sie unterdrückte die in ihr aufsteigende Panik. Sie würde mit der Situation zurechtkommen. Sie hatte schon andere brenzlige Situationen überstanden. Allerdings hatte sie sonst immer eine Hose angehabt. Sie biss die Zähne zusammen. „Wo sind wir?"

„Im fünften Stock des Stadthauses. In Romans Büro."

„Was? Roman ist hier?" Sie wirbelte herum, als erwartete sie, der königliche Vampir würde plötzlich aus dem Dunkel auftauchen.

„Er wohnt nicht mehr hier. Jetzt sind das meine Räume. Du bist vollkommen sicher."

„Sicher? Das glaube ich nicht. Sagen wir mal so. Ich fühle mich ein wenig ... schutzlos, wenn du verstehst, was ich meine." Ihre Stimme wurde schriller. „Ich bin halb nackt."

„Aber es ist eine schöne Hälfte."

„Das nützt mir auch nichts." Sie machte sich von ihm los. „Ich bin halb nackt und meine Kleider liegen im Erdgeschoss."

„Keine Sorge. Ich hole sie dir."

Sie begann auf und ab zu gehen. „Ich bin halb nackt, meine

Kleider sind unten und mein Boss auch. Wenn er mich sieht, oder meine Kleider, kann ich meinen Job vergessen."

„Entspann dich. Ich kümmere mich darum."

„Und wie? Wie willst du ihm erklären, warum mein knallrotes Höschen im Wohnzimmer rumliegt?" Sie lief weiter durch das dunkle Zimmer. „Ich bin echt gefickt."

„Leider noch nicht."

„Was redest du da? Ich bin halb nackt, meine Unterwäsche liegt unten, wo mein Chef ist und – au!" Sie war mit einem Möbelstück zusammengestoßen. „Und ich kann nichts sehen."

„Emma, jetzt werd nicht hysterisch!"

„Ich habe mir wehgetan!" Sie hüpfte auf und ab und hielt sich den schmerzenden Zeh. „Und ich bin halb nackt und kann nichts sehen. Und du elendiger Supervampir siehst wahrscheinlich alles perfekt!"

„Emma." Angus packte sie bei den Schultern und schüttelte sie. Dann führte er seine Geliebte durchs dunkle Zimmer und setzte sie auf etwas. „Bleib hier sitzen, atme tief durch, und ich bin sofort mit deinen Sachen zurück." Er verschwand.

Jetzt war sie allein, halb nackt, hatte Schmerzen und konnte nichts sehen. Sie schloss die Augen, atmete tief ein und versuchte, sich zu beruhigen. Sie war ein Profi, verdammt. Sie hatte oft genug dem Feind ins Auge gesehen und es geschafft. Vier tote Vampire gingen auf ihr Konto. Sie war eine Frau. Sie war unbesiegbar.

Emma öffnete die Augen. Langsam gewöhnte sie sich an die Dunkelheit. Sie saß auf einer Art Sofa, mit Samt überzogen. Ihr gegenüber stand ein großes rechteckiges Möbelstück, wohl der Schreibtisch, auf dem sie eine Lichtquelle ausmachte. Ein Computerbildschirm, mit dem Rücken zu ihr. Links von ihr waren die Fenster.

Nachdem sie ihren BH geschlossen und ihre Bluse zugeknöpft hatte, ging sie um die Couch herum und langsam durchs

Zimmer. Unter ihren Füßen spürte sie einen dicken Teppich. Im Licht, das durchs Fenster drang, konnte sie einen Griff erkennen. Sie kam an eine Wand und fand einen Türknauf. Zwei Türknäufe. Sie öffnete eine Doppeltür. Noch mehr Dunkelheit. Sie tastete sich an der Wand entlang und fand einen Lichtschalter.

Der Raum war leer, zum Glück. Ein großes Bett stand mitten im Zimmer, bedeckt von einer braunen Wildlederdecke. Sehr männlich. Schlief Angus hier tagsüber seinen Totenschlaf? Ihr wurde diese seltsame Situation wieder bewusst.

Sie hatte Sex mit einem Vampir gehabt.

„Oh Gott." Sie wandte sich von dem Bett ab.

Das Licht aus dem Schlafzimmer erhellte auch einen Teil des Büros. Die Möbel sahen nach wertvollen Antiquitäten aus. Das Sofa war eine altmodische Chaiselongue, über der eine braune Chenilledecke lag, die sich Emma schnell umwickelte wie einen Rock.

Sie entdeckte eine Tür und spähte nach draußen. Die Luft war rein. Sie trat aus dem Büro und fand sich auf dem obersten Treppenabsatz wieder.

„Ich werde nicht eher von hier fortgehen, als bis ich sie in Sicherheit weiß!", hörte sie Seans zeternde Stimme durchs Treppenhaus dröhnen.

Ein anderer Mann antwortete leiser, ruhiger, sie konnte nicht hören, was er sagte. Ganz klar, Sean war unten im Flur. Gut. Das bedeutete, dass man ihn wohl noch nicht ins Wohnzimmer gelassen hatte. Aber es war auch schlecht, denn so konnte sie nicht die Treppe heruntergehen, ohne von ihm gesehen zu werden. Vielleicht teleportierte Angus sie nach draußen. Was immer noch nicht das Problem ihrer Kleidung löste. Leise seufzend ging sie zurück ins Büro.

Der Computer gab ein klingelndes Geräusch von sich. Eine E-Mail war angekommen.

Emma sah sich um. Sie war allein. Natürlich konnte jederzeit ein Vampir auftauchen. Dann musste sie eben schnell sein.

Sie umrundete den Schreibtisch und ein Blick auf die neue Mail sagte ihr den Namen des Adressaten. Sie stammte von einem gewissen Mikhail. Der Betreff lautete: E. Wallaces Eltern.

Ihr Herz begann zu klopfen. Ihre Eltern? Sie öffnete die Nachricht.

Bin immer noch mit der Suche nach den Mördern von E. Wallaces Eltern beschäftigt. Anbei eine Liste aller Malcontents, die sich in jenem Sommer in Moskau aufhielten.

Emmas Herz raste, als sie den Anhang öffnete. Achtzehn Namen standen auf der Liste. Sie kannte nur einen von ihnen – Ivan Petrovsky. Und der war schon tot. Von den übrigen siebzehn mussten zwei die Mörder ihrer Eltern sein.

Siebzehn Vampire. Konnte sie so viele von ihnen töten? Hatte sie eine andere Wahl?

Sie klickte auf Drucken und erstarrte.

„Hast du etwas Nützliches entdeckt?", fragte Angus.

14. KAPITEL

Selbst Emmas schuldbewusster Gesichtsausdruck konnte den Schock nicht verhindern, den Angus erlitt. Wie konnte sie nur? Gerade noch hatte sie in seinen Armen gelegen und vor Lust geschrien, und jetzt spionierte sie ihn aus?

Als der Drucker lossurrte, hob Emma trotzig das Kinn. „Das sind Informationen über meine Eltern. Du hast mir gesagt, du würdest sie mir mitteilen."

„Ist das die E-Mail von meinem Mitarbeiter in Moskau?"

„Wenn er Mikhail heißt, ja."

„Dann weißt du offensichtlich mehr als ich."

„Warum auch nicht? Es handelt sich ja um meine Eltern."

„Und es handelt sich um eine E-Mail an mich und um meinen Computer." Er warf ihre Kleider und ihren Rucksack auf die Couch. „Ich hoffe, du hast dein Handy."

„Es ist im Rucksack. Wieso?" Sie nahm die Seite aus dem Drucker.

Angus schluckte seine Wut hinunter. „Sean Whelan wird dich gleich anrufen. Er ist unten und weigert sich, das Haus zu verlassen. Erst will er wissen, ob es dir gut geht. Er denkt, ich halte dich gefangen und foltere dich."

„Oh." Sie errötete leicht. Die Decke, die sie um ihre Hüfte geschlungen hatte, lockerte sich, und sie legte das Stück Papier auf den Schreibtisch, um schnell ihren improvisierten Rock festzuhalten. „Was hast du ihm gesagt?"

Angus biss die Zähne zusammen. Sie war einfach unwiderstehlich, wenn sie rot wurde. „Ich habe ihn angelogen. Ich habe ihm gesagt, ich hätte dich nach Hause gebracht."

In diesem Moment ertönte ein Klingeln aus ihrem Rucksack. Schnell lief sie zu der Couch hinüber und suchte nach ihrem Handy. Die nervige Melodie wollte nicht enden.

„Mist", murmelte sie, denn in dem Moment, als sie ihr

Telefon fand, rutschte ihr die Decke von den Hüften.

Angus hielt sie fest.

„Danke", keuchte sie, dann klappte sie ihr Handy auf. „Hallo?"

Mit einem Ruck zog Angus ihr die Decke weg. Sie öffnete fassungslos den Mund.

„Oh, hallo, Sean", sagte sie ins Telefon und sah Angus dabei böse an.

Er legte die Decke auf den Schreibtisch und nahm das Blatt Papier in die Hand, das sie ausgedruckt hatte.

„Mir geht es gut." Sie sandte Angus einen giftigen Blick zu. „Alles im grünen Bereich."

An den Schreibtisch gelehnt ging Angus die Namensliste durch, die Mikhail geschickt hatte. Es handelte sich also um die Malcontents, die in jenem Sommer in Moskau gewesen waren, als Emmas Eltern ermordet wurden. Angus fragte sich gleichzeitig, ob seine Überreaktion auf ihr Benehmen gerechtfertigt war. Natürlich war es ihr gutes Recht, alles zu erfahren, was mit ihren Eltern zu tun hatte. Klar, dass sie dieser Versuchung nicht hatte widerstehen können.

Er konnte Sean Whelans schneidende Stimme durch das Telefon hören.

„Nein, er hat mir nichts getan." Sie zog die Enden ihrer Bluse lang, um ihre Scham wenigstens etwas zu bedecken. Als sie hinüber zu Angus sah, zwinkerte er ihr zu. Sie schnitt eine Grimasse und drehte sich um.

Er neigte den Kopf ein wenig und genoss den Anblick ihrer Oberschenkel und ihres knackigen Hinterns. Man musste kein Untoter sein, um sich zu wünschen, in diesen süßen Apfelpo zu beißen.

„Er hat mich mittels Teleportation nach Hause gebracht", erklärte Emma ihrem Chef. „Nein, es geht mir gut. Mir war nur ein bisschen schwindelig, das war alles. Und Garrett haben sie auch nach Hause gebracht. Was ist mit Ihnen passiert?"

Angus schüttelte den Kopf, als er Seans Hasstirade über teuflische Experimente, seine arme eingesperrte Tochter und das dämonische Kind, das sie in ein paar Tagen entbinden würde, durch das Telefon hörte.

Emma sah Angus mit besorgtem Blick an. „Ich weiß nicht, was ich sagen soll. Wir können wohl nur das Beste hoffen."

Sie bückte sich, um ihre Kleider zu inspizieren, die Angus auf das Sofa geworfen hatte. Er neigte seinen Kopf ein wenig mehr. Was für ein Anblick!

„Im Moment können Sie nicht mehr tun." Sie bückte sich weiter vor. „Ich bin sicher, sie werden Sie gehen lassen. Mich haben sie ja auch gehen lassen."

Angus war begeistert. So musste das Paradies sein!

„In Ordnung. Wiederhören." Emma klappte das Handy zu und warf es zurück in den Rucksack. „Sean hat gesagt, der Schotte bringt ihn zu seinem Auto. Aber es gibt ein anderes Problem. Ich kann meine Unterhose nicht finden." Sie drehte sich um und stellte sich augenblicklich aufrecht hin.

Angus ebenfalls.

Wieder errötete sie und zog rasch ihre Bluse nach unten. „Du hast schon wieder rote Augen."

„Ich hatte eine Vision."

„Du hast meinen Hintern gesehen. Wo ist mein Slip?"

„Ich hatte eine wunderschöne Vision. Von unserer Zukunft."

Plötzlich sah sie traurig aus. „Wir haben keine Zukunft, und das weißt du."

„Ich habe dir versprochen, dich mehrfach zum Schreien zu bringen. Und du weißt doch, ich bin ein Ehrenmann. Ich halte mein Wort."

„Ich ... Ich entbinde dich von diesem Versprechen."

„Du willst es doch auch."

„Man bekommt nicht immer, was man will." Sie nahm

ihre Hose und zog sie rasch an.

„Was hast du jetzt vor? Willst du alle siebzehn Vampire umbringen?"

Mit dem Rücken zu ihm schloss sie den Reißverschluss ihrer Hose. „Ich würde mich freuen, wenn du mir dabei hilfst."

„Und wenn nicht?"

Emma sah ihn mit gerunzelter Stirn an. „Ich muss es tun. Die letzten Worte meines Vaters lauteten: Räche uns."

„Dann hast du die Morde doch gesehen. Sonst wüsstest du nichts von den Vampiren."

Eine tiefe Traurigkeit übermannte sie. „Ein Teil von mir starb in dieser Nacht mit meinen Eltern."

„Aber keine Rache der Welt wird dir deine Eltern zurückbringen."

„Es ist keine Rache. Es ist Gerechtigkeit."

Angus nahm die Namensliste. „Ich kenne die meisten dieser Männer. Es sind die grausamsten Auftragskiller in der Vampirwelt."

Emma schlüpfte in ihre Schuhe. „Ich kann jetzt nicht mehr aufhören. Alles, was ich in den letzten sechs Jahren getan und gelernt habe, hat mich bis hierher gebracht."

„Zu mir."

Sie sah ihn an. „Ich glaube nicht an Schicksal. Jeder trifft seine eigenen Entscheidungen im Leben."

„Und du hast dich entschieden, mir zu vertrauen. Ich bitte dich, Emma, leg dich nicht mit diesen Männern an. Du musst nicht jeden Drachen auf dieser Welt töten, um deine Liebe zu deinen Eltern zu beweisen. Sie wissen, dass du sie liebst."

Mit geballten Fäusten wandte Emma sich ab.

„Lass mich herausfinden, welche zwei es waren."

Sie sah ihm in die Augen. „Und dann?"

„Werde ich dir helfen, Gerechtigkeit walten zu lassen. In der Zwischenzeit beordere ich zwei meiner Angestellten hierher, die im Central Park auf Patrouille gehen."

„Ich dachte, wir beide kümmern uns um den Park."

Sagte ihr enttäuschter Blick, dass sie ihn vielleicht vermissen würde? „Das tun wir auch, bis meine Leute da sind. Aber ich kann nicht unbegrenzt hier bleiben. Ich muss Casimir finden. Er baut eine Armee des Schreckens auf, und wenn es zu einem neuen Krieg kommt, werden viele ihr Leben lassen."

Er trat auf Emma zu. „Stell dir eine Armee von fünfhundert Malcontents vor, die sich jede Nacht von Sterblichen ernähren und sie dann töten, weil sie zu viel wissen. Es wird ein Massaker geben."

Alle Farbe wich aus ihrem Gesicht. „War das so im ersten Krieg?"

„Ja. Die Schlacht dauerte drei Nächte. Ein Dutzend ungarische Dörfer wurde zerstört. Nur wenige Sterbliche konnten entkommen, und ihre Berichte lieferten den Stoff für die Legenden, die man sich noch heute erzählt."

„Die Geschichten über grausame Vampire?"

„Ja." Emma hatte sich hingesetzt und Angus nahm neben ihr auf der Couch Platz. „Das war lange, bevor synthetisches Blut erfunden wurde. Damals mussten sich beide Seiten noch von Menschenblut ernähren. Beide Seiten mordeten. Und obwohl wir versuchten, keine Menschen zu töten, waren wir für die Menschen genauso schrecklich wie unser Feind."

„Wirst du auch im nächsten Krieg General sein?"

„Ja."

Sie erschrak. „Es würde mir nicht gefallen, dich in dieser Gefahr zu wissen."

„Hoffentlich wird es nicht dazu kommen."

„Soll ich Sean davon erzählen? Ich könnte ihm sagen, dass wir darüber gesprochen haben, bevor du mich nach Hause gebracht hast."

„So wie ihn einschätze, wird er dir kein Wort glauben."

„Ja. Er ist ein leidenschaftlicher Vampirhasser. Ich weiß gar nicht, warum."

„Du hast auch einen Grund, Vampire zu hassen. Aber du glaubst mir wenigstens."

Lächelnd streichelte sie seine Wange. „Weil ich dich zu sehr mag."

Er nahm ihre Hand und küsste sie. Zu sehr gab es nicht, und er wollte alles. „Wohin soll ich dich teleportieren – in deine Wohnung oder in die von Austin Erickson?"

„Ach ja, das wollte ich doch schon die ganze Zeit fragen. Woher kennst du Austin eigentlich?"

„Er arbeitet für mich."

Sollte das ein Scherz sein? „Ich dachte, er wäre bei einem Bauunternehmen in Malaysia."

„Er und seine Frau Darcy halten sich zurzeit in Osteuropa auf. Dort unterstützen sie mich bei der Suche nach Casimir."

Emma konnte es nicht fassen. „Austin hat die Vampirregisseurin der Reality Show geheiratet?"

„Sie ist kein Vampir mehr."

„Wie soll das gehen? Sie ist nicht mehr tot?"

„Nicht mehr untot. Das ist eine lange Geschichte. Jedenfalls ist es Roman gelungen, sie zurückzuverwandeln."

„Das glaube ich nicht! Es gibt ein Gegenmittel?" Emma sah ihn ungläubig an. „Und warum verwandeln sich dann nicht mehr von euch zurück?"

Angus biss die Zähne zusammen. „Vielleicht gefällt es uns, so zu sein, wie wir sind."

„Oh, entschuldige. Ich wollte dir nicht zu nahe treten."

Mit seinen Augen hielt er ihren Blick gefangen. „Untot zu sein hat einige unschätzbare Vorteile. Sterblich zu sein natürlich auch. Deswegen arbeiten auch mehrere Sterbliche für mich. Sie können Sonnenlicht ertragen."

„Austin kämpft also immer noch gegen Vampire."

„Gegen die bösen, ja." Angus neigte den Kopf. „Du könntest auch bei mir einsteigen. Ich würde dich sofort einstellen."

Sie sah ihn überrascht an. „Wirklich? Du würdest mich einstellen, obwohl ich versucht habe, dich umzubringen?"

„Als ich dich eben zum Orgasmus gebracht habe, schien es mir, als hätte sich deine Einstellung mir gegenüber gewandelt."

Röte breitete sich über ihre Wangen aus. „Das stimmt. Ich habe nicht länger das Bedürfnis, dich umzubringen."

„Zu gütig. Mir schien sogar, du warst außergewöhnlich glücklich, als du dich in meinen Armen wandest und vor Lust …"

„Schon gut!" Sie hob die Hand. „Aber genau das ist auch der Grund, warum ich nicht für dich arbeiten sollte. Es würde auffallen, dass wir beide … etwas miteinander haben, und so was ist nie …"

„Etwas miteinander haben?" Er deutete mit dem Kopf in Richtung Schlafzimmer. „Wenn Connor nicht plötzlich mit deinem Boss hier aufgetaucht wäre, wären wir immer noch da drin und würden es treiben wie die Karnickel."

„Das glaube ich kaum." Emma blickte in Richtung Schlafzimmer. „Ich hätte … Ich hätte vielleicht Nein gesagt."

„Wann?" Er rückte näher an sie heran. „Wann hättest du Nein gesagt? Nachdem ich jeden Zentimeter deines wunderschönen Körpers geküsst hätte? Oder hättest du damit gewartet, bis ich dich zum zweiten oder dritten Mal zum Schreien gebracht hätte?"

Sie presste die Hände auf ihre knallroten Wangen. „Bitte. Ich … Ich kann …"

„Was?" Angus hielt sie an den Schultern fest.

Flüsternd gestand sie ihm: „Ich kann dich nicht lieben."

Die Worte trafen ihn wie ein Donnerschlag. Er ließ sie

sofort los und zog sich zurück. Sein Herz verkrampfte sich. Er wollte ihre Liebe und hatte sie damit überfordert. Emma sah ganz elend aus. „Entschuldige. Ich bringe dich jetzt nach Hause."

Sie nickte, ohne ihn anzusehen.

Angus drückte ihr ihren Rucksack in die Hand. „Welche Wohnung?"

„Meine."

„Ich habe mich schon einmal dorthin teleportiert, ich kenne den Weg." Er stellte sich neben sie und breitete die Arme aus. „Du musst herkommen."

„Ich weiß." Ganz steif stand sie da, als er seine Arme um sie legte.

„Halt dich an mir fest." Er schloss die Augen und konzentrierte sich. Als ihre Körper sich zu entmaterialisieren begannen, krallte Emma ihm die Finger in die Schultern.

Wenige Sekunden später standen sie in Emmas kleinem Wohnzimmer. Sobald sie sich materialisiert hatten, ließ sie ihn los.

Sie stellte ihren Rucksack auf das Zweisitzersofa. „Wann werden deine Männer da sein, um im Central Park Wache zu schieben?"

„In ein bis zwei Nächten. Die meisten von ihnen sind im Moment undercover in Osteuropa unterwegs, daher ist es etwas schwierig, sie aufzutreiben – wegen des Zeitunterschieds. Und ich muss ein bisschen herumorganisieren, damit die Sicherheit meiner Kunden nicht zu kurz kommt."

„Dann gehen wir beide also morgen Nacht auf Patrouille?"

„Ja. Aber du musst wissen, Emma, dass wir keine Malcontents umbringen dürfen. Es würde nur dazu führen, dass ein neuer Vampirkrieg ausbricht."

Emma nickte. „In Ordnung. Solange wir die Menschen beschützen. Wir treffen uns an der Steinbrücke beim Teich um einundzwanzig Uhr, okay?"

„Ich werde da sein." Er streckte ihr die Hand hin. „Verbündete?" Am liebsten hätte er *Liebende* gesagt, aber so weit war sie noch nicht.

Sie schlug ein, ließ aber schnell wieder los. „Verbündete."

15. KAPITEL

Offensichtlich verspätete er sich. Emma sah noch einmal auf die Uhr. Zwei Minuten vor neun, und er war nirgends zu erblicken. Natürlich konnte sie nachts, selbst bei Mondschein, nicht annähernd so gut sehen wie er. Sie könnte versuchen, ihn auf übersinnlichem Weg zu kontaktieren, aber eigentlich wollte sie vermeiden, dass er in ihre Gedanken eindrang. Er war schon zu sehr in ihr Herz eingedrungen.

Sie lehnte sich mit den Ellbogen auf die Mauer der Steinbrücke und suchte das Gelände rund um den Teich ab. Niemand im Schottenrock zu sehen. Vielleicht trug er heute ja eine Hose? Egal, er sah immer umwerfend gut aus. Plötzlich entdeckte sie weit entfernt einen jungen Mann in Jeans und Sweatshirt. Das war nicht Angus. Seine breiten Schultern und sein kastanienbraunes Haar waren unverwechselbar.

Er war einfach einzigartig.

Ihr wurde das Herz schwer. Warum war er bloß kein Mensch? In fünfzig Jahren würde er sie vergessen haben. Sie würde nur eine von vielen Sterblichen sein, die er im Laufe der Zeit kommen und gehen sah. Dabei wünschte sie sich so sehr, anders für ihn zu sein. Etwas Besonderes. Sie wollte von ihm geliebt werden.

Warum konnte sie sich nicht in einen normalen Mann verlieben? Aber welche Frau würde sich schon in einen normalen Mann verlieben, wenn sie Angus kannte? Sein altmodischer Ehrbegriff und sein höfliches Benehmen rührten sie. Er war wirklich wie der Held aus den Träumen eines jungen Mädchens – stark, mutig, verlässlich, intelligent. Und er war auch der Held aus den Träumen einer erwachsenen Frau – sexy, männlich, mit einem Hauch von Gefahr. Wie sollte man einem solchen Mann widerstehen?

„Guten Abend."

Erschrocken fuhr sie herum. „Ich habe dich gar nicht kommen gehört."

„Du warst wohl zu sehr in Gedanken."

Ja, in Gedanken an ihn. Glücklicherweise konnte sie ihre Gedanken vor ihm verbergen. Doch die in ihren Wangen aufsteigende Hitze spielte ihr mal wieder einen Streich. Angus sah großartig aus wie immer. Er trug seinen blau-grün karierten Kilt, jägergrüne Socken und einen farblich passenden Pullover. Aus seinem rechten Strumpf ragte der Griff seines Messers, und die Lederriemen über seiner Brust hielten das Claymore.

Sie räusperte sich. „Ich sehe, du bist bestens vorbereitet."

„So wie du."

„Ja." Sie drückte die Tasche mit den Holzpflöcken an sich. „Danke, dass du gekommen bist."

Er lächelte.

Umwerfend. Ihr wurde ein bisschen mulmig.

„Wollen wir?" Er streckte die Hand aus.

Dachte er, sie würde seine Hand nehmen? Oder war das nur eine auffordernde Geste? Seltsam. Sie ging los, Richtung Norden, und ließ die Brücke hinter sich. Er hielt sich neben ihr. Eng neben ihr. Für einen so großen Mann bewegte er sich sehr leise. Sie änderte die Position ihrer Tasche, damit sie das tröstende Klappern der Holzpflöcke hören konnte.

Warum war er so ruhig? Worüber sollte sie mit ihm reden? „Trägst du immer dasselbe Karomuster?"

„Das ist das Wappen der MacKays. Gefallen dir meine Kilts nicht?"

„Oh doch. Ich wollte nur wissen, ob du mehr als einen besitzt." Na super. Warum beleidigte sie ihn? „Ich meine, mehr als einen Stil."

Lächelnd gestand Angus: „In den vergangenen Jahrhunderten habe ich es auf ziemlich viele Kleidungsstücke gebracht."

Liebe Güte, er musste einen riesigen Kleiderschrank besitzen. Unvorstellbar. „Und hast du auch noch die Perücken und Gehröcke und Rüschenhemden von damals?"

„Ja, irgendwo in meinem Schloss."

Wie war das? In seinem Schloss? Herrje. Es war einfach nicht möglich, eine normale Unterhaltung mit Angus MacKay zu führen. Er war einfach ... faszinierend.

Seine Hand streifte ihre, als sie weitergingen.

Emma zog in Erwägung, ein Stückchen nach rechts auszuweichen, tat es aber nicht. Es wäre zu auffällig und noch ... seltsamer. „Du wirst es doch hören, wenn es irgendwo im Park zu einem Überfall kommt?"

„Ja. Aber um auf der sicheren Seite zu sein, habe ich Connor gebeten, im nördlichen Teil zu patrouillieren."

„Das ist gut. Dann haben wir zur Not Verstärkung."

„Ja." Seine Hand war so nah an ihrer.

Ihr Herz schlug schneller. „Es kommt mir so komisch vor, dass wir uns erst letzten Freitag kennengelernt haben."

„Ja." Er nahm ihre Hand.

Die Sehnsucht in ihr wurde wieder wach. „Das ist erst unsere fünfte gemeinsame Nacht."

„Wenn du so lange gelebt hättest wie ich, wüsstest du, wie relativ Zeit ist. Manchmal kommt es mir so vor, als wären all die Jahrhunderte in einem Atemzug vergangen. So kurz kommt mir die Zeit vor." Er blieb stehen und sah sie an. „Oder ich erlebe ein ganzes Leben innerhalb weniger Nächte. All die Hoffnungen und Leidenschaften, die das Leben lebenswert machen, sind plötzlich da, wie ein Gottesgeschenk."

„Oh, Angus." Dann war es tatsächlich für ihn mit ihr anders. Dann war sie für ihn etwas Besonderes.

„Wir können nicht so tun, als wäre nichts zwischen uns, Emma."

Sie ließ seine Hand los. „Das tue ich ja gar nicht. Aber

wir können auch nicht so tun, als hätten wir gemeinsam eine Chance."

„Emma ..."

„Nein." Abwehrend hob sie eine Hand. „Ich will nicht eine von deinen vielen menschlichen Freundinnen sein. Ich ... Ich weiß, dass ich im Moment etwas ganz Besonderes für dich bin. Und so soll es bleiben. Aber wenn du gehst, möchte ich auf Wiedersehen sagen können, ohne zu verzweifeln. Verstehst du das?"

„Nein. Und wieso glaubst du, dass es für uns kein Happy End gibt?"

„Wie sollte es anders enden? Wir leben in zwei verschiedenen Welten."

Er sah sie nachdenklich an. „Wir sind uns ähnlicher als du glaubst. Und ich hatte gar nicht so viele menschliche Freundinnen."

„Du hast dich über Jahrhunderte von sterblichen Frauen ernährt. Und du hast mir selbst gesagt, du hättest sie alle sehr zufrieden zurückgelassen. Das klingt für mich nach einer ganzen Reihe von Geliebten."

„Dabei ging es ums Überleben. Ich habe all diese Frauen befriedigt, um ihnen etwas zurückzugeben dafür, dass ich ihr Blut nahm. An viele erinnere ich mich nicht einmal! Mit dir ist es anders, Emma. Dich brauche ich nicht zum Überleben. Aber Überleben ist nicht dasselbe wie Leben. Und nicht dasselbe, wie sich wieder als Mensch zu fühlen. Ich fühle mich wieder lebendig, wenn ich mit dir zusammen bin. Du bist Nahrung für meine Seele."

Sie starrte ihn an. Liebe Güte, was sollte sie dazu sagen? *Nimm mich, ich gehöre dir?*

Plötzlich blickte Angus sich angespannt um. „Ich habe einen Schrei gehört."

Emma lauschte, konnte aber nichts hören.

„Da entlang." Er bedeutete ihr, ihm zu folgen.

Gemeinsam rannten sie in nördliche Richtung. „Ich höre nichts."

„Wahrscheinlich haben sie ihr Opfer schon unter ihre Kontrolle gebracht. Es wird keinen weiteren Schrei mehr geben." Nach einigen Minuten blieb er stehen. „Wir sind ganz in der Nähe", flüsterte er. „Deine Pflöcke sind zu laut."

Emma nahm die Tasche von der Schulter und packte die Pflöcke eng zusammen. „Besser so?" Sie drückte sie an ihren Oberkörper.

Er nickte und legte einen Finger auf die Lippen. Sie folgte ihm lautlos, als er den gepflasterten Weg verließ und auf eine Baumgruppe zusteuerte. Das Mondlicht drang kaum durch die Baumkronen. Kühle Luft umfing sie. Angus war wie ein dunkler Schatten, dem Emma dicht folgte. Eine Brise strich durch das Laub und plötzlich hörte sie eine männliche Stimme.

„Hey, Mann! Lass mir auch noch was übrig!"

Emma bekam eine Gänsehaut. Ihre Bewegungen waren jetzt langsam und vorsichtig. Sie sah sich nervös um, hoffte, die dunklen Schatten um sie herum waren nur Bäume.

„Scheiße, was machst du denn da?", beschwerte sich dieselbe Stimme jetzt laut. „Das macht man nicht mit einer Frau. Nicht mal mit einem Penner!"

„Halt's Maul, du Trottel", zischte eine andere Stimme.

„Hey, essen ist eine Sache. Aber du bringst sie ja um! Das ist nicht korrekt."

Angus zog Emma an seine Seite, um ihr freien Blick zu gewähren. Der Mond schien auf einen großen Granitblock und tauchte die Lichtung in geisterhafte Schattierungen von Grau. Ein männlicher Vampir, ganz in Schwarz gekleidet, drückte eine Frau auf den Boden. Sie sah sehr bleich aus im hellen Mondlicht, ihre Augen waren glasig und schwarz. Rotes Blut tröpfelte aus zwei kleinen Löchern in ihrem Hals.

Ein zweiter Vampir, ein Schwarzer, in verwaschenen Blue Jeans und einem grauen Kapuzensweatshirt, trippelte nervös hin und her. „Scheiße, Mann. Ich hasse das."

Der erste Vampir hieb seine Fänge ein zweites Mal in den Hals der Frau. Emma zuckte zusammen. Einen zweiten Biss würde die Frau nicht überleben. Angus hielt sie fest, damit sie nicht losrannte.

„Lass gut sein, Mann!" Der Schwarze versuchte, die Aufmerksamkeit seines Kumpels auf sich zu ziehen. „Du trinkst sie leer. Sie wird sterben!"

Wie ein Blitz raste Angus in diesem Moment mit gezogenem Schwert auf die beiden Männer zu. Er hielt es dem trinkenden Vampir an den Hals und schrie: „Lass sie los!"

Emma riss ihre Tasche auf und griff sich einen Holzpflock.

„Was zum Teufel ...?" Der schwarze Vampir wich zurück.

Emma sprang auf und versperrte ihm den Weg. Sie zielte mit ihrem Pflock auf sein Herz. „Bleib, wo du bist!"

„Scheiße." Der Vampir starrte erst sie, dann Angus an. „Wer seid ihr denn?"

Der erste Vampir stand langsam auf. Blut tropfte von seinen ausgefahrenen Fängen. Er wollte zurückweichen, doch Angus folgte ihm und zielte mit der Schwertspitze nun auf sein Herz.

„Dieser Park steht unter meinem Schutz", knurrte Angus. „Ihr werdet hier niemanden mehr töten."

„Ich kenne dich", sagte der Vampir mit russischem Akzent. „Du warst letztes Jahr auch auf dem Ball bei Romatech. Du hast Ivans Uhr kaputt gemacht. Du bist Angus MacKay."

„Und du unterstehst mittlerweile Katya?", fragte Angus. „Hat sie dir befohlen zu morden?"

„Ich würde alles für sie tun."

„Dann richte ihr Folgendes aus, Alek", sagte Angus, und

der Vampir zuckte zusammen. „Ja. Ich weiß, wer du bist. Du warst der Laufbursche für Ivan Petrovsky und jetzt machst du die Drecksarbeit für Katya."

Emma warf einen Blick auf die verletzte Frau. Wie lange wollten die beiden sich noch unterhalten, während sie kurz vorm Verbluten war? „Ich rufe den Notarzt."

Überrascht fixierte Alek sie. „Sie! Sie waren es, die ich damals gesehen habe! Sie haben Vladimir umgebracht!"

Emma schluckte. Das war doch der Vampir, der ihr letztes Jahr entkommen war. Der einzige, der sie kannte.

„Ich hatte also recht." Alek warf ihr einen wütenden Blick zu. „Der Vampirjäger ist eine Sterbliche." Er sah Angus an. „Und du hilfst ihr."

„Angus." Emma sah ihn flehentlich an. Wenn er diesen Vampir leben ließ, würde er den Malcontents verraten, dass sie und Angus zusammenarbeiteten.

Angus schwang sein Schwert, doch bevor die Schneide ihn traf, war Alek verschwunden.

„Nein!" Das Schwert blieb in einem Baum stecken. „Verdammt!" Angus zog es hasserfüllt heraus.

„So ein Mist", murmelte der farbige Vampir. „Wer seid ihr? Vampirpolizei?"

Mit drohendem Blick bewegte Angus sich auf ihn zu. „Keine Bewegung."

Der Vampir riss die Hände hoch. „Schon klar. Ich leg mich mit niemandem an, der ein Riesenschwert hat."

Während Angus den Vampir mit seinem Claymore in Schach hielt, stürzte Emma zu der verletzten Frau. „Sie stirbt. Wir müssen ihr helfen."

„Ich habe gerade Verbindung zu Connor aufgebaut. Er sollte jeden Moment ..." In diesem Augenblick stand Connor auch schon neben ihm.

Mit wenigen Blicken begriff er die Szene. In seinen Augen

blitzte Wut auf, als er die verletzte Frau sah. Er schaute den farbigen Vampir an. „Du Mistkerl! Man sollte dich erdrosseln!"

„Ich war das nicht!", rief der Mann. „Ich weiß, ich weiß, ich sage der Polizei immer, dass ich's nicht war. Aber diesmal stimmt es! Ich habe nicht mal einen Schluck von ihr bekommen. Ich sterbe vor Hunger!" Er sah Emma begierig an.

Sie funkelte ihn an. „Denk nicht mal drüber nach."

„Connor, kannst du die Frau zu Romatech bringen?", fragte Angus. „Roman kann sie retten. Dann kannst du ihre Erinnerung löschen und sie nach Haue bringen."

„Kein Problem." Connor nahm die Frau in die Arme und verschwand mit ihr.

„Wo wollen denn alle hin?", wollte der Vampir wissen.

„Wer bist du?", fragte Angus und ging einen Schritt auf ihn zu.

Der Mann wich zurück. „Ich wette, du machst gleich Hackfleisch aus mir, wenn du mit deinem Schweißschwert noch näher kommst. Ich bin diese Woche schon mal gestorben, Mann. Das brauche ich kein zweites Mal."

„Du wurdest erst diese Woche verwandelt?"

„Ja. Das war dieser irre Russe, dieser Psychopath. Ich hab mich nur um mein Geschäft gekümmert, ein gutes Geschäft, wenn du weißt, was ich meine. Ich hatte einen super Ruf. Es lief, verstehst du. Und dann kam dieser Arsch Alek und ..."

„Du hast mit Drogen gedealt?", fragte Emma und ging auf ihn zu.

„Na klar. Nur weil ich schwarz bin, bin ich gleich ein Dealer." Der Vampir sah sie sarkastisch an.

„Warst du einer oder nicht?", fragte sie.

Er zuckte die Achseln. „Von irgendwas muss man ja leben. Pass auf, Süße. Nichts gegen dich persönlich, aber ich habe Hunger und du riechst verdammt gut."

„Wenn du sie anfasst, bist du tot." Angus' drohende Worte

verfehlten nicht ihre Wirkung.

„Ist ja gut, Mann." Der Vampir hob wieder beide Hände. „Ich konnte ja nicht ahnen, dass du auf Frauen stehst, obwohl du hier im Rock rumrennst und ..."

„Es reicht." Angus steckte sein Claymore zurück in die Scheide. „Hier, nimm einen Schluck." Aus seinem Sporran holte er seinen Flachmann.

„Hübsche Handtasche", murmelte der Vampir. „Ich kenne einen Typen, der dir Designertaschen supergünstig besorgen kann."

Angus biss die Zähne zusammen. „Das ist keine Handtasche."

„Schon klar, Mann." Der Schwarze nahm den Flachmann. „Da ist aber kein Gift drin oder so was? Deshalb haben mich die Typen nämlich umgebracht. Sie machen so ein Vampirgift."

„Trink. Dir wird nichts passieren", befahl Angus.

„Vampirgift?", fragte Emma.

„Nachtschatten", erklärte Angus.

„Ja, genau so hieß das Zeug." Der Vampir schnüffelte an der Flasche. „Wow! Das riecht aber lecker. Was ist das für ein Zeug?"

„Blissky. Eine Mischung aus synthetischem Blut und Scotch."

Aha. Jetzt verstand Emma, warum Angus bei ihrer ersten Begegnung nach Whisky gerochen hatte. Sie wartete, bis der Vampir genug hatte.

Und wartete. Sie sah zu Angus hinüber.

Seine Mundwinkel zuckten. „Offensichtlich ist unser Gast sehr hungrig."

„Puh." Der Schwarze wischte sich den Mund ab. „Verdammt guter Stoff." Er setzte den Flachmann noch einmal an, aber er war leer. „Gibt's noch mehr davon?"

„Zu Hause haben wir jede Menge", antwortete Angus. „Und wir können so viel davon bekommen, wie wir wollen."

„Kein Scheiß? Weißt du, diese elenden Russen haben nichts zu essen im Haus. Sie gehen lieber jeden Abend raus und überfallen jemanden. Ich habe ihnen schon mal gesagt, sie sollten eine Blutbank überfallen oder so und sich ein paar Snacks für zu Hause besorgen, aber sie wollten nicht auf mich hören."

„Und du willst den Menschen nichts tun?"

„Verdammt, nein. Ich bin kein Killer." Er zwinkerte Emma zu. „Ich bin mehr der Typ Lover, du weißt schon."

„Aber auch nicht gerade ein gesetzestreuer Bürger", erinnerte Emma ihn.

„Man muss Geld verdienen. Ich ... Es gibt Leute, die sind von mir abhängig."

„Wie heißt du?", fragte Angus.

„Phineas McKinney."

„McKinney?"

Phineas zuckte die Schultern. „Meine Kumpel nannten mich Master Phin." Er reckte trotzig das Kinn. „Ab jetzt möchte ich Dr. Phang genannt werden."

Angus sah ihn mitleidig an.

Emma steckte den Holzpflock wieder ein. „Warum haben die Russen dich verwandelt?"

Phineas seufzte und scharrte mit den Füßen. „Sie wollten gewisse Drogen von mir. Ihre Scheißkönigin stellt das Gift her."

„Katya?", fragte Emma.

„Ja, ihre königliche Schlampenhoheit." Phineas winkte ab. „Ihr fieser Handlanger hat mich umgebracht, und jetzt tut sie so, als hätte sie mir damit einen Riesengefallen getan. Ich musste in ihrem Keller auf dem Fußboden schlafen wie ein Hund. Und als ich zurück zu meiner Familie wollte, hat sie ... Sie hat mir gedroht, sie würde sie alle umbringen."

„Oh, das tut mir leid", flüsterte Emma.

„Wir sollten verschwinden." Angus nahm sein Handy aus dem Sporran. „Alek könnte mit einem Dutzend Malcontents zurückkehren. Wir teleportieren uns ins Stadthaus."

„Ich bin nicht gut im Teleportieren", gab der Schwarze zu.

„Dann nehme ich dich mit." Angus wählte eine Nummer. „Ian? Du wolltest vorgewarnt werden. Ich komme gleich mit zwei Gästen." Er steckte das Handy wieder ein, legte einen Arm um Emma und zog sie an sich. Dann bedeutete er Phineas, näher heranzukommen, der ihn misstrauisch beäugte.

„Entweder wir oder die Malcontents", sagte Angus zu ihm. „Willst du bis in alle Ewigkeit Menschen überfallen, nur damit du überleben kannst?"

Phineas machte zögernd einen Schritt auf ihn zu. „Ich kenne dich nicht mal, Mann."

„Mein Name ist Angus MacKay." Er packte Phineas an den Schultern. „Du hast die richtige Entscheidung getroffen."

Ein verächtliches Schnauben war zu hören. „Vielleicht komme ich nur wegen dem Blissky mit."

Alles wurde schwarz, aber nur für wenige Sekunden. Dann landeten sie sicher im Flur von Romans Stadthaus.

Ian stand mit gezogenem Schwert an der Treppe. Er sah Emma an, die er offensichtlich nicht als Bedrohung empfand, und musterte dann Phineas. „Wer sind Sie?" Mit erhobenem Schwert näherte er sich.

„Scheiße!" Phineas versteckte sich hinter Angus. „Was habt ihr eigentlich alle mit diesen Schwertern?"

„Schon okay, Ian", beruhigte Angus ihn. „Ich habe diesen Mann aus einem bestimmten Grund mit hierher gebracht."

„Ich wollte nur sichergehen, dass er dich nicht dazu gezwungen hat." Ian steckte sein Schwert weg.

Phineas schaute hinter Angus hervor. „Ihr müsstet euch

vielleicht nicht so machomäßig aufführen, wenn ihr keine Röcke tragen würdet. Das nennt man Kompensation, wisst ihr."

Ian schnitt eine Grimasse. „Bist du dir sicher, dass ich ihn nicht töten soll?"

„Ja." Angus klopfte Phineas auf den Rücken. „Er wird eine Weile hier bleiben."

„Und wer sind Sie genau?", wollte Ian wissen.

„Ich bin Dr. Phang."

„Oh." Ian riss die Augen auf. „Dann sind Sie wegen Shanna hier?"

„Welche Shanna?"

„Shanna Draganesti", erklärte Ian. „Sie erwartet ein Baby."

„Das ist nicht von mir!" Phineas wich zurück und hob die Hände. „Ich kenne nicht mal eine Shanna."

Emma lachte.

„Du bist nicht der Vater", beschwichtigte ihn Angus.

„Das sag ich auch immer." Phineas legte die Hände in die Hüften. „Aber glaubt mir jemand? Nein."

„Doch, wir glauben dir." Angus wandte sich an Ian. „Er ist kein Arzt. Er hat sich diesen Titel ... Es ist eine Art Ehrendoktor."

„Genau." Phineas nickte. „Das bin ich nämlich. Ein Ehrenmann."

„Und er arbeitet ab jetzt für mich", verkündete Angus.

Phineas zwinkerte überrascht. „Tue ich das?"

„Tut er das?", fragte Ian skeptisch.

Lächelnd dachte Emma an die vergangenen Stunden. Heute Abend hatte sie Angus in vollem Einsatz erlebt. Es hatte ihr gefallen.

Jetzt verschränkte Angus die Arme vor der Brust und sah Phineas eindringlich an. „Kannst du kämpfen?"

„Was glaubst du denn? Ich bin aus der Bronx."

„Du musst unsere Regeln befolgen", erklärte Angus. „Und

Regel Nummer eins lautet, du darfst nie wieder einem Sterblichen etwas antun. Kein Beißen mehr. Ab jetzt wirst du Blut aus der Flasche trinken. Schaffst du das?"

„Auf jeden Fall, Mann." Phineas sah Ian an. „Habt ihr hier noch mehr von diesem Blissky? Ich habe immer noch Hunger."

„Heute Nacht gibt es keinen Blissky mehr", sagte Angus. „Bring ihm eine Flasche Blutgruppe 0, Ian."

„Klar." Ian verschwand in der Küche.

Phineas wanderte im Flur auf und ab. „Wohnt ihr alle hier?"

„Ich bin nur zu Besuch", sagte Angus. „Connor, Ian und Dougal wohnen hier. Und du kannst auch hier wohnen, wenn du willst."

„Kein Scheiß?" Phineas' Augen leuchteten. Er schaute in die Bibliothek. „Cool."

„Als Gegenleistung erwarte ich, dass du für mich arbeitest."

„Gegen Kost und Logis. Ich verstehe." Phineas schaute ins Wohnzimmer. „Wow, das ist ja ein Hammer-Fernseher! Zieht ihr euch auch die Spiele der New York Knicks rein?"

„Du wirst in Connors Team arbeiten. Bezahlung gibt es zweimal im Monat."

Phineas drehte sich um und sah Angus ungläubig an. „Ich werde bezahlt? Mit echtem Geld?"

„Ja."

Phineas blieb vor Staunen der Mund offen stehen. „Mir hat noch nie jemand einen richtigen Job angeboten."

Angus sah ihn mit ernster Miene an. „Ich hoffe, ich werde meine Entscheidung nicht bereuen."

„Nein, auf keinen Fall. Ich krieg das hin. Ich ... Ich brauche auch einen Job. Ich habe Familie. Ich kann ihnen doch Geld schicken, oder?"

„Natürlich. Aber du darfst ihnen nicht sagen, welche Arbeit du machst und was du bist. Glaub mir, sie werden es ohnehin nicht verstehen."

„Das ist mir mittlerweile klar." Die Augen des „neuen" Vampirs glänzten vor Tränen. „Ich habe zwei kleinere Geschwister. Sie leben bei meiner Tante, und die hat Diabetes und kann nicht arbeiten. Sie sind alle auf mich angewiesen und ich … Ich mach mir echt Sorgen um sie."

„Was ist mit euren Eltern?", fragte Emma.

Phineas schüttelte den Kopf. „Meine Mom ist an Aids gestorben und mein Dad ist abgehauen, als ich noch klein war. Ich bin echt ganz krank vor Sorge wegen meiner Familie. Sie wissen nicht, was mit mir ist, und die Scheißrussen haben mich nicht zu ihnen gelassen."

Angus nickte. „Ian wird dich für einen kurzen Besuch nach Hause begleiten." Er nahm ein Bündel Geldscheine aus seinem Sporran. „Hier hast du einen Vorschuss auf deinen ersten Lohn. Gib das deiner Familie, denn ich kann dir noch nicht sagen, wie oft du sie besuchen kannst."

„Cool, Mann." Phineas nahm das Geld an sich.

Ian kam mit einer Flasche Blut zurück, die er Phineas hinhielt. „Ich bin Ian MacPhie. Deinen echten Namen weiß ich immer noch nicht."

„Phineas McKinney." Er nahm einen Schluck aus der Flasche.

„McKinney?"

Auch Angus war sein Name schon aufgefallen. „Offensichtlich ein Schotte."

Ian betrachtete ihn mit zusammengekniffenen Augen. „Ich kenne einige McKinneys, aber keiner von ihnen sieht ihm auch nur im Entferntesten ähnlich."

Angus zuckte die Achseln. „Jetzt ist er einer von uns. Nachdem ihr kurz bei seiner Familie vorbeigeschaut habt, kannst du mit seiner Ausbildung beginnen."

„Welche Ausbildung?" Phineas schüttete mehr Blut in sich hinein.

„Kampfsport und Fechten", antwortete Angus.

„Schwertkampf", erläuterte Ian.

Phineas riss den Mund auf. „Ich kriege auch eins von diesen gigantischen Schwertern?"

„Ein Claymore. Ja." Ian schnappte Phineas am Arm und ging mit ihm zur Tür. „Du wirst ein Kämpfer wie wir."

„Cool." Phineas sah noch einmal Angus an, bevor er ging. „Aber in einen Rock kriegt ihr mich nicht!"

Als sich die Tür hinter ihnen schloss, prustete Emma los. „Du bist wirklich wunderbar, Angus MacKay."

Er schnaubte verächtlich. „Ich habe ihm nicht geholfen, weil ich so nett bin. Die Malcontents sind uns zahlenmäßig überlegen und Roman ist dagegen, zu unseren Zwecken Menschen in Vampire zu verwandeln. Uns sind die Hände gebunden."

„Ich verstehe." Emma nickte, dann lächelte sie ihn an. „Aber du bist trotzdem wunderbar." Er hatte erkannt, dass Phineas ein gutes Herz hatte. Das wäre nicht jedem aufgefallen.

Angus ging auf sie zu. „Du findest mich also attraktiv?"

„Ja. Und ich vertraue dir." Wie schnell das gegangen war! So etwas brachte wirklich nur ein Angus MacKay fertig.

„Dann vertrau mir auch, wenn ich dir jetzt sage, dass du in großer Gefahr bist. Ich möchte, dass du die Nacht bei mir verbringst."

16. KAPITEL

Irgendwie hatte Emma die Ahnung, dass eine gemeinsame Nacht mit Angus MacKay nicht ganz ungefährlich sein könnte. Auf jeden Fall wäre sie aufregend. „So schlimm ist die Lage ja wohl nicht."

Angus sah sie besorgt an. „Alek weiß, dass du der Vampirjäger bist. Wahrscheinlich hat er Katya schon informiert. Sie werden dich umbringen wollen."

„Das kann ja sein. Aber sie wissen weder meinen Namen noch, wo ich wohne. Und so lange bin ich relativ sicher."

„Relativ reicht nicht. Sie wissen, dass du sterblich bist – also leicht zu töten. Und sie wissen, dass ich dir helfe."

„Ein Grund mehr, nicht zusammenzubleiben."

„Nein." Er drückte sanft ihre Schultern. „Ich werde dich beschützen."

Sie kämpfte gegen das Bedürfnis, sich in seine Arme zu werfen. „Es ist nicht so, dass ich deine Sorge nicht zu schätzen wüsste. Du bist wirklich sehr nett ..."

„Nett? Ja, klar! Hier geht es wohl eher um deinen Stolz und Eigensinn. Ich bin fest entschlossen, dich zu beschützen und lasse mich von dir auch nicht davon abbringen. Ich stehe zu meinem Wort!"

Ihr ehrenhafter, mittelalterlicher Ritter in glänzender Rüstung. Er war wirklich unwiderstehlich. Beinahe könnte sie sein Vampirdasein vergessen. Aber leider nur beinahe. Sie streichelte seine Wange. „Ich weiß, dass du zu deinem Wort stehst, Angus. Aber ich finde, ich sollte besser nicht mit dir allein sein."

„Du bist nicht allein", meldete sich da eine ihr unbekannte Stimme.

Erschrocken drehte Emma sich um. Wie aus dem Nichts erschienen zwei Männer neben der Treppe. Sehr gut aussehende Männer. Der eine trug einen Kilt. Sie erkannte in ihm Robby aus Paris. Der andere Mann trug einen teuer aussehenden Anzug und lächelte wissend. Offensichtlich hatten sie sich gerade hierher teleportiert.

„Der Anrufbeantworter war eingeschaltet." Robby ließ ein Handy in seinen Sporran fallen. „Wir haben gehört, du brauchst unsere Hilfe, Angus."

„Sieht ganz danach aus." Der Mann mit dem Anzug betrachtete Emma lächelnd. „Du scheinst hier alle Hände voll zu haben."

Sie errötete. Hatte man in dieser Vampirwelt überhaupt keine Privatsphäre? Wenigstens war sie diesmal vollständig bekleidet. Sie aktivierte ihre mentale Firewall gegen mögliche Angriffe von außen.

„Danke, dass ihr gekommen seid." Angus drückte auf einen Knopf neben der Eingangstür. Dann ging er auf seine Besucher zu und klopfte Robby auf die Schulter. „Aber Jean-Luc ist jetzt nicht ganz ohne Security?"

„Er hat darauf bestanden, dass er keinen Babysitter braucht und wir hier mehr gebraucht werden." Robby verbeugte sich kurz vor Emma. „Wie geht es Ihnen, Miss Wallace?"

„Sehr gut, danke." Emma hängte sich ihre Tasche fester um, was ein klapperndes Geräusch der Holzpflöcke erzeugte.

Lächelnd bemerkte der Mann im Anzug: *„La signorina* lebt gern gefährlich."

Es war die Stimme, die sie zuerst gehört hatte. Der Mann hatte einen ganz leichten italienischen Akzent.

Angus ging zu ihm hinüber. „Das ist Jack aus Venedig."

Er rollte mit den Augen. „Angus versucht immer, einen Engländer aus mir zu machen. Ich bin Giacomo aus Venezia."

Grinsend sah Angus zu Emma herüber. „Und wenn er dir gleich sagt, sein Familienname wäre Casanova, glaub ihm bloß kein Wort."

„Ah." Giacomo legte eine Hand auf sein Herz. „Das tut mir weh, alter Freund." Auch er verbeugte sich vor Emma. „Zu Ihren Diensten, *signorina*."

Wer waren diese Typen? Rob Roy und Casanova? Emma konnte nicht fassen, wie sehr sich ihr Leben innerhalb weniger Nächte verändert hatte. Sie war inzwischen schon fast so weit, Blissky ohne Blut zu trinken.

„Gibt's was Neues von der Suche nach Casimir?" Angus musste sich zunächst die wichtigsten Informationen geben lassen.

„Angeblich soll er sich irgendwo in Osteuropa aufhalten", antwortete Robby.

„Allerdings nicht in Polen", fügte Giacomo hinzu. „Ich komme gerade von Zoltan und seinen Leuten. In einem Dorf gab es vor etwa einem Monat mehrere ungeklärte, überraschende Todesfälle. Wir glauben, dass Casimir dort war und dann weiter nach Süden gezogen ist."

„Dann werden wir ihn schnappen. Gut." Angus nickte. „Bis dahin habe ich hier einen Auftrag für euch."

„Dürften wir vielleicht zuerst etwas essen? Ich bin seit acht Stunden im Einsatz und komme um vor Hunger." Giacomos dunkle Augen begannen zu schimmern, als er den Blick auf Emma richtete.

Ein böser Blick strafte zugleich sein Ansinnen.

Angus schüttelte den Kopf. „Jack, ärgere sie nicht. Sie hat keine Scheu, ihre Holzpflöcke einzusetzen."

„Ich habe gehört, Romans neueste Kreation soll köstlich sein", lenkte der Vampir ein.

„Oh ja, Blissky. Hier entlang." Angus führte die beiden Männer in die Küche und berichtete dabei von den Morden im Central Park.

Emma blieb einen Augenblick allein im Flur stehen und folgte ihnen dann in die Küche. Sie öffnete die Schwingtür.

„Ihr kümmert euch um die öffentliche Sicherheit im Park", sagte Angus, während er allen ein Glas Blissky einschenkte.

Robby und Giacomo wollten nähere Einzelheiten wissen, sodass Emma sich in aller Ruhe in der Küche umsehen konnte. Es gab einen Kühlschrank, Mikrowelle, unberührte Herdplatten. Offensichtlich wurde hier nie richtig gekocht. Sie ließ ihren Blick zum Küchentisch schweifen und erstarrte. Lag da etwa ein Kleidungsstück aus roter Spitze?

Ihr Höschen?

Sie drehte sich zu den drei Vampirmännern um, die mit ihrem Blissky befasst waren, dessen Großartigkeit sie bei jedem Schluck aufs Neue rühmten. Schnell ging Emma zum Tisch hinüber und stellte ihre Tasche mit den Holzpflöcken auf ihr Höschen.

„Emma?"

Sie fuhr herum, als Angus sie ansprach. „Ja?"

„Möchtest du denn auch etwas trinken? Wir haben Softdrinks da, und ich weiß sogar noch, wie man eine Tasse Tee macht."

„Eine Cola, bitte. Cola light, wenn's geht." Sie ging um den Tisch herum und setzte sich in Blickrichtung zu den Männern hin. Dann zog sie langsam ihre Tasche zu sich heran.

Als Angus ihr den Rücken zuwandte, um die Cola für sie aus dem Kühlschrank zu nehmen, zog sie blitzschnell die Tasche über die Tischkante. Ihr rotes Spitzenhöschen fiel ihr auf den Schoß, und ein Blatt Papier landete auf dem Fußboden. Sie bückte sich, um zu sehen, wohin es gefallen war.

„Sie haben also vier Malcontents erledigt?", fragte Giacomo und näherte sich dem Tisch.

Emma nahm schnell den Slip in die Hand. „Ja, habe ich."

„Erstaunlich." Der italienische Vampir nahm ihr gegenüber Platz und stellte seinen Drink auf dem Tisch ab. „Eine

Sterbliche, die Vampire tötet, muss sehr furchtlos sein."

„Emma bleibt selbst in absoluten Stresssituationen cool", erläuterte Angus, als er ein Glas mit Eis füllte.

Ja klar. Sehr cool. Nur letzte Nacht war sie vollkommen ausgerastet, als er sie ohne Unterwäsche an einen fremden Ort teleportiert hatte.

„Sie ist nun mal eine Wallace", stellte Robby fest.

Emma bezweifelte, dass ihr berühmter Vorfahr jemals in die Verlegenheit gekommen war, einen roten Spitzenslip verstecken zu müssen. Sie nahm ihre Tasche und stellte sie sich auf den Schoß, dann ließ sie unauffällig den Slip hineinfallen. Danach bückte sie sich nach dem Stück Papier, das neben ihrem Stuhl gelandet war.

„Ist Ihnen etwas heruntergefallen?", fragte Giacomo.

„Nein." Emma richtete sich wieder auf und ließ den Zettel ebenfalls unauffällig in ihrer Tasche verschwinden. „Mich hat nur ein Moskitostich gejuckt."

„Elende Blutsauger." Der Anflug eines Lächelns erschien auf Giacomos Gesichtszügen. „Man muss die Viecher einfach hassen."

Was sollte sie dazu sagen? Sie sah ihn zweifelnd an. „Manche sollen ja sogar Krankheiten übertragen."

Nun musste Giacomo herzlich lachen. „Ich mag sie, Angus."

„Aber bitte nur aus der Entfernung", murmelte Angus, als er das Glas Cola light vor Emma hinstellte.

Grinsend erhob Giacomo sein Glas. „Auf die *amore*!" Er leerte sein Glas in einem Zug.

„Miss Wallace, darf ich fragen, wie Sie die Malcontents getötet haben?", erkundigte sich Robby. „Haben Sie ein Schwert benutzt oder einen Ihrer Holzpflöcke?"

„Einen Holzpflock." Emma trank einen Schluck Cola.

„Darf ich Ihre Pflöcke mal sehen?"

Nach einem kurzen Hustenanfall räusperte sie sich. „Lieber ... Lieber nicht."

Angus seufzte. „Bei mir hast du dich doch auch nicht so angestellt. Ich musste sogar erst ein paar kaputt machen, mit denen du mir zu nahe kamst."

„Wollte sie dich auch umbringen?" Giacomo beugte sich zu ihr, um einen Blick in ihre Tasche zu werfen. „Die Dinger müssen ja schrecklich sein."

„Nein. Ich zeig sie dir." Und schon schnappte Angus sich Emmas Tasche. Er schaute hinein und stutzte. Dann steckte er den Kopf beinahe in die Tasche.

Giacomo stand lächelnd auf. „Was ist denn? Hast du ihre Geheimwaffe entdeckt?"

„Nein, nur ein Souvenir." Angus steckte eine Hand in die Tasche.

Emma zuckte zusammen.

„Hier, für euch." Angus legte zwei Holzpflöcke auf den Tisch. „Ein Souvenir von der Vampirjägerin." Er gab Emma die Tasche zurück.

Vor Erleichterung stieß sie einen Seufzer aus. Sie hätte es wissen müssen – er war schließlich ein Gentleman.

Robby und Giacomo nahmen jeder einen Pflock und begutachteten ihn.

„Zu klein. Da ist mir mein Claymore lieber." Kopfschüttelnd steckte Robby den Holzpflock in seinen Sporran.

„Und mir mein Dolch." Giacomo steckte sein Souvenir in die Jackentasche. „Wir müssen los." Er verbeugte sich vor Emma. „Es war mir ein Vergnügen, Sie kennenzulernen, *signorina*."

„Ganz meinerseits." Emma stand auf und drückte die Tasche fest an sich. „Vielen Dank, dass Sie im Park auf Sicherheitspatrouille gehen." Sie wartete, bis beide die Küche verlassen hatten, dann ließ sie sich erleichtert auf einen Stuhl sinken.

Angus nahm sein Glas Blissky von der Küchentheke und nahm einen großen Schluck. „Wie kommt dein Höschen in die Tasche?"

Sie sah ihn scharf an. „Irgendjemand hat es unauffällig mitten auf dem Küchentisch drapiert. Irgendwohin musste ich es ja verschwinden lassen. Was mich darauf bringt ..." Emma nahm das Stück Papier aus der Tasche. „Dieser Zettel lag auch dabei."

Angus ging mit ausgestreckter Hand auf sie zu. „Wahrscheinlich eine Nachricht für mich."

Sie sah ihn finster an. „Mein Höschen, mein Zettel." Sie faltete den Zettel auf.

Ungeduldig machte er mit den Fingern ein Zeichen, damit sie ihm das Stück Papier reichte. „Die Nachricht ist für mich. Und dein Höschen hätte ich gern für meine Trophäensammlung."

Emma schnaubte verächtlich. Die Nachricht war eindeutig an ihn gerichtet, doch vorerst gab sie ihm den Zettel nicht. „Soll das heißen, du sammelst Frauenunterwäsche?"

„Nur deine, mein Schatz." Er beugte sich über den Tisch. „Und nur, wenn ich das Vergnügen hatte, dir die Wäsche eigenhändig auszuziehen."

Hatte er sie gerade absichtlich Schatz genannt? Oder benutzte er das Wort einfach so, ohne tiefere Bedeutung? Jedenfalls hatte sie es vorher noch nie von ihm gehört.

Er riss ihr den Zettel aus der Hand.

„Hey!" Sie stand auf und knallte ihre Tasche auf den Tisch. Wahrscheinlich wollte er sie mit diesem Kosewort nur ablenken. Und blöderweise hatte das auch noch funktioniert! Sie sollte sich nicht darauf einlassen! Nein, sie sollte ihre Unterwäsche nehmen und gehen.

Aber natürlich siegte ihre Neugier. Also stellte sie sich neben Angus, um zu lesen, was auf dem Zettel stand.

Angus,
Phil hat diesen Slip im Wohnzimmer gefunden und mich gefragt, wem von uns er gratulieren soll.
Wir müssen reden.
Connor

Na super. Emma stöhnte. Connor wusste also von ihnen beiden. „Wer ist dieser Phil?"

„Einer von unseren Tageswachleuten." Angus knüllte den Zettel zusammen und warf ihn in den Papierkorb. „Es wäre übrigens leichter für mich, dich zu beschützen, wenn du hier einziehen würdest."

Wie bitte? Sie sollte bei einem Vampir einziehen? Hatte er den Verstand verloren? „Ich schätze deine Sorge wirklich, Angus, aber das ist ein bisschen viel verlangt. Du musst mich auch gar nicht beschützen. Ich habe mich selbst in diese Situation gebracht, also muss ich da auch allein wieder rauskommen."

„So leicht wirst du mich nicht los." Er beobachtete sie eindringlich. „Dein Puls rast."

Danke für die Erinnerung. Sie ballte die Hände zu Fäusten, dann entspannte sie sich wieder. „Es ist völlig unmöglich, dass ich hier einziehe. Wenn Sean das mitbekäme, würde er mich sofort feuern und dafür sorgen, dass ich nie mehr einen Job bei der CIA bekomme."

„Dann kannst du bei mir arbeiten. Sag mir dein Gehalt, und von mir bekommst du das Doppelte."

Musste er sie immer wieder derart schockieren? „Das ist nicht der Punkt."

„Oh doch. Du könntest uns helfen, Casimir zu finden, und das ist wichtiger als alles, was du bei Sean Whelan machst. Was erreicht dieser Mann denn? Er verschwendet die Zeit aller seiner Mitarbeiter, indem er nach seiner Tochter sucht, die absolut sicher und glücklich ist." Er sah Emma irritiert an. „Dein

Herz hämmert ganz laut. Ich kann es deutlich hören."

„Ich brauche keinen Live-Kommentar zu den Reaktionen meines Körpers."

„Ich sage das nur, um dir deinen inneren Kampf zu verdeutlichen, den ich absolut unnötig finde."

Emma verschränkte die Arme. „Du findest also, ich sollte einfach tun, was du sagst. Bei dir wohnen, für dich arbeiten. Alles, wie du es gerne hättest."

„Ja, das wäre leichter."

Neandertaler! Das bedeutete völlige Selbstaufgabe – ausgeschlossen! „Ich führe ein eigenständiges Leben."

„Aber deine Mission lautet, Sterbliche zu beschützen und böse Vampire zu töten. Das heißt, es ist dieselbe Mission wie meine." Er nahm sie zärtlich in die Arme. „Siehst du nicht, wie ähnlich wir uns sind?"

„Nein. Ich sehe, wie unterschiedlich wir sind. Du würdest der Chef sein und ich deine Angestellte. Du bist der unsterbliche Vampir und ich die niedere sterbliche Kreatur. Du bist schneller und stärker als ich. Und du besitzt sogar ein Schloss, während ich in einem Mini-Apartment hause!"

„Willst du eine größere Wohnung?"

„Nein! Ich will nur ... gleichberechtigt sein. Zwischen uns gibt es ein Ungleichgewicht der Mächte, das ich nicht ..."

„Du glaubst, das würde ich ausnutzen? Ich habe lediglich geschworen, dich zu beschützen!"

„Das geht mir alles zu schnell." Sie machte sich los. „Noch vor einer Woche hasste ich alle Vampire und tötete jeden, den ich kriegen konnte. Jetzt hast du gerade erst mein Vertrauen erlangt und ... ich mag dich. Ich kann jetzt nicht auch noch ... mit dir zusammenziehen."

„Schämst du dich meiner?"

„Nein! Überhaupt nicht." Im Gegenteil, seine Stärke zog sie unwahrscheinlich an. Alles an ihm war einfach zu überwältigend. „Ich muss auf mich selbst aufpassen."

„Warum?", schrie er plötzlich. „Ich habe dir versprochen, dass ich dir niemals etwas antun werde!"

Sie schloss kurz die Augen. „Ich weiß, dass du das möchtest. Aber das ändert nichts an der Tatsache, dass wir in zwei verschiedenen Welten leben. Wir beide haben gemeinsam keine Zukunft."

„Zum Teufel mit der Zukunft. Wir leben jetzt."

„Und du lebst auch in hundert Jahren noch."

Seine Zerknirschtheit war ihm anzumerken. „Du weist mich also zurück, weil ich so bin, wie ich bin?"

Herrje. Sie wollte ihm nicht wehtun. „Du bist der wunderbarste Mann, den ich je getroffen habe. Aber ich muss auf mich selbst aufpassen."

Angus ging zur Küchentheke und leerte sein Glas. Mit dem Rücken zu ihr schlug er seine Fäuste auf die Theke. „Das ändert nichts. Ich habe geschworen, dich zu beschützen, und das werde ich auch tun. Also, wohin möchtest du jetzt gehen?"

Ihr wurde das Herz schwer. Aber so war es besser. Sie musste die Sache beenden, bevor sie ihm völlig verfallen war. „Wenn die Malcontents meinen Namen herausfinden, werden sie mich in meiner Wohnung erwarten. Ich glaube daher, dass Austins Apartment sicherer ist. Wenn du mich dorthin teleportieren könntest, wäre mir das sehr recht."

„Aber ich bleibe bis kurz vor Sonnenaufgang bei dir." Er drehte sich zu ihr um. „Und keine Sorge, Ich werde im Wohnzimmer bleiben und Fernsehen schauen. Du wirst gar nicht merken, dass ich da bin."

* * *

Wahrscheinlich schmollt er, dachte Emma bei sich. Er verhielt sich vollkommen still, hatte aber alles getan, worum sie ihn gebeten hatte. Erst teleportierte er sie in ihre Wohnung, damit sie noch ein paar Klamotten packen konnte, dann brachte er sie zu Austin. Sogar das Essen vom Chinesen hatte er bezahlt, das ihr angeliefert wurde.

Jetzt saß er still auf ihrer Couch. Sie schaltete den Fernseher ein – ein paar alte Sitcoms wurden wiederholt. Er hatte nichts dagegen. Sie nahm in einiger Entfernung zu ihm Platz und legte die Fernbedienung auf ein Kissen in die Mitte. Von Zeit zu Zeit sah sie klammheimlich zu ihm hinüber. Er lachte kein einziges Mal, stattdessen hatte er eine grimmige Miene aufgesetzt. Sein Schweigen war bedrückend, er saß da wie tot. Das heißt, rein äußerlich. Doch Emma spürte, dass er innerlich kochte und kurz vor dem Explodieren war.

Gegen vier Uhr dreißig wurde sie müde. Sie hielt sich die Hand vor den Mund, um ihr Gähnen zu verbergen.

„Du musst nicht aufbleiben", versicherte er leise. „Ich werde sowieso bald gehen müssen."

Langsam erhob sich Emma und streckte sich. „Dann nehme ich schnell noch ein heißes Bad und gehe dann ins Bett."

„In Ordnung." Er nahm die Fernbedienung und schaltete auf den Wetterkanal um.

„Tut mir leid, dass man hier kein DVN empfängt."

„Schon gut." Durch sein Supergehör benötigte er nur minimale Lautstärke, die er sich jetzt einstellte. „Ich habe Angestellte überall auf der Welt. Mal sehen, wie das Wetter bei ihnen ist."

„Wahrscheinlich willst du auch wissen, wann genau die Sonne aufgeht."

Irritiert blickte er Emma an. „Gute Nacht."

Ganz klar. Er schmollte. Sie ging in Richtung Schlafzimmer.

„Schatz."

Sie blieb in der Tür stehen. Hatte sie das jetzt wirklich gehört? Es war so leise gewesen, sie war sich nicht sicher, ob er es überhaupt gesagt hatte. Vielleicht hatte sie es sich auch nur eingebildet. Ein Blick zu ihm verriet keine Gefühlsregung.

Er starrte auf die Mattscheibe.

„Gute Nacht." Sie schloss die Schlafzimmertür und drehte dann das Wasser für ihr Bad auf.

Ein heißes Schaumbad würde sie hoffentlich entspannen lassen. Sie war schon in Unterwäsche, als ihr wieder ihr Slip in der Tasche mit den Holzpflöcken einfiel. Ob Angus sich wirklich ihr Spitzenhöschen als Trophäe mitnehmen wollte? Sie musste zugeben, das war der beste Sex ihres Lebens gewesen. War es nicht dumm, ihn zurückzuweisen?

Emma entledigte sich ihres schwarzen BHs und schleuderte ihn wütend gegen die Tür. Warum konnte sie sich bloß nicht in einen ganz normalen Mann verlieben? Sie schlüpfte aus ihrem schwarzen Seidenslip. War es nicht Verrat an ihren ermordeten Eltern, wenn sie sich in Angus verliebte? Oder würden ihre Eltern ihr sagen: Folge deinem Herzen? Sie hatten einander so geliebt. Sicher würden sie ihrer Tochter alles Glück der Welt wünschen.

Sie stieg in die Wanne und in den fluffigen weißen Schaum. Der sanfte Jasminduft entfaltete seine entspannende Wirkung. Seufzend lehnte Emma sich zurück.

„Mum. Dad", flüsterte sie. „Ich bin so verwirrt." Ach, wenn sie doch mit ihnen reden könnte! In den ersten Wochen nach dem Tod ihrer Eltern bildete sie sich mitunter ein, die Stimme ihres Vaters zu hören, wie ein Flüstern im Wind oder ein plötzlich auftauchender Gedanke. Doch das war Jahre her. Jetzt war sie vollkommen allein.

Sie schloss die Augen und atmete tief ein und aus, entspannte sich und war offen für alle Ratschläge – ganz egal, ob von ihrem verstorbenen Vater oder von dem lieben Gott. Ihr war alles recht.

An ihren Brüsten kribbelte es, als ein paar kleine Schaumbläschen zerbarsten. Sie lächelte, als ihr der blumige Duft in die Nase stieg. Ein Schaumfleck, der gerade noch an ihrem Nacken gesessen hatte, rutsche nun ihren Hals herab und liebkoste sie. Es kam ihr vor, als würde jemand sie zärtlich streicheln.

Wie gut so ein Schaumbad tat! Sie nahm eine bauschige Schaumwolke und bedeckte ihre Brüste damit. Die Bläschen platzten und kitzelten auf ihren Brustwarzen. Sehr angenehm.

Schön, dass es dir gefällt.

Emma erschrak. Das war Angus' Stimme! Wie konnte das sein? Sie setzte sich auf und spähte durch den Duschvorhang ins Bad. „Wo bist du?"

Immer noch auf der Couch.

Seine Stimme war in ihrem Kopf. Er war in ihrem Kopf. Sie hatte ihre Gedankenwelt geöffnet!

Nein, mach nicht gleich wieder zu! Du siehst so wunderschön aus! So wunderschön gerötet vom heißen Wasser.

Ihr Herz schien auszusetzen, als jetzt eine Hand eine Brust zu umfassen schien. Doch es war niemand zu sehen außer Schaumblasen, die über ihren Körper wanderten und dafür sorgten, dass ihre Brustwarzen hart wurden. „Wie machst du das?"

Sein Daumen strich über die harten Nippel. So fühlte es sich jedenfalls an. Sie erschrak, als sich etwas an ihrer anderen Brustwarze zu schaffen machte. Seine Zunge?

„Was machst du da?" Als er an ihr zu saugen begann, ließ sie sich zurückfallen. Sie spürte ihn so intensiv, dabei war er gar nicht da! Selbst als sie ihre Brust mit einer Hand bedeckte, hörte das sanft fordernde Saugen nicht auf. Es war sensationell! „Wie geht das?" Nicht, dass sie eine Antwort erwartete. Wie hätte er auch mit vollem Mund etwas sagen können?

Das nennt man Vampirsex.

„Und wieso kann ich das spüren? Ich bin kein Vampir." Er brachte sie fast zum Wahnsinn, indem er sich jetzt beide Brustwarzen gleichzeitig vornahm. Offensichtlich konnte er auch in Gedanken sprechen, wenn sein Mund beschäftigt war.

Aber ich bin einer. Und ich möchte dich befriedigen.

Emma ließ sich tiefer ins Wasser gleiten – und spürte ihn noch immer. Sogar unter Wasser. Das war wunderbar! Er war wunderbar. Oh nein! Konnte er jetzt ihre Gedanken lesen? „Das habe ich dir nicht erlaubt."

Wirst du aber. Ich will dich schreien hören, so wie letzte Nacht. Seine Hände kneteten ihre Brüste, die sich ihm entgegenreckten. Eine dritte Hand strich über ihren Bauch und bahnte sich den Weg zwischen ihre Beine.

Ein Stöhnen entglitt ihrem geöffneten Mund. Doch trotz der unsagbaren Erregung musste sie es wissen: „Wie viele Hände hast du für dieses Liebesspiel zur Verfügung?"

So viele, wie ich mir gerade vorstelle. Er legte eine Hand auf ihre Scham und bearbeitete mit den anderen beiden weiter ihren festen Busen.

An ihrem Hals spürte sie etwas Feuchtes, Warmes. Seinen Mund. Seine Zunge arbeitete sich zu ihrem Ohr vor.

Bist du bereit für mich?, fragte es leise in ihrem Kopf.

Willig spreizte sie die Beine. „Du verführst mich schon wieder."

Ich liebkose dich. Er küsste sie sacht auf die Stirn. *Schließ die Augen und genieß es.*

Oh ja, das ließ sie sich nicht zweimal sagen. Sie schloss die Augen.

Plötzlich spürte sie Hände auf ihrem ganzen Körper, auf ihren Armen und Beinen, auf ihrem Rücken und ihrem Bauch. Sie stöhnte wohlig, als er ihr die Schultern massierte und mit der Zunge ihre Nippel liebkoste. Als er ihre Klitoris berührte, schrie sie zum ersten Mal.

Emma umklammerte den Rand der Badewanne. Das war mal eine sinnvolle Anwendung übersinnlicher Kräfte! Eine kurze Schockwelle der Erregung, als sie seinen Mund zwischen ihren Beinen spürte. Unvorstellbar! Aber es geschah alles in seinen und ihren Gedanken.

Ich hatte dir doch versprochen, dich beim zweiten Mal mit dem Mund zum Schreien zu bringen.

„Oh mein Gott." Es fühlte sich so unglaublich echt an! Jedes Lecken, jede kleine Bewegung seiner Zunge, jedes Saugen und Knabbern an ihrer Klitoris war ein Feuerwerk der Lust. Sie stemmte die Füße gegen das untere Ende der Wanne und bot ihm ihren Körper ganz dar. Sie wollte mehr. Mehr! Sie war bereit.

Komm, mein Schatz. Komm für mich! Seine Hände walkten ihren Hintern, während seine Zunge außer Kontrolle geriet.

Und sie schrie. Ihre Füße rutschten weg, sie flutschte durch die Wanne und das Wasser schwappte heraus. Zwischen ihren Beinen pulsierte es. Sie krümmte sich zusammen, presste die Oberschenkel aneinander und genoss das wohlige Erbeben ihres ganzen Körpers. Plötzlich hörte sie Angus stöhnen, heiser, und allein dieses Stöhnen brachte sie erneut zum Höhepunkt.

Langsam beruhigte sich ihre Atmung wieder. Emma setzte sich in der Wanne auf und stellte fest, dass das halbe Badezimmer unter Wasser stand. So ein sinnliches Schaumbad gab es allerdings auch nicht alle Tage. Auf wackligen Beinen stand sie auf und stieg aus der Wanne.

Und was jetzt? Schnell errichtete sie eine mentale Barriere, damit Angus keinen Zugang mehr zu ihren Gedanken hatte. Er musste nicht alles mitbekommen. Abgesehen davon funktionierte ihr Gehirn noch gar nicht wieder richtig, denn jeder zweite Gedanke lautete: „Wow!" Emma wickelte sich in einen Bademantel und öffnete ihre Haarspange. Sollte sie so tun, als sei nichts geschehen? Aber es war geschehen. *Wow!* Ob sie einfach die Schlafzimmertür öffnen und ihn hereinbitten sollte, um das Ganze noch einmal real zu erleben? *Wow!* Sie verwuschelte ihre Haare und betrachtete sich im Spiegel. Was sollte sie machen?

Sie verließ das Bad und ging hinüber ins Schlafzimmer. Langsam öffnete sie die Tür. Er saß immer noch auf dem Sofa, hatte aber den Fernseher ausgeschaltet.

Er drehte sich um und betrachtete sie. Seine Augen waren dunkelrot. „Ich muss los. Gleich geht die Sonne auf."

„Oh." Na super. Was Besseres fiel ihr nicht ein?

Auf dem Couchtisch lag ihr Handy, auf das er jetzt deutete. „Ich habe mir deine Nummer notiert, falls ich dich erreichen muss."

„Okay."

„Und ich sende dir eine meiner Tageswachen. Die Malcontents arbeiten mit der Russenmafia zusammen, du bist also eventuell auch tagsüber in Gefahr."

„Oh."

Stirnrunzelnd beäugte er seinen Schoß. „Ich muss wohl meinen Kilt in die Reinigung bringen." Dann stand er auf und nahm seinen Sporran, der neben ihm auf dem Sofa lag.

Emma konnte es nicht glauben. Ihr fiel ein, wie er gestöhnt hatte. „Angus."

„Gute Nacht ... mein Schatz." Und damit verschwand ihr imaginärer Liebhaber.

17. KAPITEL

Angus kam im fünften Stock von Romans Stadtdomizil an und schaltete schnell den Alarm aus. Er legte seinen Sporran auf den Schreibtisch und drückte den Interkom-Schalter. „Ian, ich bin wieder da."

„Wurde auch Zeit", entgegnete Ian. „Es ist schon fast Morgen. Und Connor will dich sprechen."

Angus betrachtete seinen Kilt und seufzte. „Gib mir zwei Minuten." Er sauste ins Schlafzimmer und zog Schuhe, Pullover und Kilt aus. Während er in ein Paar Jeans schlüpfte, betrachtete er die Flecken in seinem Rock. Man könnte meinen, er wäre sechzehn und nicht fünfhundertsechsundzwanzig, nach dem, was ihm gerade passiert war. Aber er konnte sich nicht daran erinnern, jemals von einer Frau so erregt gewesen zu sein wie von Emma, und gleichzeitig so frustriert.

Ihre ständigen Zurückweisungen machten ihn wirklich wütend. Dasselbe hatte auch seine Frau vor zweihundert Jahren mit ihm gemacht. Aber Emma müsste es eigentlich besser wissen. Sie war viel zu intelligent und modern für diesen abergläubischen Quatsch. Sie war zu mutig, um überhaupt vor etwas Angst zu haben. Sie war eine Kämpfernatur wie er. Sie war die perfekte Frau für ihn. Aber er würde nicht kampflos aufgeben. Das Eindringen in ihre Gedanken heute Nacht war im Prinzip ein Akt der Verzweiflung gewesen. Aber zum Teufel! Wenn sie ihn zurückweisen wollte, dann sollte sie wenigstens wissen, was ihr entging!

Es klopfte an der Tür des Büros. „Komm rein." Angus ging auf Strümpfen hinüber ins Büro. Außer der Jeans trug er ein weißes Unterhemd.

Connor trat ein. „Wir müssen reden."

„Alles klar bei Romatech?"

„Ja." Connor schloss die Tür hinter sich. „Das Geburtszimmer ist fertig für den Fall, dass Shannas Kind ... spezielle Bedürfnisse hat."

Ein Halbvampir wäre. Angus seufzte. „Und sonst?"

„Die Vampirärzte kommen morgen Nacht, und die Geburt soll Freitagnacht stattfinden."

„Gut." Angus ging um den Schreibtisch herum und setzte sich.

„Ich bin froh, dass du die Sicherheitstruppe verstärkt hast. Obwohl ich eigentlich dachte, sie unterstützen uns bei Romatech, wenn die Ärzte da sind. Aber Jack hat mir gesagt, er und Robby sollen im Central Park Wache schieben?"

„Ja, damit die Malcontents nicht noch mehr Menschen ermorden." Angus begann, seine E-Mails zu studieren.

Connor sagte eine Weile nichts. „Wir haben ein neues Mitglied? Dr. Phang?"

Angus lächelte und verschob ein paar Spam-Mails in den Papierkorb. „Sein echter Name ist Phineas MacKinney. Wie macht er sich?"

„Er gibt sich Mühe. Ian sagt, er war gut in seiner ersten Fechtstunde."

„Gut." Keine weitere Nachricht von Mikhail. Angus schaltete den Computer aus. „Ist die Tagschicht schon da?"

„Phil ja. Howard müsste auch jeden Moment hier sein."

„Bitte sag Phil, er möchte heute den Personenschutz bei Miss Wallace übernehmen." Angus schrieb die Adresse von Austins Apartment auf einen Zettel.

Connor betrachtete den Zettel. „Ist sie in Gefahr?"

„Sie war dabei, als ich Phineas entdeckte. Der Russe Alek war auch da und hat sie als den Vampirjäger erkannt."

„Verdammt", fluchte Connor. „Dir ist aber schon klar, dass Katya denken wird, wir hätten etwas mit den Morden zu tun, wenn wir Miss Wallace unterstützen?"

„Das ist nicht zu ändern."

„Du hättest sie wegschicken müssen, gleich als dir klar war, wer sie ist."

„Halt mir keine Vorträge, Connor."

Voller Missmut ballte Connor die Fäuste. „Das ist also der Grund dafür, warum Jack und Robby im Central Park aufpassen? Damit Miss Wallace nicht in den Park geht?"

„Und die beiden sie so vom Morden abhalten."

„Ich vermute, du hast sie mit sämtlichen Methoden versucht zu überzeugen, ihr gefährliches Hobby abzulegen."

Angus sah ihn verärgert an. „Jetzt gehst du zu weit, alter Freund."

Connor trat noch einen Schritt auf ihn zu. „Im Gegenteil. Ich fürchte, du bist zu weit gegangen. Daraus kann nichts Gutes werden."

Wen ging seine Beziehung zu Emma etwas an? Angus schlug mit der flachen Hand auf den Tisch und erhob sich. „Musstest du ihren Slip ausgerechnet in der Küche liegen lassen, wo ihn jeder sehen konnte? Warum hast du ihn nicht in mein Büro gelegt?"

„Du denkst immer nur an sie, was?"

„Und?"

Connor betrachtete ihn mitleidig. „In deinem Business kann dir so was zum Verhängnis werden."

„Ich habe geschworen, sie zu beschützen. Ich werde sie jetzt nicht im Stich lassen." Angus ging hinüber zur Bar, nahm sich eine Flasche Blutgruppe 0 aus dem Kühlschrank und stellte sie in die Mikrowelle. „Willst du auch eine?"

„Nein."

„Also dann, gute Nacht." Angus goss das synthetische Blut in ein Glas.

Doch Connor ging nicht. „Ich weiß, dass du der Boss bist. Aber du warst auch immer ein Bruder für mich und für Ian wie ein Vater."

Zu lange war Angus mit Connor befreundet, um wirklich lange auf ihn böse seine zu können. Wie immer, wenn Ians Name fiel, hatte er einen Moment lang ein schlechtes Gewissen. Und er spürte die ersten Anzeichen bleierner Müdigkeit. Die Sonne würde bald aufgehen. „Ich weiß deine Ehrlichkeit zu schätzen, Connor." Er sah seinen alten Freund an. „War es falsch von mir, Ian in seinem jungen Alter zu transformieren?"

Connor atmete tief ein. „Ian wäre gestorben, wenn du ihn nicht verwandelt hättest. Ich glaube, er ist glücklich – so glücklich, wie man eben als Vampir sein kann." Er ging zur Tür und blieb dann stehen, die Klinke schon in der Hand. „Liebst du sie?"

Angus stellte sein Glas ab. „Ja, ich liebe sie."

„Dann werden wir unser Bestes geben, um sie zu beschützen." Sein Blick war voller Traurigkeit. „Um euch beide zu beschützen."

Emma erwachte gegen zwei Uhr am Nachmittag. Sie duschte schnell und zog sich an. Mit sorgenvoller Miene betrachtete sie den Handtuchberg, mit dem sie die Überschwemmung im Bad beseitigt hatte. Ihr Tag würde heute wohl aus einem spannenden, aktionsreichen Ausflug zum Waschsalon bestehen. Sie packte die nassen Handtücher in eine Tasche und schleppte sie zur Haustür.

Im Flur hörte sie Stimmen und sah durch den Spion. Ein junger Mann stand vor ihrer Tür. Er war groß und muskulös, trug eine khakifarbene Hose und ein dunkelblaues Polohemd. Zwei blonde Frauen sprachen mit ihm. Oh nein! Es waren die beiden Dumpfbacken, die Austin für schwul hielten – Lindsey und Tina. Der arme Mann wurde regelrecht von ihnen belästigt. Ein dumpfes Geräusch erklang, als er vor ihnen zurückwich und dabei gegen die Tür stieß.

Emma riss die Tür auf. Der Mann wäre beinahe in ihren Flur gestürzt, konnte sich aber gerade noch fangen.

„Armer Schatz." Die größere der beiden Blondinen, Lindsey, griff nach seinem Arm, um ihn festzuhalten. „Komm, ich helfe dir."

„Alles gut." Er versuchte, sich loszumachen, aber Lindseys lange, pink lackierte Fingernägel krallten sich in seine Haut.

Tina war die mit den pinkfarbenen Strähnchen im Haar. Auch heute trug sie einen Minirock in derselben Farbe und ein äußerst spärliches Oberteil. Sie schaute Emma mit zugekniffenen Augen an und sagte dann: „Sie müssen die Prominente sein, die Phil bewacht."

„Phil?" Emma sah den jungen Mann an. Na großartig. Er war derjenige, der ihre Unterwäsche gefunden und Connor gegeben hatte.

Lindsey streichelte seine Brust. „Das ist ja echt toll, dass du ein Bodyguard bist. Ich wette, du bist superstark."

„Genau." Tina richtete ihre Frisur.

Begeistert schien Phil nicht gerade von diesen Attacken zu sein. „Angus schickt mich."

„Und er bleibt den ganzen Tag hier." Lindsey drängte sich an ihn. Sie trug heute braune Hot Pants und einen kurzes, türkisfarbenes Oberteil.

„Wie lange geht denn deine Schicht? Tina und ich wohnen nur zwei Türen weiter."

Die kleinere der beiden Blondinen zog die Nase kraus, während sie Emma begutachtete. „Ich dachte, nur reiche und berühmte Leute haben einen Bodyguard. Verstecken Sie sich hier vor den Paparazzi?"

Emma zuckte die Schultern. „So was in der Art."

„Wow." Lindsey ließ von Phil ab und ging auf Emma zu. „Dann sind Sie wohl … stinkreich."

„Und berühmt", ergänzte Tina. „Kenne ich Sie?"

Emma tauschte einen irritierten Blick mit Phil. „Ich glaube nicht. Ich kenne Sie ja auch nicht."

Lindsey beugte sich zu ihrer Freundin herüber und sagte: „Hast du gehört, wie sie redet? Klingt irgendwie komisch."

„Genau", flüsterte Tina zurück. „Englisch ist bestimmt nicht ihre Muttersprache."

Emma war sprachlos, während Phil kopfschüttelnd das Gesicht verzog.

„Vielleicht ein ausländischer Filmstar", flüsterte Lindsey.

Tina keuchte atemlos. „Nein! Eine ausländische Prinzessin!"

„Entschuldigen Sie", sagte Emma. „Ich stehe neben Ihnen. Ich kann Sie hören."

Die beiden Blondies erschraken.

Tina sprach jetzt laut und besonders deutlich. „Hallo. Mein Name ist Tina. Es freut mich, Sie kennenzulernen." Sie machte einen Knicks.

„Mein Name ist Lindsey", sagte die andere und knickste ebenfalls unbeholfen. „Willkommen in Amerika."

„Vielen Dank." Emma warf Phil einen zweifelnden Blick zu.

Er trat näher. „Darf ich Sie nach drinnen begleiten?"

„Selbstverständlich. Kommen Sie." Emma öffnete die Tür weiter, und er schlüpfte hinein.

„Tschüs, Phil", flötete Lindsey ihm hinterher. „Vergiss nicht, nach der Arbeit bei uns vorbeizuschauen."

„Auf Wiedersehen, königliche Hoheit." Tina knickste wieder.

„Tschüs." Emma schloss die Tür und verriegelte alle Schlösser.

„Vielen Dank." Phil lehnte sich erschöpft gegen die Wand und seufzte erleichtert. „Die beiden Damen strapazieren mich schon seit Stunden."

„Sie Ärmster." Emma ging in die Küche und lächelte. Sie nahm zwei Flaschen Wasser aus dem Kühlschrank und reichte ihm eine. „Wie kommt ein Sterblicher dazu, für einen Vampir zu arbeiten?"

Phil drehte den Verschluss der Flasche auf. „Es handelt sich um die guten Vampire, Miss Wallace. Es ist eine Ehre für mich, dass sie mir vertrauen."

Emma setzte sich an den Küchentisch und bot ihm ebenfalls einen Platz an. „Und wie lange arbeiten Sie schon für Angus?"

„Seit sechs Jahren. Ich habe gehört, Sie haben vier Malcontents getötet, und dafür wollen die jetzt Sie umbringen."

Emma wiegte den Kopf. „Noch wissen sie nicht, wer ich bin. Ich bin also noch nicht in so großer Gefahr, wie Angus glaubt. Sie müssen nicht die ganze Zeit hier sein."

„Ich befolge immer meine Befehle." Er nahm einen Schluck Wasser.

„Auch wenn Lindsey und Tina auf Sie warten?"

Er schnitt eine Grimasse. „Ich nehme es lieber mit zwanzig Malcontents auf als mit diesen beiden doofen Hühnern."

Emma lachte. „Ja, die beiden sind beängstigend."

„Ich soll bis heute Abend bleiben, bis Sie zur Arbeit gehen."

„Dann müssen Sie mit mir zum Waschsalon kommen." Sie deutete auf die große Tasche neben der Tür.

Phil verbrachte den Tag damit, sie zum Waschsalon und zum Einkaufen zu begleiten. Emma lud ihn noch zu einer Pizza ein, bevor sie mit der Metro nach Midtwon fuhren. Sie hatte eine Menge Fragen zu Angus und der Vampirwelt, aber Phil wollte das Thema nicht in der Öffentlichkeit besprechen.

Er begleitete sie zum Gebäude der Bundesbehörde, in dem sie arbeitete. An der Tür gab er ihr seine Karte. „Ich habe die Telefonnummer von Romans Stadthaus auf der Rückseite notiert. Rufen Sie an, wenn Sie irgendwie in Schwierigkeiten sein sollten."

„Danke." Emma studierte die Karte. Sie sah aus wie die, die Angus ihr gegeben hatte. Auf die Rückseite hatte Phil eine Nummer gekritzelt.

„Wenn Sie tagsüber anrufen, melden sich entweder mein Kollege Howard oder ich", erklärte Phil. „Nachts bekommen Sie meistens Ian an die Strippe."

„Alles klar." Emma schüttelte den Kopf. „Es war schön, Sie kennenzulernen, Phil. Danke, dass Sie mir mit der Wäsche geholfen haben."

„Gute Nacht." Er wartete, bis sie im Gebäude verschwunden war, dann ging er.

Das Meeting des Stake-out-Teams begann um neunzehn Uhr. Mittlerweile war eine Stunde vergangen. Emmas Boss Sean suchte verbissen nach einer legitimen Rechtfertigung, um Romatech Industries schließen zu lassen. Dass durch die Herstellung von synthetischem Blut pro Jahr Millionen von Menschenleben gerettet wurden, ließ er als Gegenargument nicht gelten. Seit er seine Tochter dort gesehen hatte, war er davon besessen, das Unternehmen zu zerstören.

„Vielleicht können wir sie wegen Verstoß gegen Hygienevorschriften drankriegen", schlug Garrett vor. „Oder Steuerflucht."

Sean zeigte mit dem Finger auf Emma. „Überprüfen Sie das."

„Ja, Sir." Sie notierte es auf ihrem Schreibblock. Möglicherweise hatte Angus tatsächlich recht und Sean verschwendete sinnlos ihre Zeit. Aber wenn sie jetzt das Thema auf Casimir brachte und einen drohenden weltweiten Krieg der Vampire, würde Sean sicher wissen wollen, woher diese Information stammte. Und dann würde er sie, statt ihr zuzuhören, ebenfalls auf eine schwarze Liste setzen, so wie Austin.

„Alles klar, das war's für heute", verkündete Sean schließlich. „Gehen Sie an Ihre Arbeit." Rasch verließ er den Sitzungsraum.

Wahrscheinlich wollte er möglichst schnell zu seinem Apartment gegenüber von Romans Stadthaus gelangen. Ihre Kollegin Alyssa war immer noch unterwegs, um nach den Vampirzirkeln in anderen Städten zu forschen. Gesundheitsbehörde und Finanzamt waren um diese Uhrzeit bereits geschlossen, sodass sie einige Fragen zu Romatech Industries formulierte und sie an die zuständigen Büros faxte. Man würde ihr frühestens morgen im Laufe des Tages antworten.

Emma lief ziellos durchs Büro. In ihr wuchs die Spannung. Sie fieberte nervös dem Treffen mit Angus entgegen. Was er wohl gerade machte? Würde er wieder in ihre Wohnung kommen? Würde sie ihm diesmal widerstehen können?

Sie ging zu ihrem Schreibtisch zurück und las die Polizeiberichte der vergangenen Nacht durch. Es hatte ein paar Morde und mehrere Überfälle gegeben, aber keinen davon im Central Park. Offensichtlich machten Robby und Giacomo ihre Sache gut. Aber in der Nacht davor hatte sich der Übergriff von Alek ereignet. Emma überlegte kurz, ob sie bei der Nummer anrufen sollte, die Phil ihr gegeben hatte, um sich nach dem Gesundheitszustand der Frau zu erkundigen. Sie hatte schon die Hand nach dem Handy ausgestreckt, als dieses plötzlich klingelte.

„Hallo?"

„Emma, kannst du frei reden?"

Ihr Herz begann zu klopfen, als sie Angus' Stimme erkannte. „Ja, ich bin allein. Ich habe mich gerade gefragt, wie es der Frau von letzter Nacht geht. Ist alles in Ordnung mit ihr?"

„Ja. Es ging ihr gut, als Connor sie in ihrer Wohnung absetzte."

„Das beruhigt mich."

„Ich habe mit Phil gesprochen", erstattete Angus einen kurzen Bericht. „Er hat mir gesagt, dass es heute keine besonderen Vorkommnisse gab. So wie es aussieht, wirst du weder verfolgt noch beobachtet. Das lässt darauf schließen, dass die Malcontents deine Identität noch nicht ermittelt haben."

„Das glaube ich auch."

„Du solltest also in Sicherheit sein, wenn du in Austins Apartment bleibst. Auf keinen Fall darfst du in den Central Park gehen. Dort werden die Malcontents nach dir Ausschau halten."

„Ich verstehe."

„Jack und Robby sind heute Nacht wieder dort und beschützen die Leute." Angus unterbrach sich. „Ich war kurz versucht, stattdessen dich von ihnen beobachten zu lassen."

„Nein, nein. Bei mir ist alles okay. Bitte sorg dafür, dass der Park bewacht wird." Emma konnte den Gedanken nicht ertragen, dass noch mehr unschuldige Menschen sterben müssten.

„Okay. Shannas Ärzte sind gerade eingetroffen und ich zeige ihnen ihre Unterkunft im Stadthaus, bevor ich sie zu Romatech begleite. Ich kann in etwa einer Stunde bei dir in Austins Apartment sein."

„Okay." Emma musste an die letzte Nacht denken und ihr Erlebnis in der Badewanne. Ihre Nervosität war überaus verständlich.

„Ich schicke dir Phineas und Gregori vorbei, damit sie dich nach Hause bringen. Phineas hat zwar seine Ausbildung noch nicht beendet, aber er ist ein guter Kämpfer – und du ja sowieso."

„Keine Sorge. Bis dann." Es tat ihr so gut, wie er sich um sie sorgte. Das ganze Aufheben war zwar unnötig, da sie sehr gut auf sich selbst aufpassen konnte, aber es schmeichelte ihr trotzdem. Und schon bald würde sie wieder eine Nacht mit ihm verbringen. Wie weit würde sie gehen? Sich auf einen

Vampir als Lover einlassen?

Wenige Minuten später erreichte sie ein Anruf von der Security im Erdgeschoss. Ein Phineas McKinney warte auf sie. Emma schloss das Büro ab und hoffte, Sean würde es ihr nicht übel nehmen, wenn sie früher Feierabend machte als sonst. Und sollte er meckern, würde sie einfach kündigen. Sie konnte jederzeit zum MI6 zurückgehen. Und wenn sie in London lebte, war sie auch näher bei Angus. Sie stöhnte. Warum schmiedete sie Pläne für eine gemeinsame Zukunft, die es niemals geben würde?

Emma trat aus dem Aufzug und blieb stehen, als sie Phineas sah. Er hatte die Haare geschnitten, war rasiert und trug ähnliche Kleidung wie Phil vorhin. Die khakifarbene Hose und das dunkelblaue Poloshirt waren offensichtlich die Arbeitsuniform von MacKay, wenn die Angestellten keinen Kilt tragen wollten. Phineas trug außerdem einen dunkelblauen Anorak mit der Aufschrift MacKay Security and Investigation.

„Wow, Phineas, ich hätte Sie fast nicht erkannt." Emma ging staunend einmal um ihn herum, während er grinsend die Brust herausreckte. „Sie sehen so offiziell aus."

„Bin ich auch." Er zeigte ihr seinen Ausweis. „Cool, was? Ich bekomme sogar die Erlaubnis, eine Waffe zu tragen", sagte er flüsternd. „Mit Silberkugeln."

Emma lächelte. „Schön, dass Ihnen Ihr neuer Job gefällt."

„Heute Abend ist meine Aufgabe, Sie sicher nach Hause zu bringen." Er grüßte den Wachmann, als er mit Emma das Gebäude verließ.

Ein schwarzer Lexus wartete neben dem Bürgersteig, und Phineas öffnete Emma galant die Tür zum Fond. Sie stieg ein und wurde sofort vom Fahrer begrüßt.

„Hallo, ich bin Gregori." Er drehte sich um, um Emma anzusehen. Lächelnd streckte er ihr die Hand hin.

„Wie geht's?" Emma schüttelte seine Hand, während Phineas auf dem Beifahrersitz Platz nahm. Sie musste Gregori ein zweites Mal ansehen. Irgendwie kam er ihr bekannt vor.

Gregori grinste. „Sie sind also die scharfe Lady, die Angus ganz verrückt macht."

„Wie bitte?" Emma musste kurz nachdenken, bis ihr einfiel, woher sie Gregori kannte. „Jetzt weiß ich, wer Sie sind. Sie waren der Moderator der Reality-Show."

„Genau, das war ich", sagte Gregori und richtete seine Krawatte. „Aber heute Abend bin ich Ihr Chauffeur. Wohin soll's denn gehen, Süße?"

Emma nannte ihm lächelnd die Adresse. „Arbeiten Sie auch für Angus?"

Er lachte verächtlich, als er den Wagen in den fließenden Verkehr lenkte. „Ganz bestimmt nicht. Ich bin der Vice President Marketing bei Romatech. Kennen Sie unsere Werbespots für Romans Fusion Cuisine? Die sind von mir."

„Oh. Ich verstehe."

„Ich war auf dem Weg nach SoHo, um mir eine Immobilie anzusehen, aus der wir ein Vampirrestaurant machen wollen, als Angus anrief und mich bat, Sie und Phineas abzuholen."

„Aha." Emma nickte. Ein Vampirrestaurant? Das schränkte die Speisenwahl doch wohl erheblich ein. Aber immer noch besser, als Menschen zu überfallen.

„Machen Sie sich keine Gedanken um Ihre Sicherheit", plapperte Gregori weiter. „Ich habe ein paar Karate- und Fechtstunden genommen, weil es mir zu blöd wurde, von Connor ewig als Weichei belächelt zu werden."

„Ich hatte gestern auch meinen ersten Fechtunterricht." Phineas klang begeistert. „Das war echt cool." Er schaltete einen Sender mit Hip-Hop-Musik ein.

Gregori begann, im Takt zur Musik mit seinen Fingern

aufs Steuer zu trommeln, und Phineas wackelte auf seinem Sitz herum.

Und das waren Vampire? Emma konnte es nicht glauben. Sie waren so ... normal.

Sie erreichten die Straße, in der sich Austins Apartment befand, und Gregori schaute sich suchend um: „Hier finde ich ja nie einen Parkplatz!" Er fuhr einmal um den Block.

Nach vorn gebeugt beruhigte Emma ihn. „Sie müssen nicht bleiben, wenn Sie noch anderswo zu tun haben. Phineas und ich kommen schon klar."

Gregori hielt in der zweiten Reihe und wendete sich mit besorgtem Blick Emma zu. „Ich bleibe besser so lange hier, bis Angus kommt. Sie können ja mit Phineas schon mal rein gehen, während ich versuche, den Wagen irgendwo abzustellen."

Emma und Phineas stiegen aus. Sie sah sich um, aber niemand schien sie zu beobachten. Schnell gingen sie ins Haus, während Gregori langsam und nach einem Parkplatz Ausschau haltend die Straße hinunterfuhr.

In Austins Wohnung angekommen, machte Phineas eine große Show daraus, erst jedes Zimmer sorgfältig zu kontrollieren. Er schaute sogar in die Küchenschränke und den Kühlschrank. Emma musste sich auf die Unterlippe beißen, um nicht laut zu lachen. Glaubte er wirklich, jemand würde sich im Kühlschrank oder in der Besteckschublade verstecken?

„Die Küche ist sicher", verkündete Phineas, dann sprang er in einer Karate-Pose ins Wohnzimmer. „Cool, oder? Hab ich letzte Nacht gelernt."

„Wunderbar." Emma betrat die Küche, um sich die Reste des chinesischen Essens vom Vorabend warm zu machen.

Unterdessen sah Phineas unter jedem Sofakissen nach und setzte seine Inspektion dann im Schlafzimmer fort. Fünf

Minuten später tauchte er wieder auf und verkündete Emma, die Wohnung sei sicher.

„Da bin ich aber erleichtert. Vielen Dank." Emma stellte ihren Teller mit dem chinesischen Essen auf den niedrigen Tisch im Wohnzimmer.

„Jetzt werde ich noch im Flur nachsehen." Phineas öffnete die Wohnungstür. „Schließen Sie hinter mir ab."

„Okay." Emma drehte die Schlösser um und ging dann zurück ins Wohnzimmer. Sie schaltete den Fernseher ein und widmete sich ihrer Mahlzeit. Irgendeine Polizeiserie lief, gerade wurden die Verbrecher ins Gefängnis geschafft. Emma warf einen Blick auf den Videorecorder, der die Uhrzeit anzeigte. Angus würde bald hier sein.

Plötzlich wurde das Fernsehprogramm von einer aktuellen Nachrichtensendung unterbrochen. Gerade waren drei Leichen im Hudson River Park entdeckt worden. Emma setzte sich auf.

Der Nachrichtensprecher verkündete eine Live-Schaltung zum Tatort, Pier 66. Emma stellte den Teller zur Seite, als auf dem Bildschirm der Park erschien. Eine Menge Schaulustiger hatte sich um die Reporterin des Senders versammelt. Die Blinklichter von Polizeiwagen schickten rote und gelbe Blitze in den Nachthimmel.

„Die Leichen wurde eben erst entdeckt", berichtete die Reporterin. „Offensichtlich wurde allen drei Personen die Kehle durchgeschnitten, aber bisher hat die Polizei diese Information noch nicht bestätigt. Interessant ist jedenfalls, dass alle drei Toten offensichtlich nicht hier ermordet, sondern später hierher gebracht wurden. Sie lagen in der Nähe des Hubschrauberlandeplatzes – offensichtlich wollte der Mörder, dass man die Opfer schnell entdeckt."

Emma sprang auf. Das war die Handschrift der Malcontents, ganz sicher! Sie hatten sich also auf einen anderen

Park verlegt. Und dann gleich drei Morde begangen. Eine Schande!

Sie musste mehr erfahren. Sie musste sich die Opfer persönlich ansehen. Oft konnte man trotz der durchtrennten Kehlen die Spuren der Bisswunden ausmachen. Natürlich nur, wenn man wusste, wonach man suchen musste. Und wahrscheinlich waren die Leichen völlig blutleer.

Warum reichte den Mistkerlen nicht ein Liter? Nein, sie mussten ihre Opfer jedes Mal umbringen. Weil das Töten ihnen Vergnügen bereitete.

In ihrer Handtasche fand Emma die Karte, die Phil ihr gegeben hatte, und rief die Telefonnummer an.

„Hallo?"

„Ian, sind Sie das?"

„Ja. Miss Wallace? Sind Sie in Gefahr?"

„Nein. Ich wollte Ihnen nur mitteilen, dass die Malcontents wieder zugeschlagen haben. Am Hubschrauberlandeplatz am Hudson River Park wurden soeben drei Leichen gefunden. Ich werde Phineas mitnehmen und mich dort umsehen."

„Was? Warten Sie! Angus wird sicher mitkommen wollen."

„Er kann uns dort treffen. Ich werde nicht in Gefahr sein, es ist massenweise Polizei unterwegs."

„Es ist trotzdem keine gute Idee, dass ..."

„Ich passe schon auf", unterbrach Emma ihn. „Sagen Sie Angus einfach, wo wir sind." Sie legte auf und rannte zur Wohnungstür. Draußen hörte sie Stimmen und schaute durch den Spion. Oh nein! Tina und Lindsey waren auf dem Gang und wollten Phineas gerade mit in ihr Apartment schleppen. Er schien sich nicht zu wehren.

Emma öffnete eilig die Schlösser. „Phineas!"

Die Blondinen kicherten.

„Wir haben Ihren Bodyguard!", verkündete Tina und lächelte triumphierend.

„Dr. Phang." Lindsey zerrte ihn über den Flur. „Er ist ja so süß!"

Phineas grinste ein wenig dümmlich. „Also, der Job gefällt mir."

„Phineas", rief Emma noch einmal. „Ich brauche Sie!"

„Nicht so sehr wie wir." Lindsey schob ihn in ihre Wohnung.

„Phineas." Emma ging den Gang herunter. „Es ist wichtig."

„Nur fünf Minuten." Phineas sah sie flehend an. „Länger dauert es nicht." Er betrachtete die beiden Blondinen. „Okay, zehn."

„Wiedersehen." Und damit knallte Tina Emma die Tür vor der Nase zu.

„Phineas!" Emma hämmerte gegen die Tür, aber von der anderen Seite erklang nur Kichern.

Stinksauer ging sie zurück zu ihrer Wohnung und begann, ungeduldig im Wohnzimmer auf und ab zu gehen. Wie lange würde es dauern, bis Angus fertig war? Und seit wann brauchte sie einen Mann, um auf sich aufzupassen? Sie hatte den schwarzen Gürtel in diversen Kampfsportarten. Sie hatte allein vier Malcontents getötet. Und am Tatort wimmelte es von Polizei. Eine Reporterin war dort und jede Menge Gaffer. Ihr würde nichts passieren.

Sie schnappte sich ihre Tasche mit den Holzpflöcken und schloss die Tür hinter sich ab. Sie würde nicht wie ein Feigling in ihrer Wohnung hocken bleiben. Sie war da draußen absolut sicher.

Fast wünschte sie sich sogar, sie würde diesem Alek begegnen. Der Mistkerl musste sterben.

Gerade waren die beiden Vampirärzte in Romans Stadthaus eingetroffen. Die Ehrengäste wurden von dem Chef von Mac-Kay Security and Investigation persönlich begrüßt. Angus versicherte den beiden, sie seien während ihres Aufenthaltes vollkommen in Sicherheit und stellte ihnen Connor und sein Security-Team vor. Nachdem er den Ärzten die Gästezimmer gezeigt hatte, baten sie ihn um eine Führung durch Romatech Industries und das Geburtszimmer, das Roman extra für seine Frau eingerichtet hatte. Sie waren beide sehr gespannt und versicherten, es sei ihnen eine Ehre, als erste ein Halb-Vampir-Kind bei der Geburt begleiten zu dürfen. Doch dann begannen sie sich über die richtige Vorgehensweise zu streiten. Roman hatte wohl einen großen Fehler gemacht, dachte Angus bei sich, indem er zwei anstatt nur einen Arzt engagierte.

Dr. Schweitzer aus der Schweiz zeigte sich begeistert von dem Geburtszimmer, während sein Kollege Dr. Lee aus Houston bemängelte, dass die Ausstattung für einen Notfall nicht ausreichend sei. Roman erstellte schnell eine Liste mit den Dingen, die Dr. Lee für nötig empfand, als Angus' Telefon klingelte.

Er entschuldigte sich und trat hinaus auf den Flur, während er das Handy aus seinem Sporran fischte. „Ja?"

„Angus." Ian klang aufgeregt. „Gerade hat Miss Wallace angerufen. Sie und Phineas fahren zum Hubschrauberlandeplatz am Hudson River Park."

„Was?"

„Sie glaubt, die Malcontents haben dort drei Sterbliche umgebracht."

„Zum Teufel", murmelte Angus. Hatte er ihr nicht gesagt, sie solle das Haus nicht verlassen? „Ist Gregori noch bei ihr?"

„Keine Ahnung. Sie hat eben erst angerufen", sagte Ian. „Wenn du dich beeilst, kannst du sie vielleicht noch aufhalten."

„Bin schon auf dem Weg." Angus klappte sein Telefon zu.

Connor öffnete die Tür des Geburtszimmers und schaute heraus. „Gibt's Probleme?"

„Möglicherweise. Wenn ich mich in dreißig Minuten nicht melde, schick Robby und Giacomo zum Hudson River Park."

„Was ist denn ...?"

Angus hörte Connors Worte nicht mehr, denn er war schon verschwunden. Wenige Sekunden später stand er in Austins Apartment.

„Emma?" Er schaute im Schlafzimmer, im Bad und im Wohnzimmer nach. Es war zum Verzweifeln. Er war zu spät.

Aber vielleicht waren sie noch im Haus. Er entriegelte die Tür, rannte auf den Flur und stieß mit Phineas zusammen. Angus packte ihn bei den Schultern. „Gott sei Dank bist du noch hier!"

Phineas zitterte. „Oh Gott. Ich glaube, ich habe sie getötet."

„Was?"

Phineas Miene fiel zusammen. „Ich wollte das nicht. Aber sie war einfach so geil. Ich habe total die Kontrolle über mich verloren. Ich bin noch nicht gewöhnt, so zu sein ..."

Angus schüttelte ihn. „Was hast du getan?"

Jetzt strömten Tränen Phineas' Wangen herunter. „Ich weiß, es ist gegen die Regel Nummer eins. Aber ich habe mich gehen lassen."

Hitze- und Kälteschauer durchliefen Angus. „Du hast sie gebissen?"

„Ich wollte das nicht! Mein Gott, ich habe Angst, dass ich sie umgebracht habe!"

Angus schleuderte ihn gegen die Wand. „Du hast Emma umgebracht?"

Phineas blinzelte. „Nein, Mann. Ich glaube, ich habe Tina umgebracht."

18. KAPITEL

Angus starrte seinen neuen Angestellten erleichtert an. Phineas hatte Emma nicht gebissen. Sie war nicht tot. Noch nicht. „Und wo ist Emma? Du solltest doch bei ihr bleiben!"

Eine Tür ging auf. „Hallo, Dr. Phang!" Eine Blondine in schwarzem Spitzenbody erschien im Türrahmen. „Wann komme ich dran?"

Angus erkannte in ihr eins der blöden Hühner, die ihn vor ein paar Nächten angemacht hatten. Lindsey oder Tina. Welche von beiden es war, wusste er nicht mehr.

Sie riss die Augen auf. „Oh, ich erinnere mich an Sie. Sie sind der schwule Ire. Falls Sie immer noch auf der Suche nach Austin sind, haben Sie leider Pech. In seiner Wohnung hält sich jetzt eine ausländische Prinzessin versteckt."

„Gehen Sie wieder in Ihre Wohnung und schließen Sie die Tür", befahl Angus ihr unmissverständlich.

Die Blondine schnaubte ihn an. „Sie sind wirklich unverschämt. Und mit Dr. Phang verschwenden Sie nur Ihre Zeit. Er steht auf Frauen. Tina hat er es so gut besorgt, dass sie immer noch ohnmächtig ist."

„Rein mit Ihnen!", schrie Angus.

„Spinner!" Sie knallte dir Tür zu.

Jetzt wurde Angus alles klar. Sein neuer Angestellter war gerade mit Tina beschäftigt, als Emma aufbrechen wollte. Angus schnappte ihn am Hemd und schob ihn gegen die Wand. „Du hast deinen Posten verlassen."

Phineas zuckte zusammen. „Ich ... Es war nur für ein paar Minuten. Emma hatte nichts dagegen." Er sah hinüber zu Austins Wohnung. „Frag sie. Sie wird das bestätigen. Alles in Ordnung. Außer mit Tina. Sie sieht irgendwie nicht so gut aus."

Angus bleckte die Zähne. Seine Faust zerknüllte Phineas' Hemd. „Du hast deinen Posten verlassen. Für so etwas wurden Soldaten schon erschossen."

Phineas schluckte. „Tut mir leid, Mann. Kommt nicht wieder vor."

„Was ist denn hier los?" Gregori rannte über den Flur zu ihnen.

„Wo zum Teufel hast du gesteckt? Hast du Emma gesehen?"

„Nein, sie ist doch bei …" Gregori warf Phineas einen besorgten Blick zu. „Ich musste den Wagen parken. Was ist denn passiert?"

„Emma ist weg." Angus spuckte die Worte aus.

„Was?" Phineas sah wieder zu Austins Wohnung hinüber. „Aber vor ein paar Minuten war sie doch noch da. Wie kann sie jetzt weg sein?"

Angus packte ihn im Nacken. „Sie konnte verschwinden, weil du nicht auf deinem Posten warst!"

„Moment." Gregori hielt Angus fest. „Ganz ruhig, mein Freund. Entspann dich. Wir werden sie finden."

Nach einem tiefen Atemzug gab Angus seinen Angestellten frei. „Um dich kümmere ich mich später. Jetzt muss ich Emma finden. Sie ist auf dem Weg zum Hudson River Park."

„Ist doch super. Du weißt, wo sie ist?" Gregori lächelte ihn aufmunternd an. „Kein Thema. Ich fahr dich hin."

„Nein. Ich rufe sie an und teleportiere mich dann." Angus nahm sein Handy aus dem Sporran. „Gregori, bitte bring den Mist in Ordnung, den Phineas hier veranstaltet hat." Er sah seinen neuen Angestellten an.

Phineas zuckte zusammen und rieb sich den Hals. „Tut mir echt leid, Mann. Tina war so scharf auf mich. Ich wollte ihr nichts tun."

Ungläubig musterte Gregori den Neuen. „Du hast ihr etwas getan? Wo ist sie?"

„Da drin." Phineas öffnete die Tür zu Tinas Apartment.

Lindsey schrie auf und sprang zur Seite. Phineas führte Gregori hinein, während Angus Emmas Nummer wählte.

„Hallo?"

„Emma!" Er war erleichtert, ihre Stimme zu hören. „Sag was. Ich teleportiere mich zu dir."

„Nicht jetzt", flüsterte sie. „Ich sitze im Taxi."

„Meinst du, das stört mich?"

„Nein, aber mich. Ich will nicht, dass wir einen Unfall bauen. Ich rufe dich an, sobald ich im Park bin. Gib mir deine Nummer."

Er gab sie ihr. „Was soll das, Emma? Ich hatte dich gebeten, in der Wohnung zu bleiben."

„Mir passiert schon nichts. Bis gleich." Sie beendete das Gespräch.

Dieses eigensinnige Weib! Fluchend wählte Angus Robbys Nummer.

„Ja?"

„Robby, kannst du mit Jack zum Hudson River Park kommen, in die Nähe des Hubschrauberlandeplatzes?"

„Was ist denn passiert?", wollte Robby wissen. „Eben hat schon Connor angerufen und gesagt, es gäbe Probleme. Aber er wusste nicht genau, was los ist."

„Die Malcontents haben wieder ein paar Sterbliche umgebracht, und Emma ist auf dem Weg zum Tatort." Angus verdrehte die Augen. „Allein."

„Wir sind schon unterwegs." Robby legte auf.

Immer noch fluchend betrat nun auch Angus die Wohnung der beiden Blondinen. Lindsey hockte zitternd in der Tür.

„Entschuldigen Sie", bat er und glitt an ihr vorbei.

Kreischend sprang sie auf. „An ihrem Hals ist Blut!"

Tina lag auf dem Bett. Phineas zog ihr gerade eine Decke bis zum Kinn hoch.

„Gute Nachrichten", sagte Gregori. „Sie lebt."

„Ja." Angus betrachtete die beiden kleinen roten Punkte auf ihrem Hals. „Ich kann ihr Herz schlagen hören."

„Wirklich?" Phineas sah verwirrt zu Tina runter.

Ein mahnender Blick traf den Auszubildenden. „Du musst noch eine Menge lernen, Kleiner." Angus wandte sich an Gregori. „Teleportiere sie zu Romatech für eine Bluttransfusion und bring sie danach wieder hierher."

„Ich kümmere mich darum", versprach Gregori ihm. „Konntest du Emma erreichen?"

„Ja, aber …" Angus verstummte, als Lindsey mit einem etwa dreißig Zentimeter langen keltischen Kreuz aus Gips auf sie zusprang.

„Hinfort mit euch, ihr Dämonen!" Sie zielte mit dem Kreuz auf die drei Männer. „Zurück in die Hölle, wo ihr hingehört!"

Angus seufzte. „Und wenn das erledigt ist", setzte er seine Anweisungen an Gregori fort, „denk dran, die Erinnerung der beiden zu löschen."

„Was?" Lindsey schüttelte ihr Kreuz, als wäre es kaputt. „Warum funktioniert das nicht? Seid ihr Typen keine Vampire, oder was?"

Gregori gab Phineas einen Wink, Tina mitzunehmen. „Los, wir gehen."

„Wo bringt ihr sie hin?" Lindsey ließ das Kreuz fallen und fiel auf die Knie. „Oh Gott! Ihr verwandelt sie in einen Vampir! Dann wird sie für immer jung und sexy sein!" Ihre Miene erhellte sich und sie sprang auf die Füße. „Nehmt mich mit!"

Kopfschüttelnd verließ Angus das Zimmer. „Die Vampirwelt könnte zwei von euch nicht ertragen."

Die Polizei hatte die Zufahrt zum Hubschrauberlandeplatz weiträumig abgeriegelt, also hatte Emma den Taxifahrer gebeten, sie in der Nähe rauszulassen. Sie drängelte sich durch die lärmende Menge auf der Suche nach einem Polizeibeamten. In ihrer Tasche kramte sie nach ihrer Dienstmarke. Sie kam an ihr Handy und erwog kurz, Angus anzurufen, aber es waren so viele Leute hier, dass er sich niemals unbemerkt und sicher hierher hätte teleportieren können. Sie ertastete ihren Ausweis und zeigte ihn jedem, der sie nicht durchlassen wollte.

„Entschuldigung. Heimatschutzbehörde." Das half meistens.

Schließlich schaffte sie es bis zum Absperrband am Tatort. Dort stand ein Polizist, dem sie ihren Ausweis zeigte und ihm zurief: „Ich muss die Leichen sehen."

„Da müssen Sie erst mit dem Captain sprechen." Der Polizist deutete auf einen Mann im Trenchcoat, der etwa hundert Meter entfernt von ihnen neben einem Krankenwagen stand. Zwei Sanitäter legten gerade einen Leichensack auf eine fahrbare Trage.

Emma duckte sich unter der Absperrung hindurch und ging auf den Captain zu. Sie hatte etwa zehn Meter hinter sich gebracht, als ihr ein anderer Polizist zurief, sie solle stehen bleiben.

Aber ihr Ausweis wirkte auch jetzt. „Heimatschutzbehörde."

Nach weiteren fünfzig Metern kam sie zu einem Polizeiwagen. Geblendet vom grellen Scheinwerferlicht kniff sie die Augen zusammen.

Ein Polizist in Uniform stellte sich ihr in den Weg. „Das ist ein polizeilich abgeriegelter Tatort."

Den Ausweis zückend hob sie gerade an: „Heimatsch…", als er ihr plötzlich die Arme nach oben riss.

„Ein polizeilich abgeriegelter Tatort, der grausam anzusehen ist."

Ein russischer Akzent. Langsam dämmerte es ihr. Überrascht blickte sie in Aleks Gesicht. Die flackernden roten und gelben Lichter verliehen ihm ein boshaftes und gespenstisches Aussehen.

„Gefällt Ihnen meine Uniform? Der Polizist braucht sie nicht mehr." Er deutete mit dem Kopf auf den Wagen.

Emma hatte in dem grellen Scheinwerferlicht Mühe, überhaupt etwas zu erkennen, aber auf dem Vordersitz befand sich anscheinend ein Mann in seltsam verdrehter Haltung. Ohne Vorwarnung rammte sie Alek ihr Knie zwischen die Beine.

Er taumelte nach hinten. Sie boxte ihn mehrmals gegen die Brust, dann sprang sie los, drehte sich und trat nach seinem Gesicht.

Alek fiel, Blut floss aus seiner Nase.

„Mein Gott!", rief jemand aus der Menge. „Die Frau greift einen Polizisten an!"

„Halt! Stehen bleiben!", hörte sie mehrere Leute rufen.

Emma drehte sich um und sah, wie zwei Polizisten auf sie zurannten. Wo war nur ihr Dienstausweis? Sie hatte ihn im Kampf mit Alek fallen lassen.

„Suchen Sie vielleicht das hier?" Alek kam wieder auf die Füße und wedelte mit etwas. Blut rann aus seinem Mund. Er leckte es sich ab und verschwand – mitsamt ihrem Dienstausweis.

„Stehen bleiben, oder ich schieße!", rief ein Polizist.

Mit einem Satz verschwand Emma in der Menschenmenge und drängelte sich in die Richtung, in die Alek verschwunden war. Pier 66. Sie holte ihr Handy aus der Tasche und rief Angus an.

„Das wurde auch Zeit!", herrschte er sie an. „Wo bist du? Bist du in Ordnung?"

„Ja, mir geht's gut. Ich muss nur einen geeigneten Ort finden." Hinter der Menge entdeckte sie den Übertragungswagen eines lokalen Fernsehsenders. Sie kauerte sich dahinter.

„Okay, jetzt kannst du kommen. Ganz eindeutig stecken die

Malcontents hinter den Morden. Ich habe gerade Alek hier gesehen. Er hat versucht, mich zu schnappen, aber ..." Sie musste nichts mehr sagen, denn Angus tauchte schon neben ihr auf.

Er packte ihre Schultern. „Alles in Ordnung?"

„Ja. Ich habe dem Kerl eine blutige Nase verpasst, und er hat das Weite gesucht."

Angus lachte und zog sie in seine Arme. „So kenne ich dich." Ernst blickte er Emma an. „Aber bitte jag mir nie wieder einen solchen Schrecken ein!"

„Wie gesagt, ich kann selbst auf mich aufpassen." Sie lächelte. „Aber ich bin trotzdem froh, dass du da bist."

„Ist Alek immer noch in der Nähe?"

„Er ist zur Pier 66 gelaufen." Emma ließ das Handy zurück in ihre Tasche gleiten und zog ein paar Pflöcke heraus. „Wir sollten uns um ihn kümmern. Er hat mindestens vier Menschen umgebracht, darunter einen Polizisten." Sie steckte die Pflöcke hinten in ihren Gürtel.

„Nein. Ich möchte, dass du hier bleibst. Oder noch besser, zurück nach Hause gehst."

„Ich lasse dich nicht allein." Sie hängte sich die Tasche über die Schulter. „Wenn wir Alek heute Nacht nicht erledigen, wird er immer weiter töten."

Angus sah sie sorgenvoll an. „Wie du meinst. Aber erst holen wir Verstärkung." Er wählte eine Nummer. „Robby, wir nehmen uns Alek vor. Pier 66. Beeil dich." Er steckte das Handy wieder in seinen Sporran und fragte: „Bist du bereit?"

Zusammen machten sie sich auf den Weg. Dabei benutzten sie Autos und Müllcontainer als Deckung und rannten an der Rückseite eines Lagerhauses entlang.

Plötzlich hörten sie eine Frau schreien.

In Gedanken zerstückelte sie Alek bereits. Wie viele Menschen wollte er heute Nacht noch töten?

Angus spähte um die Ecke. „Direkt am Flussufer ist ein

kleines Gebäude. Von dort kam der Schrei."

Emma sah eine Hütte, in der Jet-Skis verliehen wurden. Sie nahm einen Holzpflock aus ihrem Gürtel und sagte: „Los geht's."

Ihr Weg führte um das Lagerhaus herum, immer im Schatten, um nicht gesehen zu werden. Bevor sie das Ziel erreichten, teilten sie sich auf. Emma spähte um die Ecke. Ein Landungssteg ragte ins Wasser. Dort war im schwachen Mondlicht eine Frau zu erkennen, die von einem Mann in Polizeiuniform auf den Boden gedrückt und festgehalten wurde. Alek. Die Frau lag reglos auf den Holzplanken, während er über ihr kauerte und an ihrem Hals saugte.

Angus raste auf die beiden zu und zielte mit seinem Claymore auf Aleks Hals. „Lass sie los."

Emma schlich auf den Pier und sah sich dabei vorsichtig nach allen Seiten um. Aber es war niemand sonst zu sehen.

„Du sollst sie loslassen!", schrie Angus.

„Muss ich das?", fragte Alek ruhig. Er schwebte in die Luft.

Angus warf einen Blick auf das angebliche Opfer und wich zurück. „Emma, verschwinde! Schnell!"

Ein Lachen ertönte.

Widerwillig bewegte sich Emma rückwärts. Sie wollte Angus nicht allein lassen. In diesem Moment erhob sich die Frau – sie war unverletzt, und trug modische, zerrissene Jeans. Unter einer schwarzen Lederjacke leuchtete ein rotes Trägertop, das ihre Brüste kaum bedeckte. Jetzt schüttelte sie ihr langes schwarzes Haar und sah Angus hasserfüllt an.

Emma spürte sofort, dass es hier um eine persönliche Angelegenheit zwischen dieser Frau und Angus ging. Sie erschrak. Plötzlich schwebten mehrere schattenhafte Gestalten rund um den Anleger. Sechs Vampire. Offensichtlich hatten sie sich bisher versteckt und landeten nun auf den hölzernen Planken.

Sie krallte die Finger fest um ihren Pflock, stellte sich breitbeinig hin und ging dann in die Hocke. Insgesamt acht Vampire gegen zwei. Hoffentlich konnten sie sie in Schach halten, bis Giacomo und Robby da waren.

In diesem Moment schoss ein Vampir mit gezogenem Schwert durch die Luft. Angus parierte den Schlag mit seinem Claymore, wirbelte herum und rammte es seinem Angreifer mitten ins Herz. Schreiend zerfiel dieser in ein Häufchen Staub, das auf die Planken rieselte.

Gleich zwei Vampire gingen auf Emma los. Dem ersten konnte sie ausweichen und nach einer blitzschnellen Drehung in den Rücken treten. Durch die Wucht ihres Tritts krachte er in die Wand des Lagerhauses. Emma drehte sich blitzschnell wieder um und rammte dem zweiten Angreifer ihren Holzpflock ins Herz. Auch er zerfiel zu Staub.

Der andere erholte sich sofort und attackierte sie erneut. Diesmal trat er ihr so fest gegen die Hand, dass der Holzpflock zu Boden fiel. Emma verdrängte den Schmerz und beantwortete seine Attacke mit einer Reihe von Boxhieben. Doch er war zu flink und wich ihren Schlägen geschickt aus, sodass sie keinen richtigen Treffer landen konnte. Mit einem Mal wurde sie von hinten gepackt. Sie trat um sich, um den Vampir abzuschütteln, und zog blitzschnell einen weiteren Holzpflock aus ihrem Gürtel, den sie ihm rückwärts zwischen die Rippen rammte. Heulend ließ er sie los. Sie wirbelte herum und stach ihn mitten ins Herz. Auch er wurde zu einem Häufchen Staub.

Der nächste Angriff folgte, und Emma wurde von hinten gepackt und festgehalten. Angus spießte gerade einen weiteren Vampir mit seinem Schwert auf. Nicht schlecht. Jetzt hatten sie schon vier von ihnen erledigt. Ein weiterer Vampir stürmte auf sie zu, sie presste sich in den Armen ihres Fängers nach hinten und trat dem neuen Angreifer gegen den Kopf. Er stolperte nach hinten.

„Ich sollte dich umbringen, du Miststück", knurrte der Vampir hinter ihr wutentbrannt.

Emma packte seinen Arm und hörte im selben Augenblick Angus schreien. Urplötzlich verwandelte sich der Arm des Vampirs in Staub. Sein Dolch fiel klirrend zu Boden. Emma drehte sich um und sah Angus hinter sich. An seinem Claymore klebte der Staub.

„Danke." Sie bückte sich und hob den Dolch auf. Jetzt waren noch zwei Vampire übrig – Alek und ein anderer. Die Frau stand daneben, Hass funkelte in ihren dunklen Augen. Sie hob ein hölzernes Blasrohr an die Lippen.

„Pass auf!", schrie Emma.

Angus hob sein Schwert, dann erstarrte er mitten in der Bewegung. Mit verzerrtem Gesicht flüsterte er: „Lauf, Emma!"

Sie wich zurück und rang nach Luft, als sie bemerkte, wie Angus das Schwert aus der Hand fiel. „Angus!"

Er brach auf dem Pier zusammen. Aus seinem Rücken ragte ein Pfeil.

Die beiden männlichen Vampire kamen auf Emma zu. Sie stach mit dem Dolch nach dem einen, doch er wich aus. Im selben Augenblick packte Alek sie von hinten. Jetzt trat der andere ihr den Dolch aus der Hand und boxte sie in den Magen. Sie sackte kurz zusammen und trat dann wild um sich – ohne Erfolg. Der Vampir hob den Dolch auf und reichte ihn Alek.

Neben Angus stand die Frau und sagte mit russischem Akzent: „Ich hätte dich schon vor Jahren umbringen sollen." Dann drehte sie ihn mit ihrem Fuß, der in einem eleganten Stiefel steckte, auf den Rücken.

Emma krümmte sich bei dem Gedanken, dass der Pfeil noch tiefer in sein Fleisch drang.

„Du kannst mich doch hören, oder? Der Nachtschatten lähmt dich zwar, aber du kannst immer noch alles sehen und hören." Diese Hexe stellte ihm nun einen Fuß auf die Wange und drehte seinen Kopf Richtung Emma. „Siehst du das? Wir haben deine sterbliche Hure." Mit der Stiefelspitze trat sie ihm in die Rippen.

„Aufhören!" Emma versuchte, sich zu befreien, doch die beiden Männer hielten sie fest. Angus' Augen waren schmerzerfüllt. Oh Gott, was hatte sie getan? Sie war es, die ihn in diese Falle geführt hatte!

Ein angewiderter Blick traf Emma, dann nahm die Vampirin Angus' Kinn in ihre Finger mit den langen rot lackierten Nägeln und drehte seinen Kopf so, dass er sie ansehen musste. „Sieh nicht sie an. Mit mir zusammen hättest du die Welt beherrschen können. Aber als ich dich gebeten habe, einen mickrigen Menschen zu töten, hast du dich geweigert. Jetzt tötest du deine eigene Art. Und wofür? Für eine nutzlose sterbliche Schlampe?"

„Katya, es reicht!", rief Alek. „Du kannst ihn später quälen. Lass uns die beiden jetzt wegbringen!"

„Ist ja schon gut." Katya nahm Angus' Arm, und die beiden verschwanden.

„Nein!", schrie Emma. Sie trat wild um sich.

Alek zog sie eng an sich heran und drückte ihr den Dolch gegen die Kehle. „Wir sind noch nie dort gewesen, Uri. Du musst anrufen."

Uri wählte eine Nummer in seinem Handy. „Allo?"

„Stopp!"

Emma blickte auf und entdeckte Robby und Giacomo auf dem Dach der Hütte. Mit gezogenen Schwertern kamen sie auf sie zu.

„Lass sie los!", rief Robby.

„Wenn du näher kommst, schlitze ich ihr die Kehle auf!" Alek ging hinüber zu Uri und zerrte Emma mit sich. „Los, halt dich fest. Wir verschwinden!"

Uri packte Emmas Arm und sagte in sein Telefon: „*Paris, nous arrivons.*"

Emma blickte noch einmal in die entsetzten Gesichter von Robby und Giacomo und rief schnell „Paris!", bevor alles schwarz wurde.

19. KAPITEL

Emma war gerade dabei, sich in der neuen Umgebung zu orientieren, als sie ein Messer an ihrer Kehle spürte. Sie erschrak, gönnte Alek aber nicht die Genugtuung, sie schreien zu hören.

„Du bist ein ganz schönes Großmaul", zischte er ihr ins Ohr.

„Macht die Sterbliche Schwierigkeiten?" Katyas Blick fiel auf Emma.

„Nein." Alek zog sie an den Haaren, und ihren Kopf zur Seite. Ihr Hals lag frei und schutzlos direkt vor seinem Mund. „Ich wollte sie nur mal probieren." Er beugte sich über sie, um einen Blutstropfen von ihrem Hals abzulecken.

Übelkeit stieg in Emma hoch. Und trotzdem machte ihr etwas Hoffnung. Alek war sauer auf sie, weil sie Giacomo und Robby noch zurufen konnte, wohin sie unterwegs waren. Interessanterweise hatte aber weder Alek noch sein Kollege Uri Katya davon berichtet. Wahrscheinlich hatten sie Angst, sich den Zorn ihrer Herrin zuzuziehen.

Emma sah sich um. Offensichtlich befanden sie sich in einem alten Weinkeller. In den Wandleuchtern flackerten Kerzen und erhellten die Steinmauern. In Holzregalen lagerten reihenweise staubige Weinflaschen. Es war kühl und die Luft roch modrig. Angus lag regungslos auf dem harten Steinboden.

„Diese Frau soll der berüchtigte Vampirjäger sein?", fragte ein Mann mit französischem Akzent skeptisch. Er näherte sich Emma mit unsicherem Gang und betrachtete sie mit Augen, die wie schwarze Schlitze in seinem weißen, verquollenen Gesicht lagen. „Erstaunlich. Sie hat vier von euren Freunden getötet, *non*?"

„Sechs", korrigierte Emma ihn. „Ich habe sechs von ihren

kleinen Blutsaugern umgebracht, und es war unfassbar einfach."

Katya gab ihr eine Ohrfeige.

Der französische Vampir kicherte. „Die Kätzchen fauchen!" Er krümmte seine pummeligen Finger wie Katzenkrallen. „Es geht doch nichts über einen guten Katzenkampf." Er sah Emma beinahe liebevoll an. „Und sie ist etwas ganz Besonderes, *non*? Darf ich sie auspeitschen?"

„Wenn Zeit ist." Katya tätschelte seinen Arm. „Brouchard, wir müssen die Gefangenen in Sicherheit bringen, bevor die Sonne aufgeht."

„Ach ja. Natürlich." Brouchard rieb sich die dicken weißen Hände. „Das ist alles so aufregend! Solche Ehrengäste hat man selten." Er lachte und winkte mit der Hand. „Viele besuchen meinen Keller, aber nur wenige verlassen ihn wieder."

Er ging auf Emma zu. „Soll ich dir mein dunkles Geheimnis verraten? Wie ich meine Opfer in ihr Verderben locke?"

„Nein."

Er lächelte spöttisch. Gegen seine käsig-weiße Haut sahen seine spitzen Fangzähne gelb aus. „Du bist eine ganz Wilde, *n'est-ce pas*? Ich wette, du hast heißes Blut." Er beugte sich zu ihr und schnüffelte an ihr.

„Ganz ruhig, Brouchard." Katya legte ihm eine Hand auf die Schulter. „Ich brauche sie lebendig."

„Ach ja." Brouchard trat zurück. Er zog ein Spitzentaschentuch aus der Tasche seiner Samtjacke und tupfte sich den Mund ab. „Sie ist ein nettes kleines Geschenk für Casimir. Sie wird ihm schmecken."

Emma schluckte und blickte zu Angus hinüber. Seine Augen folgten jeder Bewegung.

Brouchard ging zu einem runden Tisch hinüber, auf dem ein blütenweißes Tischtuch lag. Der Tisch war mit elegantem Porzellan für zwei Personen gedeckt. „Du musst wissen, meine

Liebe, wenn ich reizende junge Damen und Herren zum Essen einlade, sind sie immer total begeistert von meiner Weinsammlung. Und sie verstehen immer erst viel zu spät, dass sie das Essen sind."

Was für ein ekelhafter Serienmörder. Emma versuchte, ihre Abscheu hinter einer regungslosen Miene zu verbergen.

„Ich bin ein Gentleman." Brouchard trottete den Gang entlang und ließ seine teigigen Finger über die Weinflaschen gleiten. „Meine Gäste dürfen immer den Wein auswählen. Und sobald sie sich satt getrunken haben … bin ich dran." Er tätschelte seinen runden Bauch und kicherte. „Ich bin sehr lebenshungrig, *non*?"

„Es reicht, Brouchard", meinte Katya gähnend. „Gleich ist Sonnenaufgang."

„Ja, ja. Die Särge stehen da hinten." Brouchard trippelte an mehreren Weinregalen vorbei. „Und da ist auch der Lagerraum, in dem wir die Gefangenen einsperren."

Alek zerrte Emma mit sich, während Uri sich Angus über seine Schulter hievte und ihnen folgte.

„Hier sind die Särge." Brouchard zeigte auf acht Särge, die in einer Reihe aufgestellt waren. „Sehr hübsch, *non*? Aber ihr braucht jetzt doch nicht so viele. Ihr seid ja nur noch zu dritt." Er sah Emma an und kicherte. „Böses Mädchen. Ganz sicher, dass ich sie nicht auspeitschen darf?"

„Später", sagte Katya. „Wo ist der Lagerraum?"

„Hier." Brouchard schob einen Wandteppich zur Seite und gab den Blick auf eine alte Holztür frei. Er schloss sie mit einem Dietrich auf. Die Tür quietschte erbärmlich. „Schön gruselig hier, *non*?"

Er lachte, als er eine Kerze aus einem Wandhalter in der Nähe nahm. „Ich zeige euch den Raum." Er ging hinein. „Perfekt, *n'est-ce pas*? Kein Ausgang."

Uri ging hinein und ließ Angus auf den Boden fallen.

Brouchard kicherte. „Er ist groß." Mit einer Fußspitze hob er Angus' Kilt an. „Schade, dass du nur eine Nacht bleiben kannst."

„Lass das, du Perversling", sagte Emma, als Alek sie in das Gewölbe schleppte.

„Halt's Maul." Brutal riss der Vampir ihre Arme nach hinten. „Ich muss sie fesseln. Hast du ein Seil?"

„Natürlich." Brouchard verließ das Gewölbe und Emma hörte, wie er sich an irgendetwas zu schaffen machte. „Ihr werdet Casimir doch sagen, wie hilfreich ich war?"

„Selbstverständlich", versicherte Katya ihm. „Für den Tag hast du einen Sterblichen als Wache, oder?"

„Ja. Hubert." Brouchard sprach den Namen französisch aus. Er schlurfte zurück in das Gewölbe und hielt Alek mehrere Gardinenkordeln hin. „Reicht das?"

„Ja." Alek fesselte Emma die Hände auf den Rücken.

„Nimm ihr die Tasche ab", erinnerte Katya ihn.

Emma fluchte still vor sich hin, als Alek ihre Tasche mit seinem Messer aufschnitt. Handy und ihre Holzpflöcke war sie los.

Der Franzose kicherte wieder und tätschelte Emmas Wange. „Ihr habt sie wütend gemacht. Du musst dich tagsüber benehmen, *chérie*. Sonst wird der liebe Hubert böse. Und er kann sehr grausam sein."

Emma drehte ihr Gesicht von Brouchards wabbeliger Hand weg. „Dann sollten Sie vielleicht besser ihn auspeitschen."

Brouchard gähnte. „Habe ich doch schon. Deswegen ist der Gute ja so übellaunig und brutal. Armer Hubert."

Alek gab Emma einen Schubs, sodass sie neben Angus auf dem Fußboden landete. „Wenn ihr versucht zu fliehen, wird Hubert euch beide umbringen."

„Kommt, *mes amis*." Brouchard verließ den Raum. „Zeit für unseren Schönheitsschlaf."

Die Tür wurde geschlossen, und ohne die Kerze war es sehr dunkel im Raum. Ein paar alte Tische und Stühle standen an einer Wand, daran erinnerte sie sich, aber es gab nichts, was für eine Flucht nützlich war. Sie lauschte auf die Geräusche im Nebenraum. Bei Tag waren die Vampire außer Gefecht gesetzt. Dann hätte sie es nur mit Hubert zu tun.

„Emma", flüsterte Angus. Als sie einen überraschten Laut von sich gab, sagte er schnell: „Sprich leise, damit sie dich nicht hören können."

Sie rutschte näher an ihn heran. „Wirkt das Gift nicht mehr?"

„Doch. Ich kann meine Arme und Beine nicht bewegen. Emma, ich werde gleich in meinen Tiefschlaf fallen. Wenn es dir gelingen sollte zu fliehen, dann flieh."

Emma wollte ihn nicht im Stich lassen, aber natürlich hatte er recht. Tagsüber hatte sie die größte Chance zu entkommen, und dann könnte sie immer noch mit Unterstützung zu ihm zurückkehren. „Alles klar. Ich glaube, wir sind in Paris."

„Ja. Geh zu Jean-Luc Echarpes Atelier auf der Champs-Élysées. Die Securityleute dort sind meine Männer. Sie können dir helfen."

„Okay. Hast du deinen Dolch noch?"

„Ja. Nimm ihn." Angus war kaum noch zu verstehen. „Mein Sporran. Ich brauche den Flachmann. Versteck ihn ... unter mir."

„Unter dir?"

„Falls sie meinen ..."

„Sporran?" Sie wartete, aber es kam keine Antwort mehr. Emma legte ihren Kopf auf seine Brust und hörte nichts. Er war wie tot.

Am liebsten hätte sie losgeheult und eine tiefe Trauer überfiel sie. Alle Menschen, die sie geliebt hatte, waren tot. Würde sie es ertragen, noch einmal jemanden zu verlieren? „Es tut mir leid. Das ist alles meine Schuld."

Sie atmete tief durch. Keinesfalls durfte sie die Nerven verlieren. Konzentration war angesagt. Angus zählte auf sie. Emma drehte sich um, sodass ihr Kopf neben seinen Füßen zu liegen kam. Dann rutschte sie so lange hin und her, bis ihre Finger den Knauf seines Dolches fühlten, der immer noch in der Scheide in seinem Strumpf steckte. Es gelang Emma, ihn herauszuziehen. Dann setzte sich auf, um ihre Fesseln durchzuschneiden. Es dauerte lange und war mühsam, aber sie gab nicht auf.

Bisher war aus dem Zimmer nebenan kein Geräusch zu hören. Im Lagerraum schien es etwas heller zu werden. Ganz oben in der einen Wand entdeckte sie einen Lichtschimmer. Vielleicht befand sich dort ein ehemaliges Fenster, das irgendwann zugemauert worden war? Angus durfte nicht von dem Lichtstrahl berührt werden.

Sie konnte seine Umrisse in der Dunkelheit kaum ausmachen. Es gab also gute und böse Vampire, wie er ihr von Anfang an gesagt hatte. Sean Whelans Aktivitäten mit dem Stakeout-Team waren nichts als ein Ärgernis für die guten Vampire, die selbst ja auch die Menschheit beschützen wollten. Falls sie das hier überleben sollte, würde sie auf jeden Fall ihren Job aufgeben, entschied Emma.

Ah! Endlich hatte sie die Kordel durchgeschnitten. Sie steckte das Messer in ihren Gürtel und zerrte Angus in die dunkelste Ecke des Raumes. Plötzlich erklangen im Weinkeller nebenan schwere Schritte und ein Schatten verdunkelte den Lichtspalt unter der Tür. Es war Hubert, und er schien zu lauschen. Jetzt musste sie schnell sein. Sie öffnete Angus' Sporran und wühlte darin herum. Zum Glück hatte er immer dieses Täschchen dabei! Emma musste grinsen. Das Wort Täschchen würde ihm sicher nicht gefallen.

Als sie den Flachmann gefunden hatte, schob ihn unter seinen Rücken. Das war sicher ziemlich ungemütlich, aber der gute Angus spürte in seinem jetzigen Zustand sowieso nichts. Sie nahm sein Handy und klappte es auf. Wen sollte sie anrufen? Connor war der Erste in seinem Adressbuch, also versuchte sie es dort.

Sie blickte hinüber zur Tür. Vielleicht konnte Hubert sie hören. Es war besser, Connor eine SMS zu schicken. Nur leider bekam sie keine Verbindung. Verdammt. In diesem Loch hatte sie natürlich kein Netz.

Das Handy verstaute sie in ihrer Tasche und trug dann einen Stuhl zu der Wand mit dem Fenster. Der Stuhl wirkte alt und klapprig – hoffentlich brach er nicht gleich unter ihrem Gewicht zusammen. Sie kletterte auf das Sitzkissen aus Brokat und streckte den Arm nach dem Fenster aus. Es war zu weit oben.

Zum Glück entdeckte sie einen Holztisch von der Größe eines Kartentisches. Er war leicht genug, dass sie ihn tragen konnte. Vorsichtig stellte sie ihn unterhalb der Fensteröffnung ab und stieg darauf. Jetzt kam sie an die Bretter, die quer über das kleine Fenster genagelt worden waren. Sie zerrte mit beiden Händen an einem der Bretter. Es hielt. Also zog sie sich hoch und spähte durch den schmalen Spalt nach draußen.

Vor dem Fenster war eine schmuddelige kleine Straße zu erkennen. In den Pfützen im löchrigen Straßenpflaster spiegelte sich die Sonne. Auf der Straße näherten sich Schritte.

Emma sah sich um. Keine Spur von Hubert. Die Schritte kamen näher. Die Schritte der einen Person waren fest und entschlossen, die der anderen schnell, tänzerisch und leicht. Vielleicht ein Hund.

„Psst!", zischte Emma leise. „*A moi!*" Sie erschrak, als eine feuchte schwarze Nase plötzlich an ihrer Hand schnupperte. Okay. Die Aufmerksamkeit des Hundes hatte sie schon mal. Jetzt musste sie nur noch sein Herrchen ansprechen. Der

Hund sprang aufgeregt hin und her. Es war ein weißer Pudel mit einer rosa Schleife auf dem Kopf.

„*A moi! Aidez-nous*", flüsterte Emma so laut, wie sie es verantworten konnte.

Der Pudel bellte, schrill und laut. Sein Besitzer schrie ihn an und zerrte an der Leine. Dann waren die beiden verschwunden.

In diesem Moment ging die Tür ihres Verlieses auf.

Emma sprang zurück auf den Tisch und drehte sich um. Aus dem Weinkeller drang Licht in den Raum, dazu der Geruch von Würstchen und Ei. In der Tür stand ein massiger schwarzer Schatten.

„Brouchard hat mir schon gesagt, dass du uns Schwierigkeiten machen würdest." Hubert kam herein. Sein Akzent war so breit wie sein Nacken und seine Arme.

Er stürzte auf sie zu und schrie dabei wie ein Stier. Emma blieb auf dem Tisch stehen. Es gelang ihr, einen guten Kick auf seiner Brust zu landen, aber das konnte Hubert nicht aufhalten, sondern nur bremsen. Er schnappte sich einer ihrer Knöchel und zog. Emma fiel auf den Hintern, nutzte aber den Schwung, um sich zusammenzurollen und blitzschnell nach vorne zu treten. Diesmal traf sie Hubert im Unterleib. Er stolperte nach hinten. Emma sprang auf den Boden, riss das Messer aus ihrem Gürtel und machte einen Satz nach vorne. Mit Leichtigkeit drang das Messer in Huberts Körper ein. Er schrie, dann fiel er rücklings zu Boden.

Emma stand über ihm, das blutige Messer in der Hand. Ihr wurde übel. Verdammt. Vampire anzugreifen, war einfacher. Die bluteten nicht, sondern zerfielen einfach zu Staub.

Hubert stöhnte und wand sich auf dem Boden.

„Moment. Ich rufe einen Krankenwagen." Sie würde ganz sicher zur Champs-Élysées und Angus' Sicherheitsleuten finden. Aber zuerst musste sie die vier Vampire im Nebenzimmer töten. Dazu brauchte sie das Messer. Sie ging auf die Tür zu.

In diesem Moment krachte ihr ein Brett ins Gesicht. Sie kippte nach hinten, während ihr Gesicht nur noch aus schmerzhaften Blitzen zu bestehen schien. Sie sah für einen Moment alles doppelt, dann erkannte sie einen Mann im Türrahmen. Er war klein und dünn.

„Du hast einen tödlichen Fehler gemacht, *chérie*. Ich bin Hubert. Und ich kenne mich aus mit Typen wie dir."

Sie kam wieder auf die Füße, aber Hubert knallte ihr das Brett noch einmal gegen die Stirn. Emma fiel zur Seite. Ihr Herz klopfte, und das Messer glitt ihr aus der Hand.

Stöhnend drehte sie den Kopf, um den Mann anzusehen. Schmerzen durchzuckten ihren ganzen Körper.

„Ich sollte dich umbringen für das, was du meinem lieben Rolf angetan hast." Der richtige Hubert zog eine Spritze aus der Tasche und injizierte ihr etwas Flüssigkeit.

Emma befahl ihrem Körper, aufzustehen und zu kämpfen, aber ihr Gehirn konnte die Befehle nicht weiterleiten. Sie tastete über den Boden. Ihre Finger fanden den Knauf des Messers.

„Leider möchte mein Herr dich lebendig haben. Also schicke ich dich einfach nur schlafen." Hubert kam auf sie zu.

Mit letzter Kraft trat Emma ihm gegen beide Schienbeine, und er stolperte nach hinten.

„Miststück!" Hubert sprang auf und stach ihr die Spritze in den Hals. Sofort sah sie sein Gesicht nur noch schemenhaft.

Über sie gebeugt, drohte er: „Du solltest mich doch nicht wütend machen. Jetzt muss ich mit dir spielen, während du schläfst."

Zu einer allerletzten Aktion war Emma doch noch fähig: Sie rammte ihm das Messer in den Rücken.

Schreiend und strampelnd versuchte er, es zu herauszuziehen. Dann stürzte Hubert neben sie, wand und krümmte sich.

Emma fielen die Augen zu. Fast freute sie sich über die Betäubung, denn so spürte sie auch die Schmerzen nicht mehr.

Neben ihr hörte Hubert auf, sich zu bewegen. Ein Gefühl der Verzweiflung drang in ihr von der Spritze benebeltes Bewusstsein. Sie hatte Angus schon wieder enttäuscht.

Angus erwachte mit dem üblichen Energieüberschuss, den er jeden Tag nach Sonnenuntergang verspürte. Doch schon mit seinem ersten Atemzug nahm er den Geruch nach fauligem, geronnenem Blut wahr, der nur eins bedeutete: Tod. Sein Herz krampfte sich zusammen. Bitte nicht Emma!

Er kam auf die Beine und sah sich in dem dunklen Raum um. Sein Flachmann lag auf dem Boden – und drei Personen. Verdammt, was war passiert? Schnell ging er zu dem ersten Körper hinüber. Es war ein großer Mann mit einer Stichwunde in der Brust. Sein Blut klebte überall auf dem Steinfußboden und der Geruch verursachte in Angus ein Gefühl der Übelkeit.

Er stolperte zu den anderen beiden Körpern. Ein schlanker Mann, tot, mit Angus' *Sgian dubh* im Rücken. Sein Blut war zu einer schleimigen Masse verklebt, die man nicht mehr zu sich nehmen konnte. Neben ihm lag Emma. Ihr Herz schlug noch, langsam, aber regelmäßig. Doch Angus' Erleichterung währte nicht lange, als er in ihr Gesicht blickte. Diese Mistkerle! Ihr Gesicht war geschwollen und voller blauer Flecken. Die Arme. Wahrscheinlich hatte sie um ihr Leben gekämpft, während er gleich neben ihr in seinem totenähnlichen Tiefschlaf gelegen hatte. Er verfluchte sich dafür, dass er sie tagsüber nicht beschützen konnte.

Aus dem Weinkeller nebenan drangen Geräusche. Der Feind

erwachte. Hätte Angus doch nur genügend Kraft, um Emma zu nehmen und sich mit ihr nach draußen zu teleportieren. Aber sein Hunger schwächte ihn erheblich.

„Mein armer Schatz, es tut mir so leid." Angus streichelte Emmas Gesicht. Der süße Geruch ihres Blutes war kaum zu ertragen. Er nahm sein Messer und wankte zurück zu seinem Flachmann auf dem Boden. Mit zitternden Fingern schraubte er den Deckel ab. Als seine Fänge das Zahnfleisch durchbrachen, verspürte er Schmerzen. Der Hunger eines Vampirs war nach dem Aufwachen immer am schlimmsten.

Er stürzte den Blissky hinunter und fühlte nach einiger Zeit endlich ein gewisses Sättigungsgefühl. Seine Fänge zogen sich zurück, sein Zahnfleisch entspannte sich. Er hasste es, ein Sklave dieses Hungergefühls zu sein – deshalb hatte er auch immer eine Extraration synthetisches Blut in seinem Flachmann dabei. Als der letzte Tropfen Blissky durch seine Kehle geronnen war, spürte er, wie sich neue Kraft in ihm sammelte. Jetzt war er wieder stark. Jetzt würde er Emma retten.

Im selben Moment ging die Tür auf. Brouchard wankte herein, einen Kerzenleuchter in der Hand. „*Bonsoir, mes amis!* Hubert, besorg uns ein paar schmackhafte Menschen zum Frühstück!" Erschrocken blieb er stehen. „Hubert! Was machst du da? Warum liegst du neben dieser Frau?"

Angus sprang auf Brouchard zu und rammte ihm seinen Dolch ins Herz. Mit einer Art Quietschen zerfiel Brouchard zu Staub.

Von dem Lärm angelockt, stürmten Uri und Alek herein. Beide waren mit Schwertern bewaffnet. Angus war zwar allein, aber er war stärker als die beiden zusammen – denn er hatte bereits etwas zu sich genommen und sie offensichtlich nicht. Er wich Aleks Angriff aus und wehrte dann Uri ab.

Da erschien Katya mit ihrem Blasrohr. „Ihr Idioten! Es

gibt nur eine Methode, ihn ruhig zu stellen!" Sie setzte das Blasrohr an die Lippen.

Gerade noch rechtzeitig wirbelte Angus herum, schnappte sich Uri und hielt mit seinem Körper den heranschießenden Pfeil auf. Uri wurde steif und stürzte zu Boden. Der Pfeil steckte in seiner Brust.

In Katyas Augen funkelte Wut. „Alek, töte die Frau."

„Selbstverständlich." Mit erhobenem Schwert sprang er auf Emma zu.

„Nein!" Angus' Schrei erfüllte den Raum.

Katya hob eine Hand und Alek blieb sofort stehen. „Na gut, ich werde sie verschonen – wenn du dich mir auslieferst, Angus."

Angus zögerte. Er musste Zeit gewinnen, damit er mit Emma fliehen konnte. Er ließ sein Messer fallen, das scheppernd auf dem Steinboden aufschlug.

Mit einem spöttischen Schnauben kickte Katya das Messer weg. „Ich wusste schon immer, dass du ein Dummkopf bist. Du hättest mich haben können, aber du hast lieber dieses niedere … Insekt gewählt. Ich werde mich daran erfreuen, dich leiden zu sehen."

Angus bleckte die Zähne. „Das glaube ich gerne. Du warst schon immer grausam und böse."

„Es gab auch mal eine Zeit, in der du mich als wunderschön und voller Potenzial bezeichnet hast."

Mitleidig wanderte sein Blick über ihren Körper. „Ich wollte, dass du eine von uns wirst, Katya. Ich hatte gehofft, du würdest deine Fähigkeiten für das Gute einsetzen. Es ist noch nicht zu spät."

„Du glaubst also, sie wäre gut?" Katya starrte Emma zornig an. „Diese Schlampe ist eine Mörderin. Sie verdient den Tod. Und wenn ich sie Casimir übergebe, wird er mein Leben verschonen." Sie sah Angus verführerisch an. „Und du willst doch nicht, dass ich sterbe? Wir hatten so viel Spaß miteinander."

„Für mich bist du schon gestorben."

Zischend holte sie Luft und nahm einen neuen Pfeil aus ihrer Tasche. „Dafür wirst du bezahlen, Angus MacKay. Du wirst dir wünschen, niemals geboren worden zu sein." Und damit jagte sie den Pfeil in seine Brust.

Angus stürzte zu Boden und konnte sich nicht mehr bewegen. Verzweiflung durchfuhr ihn. Er hatte für Emma mehr Zeit gewinnen wollen, und jetzt konnte er gar nichts für sie tun.

Alek und Katya verschwanden nacheinander, um sich Nahrung zu beschaffen. Nachdem sie ihren Durst gestillt hatten, nahm Katya Angus den Sporran ab. Er schloss die Augen, um ihr triumphierendes Lächeln nicht sehen zu müssen. Alek schleppte ihn aus dem Keller und warf ihn auf die Straße. In seinem Kopf schwirrten die wildesten Flüche. Hier lag er, war allein und nicht gefesselt, konnte sich aber nicht bewegen. Kurze Zeit später tauchte Alek wieder auf. Diesmal hatte er Emma dabei. Er legte sie hin und tastete sie ab.

„Ein Handy. Na sieh mal einer an." Alek nahm das Handy aus Emmas Hosentasche und reichte es Katya.

„Ist das nicht die reinste Ironie?", fragte sie Angus und drückte ein paar Tasten auf seinem Telefon. „Ich werde das Telefon von deiner kleinen Nutte benutzen, um dein Schicksal zu besiegeln." Sie beugte sich zu ihm herunter und nahm seinen Arm. „Galina? Wir kommen."

Katya verschwand und nahm Angus mit. Er fühlte eine fließende Bewegung, dann einen harten Fußboden unter sich. Als er die Augen öffnete, befanden sie sich in einem alten Steingebäude, das nur spärlich eingerichtet war. Neben ihm tauchte Alek mit Emma auf.

„Wie gefällt euch mein Landhaus?", ertönte die Stimme einer rothaarigen Frau.

Angus kannte sie vom letzten Ball der Vampire. Sie war gemeinsam mit Ivan Petrovsky dort gewesen. Es musste sich um Galina handeln, die ehemalige Haremsdame, die Katya geholfen hatte, Ivan zu ermorden, und nun mit ihr gemeinsam den russischen Zirkel leitete.

„Perfekt", antwortete Katya und sah sich um. „Ist das Gästezimmer bereit?"

Galina lachte. „Oh ja. Es wird ihnen gefallen." Sie winkte einen massigen blonden Mann herbei. „Burien, würdest du bitte zusammen mit Miroslav unseren Gast übernehmen?"

Die beiden männlichen Vampire hoben Angus hoch und folgten Galina nach draußen.

„Wo ist denn Uri?" Galina blickte sich um.

„Verhindert", gab Katya murmelnd zur Antwort. „Er kommt nach."

Der Nachthimmel war klar, die Sterne funkelten hell. Hier war es ganz offensichtlich schon später als in Paris, sie waren also nach Osten gereist, resümierte Angus. Vielleicht waren sie im Osten Russlands, Katyas Heimat. Er erinnerte sich, einmal eine Akte über Galina gelesen zu haben. Sie stammte aus der Ukraine – das war auch eine Möglichkeit.

Auf jeden Fall befanden sie sich auf dem Land. Die Hügel ringsherum waren dicht bewaldet, und eine alte Steinmauer begrenzte das Grundstück. Eine Holzscheune gleich daneben war kurz vorm Zusammenbrechen. Er entdeckte Alek, der Emma trug.

Sie gingen einige Stufen hinab. War das ein Schutzbunker? Ein Kohlekeller? Die schwere Tür knarrte, als sie geöffnet wurde.

„Leg sie auf die Pritsche da", ordnete Galina an.

Er hörte Sprungfedern quietschen. Ihn warf man auf den Fußboden.

„Es gibt auch Licht", sagte Galina. Mit einem leisen Klicken schaltete sie eine Glühbirne ein, die nackt von der Decke baumelte.

Das ganze Zimmer schien zu funkeln, sodass Angus die Augen zusammenkneifen musste.

Galina lachte. „Hübsch, nicht wahr?"

„Und hübsch teuer", fügte Katya missmutig hinzu.

„Die Platten an der Decke sind aus purem Silber", erklärte Galina. „Die Wände, das Fenster und die Tür sind mit einer Silberschicht überzogen."

„Hier wird niemand entfliehen." Alek ging durch das Zimmer und inspizierte die Wände.

„Oh ja, es funktioniert", versicherte Galina ihnen. „Miroslav sollte versuchen, sich durch die Wände zu teleportieren, und er schaffte es nicht. Er stieß dagegen und holte sich böse Verbrennungen. Und Burien versuchte, mir von hier drinnen telepathische Mitteilungen zu schicken, aber nichts drang nach draußen."

„Ausgezeichnet." Katya klang zufrieden. „Jetzt müssen wir nur noch herausfinden, wo Casimir sich aufhält, und ihm seine Geschenke überreichen."

Sie verließen den Raum und schlossen die Tür. Ein Riegel wurde von außen vorgeschoben. Angus schloss die Augen. Sobald die Wirkung des Nachtschattens nachließ, musste er irgendwie entkommen, auch wenn die silbernen Wände des Raums das äußerst schwierig gestalten würden. Zum Glück war Emma sterblich, und das Silber konnte ihr nichts anhaben. Es würde auch ihre übersinnlichen Fähigkeiten nicht blockieren.

Eine Stunde verging, dann hörte er ein Geräusch von der Pritsche.

„Emma?"

Sie stöhnte.

Angus räusperte sich. „Emma?" Das klang schon besser.

„Meine Güte, habe ich Kopfschmerzen." Die Pritsche quietschte jämmerlich. „Bist du in Ordnung?"

„Ich kann mich nicht bewegen. Nachtschatten."

„Verdammt." Die Pritsche quietschte wieder. „Mist, sie haben das Telefon gefunden." Emma war aufgestanden und kniete sich neben ihn.

Ihr Gesicht war voller blauer Flecken. „Oh, verdammt."

Mit den Fingern fuhr Emma über die Haut und erschrak. „Hübsch, was?"

„Dich kann nichts entstellen. Aber ich habe das dumpfe Gefühl, dass du um dein Leben gekämpft hast, während ich regungslos daneben lag."

„Und ich habe das dumpfe Gefühl, dass ich uns in diese missliche Lage gebracht habe." Sie betrachtete ihn. „Sie haben dir deinen Sporran abgenommen." Grinsend fügte sie hinzu: „Ich meine natürlich, dein Täschchen."

Er knurrte.

„Hast du eine Ahnung, wo wir sein könnten?"

„Entweder in Russland oder in der Ukraine. Sie haben extra für uns Silberwände eingebaut. Ich kann uns weder teleportieren noch Nachrichten schicken."

„Silber?" Emma sah sich um und nach oben zur Decke. „Meine Güte! Das Zeug ist überall!"

„Ich wünschte, ich könnte dich berühren", flüsterte er. „Es bereitet mir Schmerzen, dich leiden zu sehen."

Sie betrachtete sein Gesicht. Lächelnd streichelte sie seine Wange. „Was ist passiert, während ich bewusstlos war?"

„Ich habe Brouchard getötet."

„Oh." Sie riss die Augen auf. „Wie gemein von dir. Herzlichen Glückwunsch."

„Uri und Alek haben mich angegriffen, dann hat Katya mit ihrem Giftpfeil auf mich gezielt, aber leider Uri getroffen."

Emma grinste, dann zuckte sie vor Schmerzen zusammen.

„Au. Aber dann hat es ihre königliche Schlampenhoheit doch noch geschafft, dich zu treffen."

„Jawohl."

Emma blickte ihn besorgt an. „Ich werde irgendwie das Gefühl nicht los, dass zwischen euch eine Art Privatfehde herrscht."

Angus schloss kurz die Augen. „Sie war ein Fehler. Und lange her."

„Jetzt hasst sie dich."

„Und dich auch."

„Na ja. Ich habe auch sechs ihrer Männer getötet."

„Es liegt nicht nur daran. Sie … Sie vermutet, dass du mir sehr viel bedeutest."

Eben noch lag ein Lächeln auf Emmas Zügen, das jetzt erstarb. „Vielleicht irrt sie sich."

„Nein. Sie hatte schon immer einen guten Instinkt."

Als sie Angus jetzt das Gesicht streichelte, liefen Tränen ihre Wangen hinab. „Es tut mir so leid. Sie hätten uns niemals gefangen, wenn ich getan hätte, worum du mich gebeten hast – und zu Hause geblieben wäre."

„Sie hätten so lange weiter gemordet, bis wir gekommen wären. Es war unvermeidlich."

Sie lehnte sich an ihn. „Ich werde uns hier rausbringen. Irgendwie."

„Gemeinsam schaffen wir es."

Ihre Augen nahmen jede kleine Regung seines Körpers wahr, so intensiv betrachtete sie ihn, und er glaubte, sein Herz müsste zerspringen. Ihr Blick wanderte zu seinem Mund, aber Emma berührte ihn kurz mit ihren Lippen und setzte sich dann auf.

Sein Mund zuckte. „Ich bin vollkommen hilflos. Ganz sicher, dass du diese Situation nicht ausnutzen willst?"

Dachte er ab und zu auch noch an andere Dinge? „Du

Held." Sie stand auf und verschwand aus seinem Blickwinkel.

„Wie ekelhaft!", hörte er kurz darauf ihre Stimme aus einer anderen Ecke des Zimmers. „Unser Badezimmer besteht aus einem hölzernen Bottich, einem Eimer Wasser und einem Nachttopf!"

„Ich habe jahrhundertlang einen Nachttopf benutzt. Man gewöhnt sich daran."

„Vermutlich", murmelte sie. „Und ich muss auch ganz dringend."

„Dann geh." Er hörte sie laut fluchen und dann etwas abreißen.

„Das soll Toilettenpapier sein? Mit dem Zeug kann man sich ja die Fingernägel feilen!" Dann verkündete sie, sie sei fertig. Er hörte ein Platschen und wie sie sich die Hände wusch.

Anschließend ging sie durch das Zimmer. „Nächstes Mal steigen wir im Hilton ab."

Irgendetwas fiel auf den Boden.

„Was war das?", fragte Angus.

„Ich habe die Pritsche auf die Seite gelegt." Sie packte ihn unter den Schultern und zerrte an ihm. Um ihr zu helfen, versuchte Angus, seine Beine zu bewegen, aber sie waren immer noch völlig taub.

Aber Emma schaffte es, ihn aufzurichten und lehnte ihn gegen die Pritsche. „Ist das besser?"

„Ja." Jetzt konnte er mehr von dem Raum sehen. Das primitive Badezimmer in der Ecke war durch einen Wandschirm abgetrennt. Außer der Pritsche gab es einen kleinen runden Tisch und zwei Stühle. Hoch oben an einer Wand befand sich ein kleines Fenster.

Der Riegel an der Tür schabte.

Emma nahm einen Stuhl und stellte sich an die Wand daneben.

Quietschend öffnete sich die Tür, ohne dass jemand hineinkam. Eine Frauenstimme sprach auf Russisch etwas durch ein Walkie-Talkie.

„Stellen Sie den Stuhl hin. Wir sehen, was Sie vorhaben. Im Raum sind Kameras installiert." Für alle Zeiten würde Emma die Stimme von Alek wiedererkennen.

Sie stellte den Stuhl ab und sah sich um, als plötzlich der russische Vampir Burien hereinkam und mit einer Maschinenpistole auf sie zielte. Erschrocken riss Emma die Hände nach oben.

Als Nächstes betrat Alek den Raum.

„Wir haben gesehen, dass Sie aufgewacht sind. Wir dachten, Sie hätten vielleicht Hunger." Er stellte das mitgebrachte Tablett auf dem Tisch ab.

„Du machst dich gut als Diener", murmelte Angus.

„Finde ich auch", pflichtete Emma ihm mit einem herzlichen Grinsen bei. „Seien Sie so gut und leeren Sie auch den Nachttopf aus?"

Alek starrte sie beide wütend an. „Wir beobachten jede eurer Bewegungen. Und schon bald wird es sehr unterhaltsam für uns werden." Verheißungsvoll kichernd verabschiedete er sich.

Burien folgte ihm. Die Tür wurde zugeknallt, und die silbernen Wände bebten und funkelten durch die Erschütterung. Der Riegel wurde zugeschoben.

Emma stellte den Stuhl zurück an den Tisch. „Was für ein Wichser. Nachdem ich gegessen habe, werde ich die Kameras ausfindig machen und sie zerstören." Sie steckte einen Finger in die Schüssel mit Essen und probierte. „Porridge. Schmeckt gar nicht schlecht. Und außerdem habe ich Hunger."

Angus seufzte. Sein Flachmann war weg. Sein Herz krampfte sich zusammen. Katya hatte eine wunderbare Methode gefunden, sie beide zu quälen. Kein Wunder, dass sie zusehen wollte.

„Ich hasse es, alleine zu essen." Emma setzte sich. „Diese Trottel haben dir überhaupt nichts zu essen gebracht."

Und dann begriff sie das Spiel, das mit ihnen gespielt wurde, und ihr Löffel fiel klirrend auf den Tisch. Ihr wurde klar, wozu ihre Gefangenschaft eigentlich diente.

„Doch", sagte Angus. „Ihrer Meinung nach gibt es hier auch für mich etwas zu essen."

20. KAPITEL

Sean Whelan blieb zögernd auf dem Bürgersteig vor Roman Draganestis Stadthaus stehen. Wahrscheinlich wurde hier Emma Wallace als Gefangene gehalten.

Als Emma am Mittwochabend nicht zum Meeting aufgetaucht war, hatte er sich zunächst keine Sorgen gemacht. Jeder verspätete sich einmal oder fühlte sich nicht wohl und blieb zu Hause. Doch sie reagierte auch nicht auf die Anrufe auf ihrem Festnetzanschluss und auf ihrem Handy.

Die Securitymitarbeiter hatten ihm berichtet, Emma habe am Dienstagabend die Firma mit einem Mitarbeiter von MacKay Security and Investigation verlassen, dem Unternehmen, das für den Personen- und Objektschutz bei Roman Draganesti und Jean-Luc Echarpe verantwortlich war. Beide waren mächtige Anführer von Vampirzirkeln, daher vermutete Sean, dass auch Angus MacKay, der Besitzer des Unternehmens, ein Vampir war. Sehr wahrscheinlich handelte es sich bei ihm um den kürzlich eingetroffenen Schotten, der im Stadthaus von Draganesti abgestiegen war.

Ärgerlich. Sean hatte gewusst, dass etwas nicht mit rechten Dingen zuging, als er neulich nachts Emmas Schreie hörte. Diese Vampire waren wirklich widerwärtig. Erst entführten und verführten sie seine Tochter, und jetzt waren sie hinter Emma her.

Plötzlich ging die Haustür auf. Sean erstarrte. Die Mistkerle mussten ihn gesehen haben. Zum Glück steckte sein Revolver immer griffbereit in seinem Gürtel, das Magazin geladen mit Silberkugeln.

Connor stand in der Tür, wie immer mit rot-grün kariertem Kilt bekleidet. „Haben Sie eine konkrete Frage, Whelan, oder wollen Sie die ganze Nacht das Haus anstarren?"

Sean ging zum Fuß der Treppe. „Ja, ich habe eine Frage,

Drecksack. Halten Sie Emma Wallace gegen ihren Willen fest?"

Der Schotte sah ihn fragend an.

„Denn wenn das so ist", setzte er seine Rede fort, „sind in zehn Minuten fünfzig FBI-Agenten hier und nehmen das Haus auseinander."

„Wir wissen, dass Emma Wallace verschwunden ist." Connor sah einen Moment besorgt aus. „So wie einer von unseren Leuten."

Sean runzelte die Stirn. „Soll das heißen, die beiden sind zusammen durchgebrannt?"

Wütend betrachtete Connor den Mann. „Nein, sie wurden entführt, und sie sind ernsthaft in Gefahr. Wir tun unser Bestes, um sie zu finden." Und damit wollte er die Tür schließen.

„Moment!" Sean rannte die Treppe hinauf. „Weiß man, wer sie entführt hat?"

Connor zögerte einen Moment, dann öffnete er die Tür wieder etwas weiter. „Katya Miniskaya und ihre russischen Malcontents."

„Und warum sollte sie ... Ihren Vampirfreund entführen?"

„Wenn Sie Ihrer Tochter zugehört hätten, wüssten Sie, dass es zwei Lager von Vampiren gibt."

„Ja, natürlich", unterbrach Sean ihn. „Die Leier kenne ich schon. Aber warum haben sie dann Emma entführt?"

Kopfschüttelnd stieß Connor ein verächtliches Schnauben aus. „Erstaunlich, wie wenig Ahnung Sie haben. Emma Wallace ist der Vampirjäger. Sie hat seit dem letzten Sommer mindestens vier Malcontents getötet. Vermutlich will Katya sich an ihr rächen."

„Emma ist der Vampirjäger?" Sean konnte es nicht fassen. Warum hatte sie das vor ihm geheim gehalten? Er hätte ihr schon längst einen Orden verleihen lassen!

Connor sah das anders. „Sie ist der Anlass für den ganzen Ärger. Angus versuchte, sie zu beschützen, und jetzt hat

Katya sie beide in ihrer Gewalt."

„Angus MacKay?"

„Ja. Er hat Emma beobachten lassen, damit ihr nichts geschieht."

„Was sollen wir jetzt machen?" Sean zuckte zusammen. War aus seinem Mund gerade das Wörtchen wir entwichen?

Der Vampir betrachtete ihn und nickte dann kurz. „In Ordnung. Ich sehe keine Gefahr in einem Informationsaustausch."

„Okay." Sean fiel es leicht zuzustimmen, denn er verfügte ja überhaupt nicht über irgendwelche Informationen. „Sie zuerst."

Misstrauisch beäugte Connor den anderen und verschränkte dann die Arme vor der Brust. „Man hat die beiden nach Paris gebracht. Wir haben unseren Zirkel dort informiert, und sie haben auch den Ort gefunden, an dem Emma und Angus gefangen gehalten wurden. Offensichtlich kam es dort zu einem größeren Kampf, denn man fand mehrere Tote. Sterbliche und Vampire. Ein russischer Vampir namens Uri wurde gefasst. Er wird verhört, sobald er wieder sprechen kann."

„Und Emma?"

„Nur ihre Tasche mit den Holzpflöcken sowie Angus' Sporran und Strumpfdolch wurden gefunden. Höchstwahrscheinlich hat man sie teleportiert, vermutlich nach Russland, denn Katya stammt von dort. Wir sind bereits auf der Suche nach ihnen." Connor neigte fragend den Kopf. „Und welche Information haben Sie zu bieten?"

Sean lächelte. „Gar keine. Danke trotzdem."

„Aufgeblasenes Arschloch", brummte Connor. „Ich dachte, Sie würden den russischen Zirkel permanent überwachen lassen? Dann haben Sie doch sicher etwas gehört. Katya muss die Aktion doch im Vorfeld geplant haben."

„Unsere Wanzen wurden vor ein paar Tagen entdeckt und zerstört, von so einem unsympathischen Typen aus Polen. Er sagte zu Katya, Casimir sei böse auf sie, weil sie Ivan Petrovsky umgebracht habe. Er befahl ihr, ihm den Vampirjäger bis Samstag auszuliefern." Sean blinzelte. „Verdammt. Damit meinte er Emma."

„Dann wissen Sie also mehr, als Sie dachten, Whelan. Lassen Sie Ihre Wanzen wieder einbauen. Irgendjemand aus dem russischen Zirkel wird wissen, wo Katya sich aufhält."

„Wir kommen nicht rein. Tagsüber ist die Russenmafia da, um Katyas Hauptquartier zu bewachen."

Connor überlegte. „Ich weiß, wie man reinkommen kann. Wenn wir Ihnen helfen, die Wanzen anzubringen, geben Sie Ihre Informationen dann an uns weiter?"

Eigentlich wurde ihm geradezu übel bei dem Gedanken, gemeinsame Sache mit Vampiren zu machen.

Connor sah ihn drohend an. „Wir sind perfekt ausgerüstet, um Miss Wallace zu finden. Würden Sie sie opfern, nur weil Sie uns hassen?"

Der Vampir hatte recht, aber trotzdem hatte die Sache einen bitteren Beigeschmack. „Na gut, ich kooperiere. Aber nur dieses eine Mal."

„Warten Sie hier." Connor verschwand im Haus und kehrte nach kurzer Zeit mit einem Zettel in der Hand zurück. „Das ist meine Telefonnummer. Sobald Sie mit Ihrem Überwachungsfahrzeug in Position sind, melden Sie sich."

Vierzig Minuten später saßen Sean und Garrett in dem weißen Van auf der Straße vor dem Haus der russischen Vampire in Brooklyn. Sean rief Connor an.

„Sprechen Sie weiter", forderte Connor ihn auf.

„Was ist los? Hallo? Sind Sie noch dran?" Sean sah Garrett an. „Er gibt keine Antwort."

Doch plötzlich saßen zwei Personen im Wagen.

„Scheiße!" Garrett erschrak so sehr, dass er fast ohnmächtig wurde.

Connor ließ den jungen Mann los, den er mitgebracht hatte. Es war ein Schwarzer in verwaschenen Jeans und einem grauen Kapuzenshirt.

„Das ist Phineas MacKinney", stellte Connor ihn vor. „Er weiß, was er zu tun hat. Hab ich recht, Phineas?"

„Korrekt." Phineas wischte sich nervös die Hände an seiner Jeans ab. „Hoffentlich kann ich dabei helfen, Miss Wallace und Angus ausfindig zu machen. Ich hab echt Angst, dass ich's wieder vermasseln könnte."

„Wieder vermasseln?", fragte Sean.

„Das ist eine lange Geschichte. Haben Sie die Abhörmikrofone?", fragte Connor.

„Hier." Sean gab sie Phineas und dazu noch einige Hinweise.

„Alles klar." Phineas stopfte die Wanzen in die Tasche seines Sweatshirts und sah Connor an. „Ich lass euch nicht hängen, Mann."

Etwas zurückhaltend lächelte Connor ihn an. „Ich weiß. Du schaffst das schon."

Phineas stieg aus dem Van und schlenderte auf das Haus der Russen zu. Dann öffnete er einfach die Haustür und ging hinein.

„Ich fass es nicht", murmelte Garrett. „Wieso kann er einfach so da reingehen?"

„Sie haben ihn erst vor einer Woche verwandelt", erklärte Connor. „Die Wachen denken, er wohnt dort."

„Aber jetzt arbeitet er für Sie?", wollte Sean wissen.

„Ja. Er ist ein guter Junge, der mit ihrer bösartigen Art nichts am Hut hat."

Sean stieß ein verächtliches Schnauben aus. „Und Sie meinen, die Russen sind die einzig Bösartigen hier?"

„In der Welt der Sterblichen gibt es auch Gute und Böse. Warum sollte es in der Welt der Vampire anders sein?"

Weil ihr alle böse seid. Sean behielt seine Meinung für sich. Er fand es allerdings bemerkenswert, dass sich Connor und Phineas um die Sicherheit von diesem Angus MacKay zu sorgen schienen. Gab es tatsächlich so etwas wie Freundschaft und Loyalität unter Vampiren?

Keiner sagte etwas. Sie warteten schweigend. Wenige Minuten später begann der erste Überwachungsmonitor zu flackern. Schließlich hatten sie ein Bild.

„Wir sind auf Sendung", verkündete Garrett. „Sieht nach Katyas Büro aus."

In diesem Moment schalteten sich auch die beiden anderen Monitore ein. Sie zeigten andere Ausschnitte des Büros.

„Test, Test", murmelte Phineas und hielt sein Gesicht vor die Kamera. Plötzlich drehte er sich zur Tür um und sagte: „Oh, hoppla. Hey Mann, was geht?"

Ein Mann betrat den Raum. Die Überwachungskameras zwei und drei hatten ihn im Bild. „Was machst du hier? Wo warst du?" Der Mann sprach mit einem russischen Akzent.

Phineas zuckte die Achseln. „Ich brauchte mal 'ne Auszeit, Mann. Ein kleines Päuschen zu Hause, bei meinen Ladies. Du kennst das ja." Er zog in eindeutiger Geste seine Hose hoch. „Als Mann hat man Bedürfnisse, die man nicht vernachlässigen sollte."

Der Russe schnaufte verächtlich. „Du hättest sie mitbringen können."

„Klar, Mann. Warum nicht. Beim nächsten Mal, okay? Ich kenne da 'ne echt heiße Blondine, Tina. Mann, ist die scharf!"

„Was hast du in Katyas Büro zu suchen?"

„Ich dachte, weil ich ein paar Tage weg war, sag ich der Chefin mal Bescheid, dass ich wieder da bin. Aber sie ist gar nicht hier. Irgendwie ist überhaupt keiner hier. Wo sind denn alle?"

Stirnrunzelnd verschränkte der Russe die Arme vor der Brust. „Sie haben das Land verlassen. Aber ich wurde zur Party nicht eingeladen."

„Wie ätzend, Mann." Phineas machte ein empörtes Gesicht. „Mich haben sie auch nicht eingeladen."

Ein Seufzen war zu hören. „Ich glaube, sie sind alle bei Galina zu Hause. Sie ist schon ein paar Tage vor den anderen abgereist, um alles vorzubereiten."

„Wer ist denn diese Galina? Ist sie scharf?"

Der Russe lächelte. „Sehr scharf. Du kennst sie nicht? Sie ist die schönste … Ah, alles klar. Sie war schon weg, bevor du kamst."

„Verdammt. Dann will ich mal hoffen, dass sie bald zurück ist."

„Ich auch. Ich hatte sie gefragt, ob ich mitkommen soll, aber sie hat die Begleitung von Burien und Miroslav vorgezogen."

„Diese beiden Loser? Mann, hat die einen schlechten Geschmack. Und wo sind sie hin?"

„Was weiß ich. Vermutlich in die Ukraine", meinte der Russe achselzuckend.

Phineas lachte. „Was ist das denn? Nie gehört. Na ja, was soll's. Ich bin dann mal weg. Hab ein Pferdchen warten, du verstehst schon." Er verschwand aus dem Kamerabild.

„Kannst du mir nicht auch eine besorgen?" Der Russe folgte ihm.

Das Büro war leer. Fünf Minuten später verließ Phineas das Gebäude und schlenderte auf dem Bürgersteig davon. Er klopfte an die hintere Tür des Van und stieg ein.

„Sehr gut gemacht." Connor klopfte ihm auf die Schulter.

Phineas nahm Haltung an. „So ist es. Wenn du 'nen Undercover-Mann suchst, ruf einfach Dr. Phang an."

„Dr. Phang?", fragte Sean.

Garrett kicherte.

„Okay. Wir konzentrieren uns bei unserer Suche also auf die Ukraine." Connor ergriff Phineas am Arm. „Wir müssen los."

„Moment!" Sean hob eine Hand. „Wenn Sie etwas herausfinden, sagen Sie mir dann Bescheid?"

„Wir werden alles tun, um die beiden zu retten." Bevor er und Phineas verschwanden, nickte Connor ihm zu.

„Das ist doch absolut seltsam", stellte Garrett fest. „Die beiden scheinen sich echt Sorgen zu machen."

Gab es das überhaupt bei Vampiren? Sean wusste es nicht. Am Ende hatte Shanna doch recht. Und was war mit ihrem Baby? Es würde bald auf die Welt kommen. Was für ein Wesen würde es sein?

Emma ließ ihr Essen stehen. Ihr war der Appetit vergangen. Stattdessen stand sie auf und sah sich in dem kleinen Raum um. Dabei vermied sie es tunlichst, Angus anzusehen. „Ich versuche, diese Kameras zu finden."

Eine entdeckte sie ganz oben auf dem Fenstersims. Viel zu weit oben. Sie schob den Tisch an die Wand.

„Emma."

Sie warf Angus einen raschen Blick zu. „Ja?"

„Im Augenblick bist du absolut sicher. Ich kann mich immer noch nicht bewegen. Und ich habe den Flachmann gefunden, den du versteckt hast. Ich bin satt."

Im Augenblick. Wie lange konnte er sein edles Gehabe noch aufrechterhalten, bevor seine Urinstinkte einsetzten und sein Überlebenstrieb die Oberhand gewann? Würde er sie angreifen wie damals die Vampire ihre Eltern? Sie wollte nicht als Abendessen enden. Aber sie konnte Angus auch nicht die Schuld dafür geben. Er konnte nichts dafür, dass er war, wie er war.

„Wir schaffen das schon … irgendwie." Sie sah nach oben zu der Kamera. „Aber ich möchte auf keinen Fall Zuschauer haben."

Sie kletterte auf den Tisch und griff zwischen den silbernen Ketten hindurch nach der Kamera. „Diese Ketten müssen doch die Vampire verbrannt haben, die sie angebracht haben."

„Höchstwahrscheinlich haben sie Sterbliche die Kameras und das Silber anbringen lassen. Vermutlich haben die Malcontents ein Dorf in der Nähe überfallen und missbrauchen die Bewohner als Nahrung und Arbeitskräfte."

Emma drehte sich auf dem Tisch und untersuchte den funkelnden Raum. „Das muss ein Vermögen gekostet haben."

„Wenn man die Teleportation beherrscht, zählt Stehlen zu den leichteren Übungen."

Emma warf ihm einen kritischen Blick zu. „Und woher weißt du das so genau?"

Er grinste. „Wenn ich mich irgendwo einschleiche, dann rein aus beruflichen Gründen."

„Natürlich." Sie setzte sich und ließ sich vom Tisch gleiten. „Bei all deinen übersinnlichen Kräften bist du nicht einmal der Versuchung erlegen, etwas Ungezogenes zu tun?"

Sein Lächeln wich einer ernsten Miene. „In letzter Zeit bin ich mehrmals der Versuchung erlegen."

Emmas Wangen wurden warm, und es war an der Zeit, das Thema zu wechseln. „Ich weiß einen guten Platz für diese Kamera." Sie verschwand hinter dem Wandschirm und ließ die Kamera in den Nachttopf fallen.

Dann suchte sie die nächste Wand ab. „Wie alt warst du eigentlich, als du verwandelt wurdest?"

„Dreiunddreißig."

Sie zog heftig an einer Silberkette. Sie hielt. „Und du warst verheiratet?"

„Ja. Ich wollte zu meiner Frau zurückzukehren, nachdem Roman mich verwandelt hatte, aber sie konnte mich nicht mehr akzeptieren. Sie hatte Angst vor dem Wesen, das ich geworden war."

Emma sah ihn an. „Das tut mir aber leid."

„Ach, wirklich? Ich dachte, du weist mich aus demselben Grund zurück?"

Das hatte gesessen. Schnell drehte sie sich wieder zur Wand um. Noch mal Themenwechsel. Oberhalb der Tür entdeckte sie eine winzige Kamera. „Hast du denn mitbekommen, wie deine Kinder und Enkelkinder erwachsen wurden?" Sie schleppte einen Stuhl vor die Tür.

„Ich habe immer ein Auge auf meine Nachfahren gehabt, auch um sie zu beschützen. Nur tagsüber ging das nicht." Er sah traurig aus. „In Culloden habe ich viele Verwandte verloren. Und die, die überlebten, litten schwer unter der Unterdrückung nach der verlorenen Schlacht. Viele sind nach Amerika ausgewandert, und ich weiß nicht, was aus ihnen wurde."

Er schloss kurz die Augen. „Blödsinn. In Wahrheit habe ich es nicht mehr ertragen, sie leiden zu sehen. Ich hatte nicht den Mut, sie weiter zu begleiten."

„Das ist schrecklich. Wenigstens ist dir Robby geblieben."

„Ja, und er wird es auch sein, der meine Firma und mein Schloss erben wird, wenn ich einmal nicht mehr bin."

„Du wirst nicht sterben. Wir kommen hier raus." Emma stieg auf den Stuhl und riss die Kamera herunter. „Wenigstens hast du noch Familie."

„Hast du denn niemanden mehr, Emma?"

„Ein paar Kusinen in Texas, aber die kenne ich kaum." Sie sprang vom Stuhl und ging mit der Kamera ins Bad. „Mein Vater arbeitete bei North Sea Petroleum." Sie warf auch die zweite Kamera in den Nachttopf. „Er war in Houston stationiert, wo er meine Mutter kennenlernte. Deswegen sind mein

Bruder und ich beide in den Staaten geboren, und wir hatten beide die doppelte Staatsbürgerschaft."

Ihre Blicke trafen sich, als sie wieder hinter dem Wandschirm auftauchte. „Aber du weißt doch sicher alles über mich, nachdem du meine Akte vom MI6 geklaut hast."

Angus lächelte. „Aber ich höre es gerne von dir selbst. Wie lange habt ihr in Texas gewohnt?"

Die nächste Wand wurde inspiziert. „Wir zogen zurück nach England, als ich sieben war. Mein Bruder war zehn. Mein Vater arbeitete gern im Ausland, und manchmal nahm er Mum mit. Dann blieben mein Bruder und ich bei unserer Tante Effie in Schottland."

„Und deine Tante hatte auch übersinnliche Kräfte?"

„Ja. Sie war die Schwester meinen Vaters. Auch er besaß diese Fähigkeiten. Tante Effie brachte mir bei, wie ich mit Dad über lange Distanzen Kontakt aufnehmen konnte." Keine Kamera zu sehen. Emma nahm sich die letzte Wand vor. „Sie starb vor vier Jahren, und ich erbte ihr Cottage in Linlithgow."

„Und dein Bruder?"

Emma seufzte. „Er starb mit sechzehn bei einem Motorradunfall."

„Und du hast den Tod deiner Eltern in Gedanken miterlebt."

Sofort traf ihn ein wütender Blick. „Willst du versuchen, meine Laune zu heben? Dann muss ich dir sagen, so gelingt dir das kaum."

„Entschuldige. Ich kenne dieses Gefühl von Trauer." Er streckte ihr die Hand hin. „Du bist nicht allein."

„Du kannst dich wieder bewegen?"

„Meine Arme kann ich wieder spüren, meine Beine noch nicht."

Er griff nach ihrer Hand und zog sie an sich. „Ich muss dir ein paar Dinge sagen."

Sie setzte sich neben ihn. „Ja?"

„Probier mal, ob du die Ketten von der Wand reißen kannst. Wenn es dir gelänge, mehrere von den Ketten abzumachen, könnte ich uns vielleicht nach draußen teleportieren."

„Okay." Sie wollte aufstehen, doch er zog sie wieder zu sich.

„Ich kann durch die Silberwände keine übersinnlichen Nachrichten schicken, aber du. Aber tu es nicht nachts, denn dann werden es die Malcontents mitbekommen und es unterbinden. Du musst deine Nachrichten tagsüber schicken, wenn sie schlafen."

„Aber dann schlafen auch die guten Vampire. Wer soll mich dann hören?"

„Ich hoffe, du kannst Austin erreichen. Er hält sich irgendwo in Osteuropa auf."

„Okay. Ich werde es versuchen." Wieder versuchte sie aufzustehen, und er hielt sie fest.

„Noch etwas. Austins Frau war früher ein Vampir. Doch Roman ist es gelungen, sie zurückzuverwandeln."

Emma nickte. „Das hast du schon mal erwähnt. Aber ich hatte den Eindruck, du hättest kein Interesse daran, dass man diese Prozedur auch an dir durchführt."

„Nein, an mir würde es auch nicht funktionieren. Roman kann es nur machen, wenn die Original-DNA des Sterblichen noch existiert. Meine DNA ist schon lange verschwunden. Man benötigt eine Blutprobe von der Person, bevor sie stirbt beziehungsweise verwandelt wird."

„Du meinst, man wird mich verwandeln?"

„Ich meine, wir sollten diese Möglichkeit nicht außer Acht lassen. Wenn Casimir dich verwandelt, warte, bis du fliehen kannst und geh dann zu Roman, um dich zurückverwandeln zu lassen."

„So schlimm wird es schon nicht werden. Wir werden fliehen, bevor Casimir kommt."

Angus drückte ihre Hand. „Emma, ich habe dir versprochen, dass ich auf dich aufpassen werde. Aber im Moment sind wir in der Unterzahl. Casimir und seine Anhänger sind böse und sehr gefährlich, und ich bin nicht unbesiegbar."

„Ich werde nicht zulassen, dass dir etwas zustößt."

Traurigkeit lag in seinem Blick. „Dein Kampfgeist in allen Ehren, aber wir sollten trotzdem auf alles vorbereitet sein. Lass es mich machen, damit ich die Gewissheit habe, dass du in eine Sterbliche zurückverwandelt werden kannst, falls es nötig werden sollte."

Hatte sie seine Worte richtig verstanden? „Was willst du machen?"

„Ich muss dir etwas Blut entnehmen, das du dann versteckt bei dir trägst. Ich kann es nicht aufbewahren, denn falls ich getötet werde, zerfällt alles an mir zu Staub." Er nahm ihren Arm und schob ihr den Ärmel hoch. „Wir sollten es jetzt erledigen. Noch bin ich nicht hungrig und werde nicht die Kontrolle verlieren."

„Du willst mich beißen?"

„Hättest du lieber, dass ich den Löffel benutze, um deine Adern zu öffnen? Wir haben nichts Scharfes da außer meinen Zähnen."

Sie atmete tief durch. „Okay, was soll's. Dann beiß mich halt." Sie biss die Zähne zusammen und schaute in die andere Richtung.

Noch immer zweifelte sie an ihm. „Emma, ich habe dir versprochen, dir nie etwas zuleide zu tun. Und ich stehe zu meinem Wort."

Sie drehte sich wieder zu ihm. „Und wie …?"

„Vertrau mir." Er legte sich ihren Arm an den Mund und leckte über die weiche Innenseite ihres Unterarms.

Ihr Arm prickelte angenehm. Äußerst angenehm. „Wie?"

„Es wird nicht wehtun. Nur böse Vampire bereiten Sterblichen Schmerzen, denn ihnen gefällt es besser, jemandem Schmerz zu bereiten als Vergnügen." Er leckte sie wieder.

Das angenehme Prickeln dehnte sich auf ihren ganzen Arm aus. „Wow", keuchte sie. „Nicht schlecht."

Öffne dich, sagte er in Gedanken zu ihr.

Sie öffnete ihre Gedankensperre. *Warum?*

Um das Vergnügen zu erhöhen. Für uns beide. Er leckte sie wieder, und ihr ganzer Körper begann zu kribbeln.

Jetzt legte er seinen Mund auf ihren Arm und begann zu saugen. Sie spürte, wie ihr das Blut durch den Körper rauschte und bekam eine Gänsehaut. Ihre Zehen verkrampften sich, ihre Hände ballten sich zu Fäusten.

Mit jedem Saugen intensivierte sich ein Gefühl des Zerrens in ihr. Es zerrte in ihrer Brust, in ihrem Magen, zwischen ihren Beinen.

Er stöhnte. *Du fühlst dich so gut an.*

Plötzlich piekste etwas in ihren Arm und drang in sie ein. Als sie dasselbe Gefühl des Eindringens auch zwischen ihren Beinen spürte, durchfuhr sie ein wohliger Schauer.

Angus hob den Kopf. Blut tröpfelte aus zwei kleinen Wunden auf ihrem Arm. Er nahm das Bettlaken von der Pritsche. Zwei kleine Blutstropfen rannen ihren Arm herunter, zum Handgelenk.

Er wischte ihr das Blut mit dem Laken ab. *So. Das müsste reichen.*

„Ich blute immer noch." Komischerweise tat es überhaupt nicht weh. Ihre Haut war so sensibilisiert worden, dass die Blutstropfen sich anfühlten wie eine liebkosende Berührung.

Ich kann machen, dass es aufhört. Angus legte den Mund wieder auf die blutende Stelle und begann zu saugen.

„Ah!" Emma presste die Beine zusammen. Irgendetwas schien sich zwischen ihren Schenkeln zu bewegen. Mit jedem

Saugen von ihm wurde sie erregter.

Du schmeckst so gut. Ich wusste es. Er wirbelte mit seiner Zunge immer ungestümer über ihre kleinen Armwunden, während ihr Körper sich in wollüstigen Krämpfen schüttelte.

Sie kam und ließ dann ihren Kopf auf seine Oberschenkel fallen.

Angus gab den Arm frei und riss die blutgetränkte Ecke aus dem Laken. „Hier." Er steckte es ihr in die Hosentasche.

Emma war noch ganz atemlos. „Was war das denn jetzt?" Seine rotglühenden Augen sprachen Bände.

Einer seiner spitzen Fangzähne war ansatzweise zu sehen und seine Mundwinkel zuckten vor Vergnügen. „Hat es dir auch gefallen?"

„Vorsicht, mein Freund. Es ist keine Reinigung in der Nähe."

21. KAPITEL

Als Emma erwachte, war es bereits Tag. Sie blieb einen Moment auf der Pritsche liegen und überlegte, wie sie ins Bett gekommen war. Sie erinnerte sich daran, dass sie auf dem Boden gelegen hatte, den Kopf in Angus' Schoß. Er hatte ihr bis in die frühen Morgenstunden Geschichten von früher erzählt, offensichtlich, bis sie eingeschlafen war. Dann musste er die Pritsche wieder richtig hingestellt und sie hineingelegt haben.

Sie setzte sich auf und streckte sich. Durch das kleine Fenster drang Sonnenlicht herein, das sich als Viereck auf der gegenüberliegenden Wand abzeichnete. Schnell sprang sie auf: Womöglich war es zu viel Sonne für Angus. Er lag unter dem Tisch auf dem Fußboden.

„Angus." Sein Gesicht war leblos, sein Körper starr. Emma berührte seine Wange und war überrascht, wie warm sie sich anfühlte. Von der Sonne? Diese elenden Vampire hätten ihm ruhig einen Sarg hinstellen können! Aber natürlich war es ihnen egal, ob er verbrannte. Katya wollte ja, dass er Qualen erlitt.

Zunächst musste Emma dieses primitive Bad aufsuchen. Die Kameras lagen im Nachttopf, der Urin darin war rötlich, mit Blut versetzt. Stammte es von Angus? Sie verzog das Gesicht. Es gab Dinge aus der Welt der Vampire, die sie gar nicht wissen wollte. In dem Holzbottich war Wasser. Wahrscheinlich hatte er sich gebadet, bevor er in seinen Tiefschlaf versunken war.

Nachdem sie ebenfalls den Nachttopf benutzt hatte, lief er beinahe über. Es sollte bald jemand kommen, um ihn auszuleeren. Das bot ihr vielleicht auch die Gelegenheit zur Flucht.

Sie trug den Wandschirm hinüber zum Tisch, um Angus vor den Sonnenstrahlen zu schützen. Dann holte sie das Kissen von der Pritsche und legte es ihm unter den Kopf. Nicht, dass er den Unterschied spüren würde, aber es sah zumindest bequemer aus.

Dann begann sie, eine Verbindung zu Austin aufzubauen. *Austin, kannst du mich hören? Hier ist Emma. Wir brauchen deine Hilfe.*

Sie wiederholte die Nachricht mehrmals. Gleichzeitig kontrollierte sie, wie fest die silbernen Ketten saßen. Hin und wieder fand sie eine, die sie lockern konnte, aber nie mehrere nebeneinander. Durch ein fünfzehn Zentimeter großes Quadrat würde Angus sich sicher nicht teleportieren können.

Es war schätzungsweise gegen Mittag, als der Riegel an der Tür bewegt wurde. Emma griff sich einen Stuhl und versteckte sich an der Wand hinter der Tür.

Die Tür öffnete sich langsam und Emma bereitete sich auf den Schlag vor. Doch es wurde nur ein Tablett mit Essen hereingeschoben – mit einer Gartenhacke. Dann ging die Tür langsam wieder zu.

„Moment!" Schnell sprang Emma hinter der Tür hervor. „Ich muss Ihnen etwas sagen. Der Nachttopf muss ausgeleert werden!"

Eine Frau stand am Fuß der Steintreppe und hielt die Hacke in der Hand. Neben ihr stand ein Mann, der mit einem Jagdgewehr auf Emma zielte.

Sie hob die Hände. „Wir belohnen Sie fürstlich, wenn Sie uns gehen lassen." Mit dem Kopf deutete sie in Angus' Richtung. „Er ist sehr wohlhabend."

Der Mann und die Frau starrten sie mit ausdrucklosen Mienen an. Emma sagte das Ganze noch einmal auf Russisch, doch sie schienen immer noch nicht zu verstehen. Dann bemerkte sie die Bissmale. Die Malcontents hatten sie also in der Hand. Sie versuchte es mit einem übersinnlichen Gedankenangriff, um die Kontrolle der Vampire zu durchbrechen.

Die Frau und der Mann keuchten erschrocken und schlossen dann schnell die Tür.

„Warten Sie!", rief Emma. Sie hörte, wie die beiden die Treppe hinaufrannten. „Was ist mit dem Nachttopf?"

„Scheiße." Sie hob das Tablett auf und stellte es auf die Pritsche. Kalter Schinken und Bratkartoffeln. Ein Krug mit Wasser.

Ihr Blick wanderte hinüber zum Tisch. Angus' lange Beine ragten darunter hervor. Wie hungrig würde er sein, wenn er aufwachte?

Sie verstärkte noch einmal ihre Anstrengungen, Austin zu erreichen und eine Schwachstelle in den Wänden zu finden. Nach ein paar Stunden war sie müde. Doch das kalte Wasser aus dem Eimer brachte ihr etwas Erfrischung. Jetzt war sie wieder wach und konnte es weiter probieren.

Am späten Nachmittag kam endlich die erhoffte Antwort.

Emma, ich kann dich hören!

Austin. Sie rannte zum Fenster, als würde er von dort hineinschauen. *Wo bist du?*

In Budapest, Ungarn. Ich habe gehört, man hat dich und Angus gefangen genommen. Hast du eine Ahnung, wo man euch hingebracht hat?

Wir vermuten, wir sind in der Ukraine. Emma seufzte. *Aber genau wissen wir es nicht.*

Kannst du mir den Ort beschreiben?

Sie betete alle Informationen herunter, die Angus ihr eingeschärft hatte. Sie waren auf dem Land, bewaldete Hügel, ein altes Steinhaus, eine verfallene Scheune aus Holz. Eine Pause entstand. *Austin?*

Ja, ich bin noch da. Darcy und ich machen uns auf den Weg zur ukrainischen Grenze. Bleib in Verbindung. Ich werde mich melden, sobald wir in der Nähe sind.

Eine Stunde später meldete sich Austin wieder, mit der

Nachricht, dass sie jetzt in der Nähe waren.

Auf einmal klirrte der Riegel und die Tür ging auf. Zwei Männer mit Jagdgewehren marschierten herein. Emma nahm die Hände hoch. Die Frau von vorhin kam mit einem Eimer voll Wasser. Sie brachte ihn ins Bad und nahm den Nachttopf mit.

„Gott sei Dank", murmelte Emma. Sie konnte nicht sagen, ob die Frau die Kameras im Nachttopf bemerkt hatte. Ihr Gesicht blieb ausdruckslos.

Emma versuchte, mit den beiden Männern auf Russisch zu sprechen. „Die Vampire haben Sie unter Kontrolle."

Ein ausdrucksloser Blick war die Antwort.

„Katya ist böse!", versuchte Emma zu erklären.

Einer der Wachen lächelte mit glasigem Blick. „Katya."

„Galina", flüsterte der andere, ebenfalls lächelnd.

„Alles nur Sklaven", murmelte sie, als sie die Bisswunden betrachtete.

Ein Mädchen im Teenageralter kam mit einem neuen Essenstablett, das es auf die Pritsche stellte. Auch sie hatte Wunden an ihrem Hals. Diese elenden Vampire konnten noch nicht einmal Kinder verschonen! In diesem Augenblick kehrte die Frau mit dem ausgeleerten Nachttopf zurück. Dann schleppten sie und das Mädchen den hölzernen Bottich zur Tür.

„Was halten Sie von einem schönen Urlaub in einem Luxushotel Ihrer Wahl? Mit echten Badezimmern, fließendem Wasser und so weiter. Handtücher." Emma erntete nichts als leere Blicke.

Die Frauen trugen den Bottich die Treppe hinauf, leerten ihn aus, brachten ihn zurück und stellten ihn wieder ins Badezimmer.

„Ist Ihnen nicht klar, dass Sie die Drecksarbeit für die Vampire machen?" Emma gab nicht auf. Sie sah die Männer böse an. „Und Sie beide stehen einfach rum und lassen die Frauen schuften?"

Das Mädchen nahm Emmas Tablett vom Mittagessen und dann verließen alle das Zimmer. Sie schlossen die Tür von außen und verriegelten sie.

„War schön, mit Ihnen zu plaudern!", rief Emma. Seufzend setzte sie sich auf die Pritsche und widmete sich ihrem Abendbrot.

Es wurde langsam dunkel.

Beeil dich, Austin! Die Sonne geht bald unter.

Das ist gut, antwortete er. *Dann kann ich unsere Vampirfreunde kontaktieren und wir können mit Verstärkung nach euch suchen.*

Angus hat mir gesagt, ich soll nach Sonnenuntergang nicht mit dir reden, weil unsere Entführer mich dann hören können.

Ich verstehe. Wir sind jetzt fast an der Grenze. Du klingst schon viel näher. Wir sehen uns bald.

„Na, hoffentlich", flüsterte Emma, als der letzte Sonnenstrahl verschwand. Die nackte Glühbirne leuchtete von der Decke.

In diesem Augenblick bemerkte sie eine hastige Bewegung. Angus zuckte mit den Beinen. Hinter dem Wandschirm hörte sie ihn tief ein- und ausatmen.

Sie schluckte. Ihr vampirischer Zimmergenosse war erwacht.

Mit seinem ersten Atemzug bekam Angus unglaublichen Hunger. Beim Aufwachen war sein Hunger immer besonders stark, aber diesmal war es noch schlimmer als sonst. Normalerweise trank er jede Nacht mindestens drei Flaschen synthetisches Blut. Schon letzte Nacht hatte er nur eine Flasche gehabt – den Inhalt seines Flachmanns – und das bisschen Blut von Emma. Das war weniger als die Hälfte seines üblichen Pensums. Er hätte mehr Blut von Emma nehmen können, und die Versuchung war groß gewesen, aber er wollte, dass sie fit und stark blieb, damit sie bei Tag eventuell einen Fluchtversuch unternehmen konnte.

Sie war immer noch da, er konnte sie riechen. Das Blut rauschte durch ihre Adern, rief nach ihm, lockte ihn mit dem Geschenk des Lebens. Er erinnerte sich an ihren süßen Geschmack. Sein Zahnfleisch begann zu schmerzen, und seine Fänge drängten heraus. Rohe Gier überfiel ihn, und sein Gehirn befahl ihm, sie sich zu nehmen. Er zitterte am ganzen Körper. Stöhnend rollte er sich in die Embryonalstellung. *Nein! Nein!* Er wollte kein unberechenbares Monster werden.

„Angus, alles in Ordnung?"

„Bleib weg." Glücklicherweise hatte sie den Wandschirm vor den Tisch gestellt. Er wollte nicht, dass sie ihn in diesem Zustand der Schwäche sah. Ein Blick, und sie ...

Er schrie, als seine Fänge hervorbrachen. Zum Teufel. Er war kurz davor, die Schlacht zu verlieren. Sein Magen zog sich krampfartig zusammen. Er musste etwas essen. Irgendwas. Verzweifelt schob Angus den Ärmel seines Pullovers hoch und schlug seine Fänge in seinen eigenen Unterarm. Ein kurzer Schmerz, dann Erlösung. Er saugte das Blut in seinen Mund und sein Hunger ließ ein wenig nach. Gerade so viel, dass er wieder klar denken konnte.

Angus schaute durch den Spalt zwischen Fußboden und Wandschirm und sah Emmas Füße. Sie ging im Zimmer auf und ab. Ihr Duft waberte zu ihm herüber, süß und frisch. Er trank mehr Blut aus seinem Arm. So konnte er Zeit gewinnen, aber es würde ihn auch schwächen. Heute Nacht würde er noch überleben, aber morgen? Irgendwann siegten seine Urinstinkte und er würde so böse und gierig werden wie die Malcontents. Dann würde er über Emma herfallen wie ein schreckliches Monster. Und sein Hunger wäre erst dann gestillt, wenn sie tot vor ihm liegen würde.

Doch fürs Erste war er zufriedengestellt und es gelang ihm, die Fänge einzuziehen. Stöhnend setzte er sich auf. Prompt stiess er sich den Kopf an der Unterseite des Tisches.

„Angus." Emma blieb vor dem Wandschirm stehen. „Alles okay?"

Sie roch so unwiderstehlich gut. „Bitte bleib weg. Geh am besten auf die andere Seite des Zimmers."

„Ich merke doch, dass es dir schlecht geht. Soll ich dir noch mal was geben ... so wie gestern?"

„Nein. Ich könnte nicht mehr aufhören. Und ich möchte nicht, dass du zu schwach wirst." Sehr wahrscheinlich ging es in den nächsten Tagen um Leben und Tod. Da musste sie stark sein.

Ihre Schritte entfernten sich. „Ich habe gute Nachrichten. Ich konnte Austin erreichen. Er und Darcy waren in Ungarn und sind jetzt auf dem Weg in die Ukraine. Anscheinend ist er schon in der Nähe."

„Das ist gut." Und jetzt, wo es dunkel war, würden seine Freunde und andere gute Vampire bei der Suche nach ihnen helfen. Sie waren viel schneller als die Sterblichen. Trotzdem, die Ukraine war gross.

Angus zog seinen Pullover aus, so lagen seine Arme frei und er konnte sich leichter bedienen. Das Hungergefühl kehrte zurück und machte es ihm schwer, klar zu denken. Eine lange Nacht stand ihm bevor.

Letzte Nacht, nachdem Emma eingeschlafen war, hatte er eine Latte aus dem Holzstuhl gerissen und begonnen, mit dem Löffel an dem Holz herumzuschnitzen. Als er sich am Morgen selbst schlafen gelegt hatte, hatte er Holzlatte und Löffel unter seinem Kilt versteckt.

Und da lagen sie immer noch. Angus betrachtete das Stück Holz. Eine Seite hatte er schon anspitzen können, aber für einen guten Pflock war es immer noch zu stumpf. Er nahm den Löffel und begann weiter zu schnitzen.

„Was machst du?", hörte er Emma aus der anderen Ecke des Zimmers fragen.

„Ich schnitze dir eine Waffe."

„Wie machst du das?"

Angus konnte nicht reden. Er brauchte all seine Energie, um das Hungergefühl auszublenden und an der Arbeit zu bleiben.

Nach einer Weile begann Emma erneut ein Gespräch: „Ich habe versucht, das Silber von den Wänden abzumachen, aber ich konnte keine Stelle finden, die groß genug wäre, dass du uns beide heraus teleportieren könntest. Tut mir leid."

Nur ein Knurren brachte er heraus. Er hatte ohnehin keine Kraft zum Teleportieren. Seine einzige Hoffnung lag nun auf seinen Vampirfreunden. Sie mussten sie noch vor Sonnenaufgang finden.

Dann fiel ihm ein, dass es Freitagnacht war. Shanna bekam heute ihr Baby. Exakt vor einer Woche hatte er Emma kennengelernt – dabei kam es ihm vor, als wären sie schon ewig beisammen.

Langsam nahm das Holzstück die Form eines Pflocks an. Immer, wenn er Hunger bekam, biss er sich in den Arm.

Irgendwann nach Mitternacht hörte er die Pritsche quietschen. „Du solltest versuchen zu schlafen, damit du tagsüber fit bist und Kontakt mit Austin aufnehmen kannst."

„Ich weiß." Emma gähnte. „Ich bin nur so lange aufgeblieben, weil ich dachte, deine Jungs würden vielleicht auftauchen. Glaubst du, Katya hat Casimir schon gefunden?"

„Ich weiß es nicht. Ich bin sicher, sie gibt alles, aber ich kann durch das Silber nichts hören."

Kurz darauf hörte er Emmas leise, regelmäßige Atemzüge. Sie war eingeschlafen. Ihr Puls klang wie ein hypnotischer

Rhythmus in seinen Ohren. Er kroch unter dem Tisch hervor und betrachtete sie. Sie war schön. So mutig und von reinem Herzen. Er nahm das Kissen und legte es ihr sanft unter den Kopf. Kurz blieb seine Hand auf ihrem Hals liegen. Ihr Puls lockte ihn klopfend, und er wich zurück.

Kurz entschlossen zog Angus sich aus und stieg in den Holzbottich, um sich zu waschen. Die Mischung aus kaltem Wasser und kühler Luft konnte ihn eine Zeitlang von seinem Hunger und seinen Schmerzen ablenken. Nur für eine Weile.

Dann streifte er sein T-Shirt und seinen Kilt wieder über und stellte den Wandschirm vor das Bad. Das grelle Licht der nackten Glühbirne störte ihn und verursachte ihm Kopfschmerzen. Also stellte er den Stuhl unter die Lampe, stieg darauf und drehte die Birne aus der Fassung. Auf einen Schlag wurde es dunkel im Zimmer. Angus stellte den Stuhl zurück an den Tisch, setzte sich hin und wartete. Emma lag auf der Pritsche wie ein eigens für ihn bereitetes Festmahl. Es waren nur noch wenige Stunden bis zum Sonnenaufgang. Hoffentlich kamen seine Freunde bald.

* * *

Emma war zu dem leisen, rhythmischen Schnitzgeräusch eingeschlafen. Als sie im Schlaf jetzt ein ähnliches Geräusch vernahm, ignorierte sie es und kuschelte sich tiefer unter die Decke. Sie drehte den Kopf und stellte fest, dass ihr Kissen wieder da war. Angus sorgte für sie, auch wenn sie schlief.

Das schabende Geräusch erklang wieder. Der arme Angus. Immer noch schnitzte er Holzpflöcke. Dabei musste es fast Morgen sein. Draußen zwitscherten schon die Vögel. Sie sollte Angus eine gute Nacht wünschen, bevor er wieder in seinen Totenschlaf versank und öffnete die Augen. Durchs Fenster fiel das graue Dämmerlicht des anbrechenden Tages. Angus lag sicher schon unter dem Tisch. Sie blickte in seine Richtung.

Aber weder Tisch noch Wandschirm waren zu sehen. Doch, den Wandschirm entdeckte sie vor dem provisorischen Badezimmer.

Wo war Angus? Emma setzte sich auf und hörte plötzlich hinter sich ein Quietschen. Erschrocken fuhr sie herum.

Der Tisch befand sich dicht an der Wand und Angus stand darauf. Emma drehte sich zum Fenster um und sprang alarmiert von der Pritsche. Wenn die Sonne aufging, würden die Lichtstrahlen ihn voll treffen.

„Was machst du da?" Hatte der Idiot vielleicht vor, sich umzubringen? Sie blieb abrupt stehen, als ihr klar wurde, wie recht sie hatte. *Ja, er wollte sich umbringen.*

Traurig schaute er sie an. „Ich wollte nicht, dass du das siehst."

„Ich kann nicht glauben, was du da vorhast. Komm wieder runter, bevor du verbrannt wirst!"

„Ich habe geschworen, dich zu beschützen, Emma. Und die schlimmste Gefahr für dich geht im Moment ausgerechnet von mir selbst aus."

„Schwachsinn." Sie zog an seinem Kilt. „Schäm dich. Lässt du dich so leicht unterkriegen?"

„Meinst du, mir macht das Spaß?" Er warf ihr einen wütenden Blick zu. „Sieh mich an!" Langsam dreht er seine Arme so, dass sie die Bisswunden sehen konnte.

Emma konnte den Anblick kaum ertragen.

Er beugte sich zu ihr herunter, fixierte sie. „Das hättest du sein können."

Tränen stiegen ihr in die Augen. Was hatte er sich angetan, um sie nicht zu beißen? „Es tut mir so unendlich leid."

„Du kannst nicht verstehen, wie stark, wie übermächtig dieser Hunger ist." Angus richtete sich wieder auf. „Selbst jetzt kann ich mich kaum zurückhalten, dich nicht anzufallen."

„Ich weiß, dass es schlimm für dich sein muss. Aber wir dürfen jetzt nicht aufgeben. Bald wirst du einschlafen, dann spürst du nichts mehr."

Er sah zum Fenster hinüber und sagte mit trotzig vorgeschobenem Kinn: „Es ist besser so."

Dieser Sturkopf! Er raubte ihr tatsächlich den letzten Nerv. „Jetzt hör endlich auf, den Helden zu spielen und komm von dem Tisch runter." Sie nahm sein Bein und zog daran.

Er geriet aus dem Gleichgewicht, fing sich aber ab, indem er sich an der Wand abstützte. Ein hässliches Zischen erklang, als das Silber sein Fleisch verbrannte. Mit Schmerz verzogenem Gesicht zog er die Hand weg.

„Oh Gott, das wollte ich nicht", rief Emma bestürzt. „Bitte komm da runter."

„Nein. Es ist besser so. Und jetzt lass mich."

„Nein! Ich will dich nicht verlieren!" Gleich würde sie anfangen zu heulen. „Ich habe alle Menschen verloren, die ich jemals geliebt habe. Nicht auch noch dich!"

Auch in seinen Augen glitzerten Tränen. „Wenn ich bei Sonnenuntergang wieder aufwache, werde ich dich angreifen. Ich will lieber sterben als dich ermorden."

„So weit wird es nicht kommen!" Emma packte seinen Schottenrock. „Sobald die Sonne aufgeht, werde ich Kontakt mit Austin aufnehmen und ihn hierher lotsen. Man wird uns retten. Alles wird gut, Angus. *Bitte.*"

Er schloss die Augen. Sie konnte sehen, wie er mit sich rang. Seine Stirn war zerfurcht, er knirschte mit den Zähnen. Er taumelte. Sie sah wieder zum Fenster. Die ersten sanften Lichtstrahlen. Die Sonne war aufgegangen. Gleich würde sie durch das Fenster und auf Angus scheinen.

„Verlass mich nicht", flüsterte sie. Eine Träne kullerte ihre Wange herunter.

Er öffnete die Augen. „Ich hoffe, du irrst dich nicht."

„Ich irre mich nicht. Austin wird uns heute finden. Ganz bestimmt."

Angus sprang vom Tisch. Seine Beine gaben nach und er fiel auf den Boden. „Todesschlaf", flüsterte er.

Emma beugte sich über ihn. „Alles in Ordnung. Ich bringe dich an eine sichere Stelle."

„Du hast nicht viel Zeit." Er deutete auf den Tisch. „Holzpflock."

Sie fand ihn. Er war grob geschnitzt, aber er würde seinen Zweck erfüllen. Trotz seiner Schmerzen hatte Angus alles getan, um sie zu retten. „Es wird mir eine Ehre sein, ihn gegen die Malcontents einzusetzen. Vielen Dank."

„Wenn Austin ... es nicht ... rechtzeitig schafft, dann ... richte ihn gegen mich."

Emma fiel der Pflock aus der Hand. Ihr Herz schien zu gefrieren. „Nein."

„Wenn ich wieder aufwache, wird der Hunger stärker sein als ich. Dann musst du mich aufhalten."

„Nein!" Sie sprang auf.

Tränen glitzerten in seinen grünen Augen. „Ich habe geschworen, dir niemals etwas zuleide zu tun."

„Damit tust du mir etwas zuleide! Das kann ich nicht. Dazu mag ich dich viel zu sehr."

Eine Träne rann seine Wange hinab, rot von Blut. „Wenn du mich magst, dann lass es nicht zu. Ich könnte dann sowieso nicht mehr leben."

„Angus." Sie hockte sich wieder neben ihn und wischte ihm die Träne ab.

„Vor nicht allzu langer Zeit wolltest du mich doch noch töten."

Sie schniefte und wischte sich über die Augen. „Aber jetzt nicht mehr."

„Ich muss jetzt schlafen", wisperte er. „Ich werde jetzt … nichts mehr spüren." Ihm fielen die Augen zu.

„Angus." Sie beugte sich über ihn und legte ihm die Hände auf die Wangen. Er atmete nicht mehr. Er war wie tot. Ihr Herz krampfte sich zusammen. Sie konnte den Gedanken nicht ertragen, ihn vielleicht zu verlieren. „Ich liebe dich."

Den Kopf auf seine Brust gelegt, ließ sie den Tränen freien Lauf. Wie sollte sie Angus töten können? In nur einer Woche hatte er ihr so viel beigebracht. Ehrenhafte, gute Männer wie er blieben sich auch über den Tod hinaus treu. Sie selbst hatte viel zu lange mit Rachegedanken und Hass in ihrem Herzen gelebt. Dabei war es viel edler, für die Liebe zu leben. Zu lieben bedeutete, nicht egoistisch zu sein. Zu lieben bedeutete, für andere Opfer zu bringen. Es war schon komisch, dass ein Untoter ihr hatte zeigen müssen, was das Leben wirklich ausmachte.

Die Sonne schien zum Fenster herein, und Emma beeilte sich, Angus in die andere Ecke des Raumes zu ziehen. Sie stellte den Wandschirm wieder vor ihm auf.

Dann versuchte sie, telepathisch wieder Kontakt mit Austin aufzunehmen. Keine Antwort. Sie wusch sich. Die Vampirsklaven brachten ihr Frühstück, und sie versuchte, mit ihnen zu kommunizieren. Wie immer ohne Erfolg.

Gegen Mittag war sie kurz davor, in Panik zu verfallen.

Emma, ich bin hier. Endlich hörte sie Austins Stimme.

Gott sei Dank! Wo warst du denn so lange?

Ich habe geschlafen, sorry. Wir waren bis zur Morgendämmerung unterwegs und haben nach euch gesucht. Ich dachte, tagsüber seid ihr in Sicherheit, daher habe ich ein bisschen geschlafen.

Du musst uns unbedingt vor heute Abend finden. Emma betrachtete den Holzpflock, der immer noch auf dem Boden lag. Sie wollte gar nicht darüber nachdenken.

Wir haben unser Hauptquartier in Kiew eingerichtet, erklärte Austin. *Letzte Nacht waren wir zu zehnt. Wir suchen in einem Umkreis von 300 Kilometern nach euch. Tagsüber sind es nur ich und Darcy, aber ich habe schon einen Plan, wie wir die Suchparameter beschränken können.*

Das klingt gut. Emma begann, in ihrem Gefängnis auf und ab zu gehen. *Und was kann ich tun?*

Bleib einfach in Verbindung. Wir fangen jetzt mit einer Richtung an, dann können wir relativ schnell sagen, ob wir dir näher kommen oder uns entfernen. Wenn das der Fall sein sollte, drehe ich um und versuche es mit der nächsten Option.

Den Rest des Nachmittags verbrachten sie damit, die Richtungen auszuloten. Austin stellte fest, dass Süden ganz falsch war und versuchte es mit Westen. Das funktionierte.

Ihr müsst in der Nähe der Karpaten sein, informierte Austin sie. *Es gibt dort vier Gebirgspässe. Ich beginne mit dem südlichsten.*

Gegen Abend musste Austin feststellen, dass sie auf dem falschen Pass waren. Um zum nächsten Pass zu gelangen, musste er die ganze Strecke zurückfahren.

Beeil dich! Emma sah nervös aus dem Fenster, als Austin es mit dem zweiten Pass versuchte. Die Sonne stand schon tief.

Das müsste er sein! Austin klang erfreut. *Sobald die Vampire aufwachen, hole ich sie hierher, und wir können ausschwärmen. Dann werden wir euch finden.*

Emma sah auf den Wandschirm, hinter dem Angus lag. *Das könnte zu spät sein. Ich brauche euch jetzt.*

Nach einer kurzen Pause meldete sich Austin: *Emma, wir versuchen unser Bestes. Aber ich kann dir nichts versprechen.*

Ich verstehe. Es wurde dunkler im Zimmer. Emma stellte fest, dass die Glühbirne nicht mehr funktionierte. Wenn Angus gleich aufwachte, würde es dunkel im Zimmer sein. Sie ging hinter den Wandschirm und legte sich neben ihn. Er sah so friedlich und harmlos aus.

Sie streichelte seine Wange. „Ich weiß, du willst nicht mit der Schuld leben, mir etwas angetan zu haben." Zitternd atmete Emma ein. „Aber ich kann es nicht tun. Ich kann dich nicht töten." Ihr kamen wieder die Tränen. „Selbst wenn das mein eigenes Todesurteil ist."

22. KAPITEL

Die Entscheidung war gefällt, nun machte Emma sich bereit. Sie stellte sich in den Holzzuber, seifte sich ein und goss das restliche kalte Wasser aus dem Eimer über sich. Sie wusch ihre Unterwäsche und hängte sie über den Wandschirm zum Trocknen. Anschließend zog sie die dünne Matratze von der Pritsche, schleppte sie hinter den Wandschirm und legte sie neben Angus.

Nur mit ihrem Oberteil bekleidet, setzte sie sich auf die Matratze und wartete darauf, dass die letzten Sonnenstrahlen verschwanden. Sie fuhr sich mit den Fingern durch ihr nasses Haar, um die Strähnen zu entwirren. Das Zimmer wurde dunkler, und Stille erfüllte den Raum. Sie stellte sich vor, wie im Westen die Sonne immer tiefer am Horizont verschwand – und so schwand mehr und mehr auch ihr Mut. War sie kurz davor, einen schrecklichen Fehler zu begehen? Wenn Angus nun tatsächlich die Kontrolle verlor und sie angreifen würde wie das Monster, das ihre Mutter getötet hatte?

Panik stieg in ihr auf. Kurz entschlossen holte sie den Holzpflock und legte ihn neben sich, dann setzte sie sich wieder zu Angus. Nur für den Fall, dass sie mit einem blindwütigen Wesen ringen musste, rechtfertigte sie ihr Tun.

Aber Angus würde sicher so sanft sein, wie es nur ging.

Ein Schreck fuhr durch ihre Glieder, als sein Körper zu zucken begann. Seine Brust hob sich mit einem schweren Atmen. Sie legte eine Hand auf seine Brust und spürte durch den dünnen Stoff seines T-Shirts das Herz schlagen. Erstaunlich, wie es nur durch den Sonnenuntergang plötzlich wieder zu Leben erwachte.

Schon packte er sie am Handgelenk und hielt sie fest. Sie biss die Zähne zusammen. Er war so unglaublich schnell. Kaum hatte sie seine Bewegung gespürt, hatte er sie auch schon gepackt. Er öffnete die Augen. Er fixierte sie mit dem Blick eines hungrigen Raubtiers.

„Angus?" Erkannte er sie überhaupt?

Er drückte sie nach unten. Tief aus seiner Kehle drang ein tierisches Knurren, als er sich über sie beugte.

„Angus!"

Sein wilder Gesichtsausdruck wich blankem Entsetzen. „Emma." Sofort ließ er sie los und richtete sich auf. Er zitterte am ganzen Körper, und als jetzt seine Fänge hervorbrachen, schrie er laut auf.

Diese Dinger waren unglaublich scharf. Emma schloss die Augen.

Er schrie wieder, voller Schmerz. Offensichtlich war Angus genauso verängstigt wie sie. Emma öffnete die Augen und streckte ihm ihre Hand hin.

„Nein!" Er rollte sich auf die Seite, weg von ihr, und biss sich in den Arm. Sein Körper erbebte.

Sie schlang von hinten die Arme um ihn. Ganz allmählich hörte er auf zu zittern.

„Ich ... Ich hatte Angst, ich könnte dich töten", flüsterte er.

Sie kuschelte ihre Wange zwischen seine Schulterblätter. „Ich kann es nicht mit ansehen, wie du dich selbst zerstörst."

„Besser mich als dich." Er drehte sich um und sah ihr in die Augen. Seine Fänge waren wieder verschwunden. „So habe ich ein bisschen Zeit gewonnen. Aber ich habe unglaublichen Hunger."

„Alles in Ordnung." Sie streichelte seine Wange. „Ich liebe dich, Angus MacKay."

Verwundert blickte er Emma an, dann runzelte er die Stirn. „Wie bitte? Fast hätte ich dich angegriffen!"

„Hast du aber nicht. Obwohl du unter großen Schmerzen und Hunger leidest, verschonst du mich. Du bist der wunderbarste Mann, dem ich je begegnet bin."

„Emma." Er stützte sich auf einen Ellbogen, streichelte sie und sah ihr direkt in die Augen. „Ich liebe dich auch. Sehr." Sein Arm begann zu zittern, und er rollte sich auf den Rücken. „Verdammt. Ich bin so schwach."

Emma lächelte. Seine Liebeserklärung machte sie stark und glücklich. Sie warf ihm einen verführerischen Blick zu. „Ich glaube, ich habe genau das, was du brauchst." Sie strich ihr Haar nach hinten und bot ihm ihren entblößten Hals dar.

Sein Blick wanderte zu ihrem Hals. „Du riechst sehr gut."

„Ich bin gut." Sie knöpfte ihre Bluse auf. „Ich bin alles, was du brauchst." Sie zeigte ihm ihre nackten Brüste.

Sein Blick wanderte von ihrem Hals nach unten. „Oh ja", flüsterte er erregt.

Jetzt zog sie die Bluse ganz aus. Sie landete auf dem Holzpflock. Ein Blick in seine rot glühenden Augen verriet seine Begierde.

Plötzlich warf er sie auf die Matratze und beugte sich über sie. Sie musste lächeln, weil seine Energie schlagartig zurückzukehren schien. Er mochte geschwächt sein, aber er war trotzdem scharf auf sie.

Er liebkoste ihren Hals und flüsterte ihr ins Ohr: „Ich will dich, Emma. Ich will dich schmecken. Ich will in dir sein."

„Ja." Sie ließ ihre Hände über seinen Rücken wandern, ertastete den Saum seines T-Shirts und zog daran. „Ich will deine Haut spüren."

Er zog sein T-Shirt aus. „Sekunde." Schnell setzte er sich auf und zog sich Schuhe und Socken aus – und seinen Kilt.

Es war dunkel im Zimmer, aber seine helle Haut war gut zu sehen. Ihr Herz begann zu klopfen beim Anblick dieses schönen Mannes. Er war muskulös, schlank, einfach ansprechend.

Angus bettete sich neben seine geliebte Emma und nahm sie in den Arm. Sie erschauderte, als ihre Brustspitzen seine Haut berührten.

Während er ihren Hals leckte, sandte er ihr eine Botschaft: *Ich liebe dich, Emma.* Er leckte noch einmal. Die Arterie unter ihrer Haut begann zu pulsieren.

„Angus." Mit den Fingern walkte sie seinen Rücken. Er hatte weiche Haut, und sie konnte jeden seiner Muskeln ertasten. Er kitzelte ihren Hals mit seiner Zunge, und sie bekam eine Gänsehaut auf Armen und Oberkörper.

Ich bin so hungrig. Verzweiflung lag in seinen Gedanken. Über ihre mentale Verbindung spürte sie ganz deutlich, wie sehr er sich zusammenriss, um nicht die Kontrolle zu verlieren.

Nimm dir, was du brauchst. Sie drehte ihren Hals, damit er besser an sie herankam. *Ich vertraue dir.*

Er erstickte einen Schrei an ihrer Schulter und als sie seine spitzen Fangzähne spürte, erzitterte ihr Körper.

Seine Zunge wirbelte über ihren Hals, und ein erotisches Kribbeln nahm von ihrem ganzen Körper Besitz. Ihre Brustwarzen wurden hart, und sie hatte nur noch den Wunsch, ihn in sich zu spüren.

Schlaf mit mir, Angus. Sie wuschelte mit ihren Fingern durch sein Haar.

Voller Liebe und Verlangen nahm Angus ihre Brüste und liebkoste ihre Nippel. Als er sanft ihre Brustwarzen zwischen seinen Fingern zwirbelte, spürte sie ein Pieksen in ihrem Hals.

„Ah!" Sie zuckte zusammen. Er hatte seine Fänge in sie geschlagen. Es fühlte sich seltsam erotisch an, als wäre er zwischen ihren Beinen zugange. Sie spürte, wie sie feucht wurde und heißes Blut in ihren Hals raste. Mit jedem Schluck von ihm durchfuhr sie ein langes, herrliches Pulsieren. Sie wollte ihn in sich.

Ich brauche dich. Ihre Finger krallten sich in seinen Rücken.

Eine Hand glitt jetzt zu ihrem Schritt hinunter und streichelte sie. *Du bist so nass.* Er ließ einen Finger in sie gleiten. *So heiß.*

Mit ihren Beckenmuskeln saugte sie an seinem Finger. *Ich brauche ... Ich brauche ...*

Bleib bei mir. Er steckte einen zweiten Finger in sie hinein und fand mit dem Daumen ihren Kitzler. Immer, wenn er an ihrem Hals saugte, drückte und massierte er diese Lustquelle mit seinen Fingern und seinem Daumen. Er trank und streichelte sie gleichzeitig. Sie bebte vor Vergnügen.

Und dann kam ihr Orgasmus. Sie schrie. Pulsierende Schockwellen rasten durch ihren Körper.

Sie fühlte sich leer und erfüllt zugleich. Wie viel Blut er getrunken hatte, wusste sie nicht, es war ihr auch egal. In diesem Moment ging es ihr bestens, ihr Körper glitt immer noch auf kleinen Nachbeben dahin. Wie durch einen Schleier bemerkte sie, dass er von ihrem Hals abgelassen hatte. Er war immer noch über ihr, aber seine Arme zitterten nicht mehr, sondern wirkten stark und fest. Sein Gesicht war gerötet.

Er zog seine Fänge ein. Ein Tropfen Blut landete auf ihrer Brust. Er leckte ihn ab und fuhr dann mit der Zunge über ihre Brustwarzen. Sie erschauderte.

Zufrieden stöhnend spürte sie seine Erektion an ihrer Hüfte. Sie sah nach unten. Sein Penis war angeschwollen von dem Blut, das sie ihm gespendet hatte. Er drang in sie ein. Tief. Wow. Ohne zu zögern. Wie, um seinen Besitzanspruch auf sie klar zu machen. Ihr gefiel es.

Er füllte sie ganz aus. *Emma.* Wieder umschlossen seine Lippen ihre Brustwarze.

Sie war zu schwach, um richtig mitzumachen und schlang einfach Arme und Beine um ihn. Obwohl ihr ein bisschen schwindelig war, war ihr Körper herrlich sensibel und empfangsbereit. Er bewegte sich in ihr, bis jeder ihrer Nerven vor Vergnügen tanzte.

Und dann reichte ihr das alles plötzlich nicht mehr – und ihm auch nicht. Ihr Körper wollte mehr, sie grub ihre Fingernägel in sein Fleisch. Und er gab ihr, was sie wollte. Seine Augen glühten dunkel, während er drängender und tiefer in sie hineinstieß.

Du gehörst mir, Emma. Mir. Er kniete sich hin und packte sie an den Hüften. Dann stieß er heftig in sie. Ein Schrei drang aus ihrer Kehle. Noch einer, dann warf Angus den Kopf nach hinten und stöhnte laut. Sein Höhepunkt verband sich mental mit ihrem, und sie kamen beide gleichzeitig, bevor sie völlig erschöpft auf die Matratze sanken.

Unglaublich. Emma lächelte, als ihr die Augen zufielen.

Er strich ihr das Haar aus dem Gesicht. „Es tut mir leid, ich habe zu viel von deinem Blut getrunken. Ich habe dich geschwächt."

„Du hast mich glücklich gemacht." Und damit schlief sie ein.

Angus marschierte in ihrem Gefängnis auf und ab. Er musste einen Ausweg finden. Letzte Nacht war er zu keinem klaren Gedanken fähig gewesen, weil sein Hunger so überwältigend gewesen war. Aber heute Nacht war er stark, heute Nacht sprühte er vor Leben und war bereit, es mit jedem Feind aufzunehmen.

Er blieb neben Emma stehen. Sie schlief immer noch fest und sah sehr blass aus. Angus deckte sie noch einmal richtig zu und lauschte auf ihren Herzschlag. Regelmäßig, aber schwach. Verdammt, er hatte zu viel von ihrem Blut getrunken. Wie konnte sie in diesem Zustand kämpfen?

Und es würde alles nur noch schlimmer werden. Wieder begann er herumzumarschieren. Morgen Nacht würde sein Hunger zurückkehren, und wenn er dann wieder von Emma trank, würde er sie noch mehr schwächen. Irgendwann würde er sie auf diese Weise umbringen. Zweifellos war es genau das, was Katya sich erhoffte. Sie wollte den Vampirjäger tot sehen – und er sollte der Henker sein. Er sollte die Frau töten, die er liebte. Wenn ihnen nicht bald die Flucht gelang, ging Katyas Plan auf.

Angus sah hinauf zum Fenster, vor dem Silberketten angebracht waren. Selbst wenn es ihm gelang, sie abzureißen, würde er sich vermutlich nicht durch die kleine Öffnung teleportieren können. Aus schmerzlicher Erfahrung wusste er, dass er keine Chance gegen die mit Silber überzogenen Wände hatte. Die Tür zu benutzen wäre sicherer. Sobald sie offen war, könnte er sich mit Emma nach draußen teleportieren. Aber gerade deshalb kam nachts natürlich niemand, und die Tür blieb geschlossen.

Katya und die russischen Vampire hatte er zum letzten Mal in der Nacht gesehen, als Katya ihn mit dem Nachtschatten außer Gefecht gesetzt hatte. Natürlich war ihnen klar, dass sie die Tür nicht öffnen durften, wenn Angus sich wieder bewegen konnte. Deshalb schickten sie die sterblichen Wachen auch immer nur tagsüber, wenn er schlief. Wahrscheinlich mussten sie ihrer Herrin Bericht erstatten, ob Emma noch lebte.

Trotzdem, die Tür war die einzige realistische Möglichkeit. Wenn er genügend Krach veranstaltete, käme vielleicht jemand vorbei, um nachzusehen, was los war. Allerdings käme er nicht weit, selbst wenn er sich nach draußen teleportieren könnte. Die Sonne war erst vor etwa einer Stunde untergegangen. Das bedeutete, dass die Orte, die in seiner medialen Erinnerung verankert waren – Westeuropa und Nordamerika – nicht als Zufluchtsorte in Frage kamen, denn dort war um diese Zeit Tag. Am besten wäre es also, sich mit Emma in die Nähe seiner Freunde zu teleportieren, die nach ihm suchten.

Er nahm Emmas Unterwäsche von dem Wandschirm und kniete sich neben sie. „Schatz, zieh dich an. Ich habe einen Plan."

Emma stöhnte und drehte den Kopf in die andere Richtung. Als er seine Bissmale auf ihrem Hals entdeckte, erschrak er.

„Komm, ich helfe dir." Er zog ihr die Decke weg und zog ihr den Slip über die Füße.

Sie öffnete die Augen. „Iiih! Der ist ja noch ganz nass!"

„Ich weiß, aber wir müssen bereit sein."

„Bereit für was?" Emma setzte sich auf, rieb sich die Stirn und schloss die Augen.

„Alles okay mit dir?"

„Mir tanzen schwarze Punkte vor den Augen." Sie zog ihren Slip hoch und hielt sich dabei an Angus fest, um nicht umzukippen.

Wieder verfluchte er sich. „Ich habe zu viel getrunken."

„Das geht schon." Sie zog ihren BH an.

Er fand ihre Hose und reichte sie ihr. „Mein Plan ist es, jemanden zur Tür zu locken, damit sie aufmachen. Dann kann ich uns nach draußen teleportieren."

Mit einiger Mühe stieg Emma in ihre Hose. „Klingt nicht schlecht. Und sobald wir draußen sind, kannst du deine Vampirfreunde alarmieren." Sie schlüpfte in ihre Bluse und knöpfte sie zu. „Sie müssen schon in der Nähe sein. Als ich das letzte Mal mit Austin gesprochen habe, hatten sie uns schon im Visier."

„Sehr gut. Jetzt müssen wir nur noch jemanden herlocken ..." Angus unterbrach sich, als er den Riegel schaben hörte. „Oh, das ging aber schnell."

Emma schnappte sich den Holzpflock, der auf dem Boden neben ihr lag, stopfte ihn in ihren Hosenbund und zog ihre Bluse darüber. Sie taumelte leicht, und Angus musste sie stützen.

„Sobald die Tür aufgeht, verschwinden wir." Angus führte Emma hinter den Wandschirm.

Die Tür quietschte.

Eine Bewegung am Fenster zog Angus' Aufmerksamkeit auf sich. Das Mondlicht glänzte auf den Läufen zweier Jagdflinten, die auf sie gerichtet waren. Zwei sterbliche Männer waren vor dem Fenster in Position gegangen und zielten auf Emma und Angus.

„Silberkugeln", verkündete Katya aus Richtung der Tür. „Geh weg von der Frau, Angus, oder wir erschießen sie."

Katya hatte die beiden Männer anscheinend so unter Kontrolle, dass sie selbst sah, was die beiden durchs Fenster beobachteten. Er hatte keine Chance, sie auszutricksen, ließ Emma los und trat zur Seite.

„Versuch, Ärger zu machen, Angus, und wir pumpen so viel Nachtschatten in dich hinein, dass du dich erst in einer Woche wieder bewegen kannst. Bis dahin wärst du natürlich verhungert." Katya öffnete die Tür einen Spalt, gerade so weit, dass sie hineinschlüpfen konnte. Sie hatte ihr Blasrohr im Anschlag. Angus überlegte einen Moment, sie mit Vampirgeschwindigkeit anzugreifen und ihr den Hals zu brechen, aber sie war genauso schnell wie er. Ganz sicher würde sie ihn mit Nachtschatten ausschalten, und wie sollte er dann Emma beschützen?

Jetzt kam auch Alek herein, gefolgt von zwei weiteren russischen Vampiren mit Revolvern.

„Burien und Miroslav haben einen endlosen Vorrat an Silberpatronen", prahlte Katya. „Du wirst also schön brav mit ihnen die Treppe hinaufgehen."

Alek packte Emma und hielt ihr ein Messer an den Hals. „Und falls du dich teleportieren solltest, schneide ich ihr die Kehle durch."

„Ich werde nichts tun." Angus warf Emma einen Blick

zu, der ihr hoffentlich Mut machte. „Ihr wollt uns also gehen lassen?"

Katya lachte höhnisch. „Casimir kommt vorbei, um dich und die sterbliche Nutte mitzunehmen. Ich bin mir sicher, dass er etwas sehr Schönes mit euch vorhat."

Alek schleppte Emma zur Tür. Als sie auf der Hälfte der Treppe waren, forderte Burien Angus mit einem Kopfnicken auf, ihnen zu folgen.

„Und schön langsam", erinnerte Katya ihn. „Denk an meinen Nachtschatten."

Angus ging die Treppe hoch. Die beiden Sterblichen zielten immer noch mit ihren Flinten auf Emma, die Alek inzwischen losgelassen hatte. Jetzt stand er mit gezücktem Schwert neben ihr. Auf der anderen Seite war sie von Galina flankiert, die ebenfalls ein Schwert in der Hand hielt. Machte insgesamt sieben Gegner, zählte Angus, inklusive der beiden Sterblichen. Und alle waren bewaffnet. Wenn er nur nahe genug an Emma herankäme, könnte er sie und sich teleportieren. Er schlenderte über das Gras in ihre Richtung, in der Hoffnung, dass es niemand bemerkte.

„Bleib stehen, oder sie stirbt", warnte Katya ihn.

Angus gehorchte. Emma sah sehr blass aus im hellen Mondlicht und er war für ihre Schwachheit verantwortlich.

Und als ob das nicht alles schon schlimm genug wäre, entdeckte er drei Gestalten vor dem Steinhaus, die sich gerade manifestierten. Angus hielt den Atem an. Er hatte Casimir seit dem Großen Vampirkrieg von 1710 nicht mehr gesehen, aber das herbe Gesicht und die grausamen Augen waren unverkennbar. Nach dem Krieg war er verletzt und schwach gewesen, aber offensichtlich wieder vollständig genesen. Oder doch nicht? Sein linker Arm stand in einem seltsamen Winkel ab und er trug einen Handschuh. Mit seinen dunklen Augen fixierte er jetzt alle Anwesenden. Seine ausdruckslose Miene änderte sich erst, als er Angus entdeckte.

Er hob das Kinn und kniff die Augen zusammen. „General MacKay."

Angus nickte kurz. Sein alter Feind wurde von zwei Leibwächtern begleitet. In einem von ihnen erkannte er Jedrek Janow. Er stand zur Linken Casimirs, vielleicht, um dessen Schwachpunkt zu schützen. Typisch Casimir. Er brachte andere dazu, ihr Leben zu riskieren, um sein eigenes zu retten. Sein schlechtes Gewissen erinnerte Angus daran, dass er beinahe dasselbe mit Emma getan hätte.

Katya trat einen Schritt vor und verbeugte sich. „Eure Anwesenheit ist uns eine große Ehre, Mylord."

Casimir sah Katya mit kaltem Blick an. „Du hast mich lange genug belästigt und genervt, damit ich herkomme."

„Das geschah nicht aus Respektlosigkeit." Katya verbeugte sich erneut. „Ich wollte Euch nur diese beiden Geschenke überreichen, als Zeichen meiner Dankbarkeit und Treuepflicht."

„Man hat dir befohlen, den Vampirjäger an Jedrek auszuliefern, doch das ist nicht geschehen. Ist das deine Art, deine Treuepflicht zu demonstrieren?"

Katya legte ihre Hände ineinander. „Ich wollte sie Euch persönlich übergeben, als Zeichen meiner Loyalität. Und ich habe außerdem ein besonderes Geschenk für Euch – General MacKay. Damit hat Jedrek sich eine Reise nach New York gespart."

„Deine Freundlichkeit ist überwältigend", murmelte Casimir. „Und wie hast du deine Treuepflicht gegenüber Ivan Petrovsky gezeigt?"

Katya erstarrte.

Sie steckte in der Klemme. Angus müsste dafür sorgen, dass die anderen Vampire alle aufeinander losgingen, das wäre seine Chance, um sich unbemerkt mit Emma in Sicherheit zu teleportieren. „Katya hat Petrovsky umgebracht", schrie er.

„Ich habe es selbst gesehen. Sie und Galina haben ihm einen Pflock ins Herz gerammt, als er unbewaffnet und wehrlos war."

Ihr giftiger Blick hätte ihn eigentlich töten müssen, dann wandte sie sich an Casimir. „MacKay ist ein Verräter. Er half dieser Sterblichen, meine Leute umzubringen."

Casimir sah Emma uninteressiert an. „Eine kleine Küchenschabe, die schnell entsorgt ist." Er konzentrierte sich wieder auf Angus. „Aber der General, der meine letzte Armee besiegt hat – seinen Tod werde ich genießen."

„Dann denkt daran, dass ich es war, der ihn Euch ausgeliefert hat", mischte Katya sich wieder ein. „Ich bin Eure treue Dienerin."

Angus neigte den Kopf zur Seite. Hörte er da den Schrei eines Käuzchens? Das war das Signal, mit dem sich Ian und Robby verständigten. „Man kann ihr nicht vertrauen, Casimir. Sie hat dich einmal betrogen, und sie wird es wieder tun."

Katya wandte sich an Alek. „Töte ihn!"

Casimir hob die Hand und Alek erstarrte. „Katya, gibst du hier ohne meine Erlaubnis Anweisungen?"

„Vergebt mir. MacKay schafft es mit seinen Lügen, dass ich mich vergesse!"

„Lügen?" Casimir richtete seinen Blick auf Angus. „So sehr ich Kreaturen seiner Art hasse, muss ich doch sagen, dass sie auch ekelhaft ehrlich sind."

Plötzlich bemerkte Angus eine Bewegung. Mit einem Mal stand ein Dutzend Personen auf der knapp ein Meter hohen Steinmauer, die den grasbedeckten Hof umgab. Freude und Erleichterung erfüllten sein Herz, als er seine Freunde und Angestellten erkannte – Ian, Robby, Giacomo aus Venedig, Mikhail aus Moskau, Jean-Luc Echarpe aus Paris mit zwei Vampiren aus seinem Zirkel, Austin und Darcy Erickson sowie Zoltan Czakvar, Anführer des osteuropäischen Vampirzirkels mit zwei seiner Leute. Austin und Darcy waren mit Revolvern bewaffnet, die zehn Vampire zogen ihre Schwerter.

Jean-Luc ließ sein Schwert durch die Luft wirbeln. „Lass uns die Angelegenheit doch an Ort und Stelle regeln, Casimir."

War da eine Blässe in seinem Gesicht zu erkennen? Wütend starrte er Katya an. „Du Verräterin! Du hast mich in eine Falle gelockt!"

„Nein!", schrie Katya.

Casimir sprang auf sie zu und packte sie an der Kehle. „An diesen Verrat werde ich mich erinnern!"

Jedrek huschte neben Casimir und flüsterte ihm etwas ins Ohr, woraufhin Casimir Katya freigab.

Sie fiel zu Boden. „Ich habe Euch nicht verraten. Ich schwöre es!"

Angus' Freunde sprangen von der Mauer und näherten sich langsam.

Wie ein Angsthase versteckte sich Casimir hinter seinen Leibwächtern und starrte die russischen Vampire böse an. „Heute Nacht werdet ihr sterben. Und ihr verdient es zu sterben." Dann begann die Gruppe sich zu entmaterialisieren.

„Nein!" Angus rannte auf Casimir und seine Leibwächter zu. „Verdammt!" Casimir musste endgültig vernichtet werden. Als die Klinge eines Schwertes neben ihm durch die Luft sauste, sprang er nach hinten. Es war Alek, der ihn angriff. „Gebt mir ein Schwert!"

Der Angreifer sprang nach vorn und zielte mit seinem Schwert auf Angus' Herz.

Der wich aus und fing das Schwert auf, das ihm zugeworfen wurde. Ian riss sein Messer aus dem Strumpf und duckte sich gerade noch rechtzeitig, als Burien mit dem Schwert auf ihn losging. Robby eilte Ian zu Hilfe und verwickelte Burien in einen Schwertkampf.

Angus seinerseits kämpfte gegen Alek, parierte seine Hiebe und drängte ihn in die Enge. Dann stach er ihm sein Schwert ins Herz. Voller Befriedigung beobachtete er, wie der Widersacher zu Staub zerfiel. Dieser Mistkerl würde Emma nie wieder ein Messer an die Kehle halten.

Emma! Angus sah sich um. Jean-Luc kämpfte mit Miroslav, Giacomo mit Galina – auch wenn es ihm sicher schwerfallen würde, eine Frau töten zu müssen. Wo war Emma? Er hörte Burien schreien, als Robby ihm das Schwert ins Herz rammte. Die beiden sterblichen Russen ließen ihre Gewehre fallen und flohen in den Wald, doch Zoltan schickte seine Männer hinterher. Galina schrie – Giacomo hatte sich offensichtlich überwinden können.

Angus erstarrte. Er hatte Emma entdeckt. Sie wurde gerade von Katya zu der verfallenen Scheune hinübergezerrt. Sie wehrte sich, war aber zu geschwächt, um etwas gegen ihre Gegnerin ausrichten zu können. Angus raste auf die beiden zu, doch Katya sah ihn kommen und entmaterialisierte sich. Emma nahm sie mit.

„Nein!" Angus blieb an der Stelle stehen, wo sie verschwunden waren. Er hatte keine Ahnung, wohin Katya sie verschleppen würde. Emma war zu schwach zum Kämpfen, und das war allein seine Schuld. Schuldgefühle überwältigten ihn. Er krümmte sich vor Schmerz.

Robby legte ihm eine Hand auf die Schulter. „Wir werden sie finden."

Angus nickte, unfähig, etwas zu erwidern.

„Ausschwärmen und suchen!", befahl Robby.

Die Vampire teleportierten sich. Sie suchten jeden Winkel des Grundstücks ab und den Wald. Die Minuten vergingen, doch Angus kamen sie wie Stunden vor. Robby und Ian kamen aus der Scheune, sie war menschenleer. Kurz darauf tauchten Jean-Luc und seine zwei Männer aus dem Herrenhaus auf, in dem sich ebenfalls niemand mehr befand. Alle anderen Vampire suchten im Wald.

Angus sprang auf die Steinmauer und lauschte aufmerksam. Dann drehte er sich in Richtung Norden. Hatte er gerade den Schrei einer Frau gehört?

„Da lang!" Er sauste los, gefolgt von seinen Gefährten.

„Emma!" Keine Antwort. Hoffentlich kamen sie nicht zu spät! Wenn Katya sich immer weiter teleportierte, würden sie die beiden niemals finden.

Angus erreichte eine kleine Lichtung und blieb wie versteinert stehen.

Doch Ian verschaffte sich schnell einen Überblick. „Sie lebt."

Gerade noch. Angus kniete sich neben Emma. Beim Anblick der Bisswunden in ihrem Hals verfluchte er Katya. Sie hatte Emma fast alles Blut geraubt.

Dann entdeckte er, dass seine Geliebte über und über von Staub bedeckt war. Den Holzpflock hielt sie noch in der Hand. Offensichtlich hatte sie ihn zum Einsatz gebracht, während Katya sich an ihr bediente. Die Vampirjägerin hatte ihren letzten Vampir getötet. Glücklicherweise hatte Angus ihr noch diesen Holzpflock geschnitzt.

„Oh, Emma." Er riss sich sein T-Shirt vom Leib und presste es auf ihren blutenden Hals. Tränen schossen ihm in die Augen.

In den Büschen und Bäumen raschelte es. Immer mehr Personen fanden sich auf der Lichtung ein.

„Wie geht es ihr?", wollte Austin wissen.

Darcy sagte keuchend: „Oh Gott. Sind wir zu spät?"

Robby hockte sich neben Angus. „Es tut mir so leid."

Angus biss die Zähne zusammen. „Sie ist noch nicht tot. Wir könnten ihr eine Bluttransfusion geben." Er sah Ian und Robby an. „Habt ihr Blut dabei?"

Robby sah ihn traurig an. „Aber nicht die richtige Ausrüstung für eine Transfusion."

„Dann teleportieren wir sie", ordnete Angus an. „Roman kann sie wiederherstellen."

Jean-Luc kniete sich auf die andere Seite neben Emma. „In New York ist es noch hell. Es gibt nur eine Möglichkeit, sie zu retten, Angus. Du weißt, welche."

„Nein!" Angus schluckte die Tränen herunter. „Ich kann sie nicht verwandeln. Sie könnte es nicht ertragen, ein Vampir zu sein. Ihre Eltern wurden von Vampiren getötet."

„Aber sie kann doch zurückverwandelt werden", wandte Darcy ein. „Ich bin der lebende Beweis dafür."

Angus blinzelte. Richtig! In seiner Panik hatte er diese Möglichkeit vollkommen vergessen. Er hatte von Emma doch sogar extra eine Blutprobe genommen. Und falls sie den Stofffetzen mit ihrem Blut nicht mehr bei sich hatte, würden sie einfach sein T-Shirt benutzen, das er ihr eben auf die Wunden gelegt hatte. Es war voll von ihrem sterblichen Blut.

„Bald stirbt sie", warnte Jean-Luc ihn. „Wenn sie all ihr Blut verloren hat, kann man sie nicht mehr zurückverwandeln."

Angus rieb sich die Stirn. Ihm blieb keine andere Wahl. Und Roman konnte sie zurückverwandeln. „Es ist alles meine Schuld. Sie wird mich dafür hassen."

„Sie wird es verstehen." Ian legte ihm tröstend die Hand auf die Schulter. „Ich habe es auch verstanden."

Angus sah ihn an. „Durch meine Schuld bist du für alle Zeiten im Körper eines Fünfzehnjährigen gefangen."

Sein Lächeln ermutigte Angus. „Du hast mir das Leben gerettet."

Angus atmete tief durch, dann nahm er sein T-Shirt von Emmas Hals. Er musste sie bis auf den letzten Tropfen Blut aussaugen, damit sie in ein Vampirkoma fallen konnte. Dann musste er ihr von seinem eigenen Blut zu trinken geben. Wenn sie es annahm und trank, würde sie eine Untote werden. Wenn sie sein Blut zurückwies, würde sie sterben.

„Kann mir jemand sein *Sgian dubh* leihen?" Er musste sich den Arm aufschneiden, um ihr zu trinken zu geben.

Ian reichte ihm seinen Dolch.

Angus blickte in die Runde. „Lasst ihr uns bitte allein?"

23. KAPITEL

Emma erinnerte sich an Schmerzen und an Dunkelheit. An Angst und Schrecken. An Katyas Fänge, die sich in ihren Hals bohrten. An Überlebenswillen und ihren verzweifelten Einsatz des Holzpflocks. Und dann noch mehr Dunkelheit. Murmelnde Stimmen. Wieder Fänge. Wie konnte das sein? Sie hatte Katya doch getötet. Wieder Dunkelheit, die Emma in unendliche Tiefen abgleiten ließ.

Dann hatte sie einen seltsamen Traum. Sie hatte den Geschmack von Blut im Mund, dieses typisch Metallische, Bittere.

„Schluck es herunter", befahl eine Stimme ihr. „Du musst schlucken."

Mehr Blut rann in ihren Mund. Sie ertrank in Blut. Katya brachte sie um. Sie drehte den Kopf zur Seite und würgte.

„Emma", flehte die Stimme sie an. „Bitte trink."

Angus? Emma öffnete den Mund, um etwas zu sagen, aber die Worte kamen nicht. Sie konnte nicht einmal die Augen öffnen.

Wieder lief Blut in ihren Mund. Diesmal schluckte sie, und eine behagliche Wärme breitete sich sofort in ihrem ganzen Körper aus. Sie schluckte wieder, es schmeckte süß. Was für ein bescheuerter Traum. Das war kein Blut. Blut schmeckte nicht so lecker. Sie trank und trank.

„So ist es gut, mein Liebling. Das machst du gut."

Angus war glücklich mit ihr. Angus liebte sie. Emma lächelte. Angus war bei ihr, und Katya war tot. Als sie diesmal von Dunkelheit umfangen wurde, verspürte sie keine Angst.

Mit einem Schlag wachte Emma auf. Ihr Herz hämmerte so laut in ihrer Brust, dass sie es hören konnte. Panik überfiel sie. War das etwa ein Herzinfarkt? Außerdem fühlte sie sich total seltsam, und sie wusste nicht, wo sie überhaupt war.

„Sie ist aufgewacht, Darcy! Mach eine Flasche zurecht!"

Emma sah Austin, der neben einer geöffneten Tür stand. War er doch noch rechtzeitig gekommen? Dann waren sie und Angus gerettet worden?

Aus der Ferne hörte sie eine Frauenstimme. „Steht schon in der Mikrowelle!"

Emma setzte sich auf. Schwarze Punkte tanzten vor ihren Augen.

„Langsam." Austin kam mit besorgtem Gesicht auf sie zu.

„Ich ... Ich glaube, ich bin noch sehr schwach." Emma blinzelte und versuchte, sich auf Austin zu konzentrieren. Sie konnte ihn irgendwie schärfer sehen als sonst. Sie sah die leichten Stoppeln auf seinem Kinn und jede einzelne seiner Haarsträhnen. Und sein Herz schlug auch so laut. Wieso konnte sie seinen Herzschlag hören? Und ihren eigenen auch? Sie presste eine Hand auf ihre Brust und stellte fest, dass sie einen Flanellpyjama trug. „Woher habe ich den Schlafanzug?"

„Er ist von Darcy", antwortete Austin. „Sie hat dich versorgt."

Richtig. Sie war von Katya angegriffen worden. Wahrscheinlich waren ihre eigenen Sachen voller Blut. Ihr knurrte der Magen. „Mann, hab ich einen Hunger."

„Das glaube ich gerne." Austin sah sie wachsam an.

Sie sah sich in dem Zimmer um. Ein hübsches Schlafzimmer. Eine blaue Daunendecke. Ein breites Bett. Keine Fenster, nur ein Nachtlicht in einer Steckdose. Wieso konnte sie so gut sehen? Ihr Magen knurrte lauter und krampfte sich zusammen. Emma presste eine Hand auf den Bauch. „Aua!"

Austin ging zur Tür. „Beeil dich, Darcy!"

Emma atmete tief ein und langsam wieder aus. „Wo bin ich?"

„In Zoltan Czakvars Haus in Budapest."

„Wer?" Emma krümmte sich vor Hunger. Austins Herz hämmerte in ihren Ohren, sie hörte kaum etwas anderes. Und denken konnte sie auch kaum.

„Zoltan Czakvar. Er ist der Anführer des osteuropäischen Vampirzirkels."

„Ich bin im Haus eines Vampirs?" Emmas Blick fiel auf Austins Halsschlagader. Sie pulsierte – und roch so verführerisch. Nach Essen. „Was ist denn passiert?" Wieder ein Hungeranfall. Sie krümmte sich vor Schmerzen.

„Ist alles in Ordnung mit ihr?" Darcy kam eilig ins Zimmer. Sie trug ein Tablett, das sie jetzt auf den Nachttisch stellte.

Darcy stand so dicht neben ihr und roch so gut, dass Emma sich zwingen musste, sie nicht zu packen.

„Hier ist dein Frühstück." Darcy hielt ihr ein Glas hin. „Blutgruppe 0. Ein bisschen langweilig, aber für den Anfang genau das Richtige."

Emma riss erschrocken die Augen auf. In dem Glas war Blut. „Nein!" Plötzlich spürte sie einen stechenden Schmerz im Mund. Sie schrie auf.

Darcy stellte das Glas ab. „Du Ärmste. Dasselbe habe ich auch durchgemacht. Wenn sie zum ersten Mal rauskommen, tut es immer höllisch weh."

Emma hielt sich den Mund und wimmerte. Sie hatte das Gefühl, ihr Zahnfleisch riss auf. Sie spürte, wie ihr von innen etwas in den Mund wuchs. Sie nahm die Hand weg und entdeckte Blut auf ihrer Handfläche. Widerlich! Aber es roch so verführerisch. Der Schmerz in ihrem Mund ließ nach, als der nächste Hungerkrampf sie wieder mit voller Wucht überkam.

Darcy steckte einen Strohhalm in das Glas und reichte es Emma. „Hier. Es ist ein bisschen schwierig, aus einem Glas zu trinken, wenn die Fänge draußen sind."

Die Fänge? Emma berührte ihren Mund. Sie fühlte lange, spitze Reißzähne. „Nein!" Sie schüttelte den Kopf. Das war doch alles ein schlechter Traum. Das konnte nicht sein!

„Ich weiß, es ist schrecklich." Darcy setzte sich zu ihr aufs Bett und drückte ihr das Glas in die Hand. „Aber wenn du erst mal was zu dir genommen hast, geht es dir sofort besser."

Emma nahm mit zittriger Hand das Glas. Sie hatte den schrecklichen Wunsch, es an die Wand zu knallen und stattdessen ihre Zähne in Darcys Hals zu schlagen. Verdammt. Es stimmte. Sie war ein Vampir geworden.

Überrascht starrte sie das Glas mit Blut an. Es roch gut. Waren das die Qualen, die Angus in der Nacht durchgemacht hatte, als er sich geweigert hatte, sie zu beißen? Sie nahm den Strohhalm in den Mund und begann zu saugen. Das Blut war warm und süß. Jeder Schluck erfüllte sie mit neuer Energie und ließ sie erstarken.

„Mehr." Ihr Zahnfleisch kribbelte, und sie spürte, wie ihre Fänge sich zurückzogen.

„Bin sofort wieder da." Darcy stand auf und nahm das Glas mit. „Es ist ganz normal, dass man in der ersten Nacht so hungrig ist."

„Du warst auch mal ein Vampir", flüsterte Emma.

„Ja, vier Jahre lang. Aber du musst nicht so lange warten. Roman kann dich zurückverwandeln. Alles kommt wieder in Ordnung."

Emma nickte. Sie sah zu, wie Darcy das Zimmer verließ. Austin lächelte seine Frau an, als sie an ihm vorbeiging. Ein liebevolles Lächeln. Emma wusste, was sie jetzt brauchte. „Wo ist Angus?"

Austins Lächeln erstarb. „Ähm ... Er ist gerade nicht da."

Ihr Blick schweifte durch das Zimmer. Sie fühlte sich immer noch merkwürdig, irgendwie taub. Vielleicht war doch alles ein Traum? In letzter Zeit waren ihre Träume immer sehr intensiv gewesen. Oder waren das alles nur Erinnerungen? Sie hatte mit Angus geschlafen. Katya hatte sie verschleppt und angegriffen. Und dieses Monster hatte sie auch umgebracht!

Mit einer Hand befühlte Emma ihren Hals. Die Haut war weich und unverletzt.

Austin kam zu ihr herüber. „Die Wunden sind während deines Todesschlafs verheilt. Einer der Vorteile des Untoten-Daseins." Er lächelte. „Du siehst toll aus. Und das musst du mir glauben, denn im Spiegel wirst du dich jetzt nicht mehr sehen. Einer der Nachteile des Untoten-Daseins."

„Es gibt keine Nachteile." Giacomo kam herein. Er nippte an einem Weinglas voll Blut. *Buona sera, signorina.* Ich wollte mal sehen, wie es Ihnen geht." Seine braunen Augen sprühten vor Vergnügen. „Willkommen im Club."

Erst jetzt begriff Emma das volle Ausmaß ihrer Situation. Sie war tot. Sie zog sich die Daunendecke bis ans Kinn. Wo war Angus? Sie wollte ihn sehen. Sie wollte in seinen starken Armen liegen. Instinktiv berührte sie die Stelle an ihrem Hals, aus der er getrunken hatte, in der Nacht als sie miteinander schliefen. Auch diese Wunden waren nicht mehr da. Als wäre nichts geschehen.

Robby tauchte auf. „Wie geht es Ihnen, Miss Wallace?"

Ich bin tot. Emma umarmte sich unter der dicken Decke.

„Ich glaube, sie hat einen Schock", flüsterte Austin, aber Emma hörte jedes Wort genau.

Sie konnte alles hören, auch das Surren der Mikrowelle. „Ich möchte mit Angus sprechen."

Robby tauschte einen besorgten Blick mit Giacomo. „Er ist nicht hier. Er ist mit Jean-Luc und Ian in Paris."

„Dann ruft in Paris an und bittet ihn herzukommen. Seid so nett." Emma erschauderte unter der Decke. Sie war immer stark und entschlossen gewesen und hasste es, so bedürftig und unsicher zu sein. Andererseits war sie auch nie vorher tot gewesen.

„Er wollte danach gleich weiter nach New York", erklärte

Robby. „Wahrscheinlich schläft er im Moment."

New York? Sie machte eine existenzielle Krise durch, und er war in New York? War das zu fassen. Er sollte jetzt wirklich bei ihr sein. Sie war tot, zum Teufel! Er sollte einer Toten etwas mehr Respekt zeigen. Und der Frau, die er liebte. „Ich muss mit ihm sprechen."

„Ich kann ihm eine E-Mail schicken", bot Robby an. „Die findet er, wenn er aufwacht."

„Ihr seht euch bald wieder", fügte Austin aufmunternd hinzu. „Sobald du wieder bei Kräften bist, kannst du dich nach New York begeben, und Roman wird dich zurückverwandeln."

„Genau." Robby nickte. „Angus hat zu diesem Zweck ein T-Shirt mit deinem Blut hier gelassen."

„Dein Ticket zurück zur Sterblichkeit." Giacomo nippte an seinem Weinglas. „Obwohl ich persönlich nicht verstehen kann, warum jemand wieder sterblich sein will."

„Dann hast du eine sehr beschränkte Fantasie, Jack." Darcy betrat wieder das Zimmer. Sie hatte ein neues Glas mit Blut dabei. „Hier." Sie reichte es Emma.

Ihre Reißzähne hatten sich zurückgezogen und Emma konnte nun ohne Strohhalm trinken. Wie kam es, dass Blut so gut schmeckte? Noch dazu war es ein absoluter Powerdrink.

Ein weiterer Mann betrat das Zimmer. Er war kleiner als Angus, etwa mittelgroß, und hatte dunkelbraune Haare und mandelförmige bernsteinfarbene Augen. „Wie geht es Ihnen, meine Liebe?" Er sprach mit einem leichten Akzent.

„Ganz okay." War ihr Schlafzimmer jetzt der Treffpunkt für alle, oder was? Wahrscheinlich wollte jeder mal einen Blick auf den nagelneuen Vampir werfen. „Aber Kunststücke zeige ich heute keine."

Der Mann kicherte. „Ich freue mich, dass es Ihnen besser geht. Wir haben uns alle ziemlich Sorgen gemacht."

Bis auf Angus. Er war einfach nach New York abgehauen und hatte sie mit ihrem neuen Dasein als Untote allein gelassen.

„Ich bin Zoltan Czakvar." Der Mann verbeugte sich leicht. „Sie dürfen gerne so lange hier bleiben, wie Sie wollen."

„Vielen Dank." Emma sah nacheinander Zoltan, Robby und Giacomo an. „Sie sind alle wirklich sehr nett. Das macht es leichter ... so zu sein, wenn man weiß, dass es auch nette Vampire gibt."

Darcy setzte sich aufs Bettende. „Du musst kein Vampir bleiben, Emma. Du kannst wieder sterblich werden."

Aber Angus war ein Vampir. Wenn sie ein Vampir bliebe, wäre sie wie er. Sie wäre unfassbar schnell, sie könnte fliegen, sich teleportieren. Sie würde stärker sein als jemals zuvor. Als Mensch war sie schon ein toller Vampirjäger gewesen, aber als Vampir würde sie ein noch besserer sein.

Doch wenn sie untot war, würde es vermutlich noch Jahrhunderte dauern, bis sie ihre Eltern, ihren Bruder und Tante Effie wiedersah. Schlecht.

Aber sie könnte eben auch jahrhundertelang mit Angus zusammen sein und ihn lieben. Und er sie. Seine Vorbehalte gegen ihre Beziehung wären nichtig, wenn sie so wäre wie er.

„Ich muss mit Angus sprechen", wiederholte sie. Warum verstand das bloß keiner? Warum verstand Angus das nicht? Warum hatte er sie allein gelassen? Ihr entgingen die besorgten Blicke nicht, mit denen die anderen sich ansahen. Irgendetwas stimmte hier nicht.

Plötzlich hatte sie einen Verdacht. „Oh nein! Wurde er verletzt?" Sie stand auf. Vor ihren Augen tanzten wieder die schwarzen Punkte.

Darcy streckte eine Hand nach ihr aus. „Heute Nacht solltest du lieber im Bett bleiben. Dein Körper braucht Zeit, sich an den neuen Zustand zu gewöhnen."

„Nein! Ich will die Wahrheit wissen! Wurde Angus verletzt? Ist das der Grund, warum er so schnell zu Roman musste?"

Robby trat unruhig von einem Bein aufs andere. „Es geht ihm gut. Ich schicke ihm jetzt die Mail." Und damit verließ er beinahe fluchtartig das Zimmer.

„Äh ... Ich zeige dir, wo der Computer steht." Zoltan rannte ihm hinterher.

Giacomo schüttelte den Kopf. „Er hätte hier bleiben sollen. Das habe ich ihm auch gesagt, aber ..."

„Aber was?", wollte Emma wissen. „Warum ist er nicht geblieben?"

Traurigkeit lag in Giacomos Zügen. „Weil er sich so schuldig fühlt."

„Er hat dir eine Nachricht hinterlassen." Darcy zog ein Stück Papier aus der Hosentasche und legte es aufs Bett.

Eine Nachricht? Emma betrachtete mit gerunzelter Stirn den Zettel. Nach allem, was sie zusammen durchgemacht hatten, hinterließ er ihr eine Nachricht? Sie sah Giacomo verwirrt an. „Wieso fühlt er sich schuldig?" In diesem Moment dämmerte es ihr. „Weil Katya mich angegriffen hat? Aber wir wurden alle angegriffen! Ist doch klar, dass er zuerst sich selbst verteidigen musste!"

„Er fühlt sich schlecht, weil er dich so geschwächt hat."

„Aber es ist doch nicht seine Schuld, dass Katya mich getötet hat!"

Ein Kopfschütteln sagte Emma, dass es anders gewesen war. „Ehrlich gesagt, hast du Katya getötet."

Emma starrte ihn verständnislos an. Dann war sie noch lebendig gewesen. Wieso war sie also jetzt ein Vampir?

„Ich muss gehen." Giacomo eilte zur Tür.

„Er hatte keine andere Wahl, Emma." Auch Austin verließ das Zimmer.

Er? Etwas Schreckliches musste geschehen sein, und die Männer trauten sich nicht, es ihr zu sagen. Sie wandte sich an Darcy. „Es war nicht Katya, die mich zum Vampir gemacht hat?"

„Nein." Darcy sah sie mitfühlend an. „Du wärst gestorben, wenn er es nicht getan hätte. Ihm blieb wirklich keine andere Wahl."

Er? Oh nein! Emmas Knie gaben nach und sie musste sich setzen. Ihr stiegen Tränen in die Augen. Deswegen plagten ihn Schuldgefühle. Deswegen war er davongerannt.

„Es tut mir so leid." Darcy streichelte Emmas Schulter. „Er bestand darauf, es selbst zu tun. Er fühlte sich ... verantwortlich. Und er hat es nur getan, weil er wusste, dass du zurückverwandelt werden kannst."

Eine Träne kullerte Emmas Wange hinunter. Sie hielt sie mit dem Finger auf und betrachtete die rote Flüssigkeit. Blutige Tränen, wie ein Vampir.

Darcy tätschelte ihr den Rücken. „Er hat dir ein zweites Leben ermöglicht."

Sie war jetzt eine der Kreaturen, die ihre Eltern ermordet hatten. Um in einen Vampir verwandelt zu werden, musste sie tot gewesen sein. Ihr Magen krampfte sich zusammen. „Angus hat mich umgebracht."

Und schon gab Emma ihre erste Vampirmahlzeit wieder von sich.

„*En garde.*" Giacomo salutierte mit seinem Florett und zielte dann damit auf Emma.

Sie eröffnete ihre Attacke mit einer Reihe von Hieben und Stichen. Auch wenn Giacomo es leicht fiel, sich zu verteidigen, wusste Emma, dass sie Fortschritte machte. Noch vor drei Tagen, bei ihrer ersten Fechtstunde, hätte er sie mit verbundenen Augen besiegen können. Jetzt hielt sie ihn immerhin ganz gut in Schach.

„Denk dran, die Malcontents kämpfen nicht mit fairen

Mitteln." Mit einem lässigen Schlenker aus dem Handgelenk hebelte Giacomo Emma das Florett aus der Hand. Klirrend landete es auf dem Fußboden der Trainingshalle.

„Und was machst du jetzt?" Er bedrängte sie, die Florettspitze stets auf ihr Herz gerichtet.

Sie stieß sich so kräftig wie möglich vom Boden ab und dachte dabei an *Schweben*. Daraufhin stieg sie so schnell nach oben, dass sie sich an der Decke anstieß. „Aua." Immer noch schwebend rieb sie sich den Kopf.

Giacomo grinste sie von unten an. „Du bist ein Naturtalent."

Kichernd hatte Austin alles mitangesehen. „Ich glaube, sie unterschätzt ihre Kraft."

„Gestern habe ich dich in fünfundvierzig Sekunden fertig gemacht."

Er zuckte mit den Schultern. „Ja, aber das hast du schon geschafft, als du noch eine Sterbliche warst."

Giacomo lachte. *„La signorina* ist eine von den ganz Harten."

„Ja, vergiss das nicht!" Emma riss einen Dolch aus ihrem Gürtel, teleportierte sich hinter Giacomo und piekste ihm in den Hintern.

„Autsch!" Er wirbelte herum.

Unschuldig lächelte sie ihn an. „Und, wie mache ich mich, Herr Lehrer?"

„Spüre ich da vielleicht so etwas wie unterdrückte Wut, *bellissima*?"

Emma seufzte, als sie den Dolch wieder in ihrem Gürtel verschwinden ließ. Vielleicht war sie wirklich wütend. Zumindest war sie frustriert. Sie war jetzt seit einer Woche bei Zoltan, und Angus hatte auf keine ihrer E-Mails oder Anrufe reagiert. Die Nachricht, die er ihr hinterlassen hatte, konnte sie mittlerweile auswendig.

*Meine liebste Emma,
ich erwarte nicht, dass du mir vergibst, was ich dir Schreckliches angetan habe. Ich hoffe nur, dass man dich so bald wie möglich zurückverwandeln kann, damit du in dein altes Leben zurückkommst. Du hast ein glückliches Dasein verdient, voller Leichtigkeit und Frieden.*

Frieden? Glaubte er wirklich, sie könnte Frieden finden, solange bösartige Vampire wie Casimir die Erde unsicher machten? Sie war ein Kämpfer, so wie Angus selbst. Und jetzt war sie auch ein Vampir wie er. Anfangs war ihr schlecht geworden bei dem Gedanken, dass ausgerechnet er sie getötet und verwandelt hatte. Aber nach längerem Nachdenken hatte sie das Geschehene akzeptiert. Im Gegenteil: Angus hatte sie in ihre neue Lebensphase gebracht und das war gut zu wissen. Die Verwandlung war ja aus Liebe geschehen und viel besser, als durch einen brutalen feindlichen Angriff zu sterben. Angus war die ganze Zeit für sie da gewesen.

Er hatte ihr beigebracht, was der Unterschied zwischen Rache und Gerechtigkeit war. Jedenfalls wollte sie nicht mehr blindlings jeden Vampir ermorden, der ihr über den Weg lief, um endlich über den Tod ihrer Eltern hinwegzukommen. Es war Zeit, damit abzuschließen, die neuen Kräfte sinnvoll einzusetzen und die Unschuldigen zu beschützen, damit ihnen nicht das Gleiche zustieß wie Emmas Eltern.

Angus hatte ihr auch beigebracht, dass die Liebe stärker ist als der Tod. Sie liebte ihn immer noch, von ganzem Herzen. Und sie verstand jetzt, dass der Tod den Charakter einer Person weder zerstörte noch veränderte. Sie war umgeben von liebenden, ehrenwerten Vampiren.

Aber warum reagierte Angus so merkwürdig? Traute er sich nicht, sich auf eine Beziehung einzulassen, die mehrere Jahrhunderte dauern konnte?

Darcy gesellte sich zu ihrem Mann. „Gerade ist eine E-Mail angekommen ..."

„Von Angus?", unterbrach Emma sie.

Ein mitleidiger Blick war Antwort genug. „Von Roman. Er schreibt, ihr Kind Constantine ist gesund, munter und vollkommen normal."

„Das ist schön", murmelte Austin.

Darcy reichte Emma ein Blatt Papier. „Seine Nachricht ist zum Teil auch an dich gerichtet. Ich habe sie dir ausgedruckt."

Emma nahm das Blatt und ging durch die Trainingshalle, während sie las.

Liebe Miss Wallace,
dass Sie Angus per E-Mail und Telefon häufiger zu erreichen versuchen, ist mir nicht entgangen. Deshalb möchte ich Ihnen mitteilen, dass er vor zwei Nächten nach England zurückgekehrt ist. Vielleicht kommen Sie in der nächsten Zeit nach New York, um sich zurückverwandeln zu lassen, und er möchte bei dieser Prozedur nicht dabei sein. Aber nicht etwa, weil ihm nichts an Ihnen liegt. Im Gegenteil. Ihm liegt sehr viel an Ihnen. Aber er leidet darunter, was er Ihnen angetan hat. Vielleicht wird er sich eines Tages verzeihen können. Vermutlich wird es ihm leichter fallen, wenn Sie erfolgreich in ihr Leben als Sterbliche zurückgekehrt sind. Ich stehe Ihnen jedenfalls zur Verfügung, sobald Sie zu diesem Schritt bereit sind.
Mit freundlichen Grüßen
Roman Draganesti

Emma faltete das Blatt Papier zusammen. „Warum wollen alle, dass ich wieder eine Sterbliche werde?"

Darcy sah sie erstaunt an. „Du willst lieber eine Untote sein?"

„Natürlich", mischte sich Giacomo ein. „Es ist ein überlegenes Dasein."

„Bis auf die Ernährung", gab Darcy in verächtlichem Ton zu bedenken.

„Mir schmeckt Blut." Emma verschränkte trotzig die Arme vor der Brust. „Warum sollte ich kein Vampir bleiben? Der Mann, den ich liebe, ist auch ein Vampir." Sie verzog das Gesicht. „Nur leider weigert er sich, mit mir zu sprechen."

„*Amore*." Giacomo presste theatralisch eine Hand auf sein Herz. „Wie sehr wir für die Liebe leiden!"

Darcy schüttelte den Kopf. „Vor allem du, Jack, so selbstverliebt, wie du bist."

Er taumelte, als hätte sie ihn tödlich verwundet.

„Ich nehme das nicht länger hin." Emma wandte sich an Giacomo. „Hilfst du mir, mich nach England zu teleportieren? Heute Nacht?"

„Für *amore* tue ich alles." Giacomo grinste. „Es gibt zwei Orte, an denen er sein könnte. Entweder in seinem Büro in Edinburgh oder in London."

„Versucht es lieber in London."

„Natürlich." Giacomos Augen funkelten amüsiert. „Edinburgh wäre auch ... nicht ganz das Richtige."

„Wieso?" Emma ging zu ihm herüber.

Giacomo zuckte die Achseln. „Dort hat Angus seinen Harem, und ich möchte bezweifeln ..."

„Seinen was?", schrie Emma schrill.

„Oje."

Darcy stöhnte. „Na super, Jack. Emma, es ist nicht so schlimm, wie es sich anhört."

„Ach nein? Stimmt, es ist ja nur ein Harem!" Emma dröhnte ihr eigener Herzschlag in den Ohren. Deswegen weigerte er sich also, sie zu sehen? Was sollte er schon mit einer einzigen Frau, wenn ein ganzer Harem auf ihn wartete?

Sie zerknüllte die Nachricht in ihrer Faust und warf sie weg. „Bring mich sofort nach London, Giacomo. Angus wird mit mir sprechen, ob er will oder nicht."

24. KAPITEL

Angus trat leise in das Kinderzimmer bei Romatech. Shanna hatte sich ein Kinderzimmer gleich neben ihrer Praxis gewünscht, damit sie Patienten empfangen konnte und trotzdem in der Nähe ihres Kindes war. Roman war gleich einverstanden gewesen, denn er hatte seine Familie gerne um sich. Im Moment war Shanna gerade damit beschäftigt, dem Kleinen die Windeln zu wechseln, und sie und das Kind spiegelten sich in dem Spiegel über der Wickelkommode. Natürlich hatte Angus kein Spiegelbild, also räusperte er sich, damit Shanna seine Anwesenheit bemerkte.

„Angus!" Sie drehte den Kopf und strahlte ihn an, doch beinahe sofort erschienen einige Sorgenfalten.

Er hatte sich mittlerweile daran gewöhnt. Die Leute sahen ihn an, als wäre er ein Gespenst. Er kam sich selbst auch so vor. Ein seelenloser Schatten seiner selbst.

Shanna richtete den Blick wieder auf ihr Baby. „Ich wusste nicht, dass du in der Stadt bist."

„Gerade angekommen."

Das Baby bekam einen Strampler über die feisten Beinchen gezogen. „Wohnst du im Stadthaus?"

„Ja." Er bemerkte ihr Stirnrunzeln.

„Das ist gut. Du kannst bleiben, so lange du willst. Du … solltest jetzt nicht allein sein."

Glaubte sie etwa, er wollte sich umbringen? Welchen Sinn ergab das schon, wo er doch bereits tot war? Das heißt, sein Körper war funktionsfähig, aber sein Herz schmerzte unablässig und seine Gedanken waren nutzlos. Er hatte in London versucht, wieder seine Arbeit aufzunehmen, aber er konnte sich auf nichts konzentrieren. Das Ganze nahm mittlerweile solche Ausmaße an, dass er schon überlegt hatte, das Unternehmen an Robby zu übergeben. Jedes Mal, wenn Angus sich einen Bericht vornahm, verschwammen die Buchstaben vor seinen Augen. Alles, was er sah, war Emma, die ihren letzten Atemzug tat. Dieses Bild ließ ihn nicht mehr los. Er sah es, bevor er sich vor Sonnenaufgang schlafen legte, und es empfing ihn jede Nacht, wenn er wieder erwachte.

Angus zwang seine Mahlzeiten in sich hinein und konnte kaum schlucken. Der Geschmack erinnerte ihn jedes Mal an den letzten Tropfen Blut, den er aus Emma herausgesaugt hatte. Er bewegte sich rastlos von einer Stadt zur anderen – Paris, London, New York –, aber er konnte nicht fliehen vor dem, was er getan hatte.

Jetzt reichte er Shanna ein Päckchen, das in braunes Packpapier eingewickelt war. „Das ist für den Kleinen."

„Oh, wie lieb von dir!" Shanna zeigte Constantine das Päckchen. „Sieh mal! Ein Geschenk von Onkel Angus!"

Das Baby strampelte mit Armen und Beinen.

Shanna riss das Papier auf, öffnete die Box, die zum Vorschein kam, und kramte sich durch das Einwickelpapier. Als sie einen kleinen Beutel aus schwarzer Moleskin-Baumwolle entdeckte, strahlte sie. „Oh, ist der schön. Vielen Dank!"

„Gern geschehen."

Ein Lachen sprühte sogar aus ihren Augen. „Du schenkst ihm ... eine Handtasche?"

Normalerweise hätte sich Angus jetzt geärgert, aber er reagierte nicht einmal. „Das ist ein Kinder-Sporran."

„Ah." Shanna öffnete den Beutel und nahm das Papier heraus. „Das ist wirklich sehr praktisch. Darin kann er kleine Spielsachen aufbewahren und mitnehmen oder ... seinen kleinen Chemiekasten." Sie verzog das Gesicht. „Roman hat ihm jetzt schon einen gekauft."

„Eigentlich gehört Klebeband in einen Sporran."

Shanna lachte und umarmte ihn. „Vielen Dank. Das ist ein sehr schönes Geschenk."

Was sollte er jetzt tun? Wie so oft in letzter Zeit wusste Angus nichts mehr mit sich anzufangen.

Shanna hob Constantine hoch und wiegte ihn sacht im Arm. „Weiß Roman, dass du hier bist?"

„Ich glaube nicht."

„Dann hole ich ihn. Aber du darfst dich nicht über seine Frisur lustig machen."

„Was?" Angus erstarrte, als Shanna ihm das Baby in den Arm legte.

„Pass auf ihn auf, solange ich weg bin." Und damit war sie verschwunden.

„Hey! Warte!" Panik. Was hatte sie sich dabei gedacht, ihm dieses kleine Wesen in den Arm zu drücken? Er hatte seit fünfhundert Jahren kein Kind mehr gehalten. Sein Herzschlag hämmerte in seinen Ohren. Was, wenn er es fallen ließ?

Er drückte das Kind an seine Brust und spürte, wie die kleinen Beinchen ihn traten. Wahrscheinlich war er gerade dabei, den Jungen zu zerquetschen. Er lockerte seinen Griff und suchte krampfhaft nach einem sicheren Ort, an dem er das Kind ablegen konnte. Der Wickeltisch? Nein, von da könnte er herunterfallen.

Angus entdeckte das Kinderbettchen – und fast gleichzeitig die mit einer Schäferidylle bemalten Wände: blauer Himmel, grüne Weiden, zufriedene Kühe, flauschige Schäfchen. „Willst du denn mal Bauer werden?"

Das Baby boxte ihn mit seiner kleinen Faust gegen die Brust.

„Lieber ein Krieger, ich verstehe." Angus betrachtete das Kind und blieb abrupt stehen.

Constantine sah Angus mit den blauesten Augen an, die es wohl auf dieser Welt gab. Mehr noch. Sein Blick besaß eine Intensität, die Angus in seinen Bann zog. Augenblicklich wurde sein Herzschlag ruhiger. Der Schmerz, der sich seit acht Tagen in seinem Gehirn eingenistet hatte, ließ nach. Er holte tief Luft, als ein Gefühl von Frieden ihn durchströmte.

Das Baby gurgelte fröhlich.

„Warst du das?", flüsterte Angus.

Das Baby sah ihn an, und Angus spürte eine Intelligenz, die so gar nicht zu einem Säugling passte.

„Angus!", rief Roman, als er ins Kinderzimmer trat.

„Roman, dein Balg ..." Ein Blick auf seinen Freund ließ ihn das Baby völlig vergessen. „Was ist denn mit dir passiert?"

„Ich habe es selbst erst gar nicht bemerkt. Shanna hat mich darauf aufmerksam gemacht." Er fuhr sich mit der Hand durch sein schwarzes Haar, das an den Schläfen jetzt grau wurde. „Glücklicherweise gefällt es ihr."

„Das stimmt." Shanna betrat mit Connor das Kinderzimmer. Sie lächelte Roman an. „Er sieht jetzt so distinguiert aus."

Roman erwiderte ihr Lächeln und legte einen Arm um ihre Schultern.

„Wie kann das sein?", fragte Angus.

„Erinnerst du dich an das Medikament, das ich entwickelt habe? Das, mit dem wir auch tagsüber wach bleiben können? Nachdem Shanna eine Zeit lang Tag und Nacht auf Constantine aufgepasst hatte, war sie ziemlich fertig."

„Und weil er ein so treusorgender und nobler Ehegatte ist", ergänzte Shanna die Ausführungen ihres Mannes, „nahm Roman das Medikament fünf Tage lang, um mich abzulösen."

„Und davon hast du die grauen Haare bekommen?", fragte Angus.

„Silbergrau", korrigierte Shanna ihn. „Und auch nur an den Schläfen. Ich finde, es sieht toll aus."

Roman schnaubte. „Trotzdem hast du mir verboten, das Medikament noch einmal zu nehmen."

„Weil es dich altern lässt." Shanna wandte sich Angus zu.

„Laszlo hat einen Bluttest vorgenommen und festgestellt, dass er für jeden Tag, an dem er tagsüber wach blieb, um ein ganzes Jahr gealtert ist."

„Ach du Schande", murmelte Angus.

„Das ist echt übel", stellte Connor fest, der inzwischen auch eingetroffen war. „Ich hatte gehofft, wir könnten uns das Medikament im Kampf gegen Casimir zunutze machen. Aber wir werden wohl keine Freiwilligen finden, wenn sie herausfinden, dass das Zeug sie für die kommenden Jahrhunderte alt aussehen lässt."

Das war wirklich keine gute Nachricht. Angus sah Roman an. „Du bist also jetzt fünf Jahre älter?"

„Sechs, um genau zu sein. Ich habe es schon vorher einmal benutzt, um Laszlo zu retten. Aber ich bezweifle, dass irgendjemand außer mir das Medikament verwenden möchte."

Das brachte Angus auf eine Idee. Er betrachtete das Baby in seinen Armen. Offensichtlich schien sein Verstand wieder normal zu funktionieren. „Ich glaube, ich kenne jemanden, der nichts dagegen hätte, zehn Jahre älter zu sein."

„Aber nicht unser Baby." Shanna drohte ihm, ohne ihn jedoch wirklich ernst zu nehmen.

„Nein, natürlich nicht. Ich denke an Ian MacPhie."

„Oh ja", flüsterte Connor. „Ian würde es sicher nehmen."

„Gut." Roman nickte. „Es sieht aus, als ginge es dir besser, Angus."

Das ist nur wegen dem Kleinen. „Euer Baby ist ... wirklich ein ganz besonderes Kind."

„Selbstverständlich ist er das." Shanna nahm ihm Constantine ab. „Wie seid ihr zwei miteinander zurechtgekommen?"

„Sehr gut." Angus folgte ihr zum Bettchen. „Er hat wirklich ... unglaubliche Augen."

„Ja." Shanna lächelte, als sie Constantine hinlegte.

„Was ist denn das?", fragte Angus und deutete auf das ungewöhnliche Mobile, das über dem Kinderbett hing. „Fledermäuse?"

Roman kicherte. „Ein Geschenk von Gregori. Du kennst ja seine Art von Humor."

„Ja." Connor zog an der Aufziehschnur. „Es spielt die Titelmelodie von *Akte X*."

Und schon erklang die Melodie, und die blauen Plastikfledermäuse flatterten im Kreis. Es schien Constantine zu gefallen, denn er bewegte seine Arme und Beine im Takt dazu.

„Ich habe gehört, du hast dem Baby einen Sporran geschenkt. Vielen Dank." Roman betrachtete Angus dankbar.

Connor kicherte. „Aber den Scotch lass erst mal weg – bis er acht ist, oder so."

„Acht?" Shanna sah ihn entrüstet an, was Connor zu einem weiteren Tipp anregte.

„Und mit zehn bekommt er ein Claymore."

Die junge Mutter konnte über diese Vorschläge nur den Kopf schütteln. „Männer. Nichts als kämpfen im Hirn."

Roman machte ein sorgenvolles Gesicht. „Solange es das Böse gibt, haben wir keine andere Wahl." Dabei legte er Angus eine Hand auf die Schulter. „Wie geht es dir, alter Freund? Willst du vielleicht mit mir reden?"

Angus ging wieder zu dem Kinderbettchen und sah dem Mobile zu. Jetzt flatterten die Fledermäuse schon langsamer. „Es gibt nichts zu reden."

„Da scheint Emma anderer Meinung zu sein. Seit einer Woche versucht sie, dich zu erreichen."

Angus schloss kurz die Augen. Er führte sich tatsächlich auf wie ein Feigling.

„Ich habe ihr eine E-Mail geschickt", informierte Roman ihn, „und ihr geraten, hierherzukommen und sich zurückverwandeln zu lassen, sobald sie dafür bereit ist."

„Hat sie schon gesagt, wann sie kommt?", wollte Angus

wissen. Die Fledermäuse hielten an.

„Sie hat noch nicht geantwortet", erwiderte Roman und stellte sich neben Angus. „Vielleicht möchte sie zuerst mit dir darüber sprechen."

Angus packte die Gitterstäbe. „Sie möchte mir höchstens die Meinung sagen, weil ich sie verwandelt habe. Sie wird mich dafür hassen."

„Bist du dir da so sicher?" Shanna schien das zu bezweifeln.

„Natürlich hasst sie mich!" Angus begann, im Kinderzimmer auf und ab zu gehen. „Ich habe sie in das Wesen verwandelt, das sie am meisten hasst."

„Und warum ist sie dann nicht sofort hierhergekommen und hat sich zurückverwandeln lassen?", gab Shanna zu bedenken.

„Ich finde auch, du solltest sie treffen", ermunterte Roman ihn. „Was, wenn sie dir verzeihen möchte?"

Angus schnaubte verächtlich. „Wie soll das denn gehen?" Er konnte sich ja selbst nicht verzeihen.

„In der Liebe ist alles möglich", flüsterte Roman.

Angus schloss die Augen, weil ihm plötzlich die Tränen kamen. Er taumelte und musste sich an der Wand festhalten. So konnte es jedenfalls nicht weitergehen, mit diesem Gefühl von Schuld und Versagen, das tonnenschwer auf ihm lastete. Er hatte sich geschworen, sie zu beschützen – und dann hatte er sie getötet.

Ein Klopfen an der Tür riss ihn aus seinen Gedanken. „Ich suche Angus MacKay", sagte eine ihm unbekannte Stimme.

Angus drehte sich um und sah einen jungen Mann im Anzug, der in der Tür stand. „Das bin ich."

Der junge Mann kam herein und lächelte. „Sie sind in der Tat schwer zu finden, Mr. MacKay." Er reichte Angus einen Briefumschlag. „Bitte sehr." Dann ging er wieder.

Angus riss den Umschlag auf und überflog das Schreiben. „Zum Teufel!" Ihm fielen die Blätter aus der Hand und landeten auf dem Fußboden.

„Was ist denn los?", fragte Roman.

Angus lehnte sich an die Wand. Er war völlig fertig.

„Ich muss zurück nach London. Emma hat mich auf Schmerzensgeld und Schadenersatz verklagt."

„Ich habe eine gute und eine schlechte Nachricht für dich", verkündete Richard Beckworth als Angus das Büro des Rechtsanwalts betrat.

„Ist sie hier?" Angus' Herz klopfte wie wild. Einerseits fürchtete er das Wiedersehen mit Emma. Er rief sich ihr wunderschönes Gesicht in Erinnerung und wie sie ihn voller Liebe angeschaut hatte. Jetzt stellte er sich vor, dass ihre Augen voller Hass und Schuldzuweisungen waren. Würde sein Herz diesen Schmerz aushalten?

Andererseits sehnte er sich danach, sie wiederzusehen. Es war ihr gutes Recht, wütend auf ihn zu sein – schließlich hatte er sie ohne ihre Zustimmung verwandelt. Wenn sie also jetzt Geld von ihm forderte, um sich damit eine Auszeit zu finanzieren, in der sie sich von dem Trauma erholen konnte, stand ihr das ohne Frage zu. Er würde ihr so viel Geld geben, wie sie benötigte. Denn er wünschte sich für sie nur eins: die Rückkehr in ein unbeschwertes, normales, sterbliches Leben.

„Miss Wallace und ihr Rechtsanwalt sitzen im Konferenzzimmer." Beckworth nahm eine entspannte Haltung in seinem Bürostuhl ein. „Ich will dich nur kurz auf den neuesten Stand bringen, alter Freund. Die gute Nachricht ist, dass die gegnerische Partei zu einer außergerichtlichen Einigung bereit ist."

„Das kann ich mir denken." Angus hatte in einem Ohrensessel gegenüber vom Schreibtisch Platz genommen. Richard Beckworth war seit einhundertfünfundsiebzig Jahren sein Rechtsanwalt. „Sie kann wohl kaum in einen normalen Gerichtssaal spazieren und mich beschuldigen, ich hätte sie getötet. Obwohl es natürlich stimmt."

Beckworth zuckte zusammen. „Bitte gib keine Fehler zu, wenn die gegnerische Partei dabei ist. Es war übrigens ein brillanter Schachzug von dir, dass du gerade letzte Woche deinen Harem abgestoßen hast."

„Was war daran so brillant? Er hat mich ein Vermögen gekostet!" Angus hatte die Vampirfrauen 1950 geerbt, als er Anführer des britischen Vampirzirkels geworden war. Sie waren in seinem Schloss in Schottland untergebracht gewesen, und Beckworth hatte sich in Angus' Auftrag um ihre Bezahlung gekümmert.

Nach der Tortur mit Emma hatte Angus eigentlich in sein Schloss zurückkehren wollen, doch der Harem störte ihn. Daher bat er Beckworth, die nötigen Dokumente vorzubereiten und die Damen zu entlassen. Leider hatte er für ihre Freiheit teuer bezahlen müssen. Er musste ihnen ein Stadthaus in London kaufen und sie für die kommenden zehn Jahre finanziell unterstützen.

Sein Anwalt schüttelte den Kopf. „Stell dir vor, wie wütend Miss Wallace erst wäre, wenn es deinen Harem noch gäbe!"

„Weiß sie denn davon?"

Ein verächtliches Schnauben war zu hören. „Natürlich! Der Harem war einer der ersten Punkte, den ihr Anwalt auf die Beschwerdeliste gesetzt hat. Sie beschuldigt dich der Polygamie."

„Verdammt noch mal! Ich war nie mit diesen Frauen verheiratet."

Beckworth zuckte die Schultern. „Es galt aber als bürgerliche Eheschließung. Der Punkt ist ohnehin irrelevant, da du dich bereits rechtlich von ihnen getrennt hast. Das wird ihr Anwalt wahrscheinlich so nicht akzeptieren wollen, aber keine Sorge, damit kommen sie nicht durch."

„Richard, es stört mich nicht, wenn ich Schadenersatz zahlen muss. Wie viel will sie denn überhaupt haben?"

Beckworth zuckte zusammen. „Das ist die schlechte Nachricht, mein Lieber. Sie will kein Geld. Sie ... Sie fordert eine Mehrheitsbeteiligung an MacKay Security and Investigation."

„Was?" Angus sprang auf. „Sie will mein Unternehmen?"

„Nicht alles. Nur einundfünfzig Prozent."

„Das geht nicht!" Angus marschierte im Büro auf und ab. „Warum sollte sie das wollen?" Doch kaum hatte er die Frage gestellt, wurde es ihm klar. Dieses schlaue Biest! Sie wusste genau, wo sein wunder Punkt war. Neben ihr war sein Geschäft ihm das Wichtigste.

„Es geht hier wohl eindeutig um Rache, vielleicht auch um mehr." Beckworth legte nachdenklich die Fingerspitzen aneinander. „Vielleicht weiß sie nicht, wovon sie in Zukunft leben soll. Dieser Schritt würde für sie zumindest eine berufliche Absicherung bedeuten."

Angus lachte verächtlich. „Ich hätte ihr gerne einen Job in meiner Firma angeboten. Mit einem sehr guten Gehalt."

„Wenn sie damit durchkommt, wird sie eher dir einen Job geben."

Angus starrte mürrisch zu Boden, während er weiter durch den Raum marschierte. „Ich biete ihr dreißig Prozent an." Das war vielleicht gar keine so schlechte Idee. Wenn sie Seite an Seite arbeiteten, würde vielleicht irgendwann ihre Wut nachlassen, und sie könnte ihn wieder lieben. „Von mir aus auch bis zu neunundvierzig Prozent. Aber auf keinen Fall mehr."

Beckworth starrte ihn an. „Weißt du, was du da sagst? Dein Unternehmen ist ein Vermögen wert."

Ihm war seine Mission, Unschuldige zu beschützen und böse Vampire aufzuspüren, immer wichtiger gewesen als Geld. Er hatte nur sehr wenige Bedürfnisse – außer Blut in Flaschen und einem sicheren Ort zum Schlafen. „Ich habe die Pflicht, mich um sie zu kümmern."

„Du liebst sie, habe ich recht?"

Angus blieb stehen. „Ja, das tue ich."

Auf Beckworths Lippen war der Anflug eines Lächelns zu sehen, doch er hatte sich sofort wieder unter Kontrolle. „Geh doch schon mal vor ins Konferenzzimmer. Ich muss noch ein paar Unterlagen zusammensuchen, dann komme ich nach."

Ein tiefer Atemzug sollte ihn auf das Kommende vorbereiten. Gleich würde er Emma wiedersehen.

Emma rutschte nervös auf ihrem Stuhl herum. Warum dauerte das alles so lang? Sie hatte einen regelrechten Knoten im Magen, und ihr Herz hämmerte wie verrückt. Was, wenn Angus wütend auf sie war? Was, wenn er glaubte, sie würde ihn angreifen? Aber er war schließlich selbst schuld daran, dass sie zu solch harten Maßnahmen greifen musste. Sie erschrak, als sie vor der Tür Schritte vernahm. Angus kam. Sie stand auf.

Die Tür ging auf. Ihr stockte der Atem, als er hereinkam. Er hatte den Blick gesenkt, sodass sie seine Miene nicht sehen konnte. Er drehte sich um und schloss die Tür.

Wie immer trug er seinen blau-grün karierten Kilt. Sehnsucht erfüllte sie! Jetzt drehte er sich zu ihr um – und sah sie erstaunt mit seinen grünen Augen an.

Wie dünn und blass er war. Ob er nicht vernünftig aß?

Angus sah sich im Zimmer um. „Wo ist dein Anwalt?"

„Ich hatte ihn gebeten, mich einen Augenblick allein zu lassen." Die ganze Nacht, um ehrlich zu sein.

Angus ging auf sie zu. „Du siehst gut aus."

„Danke." Sehr böse schien er ihr nicht zu sein. „Ich dachte, wir sollten miteinander reden."

Er runzelte die Stirn. „Ich halte das für keine gute Idee, solange unsere Anwälte nicht hier sind."

„Ich möchte sie da ehrlich gesagt nicht hineinziehen."

„Dann hättest du mich besser gar nicht erst verklagt. Hasst du mich wirklich so sehr?"

Emma verschränkte die Arme vor der Brust. „Warum hast du mir nie etwas von deinem Harem erzählt? Du hast mir alle möglichen Geschichten aus deiner Vergangenheit erzählt, aber diese hast du passenderweise ausgelassen."

„Weil es darüber nichts zu erzählen gibt. Ich habe den Harem geerbt wie andere Leute ein Auto erben."

„Und du hast natürlich nie eine Probefahrt gemacht?"

„Nein, habe ich nicht."

Sollte sie das wirklich glauben? „Was? Nicht mal … einmal um den Block?"

„Nein." Er sah sie an. „Ich hatte kein Interesse an diesen Frauen. Das Einzige, was mich interessierte, war, Anführer des britischen Vampirzirkels zu werden, denn das ist eine große Ehre. Und ich bin stolz, der erste Schotte gewesen zu sein, dem diese Ehre zuteilwurde."

„Na dann: Herzlichen Glückwunsch."

Er grunzte eine Erwiderung.

„Und sie haben auch nie versucht, dich zu verführen? Sind diese Frauen denn eigentlich bescheuert?"

„Jetzt reicht es mit dem Harem", brummte er. „Es gibt ihn nicht mehr."

„Ich weiß. Aber die Damen fanden dich doch sicher … attraktiv."

Er zog eine Braue hoch. „So wie du, meinst du?"

„Selbstverständlich."

Seine Mundwinkel zuckten. „Sie hielten mich für einen Barbaren."

„Dumme Weiber." Emma ging auf ihn zu.

„Ja." Er sah sie vorsichtig an. „Gibt es noch weitere Beschwerden?"

„Oh ja. Denn ich musste das traumatischste Erlebnis meines Lebens ohne dich verarbeiten. Du bist abgehauen und hast mich bei fremden Leuten gelassen, und noch dazu hast du meine Anrufe einfach nicht beantwortet."

Sorgenfalten gruben sich in sein Gesicht. „Ich weiß, du hasst mich. Das, was ich dir angetan habe, ist unverzeihlich." Er sackte in sich zusammen. „Deshalb biete ich dir auch neunundvierzig Prozent von MacKay Security and Investigation an."

„Neunundvierzig Prozent?"

Er biss die Zähne zusammen. „Ich weiß, du willst einundfünfzig, aber das ist nicht machbar. Das wäre rachsüchtig."

„Ich will keine Rache. Ich will überhaupt nicht, dass du leidest."

Er sah sie ungläubig an. „Und warum machst du das dann?"

Dieser Idiot! Am liebsten hätte sie ihn erwürgt! „Hast du mir eine andere Wahl gelassen, Angus? Ich habe wieder und wieder versucht, mit dir zu sprechen. Es war die einzige Möglichkeit, damit du überhaupt reagierst!"

„Schön, und jetzt hast du meine ungeteilte Aufmerksamkeit. Du kannst mir jetzt alles an den Kopf werfen: Dass ich dein Leben zerstört habe und wie viel Leid und Schmerz ich dir zugefügt habe."

„Der einzige Schmerz, den du mir zugefügt hast, war Vernachlässigung."

„Ich habe zu viel von deinem Blut getrunken und dich dadurch so geschwächt, dass du zu schwach warst, um dich zu verteidigen. Und als du dann, durch meine Schuld, schwer verletzt im Sterben lagst, habe ich dich auch noch getötet."

Sie konnte es nicht fassen. Jetzt verstand sie. Er hatte sie nicht verlassen, weil er sie nicht mehr haben wollte, sondern weil er sich diese dummen Vorwürfe machte. Und das konnte nur bedeuten, dass er sie immer noch liebte! Die Hoffnung stirbt zuletzt.

Sie atmete tief ein. Plötzlich war alles das, was sie ihm hatte sagen wollen, aus ihrem Kopf verschwunden. „Ich ... habe dich vermisst."

„Ich dich auch." Er sah sie wachsam an. „Warum warst du nicht bei Roman und hast dich zurückverwandeln lassen?"

Sie ging zum Fenster. „Ich habe mich entschlossen, dass ich gerne ... untot bin. Denn jetzt kann ich wirklich etwas erreichen." *Und ich könnte mit dir zusammen sein.*

„Du würdest auf dein Leben als Sterbliche verzichten, um eine der Kreaturen zu sein, die du hasst?"

„Ich hasse nicht alle Vampire." Sie betrachtete durchs Fenster die Lichter der Stadt. „Und alle Menschen, die ich liebe, sind schon tot." *Inklusive Angus.*

„Warum verklagst du mich dann?"

Sie drehte sich um und sah ihn an. „Ich hatte niemals vor, dich zu verklagen. Es war nur ein Trick, um dich zu zwingen, endlich mit mir zu reden."

„Dann ... willst du gar nichts von mir?"

Sie ging an dem Konferenztisch entlang und strich dabei über die Lehnen der Stühle. „Das eine oder andere Anliegen hätte ich schon."

„Du bekommst, was möglich ist."

„Ich möchte, dass dieser Harem ein für allemal aus deinem Leben verschwindet."

Er zuckte mit den Schultern. „Er war niemals Teil meines Lebens. Das Thema sollte dich also nicht weiter stören."

„Tut es aber." Sie hatte das Ende des Tisches erreicht. „Verstehst du, ich möchte, dass du frei bist, falls du eines Tages heiraten willst." Sie warf ihm einen nervösen Blick zu. „So etwas nennt man einen Wink mit dem Zaunpfahl."

Angus starrte sie entgeistert an.

„Okay. Der Wink kam nicht gut an."

„Ich … Ich dachte, du hasst mich."

„Nein, Angus. Ich will dich. Ich liebe dich. Obwohl ich kotzen musste, nachdem ich erfuhr, was geschehen war, liebe ich dich." Ärger stieg in Emma auf. Das war nicht das romantische Geständnis, das sie am Abend zuvor einstudiert hatte. Glücklicherweise war er zu überrumpelt, um das zu bemerken.

Sie ging auf ihn zu. „Ich bin froh, dass du es warst, der mich verwandelt hat. Weißt du, warum?"

Er schüttelte den Kopf.

Plötzlich hatte sie Tränen in den Augen. „Weil du mich innerlich schon verwandelt hattest. Du hast mir beigebracht, was wahre Liebe bedeutet. Liebe hat nichts mit Rache zu tun. Liebe heißt, sich für andere aufzuopfern." Eine Träne rollte über ihre Wange. „Das habe ich dir zu verdanken, Angus. Denn du hast jede Hoffnung auf Frieden und Glück aufgegeben, nur um mich zu retten."

Auch seine Augen schimmerten feucht. „Ich liebe dich, Emma. Ich hatte solche Angst, dass du mir nie vergeben würdest."

„Was vergeben?" Eine zweite Träne rollte ihre Wange herunter. „Du hast mir nichts getan."

„Ich habe von dir getrunken, um mich selbst zu retten. Und deshalb warst du zu schwach, um dich verteidigen zu können."

„Ich habe mich dir freiwillig hingegeben. Weil ich den Gedanken nicht ertragen konnte, ohne dich leben zu müssen."

„Oh, Emma." Er wischte ihr die Tränen ab und betrachtete den roten Tropfen auf seinem Finger. „Sieh doch nur, was ich aus dir gemacht habe."

„Ich weiß." Sie nahm seine Hand und küsste sie. „Sieh mich an. Ich bin stärker und weiser – dank dir. Mein Leben war von Rache und Hass bestimmt, aber jetzt will ich nur noch für die Liebe leben."

Überrascht sah sie, wie auch er anfing zu weinen. „Ich hätte auf Roman hören sollen. Er hatte recht."

„Was hat er denn gesagt?"

Angus nahm ihr Gesicht in seine Hände. „Er hat gesagt, in der Liebe ist alles möglich." Er küsste sie auf die Stirn. „Aber es fällt mir immer noch nicht leicht, mir zu vergeben."

„Mach dir darüber jetzt keine Gedanken." Sie steckte eine Hand unter seinen Kilt. „Ich glaube, ich weiß, wie es dir schnell besser geht."

„Wenn das so ist …" Mit einem Strahlen in den Augen kniete er sich vor sie. „Dann möchte ich dich bitten, meine Frau werden."

Emma fiel ebenfalls auf die Knie. „Ja, bitte mich darum."

„Willst du?"

„Ja!" Sie schlang die Arme um seinen Hals. „Und wenn sie nicht sterben, dann leben sie für immer. Das ist Teil des Vertrags."

Jetzt grinste er. „Praktischerweise sitzt nebenan mein Anwalt. Wir sollten das sofort schriftlich niederlegen."

„Mir reicht dein Wort." Emma schielte zur Seite. „Ich wüsste nämlich eine bessere Verwendung für den Konferenztisch."

Überrascht betrachtete er seine Frau. „Oh, der Gedanke gefällt mir außerordentlich. Dann schließe ich mal die Tür ab."

Emma ging wieder hinüber zum Fenster und sah hinaus auf die Lichter der Stadt und die funkelnden Sterne. Jetzt war die Nacht ihr Tag. Und sie hatte die Ewigkeit vor sich – mit dem Mann, den sie liebte. Als er sie von hinten umarmte, schloss sie die Jalousien.

Er küsste ihren Nacken. „Ich liebe dich, Emma Wallace."

Sie lehnte sich an seine breite Brust. „Für immer und ewig."

EPILOG

Drei Monate später

„Danke, dass ihr gekommen seid." Shanna umarmte Emma zur Begrüßung.

„Ist doch klar", grinste Emma. „Für unser Patenkind tun wir alles." Sie und Angus hatten sich sehr gefreut, als Shanna und Roman sie wegen der Patenschaft angesprochen hatten. Sie selbst konnten ja keine Kinder bekommen, also nahmen sie gerne an.

Angus stand vor dem Bett im Kinderzimmer bei Romatech und betrachtete den schlafenden Jungen. „Er ist etwas ganz Besonderes."

„Aber klar." Shannas strahlendes Lächeln verlor ein bisschen an Glanz. „Ich hoffe nur, mein Dad ist auch dieser Ansicht."

„Ganz bestimmt", versuchte Emma sie aufzubauen, obwohl sie selbst große Zweifel hatte. Sean Whelan würde gleich hier sein, um zum ersten Mal seinen Enkel zu sehen.

Shanna hatte ihn vor einer Woche eingeladen und war jetzt überaus nervös. Emma wollte ihr moralische Schützenhilfe geben. Sie wusste, wie unberechenbar Sean sein konnte. Als sie ihre Kündigung einreichte, war sein Fluchen und Toben schrecklich gewesen. Als Begründung gab sie Heimweh nach Schottland an. Da er so wütend gewesen war, hatte sie ihm lieber verschwiegen, dass sie den Anführer des britischen Vampirzirkels heiraten würde – und dass sie selbst mittlerweile ein Vampir war.

„Er ist aufgewacht." Angus grinste und kitzelte dem Kleinen die Füße.

Constantine gurgelte vor Lachen.

„Er betet dich an, Angus." Shanna stellte sich neben ihn ans Bett.

„Jawohl." Angus hob das rundliche Baby hoch. „Wie geht's dir, mein Junge?"

Gerührt stellte Emma fest, wie gut Angus mit dem Baby zurechtkam.

In diesem Moment ging die Tür auf und Connor kam mit Shannas Vater herein.

Sean blickte sich um, musterte die Anwesenden.

„Schön, dass du gekommen bist", sagte seine Tochter leise.

Noch immer konnte ihr Vater nicht aus seiner Haut. „Es freut mich zu sehen, dass du noch am Leben bist. Haben sie dir etwas getan?"

„Es geht mir wirklich ausgezeichnet. Und ich bin sehr glücklich."

Sean betrachtete seinen Enkel. „Du erlaubst den Blutsaugern, dein Kind in den Arm zu nehmen?"

„Ich bin Constantines Pate", blaffte Angus ihn an.

Dann wendete er sich an Emma. „Was machen Sie denn hier? Ich dachte, Sie hätten es so eilig, wieder nach Schottland zu kommen?"

„Ich bin nur zu Besuch." Emma verschränkte die Arme vor der Brust. „Ich werde Constantine so oft wie möglich besuchen. Er ist ein hinreißendes Baby."

Wie aufs Stichwort quietschte Constantine vergnügt. Er strampelte und wand sich in Angus' Arm.

Angus kicherte. „Und ein sehr lebendiges."

„Ach ja?" Sean sah den Jungen schief an. „Richtig ... lebendig?"

Seufzend bestätigte Shanna diese Tatsache. „Ich habe seit Wochen nicht mehr richtig geschlafen. Es wäre mir lieber, er wäre etwas weniger lebendig."

„Er ist eben ein glückliches Kind." Angus wirbelte ihn einmal im Kreis durch die Luft, was dem Jungen außerordentlich gefiel.

Sean trat von einem Bein aufs andere. „Ist er denn ... normal?"

Emma hätte ihm am liebsten die Zähne eingeschlagen. „Natürlich ist er normal."

„Was bei meinem Genpool doch ziemlich erstaunlich ist", murmelte Shanna.

Connor kicherte – und wurde sofort mit einem vernichtenden Blick von Sean bestraft.

Angus trat zu ihnen. „Wollen Sie Ihren Enkel nicht mal halten?"

Ängstlich betrachtete der Großvater sein Enkelkind. „Was isst er denn so?"

Connor zog die Augenbrauen hoch. „Drei Gläser Blut pro Nacht. Passen Sie auf, dass er Ihnen nicht an den Hals geht."

Sean machte einen Satz nach hinten.

Connor lachte.

„Kannst du dich nicht einmal benehmen?" Dann wandte Shanna sich an ihren Vater. „Constantine ist ein völlig normales Kind. Außerdem kann er dich überhaupt nicht beißen, denn er hat noch gar keine Zähne."

Die Tür ging auf und eine Frau schaute ins Kinderzimmer. „Entschuldigt bitte die Störung."

Emma erkannte Radinka, Gregoris sterbliche Mutter, die im Augenblick Shannas Zahnarztpraxis leitete.

„Shanna, Liebes", fuhr Radinka fort, „wir haben leider einen kleinen Notfall. Laszlo hat sich einen Zahn abgebrochen."

„Oje. Hoffentlich keinen Fangzahn." Shanna ging zur Tür. „Ich bin so schnell wie möglich wieder da."

„Mach dir keine Sorgen", versicherte Connor ihr. Als sich die Tür hinter ihr geschlossen hatte, fügte er hinzu: „Wir passen schon gut darauf auf, dass dieser Trottel seinem Enkel nichts antut."

„Wie war das?" Sean baute sich vor Connor auf. „Sie meinen, ich würde ihm etwas tun?"

„Das glaube ich schon, wenn er plötzlich Fangzähne bekäme", antwortete Connor.

Angus legte Constantine wieder in sein Bettchen und gesellte sich zu den anderen Männern. „Connor hat da nicht ganz unrecht. Sie hätten nicht fragen müssen, ob Ihr Enkel normal ist. Eigentlich müssten Sie ihn lieben, ganz egal, was er ist."

Sean stieß einen Laut der Verachtung aus. „Was fällt Ihnen ein, mich belehren zu wollen? Wie viele Leute haben Sie im Lauf der Jahrhunderte wohl angegriffen?"

So viel zum Thema gelungene Familienzusammenführung, dachte Emma resigniert. Sie ging hinüber zu Constantine, um nachzusehen, was er trieb. Plötzlich tauchte sein kleines Köpfchen über den Gitterstäben auf, dann seine Brust und sein rundes Bäuchlein.

Das war nicht zu glauben. Der Junge schwebte! Und zwar immer höher und höher! Sie drehte sich zu den Männern um. Sean stand glücklicherweise mit dem Rücken zu ihr, und Angus und Connor waren so sehr damit beschäftigt, ihre Ehre zu verteidigen, dass sie gar nicht bemerkten, wie der Kleine zur Decke schwebte.

Constantine gurgelte wie immer glücklich, ganz offensichtlich zufrieden mit sich. In diesem Augenblick drehte Sean sich um.

Mit einen Satz schwebte Emma ebenfalls hoch zur Decke und nahm den Kleinen auf den Arm.

„Was soll denn das jetzt?" Sean starrte sie völlig fassungslos an. „Scheiße! Sie sind auch ein Vampir!"

„Ich hatte schon die ganze Zeit vor, es Ihnen zu sagen."

Das war das Werk dieses Blutsaugers. „Sie Mistkerl! Das waren doch bestimmt Sie! Sie haben sie umgebracht!"

Angus machte mit geballter Faust einen Schritt auf Sean zu.

Connor packte Sean von hinten. „Beruhigen Sie sich, Whelan."

In Seans Augen funkelte die nackte Wut. „Man sollte Sie umbringen, MacKay!" Er drehte sich zu Connor um. „Und Sie auch, Sie Scheißkerl. Lassen Sie mich sofort los!"

„Hört auf", schrie Emma und drückte das Baby an sich. „Ihr werdet euch nicht vor dem Kind streiten!"

Die Männer wichen zurück, wobei sie einander misstrauisch beäugten.

„Sean, ich war tödlich verwundet. Angus hat mir das Leben gerettet."

Er sah sie verärgert an. „Sie sind nicht mehr am Leben."

Langsam schwebte Emma nach unten, das Kind in ihren Armen. „Ich bin lebendig, nur … anders. Ich wollte es Ihnen schon sagen, als ich meine Kündigung einreichte, aber Sie waren so wütend und überhaupt nicht empfänglich für jedes vernünftige Argument."

Angus verschränkte die Arme. „Er ist immer wütend und null empfänglich für jedes vernünftige Argument."

Emmas ehemaliger Chef setzte eine finstere Miene auf, als Emma zu reden anhob.

„Ich möchte, dass Sie mir jetzt gut zuhören, Sean. Ich bin dieselbe Person wie die, die Sie vorher kannten. Der Tod hat mich nicht verändert." Sie legte Constantine in sein Bettchen. „Ich bin entschlossener denn je, gegen die bösen Vampire zu kämpfen."

Sean schwieg.

Sie hoffte, dass sie zu ihm durchdrang. Constantine kicherte. Sie sah ihn an und er begann zu lächeln. In ihr machte sich eine wohlige Wärme breit und ein Gefühl von Frieden. Die Augen des Kindes strahlten eine erstaunliche Intelligenz aus.

Er begann wieder zu schweben. Emma legte ihre Hand auf seinen Kopf und drückte ihn sanft nach unten.

„Ich bin … sehr enttäuscht von Ihnen", murmelte Sean. „Aber daraus schließe ich, dass Sie offenbar nicht zu den Bösen gehören."

„Keiner von den Vampiren hier gehört dazu. Wir …" Sie bemerkte, dass Constantine wieder starten wollte und hielt ihn fest. „Wir wollen aus der Welt einen sicheren Ort machen, nicht nur für uns, sondern für die Menschheit."

„Lassen Sie uns einfach unsere Arbeit tun", fügte Angus hinzu. „Hören Sie auf, sich einzumischen, wenn wir versuchen, sie zu beschützen."

Sean seufzte. „Ich werde darüber nachdenken." Dann wandte er sich an Connor: „Ich würde gern mit meiner Tochter sprechen."

„Hier entlang." Connor begleitete Sean hinaus.

Emma seufzte erleichtert.

„Gut gesprochen. Obwohl es mich doch erstaunt hat, dass du extra dafür mit dem Baby an die Decke geflogen bist."

„Ich bin nicht mit ihm nach oben geflogen. Ich habe ihn runter gebracht." Emma ließ Constantine los. Er quietschte erfreut und schwebte wie zum Beweis sofort los.

„Du meine Güte." Angus konnte es nicht fassen.

„Ich weiß." Emma sah zu, wie der Kleine zur Decke stieg. „Ich wollte, dass Sean denkt, ich war es. Sonst hätte er es überhaupt nicht verkraftet."

Angus legte einen Arm um sie. „Wir haben heute Fortschritte bei ihm erzielt."

„Hoffentlich." Emma schlang die Arme um seinen Nacken. „Habe ich dir heute schon gesagt, dass du der erstaunlichste Mann der Welt bist und ich dich bis zum Wahnsinn liebe?"

„Das einzig Erstaunliche an mir ist, dass ich die erstaunlichste Frau der Welt gefunden habe."

Emma streichelte seine Wange. „Und dafür hast du nur fünfhundert Jahre gebraucht!"

Als sie sich küssten, sank Constantine langsam herunter in sein Bettchen und lächelte dabei wie ein kleiner Engel.

– *ENDE* –

Fußnoten:
[*1] *Anm. d. Übers.: Shortbread (Mürbeteigkekse) und Haggis (gefüllter Schafsmagen) sind schottische Spezialitäten*
[*2] *Anm. d. Übersetzers: die Anhänger des 1688 aus England vertriebenen Stuartkönigs Jakob II. und seiner Nachkommen, besonders in Schottland*
[*3] *Anm. d. Übersetzers: Charles Edward Stuart begann 1745 den Zweiten Jakobitenaufstand*

Kerrelyn Sparks
Vamps and the City
Band-Nr. 15028
7,95 € (D)
ISBN: 978-3-89941-517-9
416 Seiten

Kerrelyn Sparks
Wie angelt man sich
einen Vampir?
Band-Nr. 15015
7,95 € (D)
ISBN: 978-3-89941-450-9
464 Seiten

Susan Krinard
Die dunkle Macht des Mondes
Band-Nr. 15035
7,95 € (D)
ISBN: 978-3-89941-612-1
512 Seiten

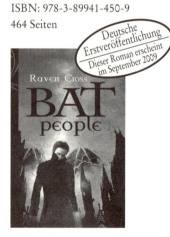

Raven Cross
B A T People
Band-Nr. 15037
8,95 € (D)
ISBN: 978-3-89941-646-6

Michele Bardsley
Vampire zum Frühstück
Band-Nr. 15020
7,95 € (D)
ISBN: 978-3-89941-489-9
352 Seiten

Michele Bardsley
Ein Vampir zum Dinner
Band-Nr. 15029
7,95 € (D)
ISBN: 978-3-89941-563-6
304 Seiten

Maggie Shayne
Geborene der Nacht
Band-Nr. 15031
7,95 € (D)
ISBN: 978-3-89941-581-0
320 Seiten

Jennifer Armintrout
Blutsbande 2
Besessen
Band-Nr. 15018
7,95 € (D)
ISBN: 978-3-89941-505-6
480 Seiten